語られぬ他者の声を聴く

イギリス小説にみる＜平和＞を探し求める言葉たち

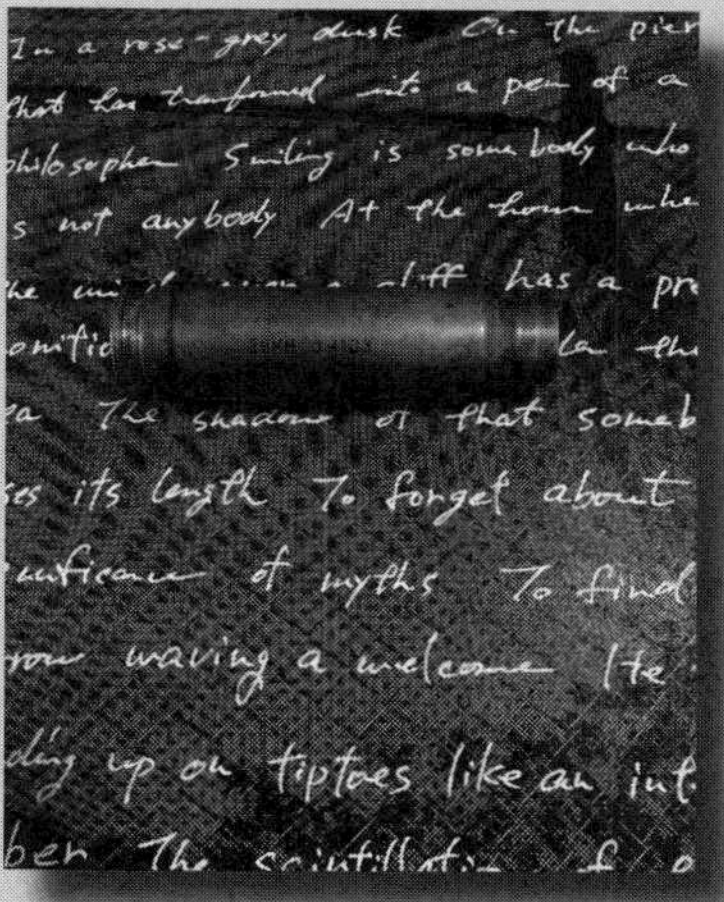

市川　薫　編著

開文社出版

はじめに

本書は『平和を探る言葉たち――二〇世紀イギリス小説にみる戦争の表象』（鷹書房弓プレス、二〇一四年）、『架空の国に起きる不思議な戦争――戦争の傷とともに生きる兵士たち』（開文社出版、二〇一七年）に続く、「平和を探る言葉たち」シリーズの第三集です。

本シリーズはイギリス小説にみられる戦争の表象を手がかりとして、「戦争の記憶」を未来に送り届けることを目的のひとつとしています。戦場の悲惨さを直接的には知らない研究者たちが、若い世代に向けて戦争について考えるきっかけを提供することで、戦争という熱病に感染しないための免疫体をつくることにもなるのではないかと考えています。時あたかも新型コロナウィルスが世界的に猛威を振るうなか、「感染」という語はこの時代の社会現象を考えるために極めて有効かつ貴重なキー・ワードとなるように思われてなりません。そして、それはきっと差別や暴力、さらに戦争へと私たちの視野を拡げてくれるはずです。

さて、今回は書名を『語られぬ他者の声を聴く――イギリス小説にみる〈平和〉を探し求める言葉たち』としました。作家の池澤直樹は「『他者への関心』というのが物語、小説の一番底にある駆動力、ドライブなのです」と述べていますが、他者の声に耳を傾けることは小説研究の基本のひとつであると言ってよいでしょう。しかし、その声は容易には聞こえてきません。きっと、文学とは言葉で表せないことを、あくまで言葉で書き表そうとする試みに他ならないのでしょう。

その意味で、巽孝之氏の巻頭論文「フランクリン博士の子どもたち――フランケンシュタイン、テスラ、そしてガーンズバック」における、ＳＦの母メアリー・シェリーと父ガーンズバック、そのガーンズバックが頼りにした天才科学者テスラの三人が、実は一八世紀のアメリカの偉人ベンジャミン・フランクリンの子孫であるという指摘は、およそ二五〇年の時の流れとヨーロッパとアメリカという地理上の隔たりにかき消されてしまいがちな「声」を見事に聞きわけた注目すべき論考です。

「第Ⅰ部　語られぬ他者の声を聴く」には、パット・バーカー『ドアの目』、マーガレット・アトウッド『オリクスとクレイク』、W・B・イェイツの詩作品「一九一六年復活祭」を論じた三本の論文が収められています。

『ドアの目』はバーカーの『再生』三部作の第二作ですが、男女の違いこそあれ、作者はこの作品においてイングランド北部の労働者階級の出身という自らと同じ境遇の若者を主人公に据え、第一次世界大戦という「歴史」と対峙させています。それは戦争を知らない作家が戦争を知らない読者にむけてどのように戦争を描くかという現代の重要な問いに対するひとつの返答でもあると考えてよいでしょう。『オリクスとクレイク』に描かれているのは悪夢のようなディストピア的世界ですが、それは今、現実にこの世の中で起こっている事態かもしれず、論者の岩井氏はアトウッドの作品を読むと現実の世界の姿が描かれているように感じると述べています。そして、大変興味深いことは、岩井氏がそのディストピア的世界と宮崎駿の『風の谷のナウシカ』の終末論的世界を並置して論じていることです。イェイツが二〇世紀を代表する詩人であり、「一九一六年復活祭」が小説ではなく詩作品であることはいうまでもありませんが、アイルランド史における復活祭蜂起の重要性をご存知の方であれば、本書にこの作品を論じた文章が収められていることに違和感はないかと思います。伊達氏は「一九一六年復活祭」の「恐ろしい美が誕生するのだ」というリフレインに見られる「美」に着目し、詩と政治というテーマを踏まえてその意義について詳細に論じています。

「第Ⅱ部　〈物語〉は言葉となる日を待つ」はヴァージニア・ウルフ、ロアルド・ダール、そしてリチャード・フラナガンの作品を取り上げています。

植物の自然な美しさはイングリッシュ・ガーデンの魅力ですが、その庭もかつては「勝利のために掘ろう」というスローガンのもと「畑」となりました。論者の森田氏はウルフと関係の深いふたつの「庭」と、このスローガンを結びつけ、ウルフのテクストにおける「記憶の庭」と「戦時の庭」というふたつの層を明らかにしています。そう、ウルフは常に戦争の影の下で創作し続けた作家でした。短篇の名手として知られるダールですが、第二次世界大戦中、彼はイギリス空軍の戦闘機パイロットでした。最初の短篇集『飛行士たちの話』の土台にその時の経験があることは間違いありませんが、論者の武井氏はまず「南から来た男」という短篇を例にとって、ダール文学には常に理不尽な天秤とも呼ぶべき組み合わせが散りばめられていることを指摘し、その後、同短篇集に収められた「ある老人の死」と「あなたに似た人」について戦争、あるいは暴力との関係を視野に入れて丁寧に論じています。オーストラリアの作家フラナガンによる『奥のほそ道』は第二次世界大戦中、タイとビルマ（ミャンマー）を結ぶ泰面鉄道建設のために動員された日本帝国陸軍のオーストラリア人捕虜の体験を描いた作品です。一九六一年生まれのフラナガンが書いたのはまさに「父親（世代）」の経験であり、そのような作品になぜ「敵国」日本の著名な文学作品の題名を付けたのかという素朴な疑問が浮かびます。一谷氏の論考はその疑問に答えてくれるとともに、父親の世代を書いたフラナガンへの呼応のように軍医であられたご自身の祖父君の経験も紹介しています。

「第Ⅲ部　交感する過去と現在」では、イギリス小説史上もっとも政治的と思われるふたりの作家が取り上げられています。すなわち、H・G・ウェルズとジョージ・オーウェルです。

前者は第一次世界大戦が勃発した当時、『解放された世界』や『戦争を終わらせる戦争』を発表して世界共和国という概念を提唱したことで有名ですが、ほぼ同時期に執筆された『ブリトリング氏、やり遂げる』という作品については、前二作と同じように第一次世界大戦を題材としていながらもほとんど知られていません。遠藤氏の論文は現実の戦争と作品との影響関係を詳細に検討し、作家が眼の前にある痛みから目を逸らすことなく戦争を見続け、それを小説として記述したことの意義を明らかにしています。二〇二〇年秋のアメリカ大統領選挙は大きな混乱をもたらしましたが、トランプ大統領が当選した二〇一七年にも大統領の周辺から就任式の参集者の数について虚偽の主張があったために混乱が生じ、人々の不安はオーウェルの『一九八四年』がアマゾンのベストセラーに躍り出るという形で表出しました。岩上氏は日本ではあまり報道されなかったこの事実を冒頭で紹介し、ヒューマニズムを基盤とした議論がほとんど無効になってきた感のある今こそ、オーウェルが大切なのだと結んでいます。第Ⅲ部の最後に置かれているのは現代美術家にして詩人の矢原繁長氏の文章です。矢原氏はまず他界されたご母堂の日記に記されていた「ワタシハ　コトバヲ　シンジナイ」という言葉を端緒に、ひとりの詩人として現代における言語の意義を探求します。そして、美術家の矢原氏は、言語の根幹にあるべき精神性の復活には言語以前の「無」、言い換えれば「物質」の力が必要なのだと言います。自らの詩集を鉛に包み、厳重に「封印」したオブジェはその象徴です。

本書を締め括るのは早川敦子氏の「自伝／伝記文学」をめぐるエッセイです。戦争の歴史は言葉の抑圧と強制のそれに他なりませんが、早川氏は「伝記」あるいは「自伝」はそのような歴史の中で語られてこなかった「人間の時間」を取り戻す重要なジャンルだと書いています。著名な伝記作家リンドール・ゴードンの著作を辿ることが、「『戦争』や負の歴史の中に沈む沈黙から言葉が誕生していく道程に光を当て」ることになるという指摘を素直に受け止めて、このエッセイを味読したいと思います。

以上が本書のあらましです。既にお気づきのように、他者の声は、しばしば多声的でもあります。語りの技法が洗練されてゆくにしたがってさらにその傾向は強化されましたが、それは現代小説の進む方向を示してもいます。なぜなら、優れた文学作品は多声的であればこそ、時や空間を超えて多くの読者を獲得し、長い間にわたって読み継がれてきたからです。

現実の世界はますます多極化し分裂の度合いを増しています。このような時代に言葉と想像力の世界から聞こえてくる平和を紡ぎだす言葉たちを拾い集め、いわばそれを集音マイクのように集めたものがこの論集に他なりません。

二〇二一年二月

市川　薫
津久井良充

付記

本シリーズは第一集以来、「編著者」として津久井良充氏と市川が共同で企画・編集を行ってきたが、企画については特に津久井氏の力によるところが大きい。それはこの第三集についても同様で、書名や全体の構成などは基本的に彼のアイデアである。今回、津久井氏は残念ながら企画のみの参加となってしまったが、「はじめに」にも彼の考えを反映した部分が多くあることから連名とさせていただくことにした。

目次・語られぬ他者の声を聴く――イギリス小説にみる〈平和〉を探し求める言葉たち

カバー装丁・扉　矢原繁長

巻頭論文

フランクリン博士の子どもたち
――フランケンシュタイン、テスラ、ガーンズバック

巽　孝之

石塚浩之▼訳

一　なぜカントはベンジャミン・フランクリンを「当世風プロメテウス」と呼んだのか?

ベンジャミン・フランクリン（Benjamin Franklin, 1706–1790）が、今日でも最も有名なアメリカ人の一人であることは、アメリカの最高額紙幣である百ドル札の券面にその肖像画が印刷されていることからも明らかであろう。フランクリンはアメリカ大統領にこそならなかったが、民主国家設立に向けた、空前の実験場ともいえるアメリカ独立革命において中心的働きをしたことから、今もなお多くの尊敬を集めている。『チャタレイ夫人の恋人』（*Lady Chatterley's Lover*, 1928）の作者、D・H・ロレンス（D.H. Lawrence, 1885–1930）は、このアメリカ建国の父を扱ったモダニズム批評において、フランクリンは個人を一元的に枠に嵌めようとする一方、自分自身は「多くの顔を持つ人物」だと誇らしげに言っているが[1]、実はフランクリンその人がすでに「多くの顔を持つ人物」として名高い。フランクリンは、画家・ジャーナリスト・ほら話作家・哲学者・科学

者・発明家・音楽家・政治家であり、なによりもセルフメイド・マン（独立独行の人）であった。この点で、フランクリンは、古くから福澤諭吉（1835–1901）と同等視されてきた。近代日本創設の父の一人である福澤もまた、哲学者・教育者・ジャーナリスト・翻訳家・実業家といくつもの顔を持っていたからである。そして、福澤の肖像画も日本の最高額紙幣である一万円札を飾っている。つまり、フランクリンと福澤は、ともに啓蒙思想を基礎とした近代国家の設立に多大な貢献を果たした人物として、現代においてもその重要性を保っているのだ。

しかし、本稿では、ヨーロッパの啓蒙思想において最も偉大な思想家であるイマニュエル・カント（Immanuel Kant, 1724–1804）こそが、フランクリンの業績を鋭敏に察知し、自然の摂理に抗うことの危険性に警鐘を鳴らしたという事実を出発点としたい。一七五五年の「当世風プロメテウス」において、カントはこのように述べている。

自然科学的センスに恵まれた者ならば、好奇心がむやみやたらと暴走することと、あくまで合理的な信憑性に根差しつつ慎重な判断を下すこととはまったくの別物だと弁えていよう……雷を手なずけた当世風プロメテウスたるフランクリン氏から火山神ウルカヌスの作業場の火を消そうとするホルマン教授まで、さまざまな試みが最終的に教えてくれるのは、ただひとつ。結局のところ、人間が人間以上の存在になど到底なり得ないという謙虚な自戒に尽きる。

ここでカントが言及しているのが、フランクリンの避雷針の実験であることは明らかである。その実験によって、雷はニュー・イングランド植民地の清教徒たちが長いあいだひれ伏していた神の怒りなどではなく電気の作用、すなわち人間に制御可能なものであることが広く知られることとなったのである。

二　生命の火花としての電気

古代ギリシア人が、毛皮を翡翠にこすりつけると二つの物質が互いに引き合うことを知っていたことは歴史の教えるところである。一六〇〇年代には静電気発生装置が発明され、通電性物質と絶縁性物質の違いばかりか、正と負の電流の違いまでもが認識された。また、この時代にギリシア語の electron から英語の electric という語が作られた。

これを踏まえれば、フランクリンが電気を発見したという通説は正しくない。しかし、一七四〇年代に、フランクリンは、一般の家庭用品を使用し、正と負の電荷の理論をまとめている。すでに述べたように、人々が雷を電気現象であると納得することとなったのは、有名な避雷針実験の功績である。この発見からフランクリンは電池の着想を得た。(2) したがって、電気に関するフランクリンの理論と、一八〇〇年にアレッサンドロ・ボルタ（Alessandro Volta, 1745–1827）により作られ、安定した電流供給をもたらした初期の電池、死刑囚ジョージ・フォスターの死体に電流を流したジョバンニ・アルディーニ（Giovanni Aldini, 1762–1834）の疑似再生実験を結び合わせると、一八一八年にメアリー・シェリー（Mary Wollstonecraft Godwin Shelley, 1797–1851）がどのようにSFの原型である『フランケンシュタイン　当世風プロメテウス』（*Frankenstein: or The Modern Prometheus*, 1818）の構想に至ったのかは容易に推察できる。(3) フランケンシュタイン博士は、コルネリウス・アグリッパ、パラケルスス、アルベルトゥス・マグヌスなど、古い錬金術の思想家たちの大胆な想像力に大いに魅了されながらも、スイスのジュラ州ベルリヴにて目撃した「たいへん激しく、恐ろしいほどの雷雨」から啓示を受ける。

ジュラ山脈の向こうから雷雲が押し寄せ、まもなくして天のあちこちでいちどきに、耳を聾するばかりの雷鳴が炸裂しました。嵐のあいだじゅう、わたしはその様子を興味津々で胸をときめかせながらじっと観察していました。戸口に立って見ていると、家から二十ヤードほどのところに立つ、美しいオークの老木から、不意に、ひと筋の炎があがりました。その眩い光が消えた瞬間、オークの木は姿を消し、あとには砕けた根っこだけが残っていました。翌朝、みんなして見に行ってみると、オークの老木は実に不思議な姿をさらしていました。もちろんばらばらに破砕されていたのですが、衝撃で裂けたというのではなく、全体が薄いリボン状に削がれたようになっていたのです。ここまで徹底的に破壊されたものは、見たこともありませんでした。

それまでにわたしも、電気についての基本的な法則ぐらいは曲がりなりにも理解はしていたつもりです。このとき、たまたまわが家には、自然科学の研究ですぐれた業績をあげている人物が来訪中で、この前夜の災害の爪痕に触発されて、電気とガルヴァーニ電流に関して打ち立てた自説を説明しはじめたのです。わたしには初めて聞くことで、まさに喫驚するばかりでした。その人のことばのまえには、わたしの想像上の王であったコルネリウス・アグリッパも、アルベルトゥス・マグヌスも、パラケルススもすっかり色褪せて見えたのです。(4)

この経験から、主人公は、「生命の通わぬ物体に生命を吹き込む」技術を使い人間を創り出すこと、すなわち、人間の死体の一部を寄せ集めて作った巨体に生命を与えることを思いつくのである。

それは、十一月のとある寒々しい夜のことでした。それまでの苦労が身を結ぶところを、ついに眼にするときがやってきたのです。募る不安は肉体的な苦しみの域にまで達しようとしていましたが、わたしは生命を吹き込むための道具を取り揃え、足元に横たわる物体に生命の火花を注入しようとしていました。時刻は午前一時をまわろうとしています。雨が陰気に窓を打ち、蝋燭は今にも燃え尽きようとしていたそのとき、半ば消えかけたその不確かな明かりのなか、足元に横たわった物体の、くすんで黄身がかった瞼が、まずは片方だけ開くのが見えたのです。それから、その物体は荒く苦し気に、ひとつ息をつきました。すると、その四肢に痙攣が走りました。（五七、傍点引用者）

ここで、ヴィクトール・フランケンシュタイン博士が電気の効果を「生命の火花」と呼んでいることは押さえておいたほうがいいだろう。とはいえ、怪物があまりにも醜いため、自分の創り出したものの「姿に耐えられず」、フランケンシュタイン博士は「部屋から飛び出し」てしまう。その後、怪物は自分から生みの親である博士の研究室を去る。

ここまでを読んだ本稿の読者は、筆者がフランケンシュタイン博士からフランクリン博士に至る天才科学者の歴史を語ろうとしていると考えるかもしれない。実際、フランクリン博士は、彼がいなければごく一部の知的エリートに独占されていたはずの科学技術を民主化し、アメリカの英雄となった。しかし、カントが「当世風プロメテウス」と呼んだように、啓蒙主義の大家たちに重大な恐れをもたらしたことも事実である。フランクリン博士は、稲妻の原因は神の怒りではなく自然発生した電気であるとして迷信を退けたが、カントはフランクリンの発明した技術には有益な面ばかりではなく、有害な面もあると考えていた。これがまさにメアリー・シェリーが『フランケンシュタイン』の副題を「当世風プロメテウス」とした理由である。この科学技術の両義性をじゅうぶん意識していなければ、この小説はＳＦの原型として文学史上の位置を得ることはなかっただろう。

三　フランクリン博士の怪物――〈独立独行の人《セルフメイド・マン》〉から〈人造的な主体《マンメイド・セルフ》〉へ

ここでもうひとつ提案しておきたいことは、フランクリンは単に避雷針の発明家であっただけではなく、人間の発明家でもあったということである。確かにフランクリンはヴィクトール・フランケンシュタイン博士やストレンジラブ博士のようなマッドサイエンティストではなかった。しかし、フランクリンの文章を注意深く読み込むと、彼が長きにわたりアメリカ的な〈独立独行の人〉の典型であった一方で、〈人造的な主体〉を創り出したことを発見する瞬間があるはずだ。メアリー・シェリーの「当世風プロメテウス」という副題は、これがカントによるフランクリンの解釈に依拠しているだけはなく、フランクリンがまるでフランケンシュタイン博士の怪物のように非常の多くの人造的な主体を創り出していることもその発想源となっているのである。

フランクリンのいくつかの著作からこの点を説明しよう。

まず、一七二八年、フランクリンがわずか二二歳のときに作った詩「墓碑銘」を再読したい。

印刷屋Ｂ・フランクリン、
その肉体はここに眠れり。
中身は擦り切れ、
文字も金箔もはがれ、
虫たちに食われるばかりとなって。
しかし、この作品を決して忘るることなかれ。
なぜなら、著者自身が信じるごとく、

本書はやがて新版となり、より完璧な版となって
再出版されるであろうから。
その時には著者による修正も終了しているはずである。
一七〇六年一月六日生、一七――年没。
（ベンジャミン・フランクリン「墓碑銘」）

ここで最も驚くべきことは、墓碑銘の筆者の若さではなく、筆者が自分自身を書物とみなし、将来、改訂されて再版されると考えていたことだ。一七歳で私財などほとんど持っていなかったにもかかわらず、自らの進むべき道を切り開き、ありがちな〈人生の過ち〉を経験していたが、フランクリンはそれを「人生の誤植」と呼ぶのを好み、自分はここから学んだ教訓を生かすことができ、同じことを二度と繰り返さないという自信を持っていた。[5] フランクリンは、一七七一年、六五歳で自伝を書く時まで、この考えを持ち続けた。

私はこの幸運な生涯を振返ってみて、時に次のようなことが言いたくなる。「もしもお前の好きなようにしてよいと言われたならば、私は今までの生涯を初めからそのまま繰返すことに少しも異存はない。ただし、著述家が初版の間違いを再版で訂正するあの便宜だけは与えてほしいが」。そうした便宜が与えられれば、ただ間違いを訂正するだけでなく、生涯の工合の悪い出来事を工合の良いものに変えることが、あるいはできもしようからだ。しかし、たとえこの願いが許されないにしても、やはり私は同じ生涯を繰返せと言われたら、承知するつもりでいる。ところが、こうした繰返しはできる相談だから、その次に一つの生涯を生き直すにもっとも近いことはと言えば、生涯を振返り、そして思い出したことを筆にしてできるだけ永久のものにすることではないかと思う。[6]

ここでもまたフランクリンは自分の人生を修正や変更の可能なもの、すなわち人工的に作り上げることのできるものとみなしている。この段落でフランクリンは、書物の著者が初版の誤植を修正することを許されているのと同じように、人生の失敗についてその修正許可を得たいと述べている。ここにおいて、フランクリンは自分の人生を一冊の書物であると定義し、永遠に修正と改訂が繰り返せるものとしている。要するに、人間としてのフランクリンはいずれこの世を去るが、書物としての彼の人生は更新され続け、時の試練に耐えて生き続けるのである。つまり、フランクリンの命は限られているが、書物としての彼の人生は人工知能のように不死身なのである。

さらに、ここでフランクリンが多くの偽名を用いていた事実を思い出しておく必要がある。たとえば、一六歳の時には、中年の未亡人、サイレンス・ドゥーグッドを名乗って、兄の新聞『ニューイングランド・クーラント』に投稿したし、また、リチャード・ソーンダーズの名で、大半が自作の格言からなる『貧しきリチャードの暦』(*Poor Richard's Almanac*)を著し、富に至る道および勤勉と倹約の教えを説いた。

しかし、最も大きな問題をはらんだ偽名は、ラディカル・フェミニストとして「ポリー・ベイカーの弁明」("The Speech of Miss Polly Baker," 1747)を執筆した際のポリー・ベイカーという名前である。この文章の著者は、かつて私生児を生んだことで咎められたと述べ、植民地時代のアメリカで結婚しようとしない独身男性を批判している。

> ですから、法律により彼ら(ますます増えつつある夥しい数の独身男性)を結婚させるか、毎年密通の罰金を二倍支払わせるかさせてくださいませ。世のしきたりと女としての性から殿方に求婚できず、押しかけ女房もかなわず、一方、法は夫を世話してくれずに却って夫なしに女の本分を果たしたりすると厳罰

を加える、そんなときに哀れな若い女は何をすべきでございましょうか。その本分とは、自然と自然の神の第一にして至高の掟、つまり「生めよ、殖やせよ」に他ならないというのに。（丸括弧内訳者）[7]

啓蒙主義における理神論の言説では、神よりも自然が優位に置かれており、これに基づくポリー・ベイカーの陳述は、きわめて論理的かつ強力で、大西洋の両岸の聴衆を幅広く引き付けた。これにより、偽名の人格であったにも関わらず、フェミニズム哲学の原型ともいえる思考を披露したポリー・ベイカーは、またたくまに一種のバーチャル・アイドルとしての名声を博した。とはいえ、フランクリンの自伝の中にポリー・ベイカーを生み出した本当の理由を見つけることができるかもしれない。一七三〇年にフランクリンは、最初の下宿先の女主人の娘、デボラ・リードと結婚した。しかし、翌年には、婚外子を設けてしまい、デボラはフランクリンの息子ウィリアムを家庭に受け入れた。皮肉なことに、フランクリンがアメリカ合衆国創設の父の一人となるのに対し、後にウィリアム・フランクリンはニュージャージー州知事となり、アメリカ独立革命の際には王党派であった。だとすれば、フランクリンがこの「偽名のポリー・ベイカー話」を発表した理由は、必ずしも、フェミニスト的言説の原型を作りたかったからではなく、婚外交渉の経験があったからであり、この人生における大きな過ちを修正するためにフェミニスト的な陳述を書いたということになる。しかし、ここで重要なのは、理由が何であれ、このポリー・ベイカーという人格が独自の生命を持つようになり、啓蒙主義時代のアメリカ人の心をとらえたことだ。

植民地時代のピューリタンは万物の起源としてのユダヤ＝キリスト教的な神に挑戦することに対する恐れを醸成したにもかかわらず、アメリカ建国の父たちは、英国の君主制の権威を暴き、怒れる神という考えを否定し、啓蒙主義の背景としての理神論とユニテリアン主義を唱えた。より正確に言えば、ゴードン・ウッドが指摘するように、一七二四年から一七二六年までロンドンで過ごした若きフランクリンは、ただイギリス的な紳士となることを願っていたのである。一七四八年、二四歳の時には、じゅうぶんな富と紳士としての人格を得たと考えたフランクリンは、実業界から引退してもよいと判断した。フランクリンはついに紳士となり、もはや生活のためにあくせく働く必要のない悠々自適の身分となったのである。[8] しかし、人々との関わりの中で、フランクリンはアメリカ革命に参加し、主導的な役割を果たすことを要請され、晩年を王党派紳士として過ごす計画をあきらめる。だとすれば、紳士《ジェントルマン》になれなかった男の肖像が〈独立独行の人《セルフメイド・マン》〉としてのフランクリンという神話を作り上げる上で一役買ったことになる。しかし、独立独行の人《セルフメイド・マン》であるベンジャミン・フランクリンは、偽名の人物たちに生命を与え、〈人造的な主体《マンメイド・セルフ》〉を生み出すことに成功する。フランクリンは怪物を創り出しただけではなく、自らが怪物となったのだ。私生児であったとしても、フランクリンの怪物は、当世風プロメテウスとして解き放たれ、ポリー・ベイカーも「生めよ、殖やせよ」と述べた通り、聖書の教えに従う。これが創世記の「生めよ、増えよ、地に満ちよ、地を従わせよ」（第一章二八節）のパロディであるのは、指摘するまでもない。

　このように見れば、メアリー・シェリーがどの程度までフランケンシュタイン博士の怪物の増殖に警戒感を持っていたかを再検討することができる。怪物から自分の妻となる伴侶を作ってほしいと頼まれ、フランケンシュタイン博士は遠く離れたスコットランドの土地を訪問し、一人でその仕事を仕上げる決意を固める。

　今回もまた、同じ生き物をもう一体創ろうとしているわけですが、それがどんな性質を持って生まれてくるのか、皆目わかっていないことについては前回と同様です。あるいは先に創られた伴侶よりも一万倍も性悪で、ただ愉しみのためだけに人を殺したり苦しめたりするような性向を持っているかもしれないのです。あの悪鬼は、伴侶を作ってくれさえすれば人の住む土地を去り、未開の荒野で暮すと誓いましたが、今度の女のほうとはそんな約束を交わしているわけではありません。おそらく、理性を持ち、思考力のある生き物になると思われますが、それ故に自分が創られるまえに交わされた約束に縛られる謂われなどない、と考えるかもしれないのです。（一六五）

それからフランケンシュタイン博士の考えは徐々に変わり、怪物の増殖を予想する。

よしんば怪物が約束したとおり、ふたりしてヨーロッパを離れ、新大陸の荒野で暮すことになったとしても、あやつが渇望する共感とやらが得られた場合、その結果としてまずは子供が生まれることになる。そうなれば、やがてはこの地球上にあの悪魔の一族がはびこり、人類をとてつもない恐怖に巻き込み、人間の存在そのものを脅かすようになることとてありうるのです。そんな末代まで呪いを及ぼすようなことを自分の都合だけで為す権利が、このわたしにあるのか？　約束を取り交わしたときには、自分の創り出した生き物の詭弁に乗せられ、つい心を動かされてしまった。悪魔の脅しに分別をなくしていたとしか思えません。わたしはそのとき初めて、自分の交わした約束がいかに邪悪なものだったか、ということに思いが至ったのです。後の世の人々が、わたしのことを疫病神と呼び、自分ひとりの安寧を手に入れるため、なんの躊躇もなく全人類を売り渡すに等しいことをした身勝手な男と呪うのではないか――考えただけで身震いが出ました。（一六五―一六六、傍点引用者）

この部分を一読すると、フランケンシュタイン博士が、怪物とその妻が増殖し人類全体を滅ぼすのではないかと不安に思っているようにも理解できる。しかし、同時に、怪物の最初に増殖する場所が「新世界の砂漠」であると考えられている点にも注意せねばならない。この土地こそ、建国の父たちによる偉大な発明であるアメリカの荒野であり、ベンジャミン・フランクリン博士が「偉大なアメリカの荒野」と呼んだ場所そのものなのである。自らの創造物であるにもかかわらず、この怪物は「有害なもの」として描写されるが、これは類型的なメタファーであるという点にも目を向けたい。この外部の他者への恐怖心から、フランケンシュタイン博士の怪物が、長い間、ディアスポラのメタファーとして解釈されており、この対象には単にさまよえるユダヤ人だけではなく、ピルグリム・ファーザーズも含まれていたことが納得できるだろう。そして、この植民地の子孫がメアリー・シェリーの祖国からの独立を主張し、政治的・文化的にこれを脅かすことになったのである。この小説の初版は一八一八年であったが、作者による注釈版が一八二三年に作者自身から友人のトーマス夫人に贈られていることにも注意したい。これはアメリカ合衆国第五代大統領ジェイムズ・モンローがモンロー宣言の原型となる「年頭教書」を作成した年であり、この文書では西半球が東半球からの政治的かつ植民地的な介入を拒否することを主張し、防衛上の理由以外では東半球の国際問題に介入したり、西半球の他国を植民地化したりしないことを約束した。しかし、モンロー宣言のレトリックにある論理のねじれは無視できない。独立革命以後のアメリカはポストコロニアリズムを大義名分としたはずだが、そこには潜在的帝国主義が秘められており、二つの言説は本来両立しない。にもかかわらず、モンロー主義はそうした矛盾を自然化してしまい、めぐりめぐって東半球、とりわけメアリー・シェリーが長く住んでいたヨーロッパの平和を危険にさらす。

そう、『フランケンシュタイン』の作者はアメリカの存在におびえていたのである。その理由はアメリカがフランクリンの発明した最大の怪物であるからというだけではなく、フェミニストの先駆者であり、実母でもあるメアリー・ウルストンクラフト（Mary Wollstonecraft, 1759–1797）が『女性の権利の擁護』（*A Vindication of the Rights of Woman*, 1792）の発表直後、一七九二年のパリでアメリカ人ギルバート・イムレイと恋に落ち、一七九四年に娘のファニーを授かるものの、一七九五年にはこの放蕩者に捨てられたことにある。メアリー・シェリーにとってギルバート・イムレイの表象する「アメリカ」とは、母親の呪いであった。したがって、生まれて間もなく母親を亡くし、ＳＦの母と称されるメアリー・シェリーが、新世界への恐怖を刷り込まれ、その新世界をいずれ旧世界を出し抜くはずの怪物と見なしていたとしてもおかしくはない。

結び　テスラ、ガーンズバック、プリースト

本稿を締めくくるにあたっては、現代におけるヴィクター・フランケンシュタイン博士の子孫の一人を紹介しておくべきだろう。もちろん、ブライアン・オールディス（Brian Aldiss, 1925–2017）が『十億年の宴 SF—その起源と歴史』（*Billion Years Spree: The History of Science Fiction*, 1973）において『フランケンシュタイン』をSFの起源と位置づけて以来、長きにわたり、この小説は多くのSF作品の先駆と見なされてきた。ヴィリエ・ド・リラダン（Villiers de l'Isle Adam, 1838–1889）の『未来のイブ』（*The Future Eve*, 1886）から「マリア」と呼ばれるヒューマノイドが登場するテア・フォン・ハルボウ（Thea von Harbou, 1888–1954）の『メトロポリス』（*Metropolis*, 1925）、フィリップ・K・ディック（Philip K. Dick, 1928–1982）の『アンドロイドは電気羊の夢を見るか?』（*Do Androids Dream of Electric Sheep?*, 1968）に至るまで。特にディック作品はリドリー・スコット（Ridley Scott, 1937–）のカルト映画『ブレードランナー』（*Blade Runner*, 1982）に発想を与え、人間になりたいレプリカントの苦痛を描いた。また、ウィリアム・ギブスン（William Gibson, 1948–）とブルース・スターリング（Bruce Sterling, 1954–）による究極のサイバーパンク小説『ディファレンス・エンジン』（*The Difference Engine*, 1990）は、蒸気機関による人工知能がポスト・フランケンシュタインの怪物として登場している。しかし、ここでは数々の文学賞を受賞した英国の思弁小説作家クリストファー・プリースト（Christopher Priest, 1943–）による世界幻想文学大賞受賞作『奇術師』（*The Prestige*, 1995）に光を当てたい。この作品には、クリスチャン・ベールとヒュー・ジャックマンを主役とし、クリスト

ファー・ノーラン監督による二〇〇六年の映画版もある。

『奇術師』のストーリーは途方もなく刺激的だ。世紀末のロンドンで、貴族のルパート・エンジャと労働者階級のアルフレッド・ボーデンという二人の舞台奇術師が長年にわたる激しい確執を抱えている。両者は奇術の世界で活躍しており、「人間瞬間移動」と呼ばれるテレポーテーション（瞬間移動）の仕掛けを秘密にしていた。しかし、ボーデンよりも見事な「人間瞬間移動」を演じ、なんとかしてボーデンをしのいでやろうと必死になったエンジャは、高名な発明家であり、トーマス・エジソン（Thomas Edison, 1847–1931）のライバルであったニコラ・テスラ（Nikola Tesla, 1856–1943）の力を借り、「閃光のなかで」という演目を完成する。これはテスラの発明した機械により、人間をある場所から別の場所に物理的に転送する見世物だった。簡単に言えば、エンジャは最新技術を舞台での奇術に組み込み、魔法と科学の区別を不明確にしたのだ。その結果、一九〇三年にエンジャはこの人体転送術により鮮やかにライバルをしのいだが、悪意に満ちたボーデンに邪魔をされ、エンジャの不完全な「複製」が生まれてしまう。

テレビ・ゴーグルをかけるヒューゴー・ガーンズバック（1963 年）

だが、ボーデンの意図ははるかに悪意のこもったものだった。一瞬ののち、わたしはそれがどんなものか気づいた。振り向いてボックス席を見上げたまさにその瞬間、ふたつのことが同時に起こった。第一に、わたしの身体の電送がはじまった。第二に、装置の電源が断ちきられ、電流が即座に途絶えた。青い炎は消え、電磁場がなくなった。

わたしは舞台の上に残っていた。観客の視線を浴びて、装置の木製の檻のなかに立っていた。肩越しにボックス席を見上げる。

中断されたのだ！　だが、電送は止まるまえに始まっており、いまや手すりにわたし自身の姿が見えた——檻のなかで上半身をひねって、半分腰を落とした姿勢で見上げると、当初予定していた姿勢で立ちつくす、わたしの幽霊、わたしのドッペルゲンガーの姿が、手すりのうえにあったのだ。それはわたし自身の影の薄い、はっきりとしない写しであった。部分的な幻影だった。(9)

ここで強調しておきたいことは、奇術師エンジャが、電気技術の天才であるニコラ・テスラの助けがあったからこそ、図らずも自分自身と同じ外見を持つ人間を創り出すことに成功したということだ。この筋書きから、メアリー・シェリーが、もう一人の電気技術の天才、ベンジャミン・フランクリン博士に刺激され、フランケンシュタイン博士が怪物を創り出す話を思いついたという事情を思い出さずにはいられない。

もちろん、テスラが瞬間移動装置を発明していたという物証はない。しかし、ここでクリストファー・プリーストは想像を膨らませ、世紀末ロンドンのもうひとつの歴史を構築した。その歴史において、テスラはこの装置を発明し、この奇術師はライバルをしのぐことができた。テスラは卓越した科学者であり、物体の遠隔操作、念写、動力の無線転送、宇宙の生命体との通信など、未来的な装置のアイディアを持っていたが、「マッドサイエンティスト」の異名を持ち、人工の稲妻や地震を引き起こす装置や、地球をリンゴのように割る装置など、目的不明の構想をも抱いていた。フランクリンが避雷針を使用して雷が電気効果であることを証明した一方、テスラは稲妻を人工的に生み出そうとした。

そのために、エジソンをはるかにしのぐ天才であったにもかかわらず、テスラは二〇世紀を通じて暗い時期を過ごすことを余儀なくされる。しかし、テスラの大ファンであり、『エレクトリカル・エクスペリメンター』誌の編集者であったヒューゴー・ガーンズバック（Hugo Gernsback, 1884–1967）は、テスラに自分の雑誌へ

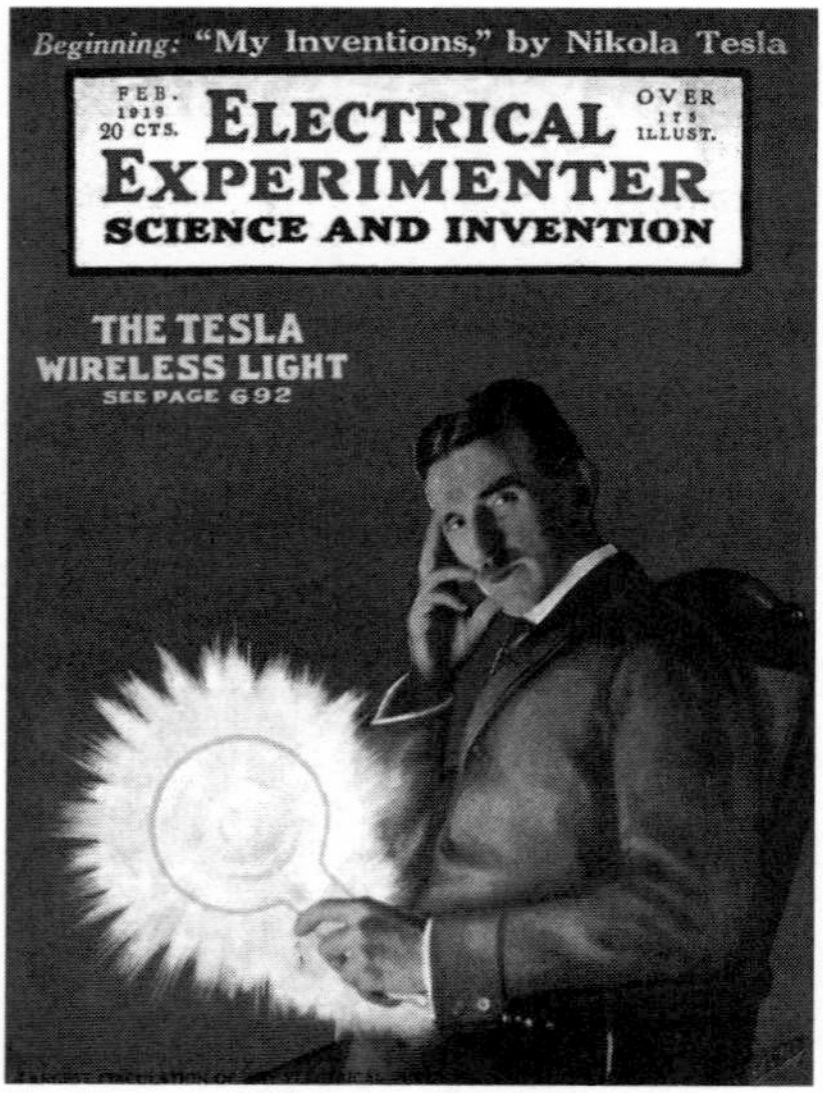

『エレクトリカル・エクスペリメンター』1919年2月号表紙。

の寄稿を依頼した。「一九一六年、テスラの研究が最悪だった時期に、テスラは自分の最も熱心なファンのひとりであり、『エレクトリカル・エクスペリメンター』編集者であるヒューゴー・ガーンズバックと同盟を結んだのである。[10]」

　したがって、テスラの自伝「我が発明」（"My Inventions"）の最初の連載は、一九一九年の『エレクトリカル・エクスペリメンター』誌に掲載されることになった。[11] ここで重要なのは、ガーンズバックが一九一一年に部分的にテスラをモデルとした二七世紀の天才科学者の登場する『ラルフ 124C41＋』（*Ralph 124C41+*）を発表し、一九二六年に有名イラストレーターのフランク・ポールとテスラの力を借り、世界初のSF専門誌『アメージング・ストーリーズ』（*Amazing Stories*）を創刊したことによって、SFの父と呼ばれるようになったことだ。

　なるほどSFの起源をメアリー・シェリーによる一八一八年の『フランケンシュタイン』とすることは容易である。しかし、同時に、ヒューゴー・ガーンズバックによる『アメージング・ストーリーズ』誌の創刊とSF市場の拡大は、フランケンシュタイン博士の子孫の一人であるニコラ・テスラの助けがあったからこそもたらされたのであり、これがなければ、SFの歴史が、現在、当然と思われているような枠組みでとらえられることはなかったであろう。このSFの母とSFの父を巡る逆説的な循環は、『フランケンシュタインあるいは当世風プロメテウス』を何度となく蘇らせ新たな生命を与え、〈独立独行の人〉が〈人造的な主体〉に変容するプロセスを再演し続けるのである。

注

（1）D. H. Lawrence, *Studies in Classic American Literature*, Edited by Ezra Greenspan, Lindeth Vasey and John Worhen, *The Cambridge Edition of The Letters and Works of D. H. Lawrence*, general editor, James T. Boulton, (Cambrdige UP, 2003), pp. 20–31.

（2）Mark C. Glassy, *Biology Run Amok!: The Life Science Lessons of Science Fiction Cinema*, (Jefferson NC: McFarland, 2018), pp. 68–69.

（3）Shannon N. Conley, "An Age of Frankenstein: Monstrous Motifs, Imaginative Capacities, and Assisted Reproductive Technologies," *Science Fiction Studies*, Volume 45, Number 2 [July 2018], p. 244.

（4）Mary Shelley, *Frankenstein: or the Modern Prometheus* (Oxford UP, 1987), p. 41. 以下、同作品からの引用はすべてこの版を用いて、ページ数を括弧内に併記する。

（5）"Benjamin Franklin (1706–1790)," *The Norton Anthology of American Literature: Shorter Eighth Edition*, edited by Nina Baym et al (New York: Norton, 2013), p. 234.

（6）"Benjamin Franklin (1706–1790)", p. 249.

（7）"Benjamin Franklin (1706–1790)", pp. 243–244.

（8）Gordon S. Wood, *The Americanization of Benjamin Franklin* (2004; New York: Penguin, 2005), p. 55

（9）Christopher Priest, *The Prestige* (1995; London: Golantz, 2004), p. 302.

（10）Marc J. Seifer, *Wizard: The Life and Times of Nikola Tesla: Biography of a Genius* (New York: Citadel, 1996), p. 395.

（11）Nikola Tesla, *My Inventions and Other Writings* (New York: Penguin, 2011).

＊なお、既訳は概ね参照させていただいたが、文脈に応じて手を入れたところもある。

＊本稿は二〇一八年一〇月一四日に上智大学で行われた「ソフィアシンポジウム：Humanity and the Post-Human in Mary

Shelley's *Frankenstein*: A 200th Anniversary Symposium (1818–2018)」における英語での口頭発表原稿を日本語に訳出したものである。

第Ⅰ部
語られぬ他者の声を聴く

1章　パット・バーカー『ドアの目』論
――得体のしれない恐怖という記憶

市川　薫

序　記憶の再生

「恐るべき」若者、ビリー・プライアー

戦争を知らない作家が戦争を知らない読者にむけてどのように戦争を描くか、これは第二次世界大戦から七五年が経過した現在、戦争体験の風化という問題とも関連して極めて重要な問いとなりつつある。その意味で、パット・バーカー（Pat Barker, 1943–）が第一次世界大戦からおよそ七五年後に『再生』三部作――『再生』（*Regeneration*, 1991）、『ドアの目』（*The Eye in the Door*, 1993）、そして『亡霊の道』（*The Ghost Road*, 1995）――において戦争の記憶を作品化した手法は注目に値する。それは、三部作の中心にW・H・R・リヴァーズ（William Halse Rivers Rivers, 1864–1922）という実在の人物を置き、精神科医として戦争神経症を患う将校の治療にあたる一方で、ついには世界戦争に至ってしまった人類の歩みを人類学者として探求する彼の言動を通して、戦争という歴史を再構築するという方法であった。リヴァーズは戦争のすぐそばにいながらも戦闘員ではないために、戦争を見つめるその視線は常に「外部」のそれであり、歴史家が俯瞰的に史実を見つめる視線に近いものである。

バーカーが過去の記憶としての歴史をリアリティをもって再構築できたのは、リヴァーズという人物を発見したことによるところが大きい。特に三部作の第一作である『再生』ではリヴァーズの視線にシーグフリード・サスーン（Siegfreid Sassoon, 1886–1967）というやはり実在の人物を絡めることによって、史実としての第一次世界大戦を描出する強固な枠組みを作り上げ、その枠組みを踏まえて、戦争の「大義」、言い換えれば公の部分をめぐるリヴァーズとサスーンの姿を中心とする物語を展開してみせた。「反戦詩人」サスーンは有名だが、リヴァーズについては一般にあまり多くの事実が知られておらず、そういう人物の「再発見」も含めて物語として構築された歴史はひとつの作品としてじゅうぶんに魅力的である。

しかし、それだけで『再生』三部作がブッカー賞を受賞するほどの高い評価を得たとは考えにくい。過去の記憶は「現在」、言い換えれば「いま、ここ」の視点を抜きにして再構築されたとしても現在の読者への強い語りかけとはなりにくいであろう。リヴァーズを見つけたバーカーはおそらく直感的にそのことに気づいたはずだ。なぜなら、彼女は、ビリー・プライアー（Billy Prior）という「恐るべき」[1]若者を創出することで、リヴァーズを「いま、ここ」に引きずり出し、戦争の記憶を二〇世紀末の現代小説として見事に現出させているからである。

わたしは、リヴァーズのいくつかの面を引き出すためにプライアーが必要だったのです。サスーンや他の人物にはそれはできないのです。基本的にリヴァーズに真正面から反発する人物が必要だったのです。[2]

プライアーを創出したとはいえ、第一作の『再生』の柱はリヴァーズとサスーンの関係であり、結果として作家にはひとつの作品だけでは消化不良との思いが残ったようである。バーカーは、どの段階で『再生』を三部作にすべきだと思ったのかと問われ、次のように答えている。

『再生』の最後のところ、書き終えたときに単純にまだ完結していないと思ったのです。……それから『ドアの目』の主人公を創り出そうとしてずいぶん時間を使ってしまいましたが、やがて、既にビリー・プライアーがいることに気がついたのです。彼はひどく精神が解離した人物でしたので、分裂の問題を深めることができるだろうし、それはまた私がその作品で探求したいと思っていたことだったのです。[3]

バーカーは『再生』三部作に共通のテーマが「分裂」であることを別の場所でも明言しており[4]、彼女のほかの作品やインタビューを読むと彼女が作家活動を始めて以来一貫してこのテーマに取り組み続けていることがわかる。問題はその「分裂」をどのような位相や局面でとらえ展開しているかである。『再生』の場合、それは主として戦争の大義をめぐる国家と個人との関係の問題として表象されていると言ってよいだろうし、なによりも作品の冒頭に置かれたサスーンの「一兵士の宣言」による問題提起がそれを雄弁に語っている。

しかし、ビリー・プライアーにとって戦争の大義というような公の問題が主要な関心事になるとは考えにくい。なぜなら、彼は、労働者階級の出身でありながらも士官であるというアンビバレントな立場、両親の不和、少年時代の聖職者によるレイプ、バイセクシャル、戦場での悲惨な経験によって引き起こされた緘黙症など、通常では考えられないような過酷な環境や個人的経験を通して「内面」に強烈な分裂的葛藤を抱える特異な人物として造型されているからだ。

かくして『ドアの目』のエピグラフにはスティーヴンソン（R. L. Stevenson, 1850–1894）の『ジキル博士とハイド氏』（*Strange Case of Dr Jekyll and Mr Hyde*, 1886）の次の一節が択ばれることになった。

私が人間の本源的二元性を明白に自覚するにいたったのは、道徳面においてであり、それも私自身をとおしてであった。意識の内部では善と悪の二つの性質が争い合っているが、私が自分をそのいずれか一方の人間だと誤りなく指摘できるとして、実は本質的に私がその両者だからにほかならないことを悟ったのである。(5)

バーカーはプライアーという架空の人物を創造し、リヴァーズに「真正面から反発させ」ることで、リヴァーズを実際の経験世界の外に引きずり出して現代に引っ張り上げ、歴史としての戦争と現代との接合を企図している。『再生』において機関銃の列に向かって突っ込んでゆくときの感覚をプライアーは「セクシー」(6)という言葉で表現しているが、プライアーの発したその言葉は、「語り得ぬものを語る」(7)ものであればこそ、過去の記憶の中の、公の世界にいるリヴァーズの理解をしばしば超えてしまう。もちろん、プライアーの言語表現は過去の記憶の現在における再構築として容認されるべきであろうし、それが文学表現の自由と豊かさを保証することでもある。本稿は、このような前提に立って、『ドアの目』という作品がプライアーという「個」の位相においてどのように分裂的状況を描出し、さらに歴史としての第一次世界大戦を現代の物語としてどのように再生しているかを検討するものである。

一　個人、そして国家の不安と分裂

春、黄昏のハイド・パーク

バーカーは『再生』の冒頭にサスーンによる「一兵士の宣言」を置いて読者を一気に第一次世界大戦の時代に招き入れることに成功しているが、『ドアの目』の冒頭においてはプライアーの奇怪な言動が強引にわれわれを作品世界に引きずり込む。

冒頭の場面、場所はロンドンのハイド・パーク、サーペンタイン池のほとり。一組の若い男女が歩いている。男はプライアー、女の名はマイラ。プライアーは女の腕を振り切ると、まだ固い蕾のチューリップの列をマシンガンで撃つ格好をする。女はそれを見て驚き「気が変じゃないの」と言う。すると男は「去年、五か月間、精神病院にいたんだ」（三）と答える。

『再生』の読者であれば、この段階でふたりが行きずりの関係であることがわかる。季節は春だが陽ざしは秋のようにくすんでいる。午後の物憂い時間帯。

　　プライアーはいつも人の目を気にしていて、歩いていると自分たちが好感をもって眺められていることがわかった。俺たちはロマンチックな姿をしてるんだ、と彼は思った。（三）

プライアーが他人の視線を気にするのは、不安感の表れである。その不安は自分という存在の自己同一性についての疑念に端を発している。そして、ここに描かれた「秋のような春」、「午後の暮れ始めた時間帯」というような曖昧な表現はそのメタファーとして機能している。この作品のテーマである「分裂」は、このように巧みな方法で作品の冒頭において提示される。

このあとプライアーはマイラを木陰に連れてゆき性交渉に及ぼうとするが、寒いからという理由で拒絶される。それならば自分のアパートに行こうと誘うがこれも断られる。実は、彼女には戦場に出掛けた夫があるのだが、ふたりが既に男女の関係にあったことは会話から知ることができる。

ランカスター・ゲート駅で女と別れたプライアーは酒を飲もうかと思うが、「この時間に、この気分」（六〇）のままに飲むと二日酔いになってしまうため、思いとどまる。明日は「刑務所」に面会に行くことになっているのだ。この段階でこの刑務所に誰がいるかは不明だが、この仕事をプライアーが重要視していることはわかる。作品の第三章はこれを受ける形で展開する。

負けるかもしれない

ロンドンの街の様子を見ながらプライアーは次のように思う。

　ちょうど人通りが多くなり始めていた。急ぎ足でレストランやバーに向かう人、みんな物資不足、質素な服装、くすんだ色のパンを忘れようと頑張っていた。プライアーは、冬のあいだに、都会らしい忙しさが徐々にロンドンの生活に戻ってきている感じがしていた。だが、それも無理はない。休暇中の兵士には楽しんでもらわなくてはいけない。どこへ戻ってゆくかを思い出させてはいけないからだ。これは、兵士以外の連中にとっては戦場について何も考えないための格好の理由となった。

　しかし、今週になって何も考えないわけにはゆかなくなった。ヘイグの四月一三日の命令が全文すべての新聞に掲載されたのだ。彼はそれを暗記してしまった。みんなそうだ。（六八）

この部分で提示されているのは、戦闘員と非戦闘員、言い換えれば、戦場と内地との相克である。それはサスーンの「一兵士の宣言」の最後に書かれている「内地に暮らす多くの者たちが、長引く苦痛をなんの感情も示さず悦に入って眺めている様子を叩き壊す一助になるものと信じる次第である。その連中は兵士の苦痛を分かち合うこともなければ、それを実感するだけの想像力を持ってもいないのだ(8)」という部分と呼応している。

プライアーの「市民」に対する嫌悪感はさらに次のように綴られる。

ときどき、今晩がそうだが、プライアーは市民の姿、音、匂いに身体が反応して吐き気がした。戦線から戻ってくる部隊が放つ いやな匂いを思い出した。あの濃い黄色の悪臭、そのほうがまだここの匂いよりましだ。通りを外れて、おしゃべりをしている連中、女が通るときにいつも鼻におそいかかる化粧のツンとする匂いを避けなければと思った。（七）

ふたつ前の引用部分の最後に書かれていた「ヘイグの命令」とは、一九一八年四月一三日に総司令官のダグラス・ヘイグ（Douglas Haig, 1861–1929）が発表したものである。その内容は「すべての陣地を最後の一兵まで守れ。……我々の大義の正当性を信じて、ひとりひとり最後まで闘うのだ」（六）というものであった。ヘイグはイギリス遠征軍の総司令官だったが、一九一八年の三月にドイツ軍の攻勢を許し、それを受けて連合軍は初めて連合軍総司令官を設け、フランスのフェルディナン・フォッシュ（Ferdinand Foch, 1851–1929）がその任に就いた。「命令」はそのような戦況の悪化の中で出された悲壮な覚悟を示すものである。つまり、『ドアの目』が扱っている一九一八年の春は、負けるかもしれないという空気がイギリスを覆い、社会全体が不安に包まれた時であった。

ダグラス・ヘイグ

国家の不安は市民のあいだに分裂を招く。戦闘員と非戦闘員、戦地と内地の相克に加えて、内地の市民たちの間に分裂的状況がうまれるのだ。のちに出てくるビリング裁判はそれが表出したものだが、ここでは、プライアーが抱える個人の不安とイギリスという国家や社会が抱える不安がパラレルに配置されていることと、不安のなかで作り出された分裂的状況はそれを解消するために必ず攻撃対象を見つけようとすること――多くの場合「味方」の中にそれを見つける。プライアーにとっては市民がそのひとつであった――を指摘しておきたい。

バーカーは三部作においてほとんど戦場を描いてはいない。その代わりに彼女が着目したのは、人類史上初めての「総力戦」における銃後の景色、四年以上の戦いによる国家、社会、国民の動揺と分裂である。『ドアの目』には特にその傾向が顕著に見て取れるが、さらに特徴的なのは、第一次世界大戦を扱った多くの作品がこれまでほとんど取り上げてこなかった、イギリス社会を下から支えていた人々、すなわち労働者階級がその中心に据えられていることである。もちろん、リヴァーズがどれほど優れた研究者、人格者であってもエリートの彼にはそういう人々がどのように「総力戦」に関わっていたかを見通すことはできない。しかし、その一端でもよいから彼にそれを見せつけ、思索すべき対象とさせなければ三部作の屋台骨が揺らいでしまうことになる。プライアーに労働者階級出身の士官というアンビバレントな属性を与え――リヴァーズが勤務していたクレイグロックハート軍用病院は士官のための施設であり、プライアーをリヴァーズに出会わせるためには彼を士官に設定することが必要であった――、その出自、地位ゆえの苦悩と分裂をリヴァーズにぶつけることの意義はここにある。

二　階級と同性愛

チャールズ・マニングという男

マイラにふられたプライアーはハイド・パークに戻る。彼には「春の午後の公園は欲望に満ちている」ように感じられ、「ひどくセックスを欲していた」（七）が、金を払ってのそれは嫌悪しており、その理由はかつて「金を支払われたことがあり、金を支払う人間が、支払われた人間にどのように見えるかを身をもって知っていた」（八）からだった。

ベンチに座っていると煙草の火をかしてくれと声が掛かる。将校の帽子をかぶり、傷病兵であることを示す「戦傷章」を着けているその男の顔には見覚えがあったが何者であるかは思い出せなかった。男はプライアーを自宅に連れてゆく。目的はもちろんセックスであり、そのことをふたりは承知している。家に近づくとその男の家も含め、周囲は空爆の被害を受けていた。

名前をチャールズ・マニング（Charles Manning）というその男には妻子があったが、現在は地方に疎開させ、自身はクラブに寝泊まりしていた。その家の構えやクラブのメンバーであることからしても明らかにミドル・クラス以上の出身である。同じ将校といっても、プライアーのような労働者階級出身者は当時「暫定的紳士（temporary gentleman）」（一九）と呼ばれ、揶揄されていた。彼のミドル・クラス嫌い、パブリック・スクール嫌いは『再生』においても描かれているが、そのような意識が鋭敏に相手の侮蔑的視線を察知する。

彼（プライアー）はマニングの目が、あちこちさまよいながらもいつも彼の袖についている星章に戻ってくることに気づいた。そうだ、俺は士官だ、と心のなかで言った。マニングのことを社会的地位が同等の人間とは性的関係を持てない、要するにそういう人間なのだと疑い始めていた。プライアーはため息をつくと立ち上がった。「これを脱いでもいいかな。暑いから」と言った。……。

暑くはなかった。……彼は労働者の若者へと転じてみせた。マニングがこいつならやってもいいと思えるように。（一一、丸括弧内及び傍点引用者）

プライアーには労働者階級出身という出自と、ミドル・クラスの人間たちが多くを占める士官という階級のふたつの属性があり、この場面のように相手や状況によってそれらを使い分けるのだが、そのこと自体にも彼は葛藤を抱えており、どちらが本当の自分なのか、自分はどちらに落ち着きたいのかはわかっていない。彼の場合、それは軍隊や社会的階級のみならず、親子関係、郷土の友人や知人との関係についても同様である。

合わせ鏡のメタファー

バーカーはプライアーの多層的分裂状況を、鏡を使って巧みに描写している。

プライアーはその家（マニングの家）に入った。背の高い窓は雨戸で閉じられており、家具には白いシーツがかけてあった。すべてに埃よけの布がかかっていたが、背の高い鏡はそのままだった。開いたドアを通して玄関ホールの鏡がそこには映っていた。プライアーには、自分の姿が列をなして長い廊下のように続いているのが見えた。その中の何人かは自分に背を向けていたが、どれが本物なのかはっきりとはわからなかった。彼はその場から移動した。（一〇、丸括弧内引用者）

この合わせ鏡の効果はプライアーの分裂した内面を象徴的に示したものとして秀逸である。「自分の姿が列をなして長い廊下のように続いている」と書かれているように、彼の内面は複雑に、そして多様に解離し、分裂している。(9) 先述した、軍隊における「暫定的紳士」という立場は、もちろん、そのひとつだが、バーカーがこの物語の序盤において彼の親子関係の歪みを示唆するような文章を書いていることも忘れてはいけない。マニングが性交渉の場として択んだのは二階の使用人部屋で、そこにはメイド用の二着の制服が掛けてあった。

プライアーの母親がメイドの仕事を始めたのもここと同じような家だった。……彼は、突然、制服のひとつを取ると、その脇のあたりに顔を埋め、汗の臭いを吸い込んだ。この衝動はセックスとは何の関係もなかったが、同じぐらい深いところから湧き起こったものだった。（一一）

バーカーはここでセックスの比喩を用いて、プライアーの母親に対する感情が本能的な衝動を促すほど深いものであることを示している。それは後述するように、単純に思慕という言葉で片付けられるものではないし、この母親とその夫、つまりプライアーの父親との関係を考えれば、戦場で抱えることになったトラウマとは別の、家族関係の中で形成されたもうひとつのトラウマの存在を予見させるものでもある。

さて、一度目の性交渉を終えたふたりは、互いに軍需省に勤めていることを知る。顔を見かけたことがある気がしたのはそのためだった。怪我や病気のことなどを話しているうちに、ともにリヴァーズの治療を受けていることがわかる。マニングの怪我は外科的なものであるため不思議に思ったプライアーが「シェルショック」かと尋ねると、若い男と一緒にいる現場を押さえられて二か月前に警察に捕まったと答える。弁護士を呼び、「コネ」（一六）のおかげで釈放されたが、心理学者の治療を受けたほうが良いと知人から助言され、最初はヘンリー・ヘッド（Henry Head, 1861–1940）のところに相談に行ったが断られ、かわりにリヴァーズを紹介されたということだった。

当時、イギリス軍は同性愛を「軍人にあるまじき」「軍隊への犯罪」行為とみなし、厳しく取り締まっていたが、戒律違反は続き、実際、開戦から終戦の翌年までのあいだに二二人の士官とそのほかの階級の二七〇人が「猥褻行為」の罪で軍法会議にかけられている。そして、戦争が長期化し、状況が好転しないことのストレスを同性愛者に向ける者がついにあらわれる。それがビリング（Noel Pemberton Billing, 1881–1948）である。

「軍隊への反動行為」が、市民社会への反動行為ともなりえてしまう時代だったのだ。(10)

三　歪んだ愛国心

ビリング裁判

ビリングは一九一八年一月に自らが主宰する『帝国主義者』(*Imperialist*, のちに *Vigilante* に改称) という新聞に「最初の四万七千人」と題する記事を載せた。そこに書かれている内容は、ドイツがイギリス国内の「性的倒錯者」四万七千人分の秘密リストを持っており、そのリストに名前が載っている要人たちを脅迫してドイツに協力させようとしているというものであった。当時、国会議員でもあったビリングは二月に下院議会で同様の趣旨の演説を行い、さらに、四月になるとオスカー・ワイルド (Oscar Wilde, 1854–90) の『サロメ』(*Salome*, 1891) の上演に関して記事を掲載した。カナダ出身の舞踏家モード・アランが主役を務めるこの上演会は、『サロメ』に上演許可証が下りなかったために、有志の会費による私的なものとなってしまったのだが、それについてビリングが書いた文章は脅迫状同然のものであった。

モード・アラン

クリトリス崇拝

モード・アレン（ビリングは彼女の名前さえ正確に書かなかった）によるオスカー・ワイルドの『サロメ』の私的上演会の会員になるためにはデューク・ストリート九番、

アデルフィ、WC、ミス・ヴァレッタに申し込む必要がある。もし、ロンドン警視庁がそのリストを押収することになれば、そこに最初の四万七千人のうちの数千人の氏名が載っていることは疑いようもない。
（二一、丸括弧内及び傍点引用者）

バーカーはこの記事を『ドアの目』にそのまま採用し、巻末の「作者のノート」において二頁ほどの説明を付している。それによればモード・アランはこの記事を名誉棄損とする裁判を起こすが敗訴し、他方、勝訴したビリングが裁判所を出るときには支援者たちに「肩まで高く持ち上げられ」て歓迎されたという。

今日から見れば愚かでおぞましいようなビリングの主張だが、当時のイギリス社会にはハインズが「同性愛は軍隊に対する犯罪であった。それはまた戦時下の市民社会に対する犯罪ともみなされる可能性があった。同性愛者は愛国心を理由に攻撃される可能性があったし、実際にそうなった[11]」と分析するような状況があったということであろう。そして、バーカーがそのような歪んだ社会状況、言い換えれば分裂した世相を作品に反映させる意図を持ってビリング事件を取り込んだことは、「戦況が悪化すると理性ではなくスケープゴートを求める連中がいつもきまってあらわれる」（一五五）とマニングに言わせていることからも明らかである。

怯えるマニング

こうして、我々読者は一九一八年春の、不利な戦況下におけるイギリスの世相の一端を知ることができるわけだが、作者がビリング事件を作品に取り込んだ意図がそこだけにあったとは考えにくい。というのも、本編の主人公であるプライアーが、この事件のことをまったく気にかけていないからだ。また、彼の故郷であるソルフォードの両親、友人、知人の口からこの事件のことが語られる場面もまったくない。つまり、プライアーを始めとした労働者階級の人間たちにとってこの事件は、自分たちの住む世界とはまったく違う世界の出来事なのである。そして、それとは対照的に描かれているのが、事件に怯え、苦しむマニングの姿である。作品の第二章はマニングの描写に終始している。彼の自宅にはビリングの新聞記事が送り付けられるが、差出人はもちろん書いてない。一瞬、プライアーのことを疑うが、すぐに打ち消す。ひどく怯えたまま街に出た彼は、オクスフォード・ストリートで次のような不安に襲われる。

> 店のウィンドウを覗いてみようとしたが、何も見えなかった。尋常な動揺ではなかった。これまででもっともひどいもののひとつだった。裸で、どこか高いところで壁から突き出た板の上にのって、光を一杯に受け、そして下にはあざける声と何百万もの目があるだけだ。（二六）

ここに描かれている「何百万人もの目」のなかにプライアーやソルフォードの労働者たちの目は含まれているのだろうか。その答えは、プライアーに対するマニングの侮蔑的な態度からも明らかなようにもちろん否である。マニングの恐怖や不安は自分と同じミドル・クラスの人間たちに同性愛者であることを見抜かれ暴かれることに対してのそれであり、そもそもビリングの攻撃自体も政府関係者を始めとした国家の中枢、あるいはその周辺にいる人間たちに対するものであった。そして、場所は首都のロンドンである。ビリング事件は北部イングランドのソルフォードの労働者にとってはまさに別世界の出来事であり、バーカーはミドル・クラスにとっての戦争と、地方の労働者にとっての戦争が、同じ戦争とはいえ全く次元の違うところにあることをこのような形で示してみせたのである。リヴァーズもまたこの事件のことを気にしているが、それはサスーンが巻き込まれるのではないかと心配したからである。しかし、彼はプライアーのことはまったく心配していない。これはエリートであるリヴァーズの限界を示すものでもあるが、冒頭にも書いたように、『ドアの目』のテーマのひとつがプライアーによってその限界を突破することにあることも忘れてはならない。

さて、先の引用箇所にはもうひとつ着目したい表現がある。それはマニングのこのときの恐怖や不安がこれまでの彼の人生で「いちばんひどいもののひとつ」だと書かれていることである。彼にとってほかにひどいものがあるとすれば、それはやはり戦場での体験であろう。事実、怯えながらも出かけて行った『サロメ』の上演会で、舞台上の人殺しが彼に思いださせたのはフランスの戦場であった。マニングにはかつて戦場でスカダーという部下を射殺した経験があり、ビリング事件の恐怖はそのときの恐怖を蘇らせる。サスーンやプライアーが戦場での体験によってトラウマを抱えることになったのに対して、マニングは内地において秘密を暴かれることへの恐怖によって、戦場での体験を思い出し、以後、それと向き合うことになる。それはやはり「言葉では表現しようがなかった。フランスがそれを不可能にした」（七八）語りえぬトラウマであり、バーカーはここにおいて神経症のもうひとつの発症の仕方を示しているのである。

四　ドアの目

刑務所の女

マニングとの一件の翌日、プライアーはバッキンガムシャーにあるエイルズベリー刑務所を訪れる。そこに収監されている女、ビーティ・ローパー（Beattie Roper, 以下、ビーティと表記する）に会うためである。その女にかけられた嫌疑はロイド・ジョージ（David Lloyd George, 1863–1945）首相毒殺計画である。

刑務所で階段を昇っていると塹壕からノー・マンズ・ランドを潜望鏡で覗いているような感覚に襲われる。誰もいないようでいて実は多くの兵士たちが隠れているその風景はいつ見ても「不気味（uncanny）」（三〇、丸括弧内引用者）だった。ビーティのいる独房に案内され、暗さに目が慣れるとようやく灰色の人影が見えてきた。やせこけた腕で顔を覆っていた。部屋には粗末なベッドとトイレ用のバケツがひとつあるだけで、そこからは強烈な臭気が漂い出ていた。

　プライアーにとってビーティは子どものころに結核の疑いがあった母親に代わって一年ほど世話をしてもらったこともある恩人とも呼べる存在だった。一瞬、そのころの記憶が蘇るが、目下の問題は首相暗殺計画であり、プライアーは早速、事情を尋ねる。しかし、軍需省に勤務しているのだったらスプラグ（Spragge）という男に聞けとビーティは言う。プライアーはクレイグロックハートを退院後、軍需省の情報部に勤務していた。ビーティに会いに来たのもパトリック・マクドウェル（Patrick MacDowell, 以下マックと表記する）という男――プライアーの幼友達でもある――についての情報収集を兼ねてのことだった。ビーティはソルフォードの街角で雑貨屋を営んでおり、女性参政権運動に参加していたために変人扱いをされていたが戦争が始まるまで孤立してはいなかった。しかし、近所でドイツの犬種であるダックスフントが、はらわたを抜き取られて線路わきのフェンスにワイヤーで括られるという事件が起きたことをきっかけに平和主義者《パシフィスト》としての活動も始め、徴兵拒否者をかくまったりするようになると客は誰も来なくなってしまった。マックもまた自ら徴兵拒否するばかりでなく、拒否者の逃亡の手助けや、軍需工場でストライキを指導するなどの活動をしていた。いわば、ふたりは同志のような関係であった。

　ビーティは毒薬を所有していたために逮捕されたのだが、彼女の話によれば、それは息子のウィリアムを助けるために入手したものだった。ウィリアムは良心的徴兵拒否を申し出たが容認されず、収容所でひどい目に遭っており、不憫に思った母親がそこから脱走させようと収容所の番犬を殺すために娘の夫から毒薬を手に入れたのだった。そして、ビーティによればそれをけしかけ裏切ったのがスプラグという軍需省の男だった。

のぞき窓の目

ビーティとの話の最中に、彼女の口からこの作品のタイトルである「ドアの目」という言葉が語られる。

「……あの子は服を脱がされ、窓にガラスの入っていない石床の監房に入れられたんだ――いいかい、一月にだよ――それから、奴らは軍服を横においていて、どのぐらい寒さを辛抱できるか様子を見てるんだそうだ。あたしは、もちろん、病気になるんじゃないかと心配してね、肺炎になっちまうんじゃないかとね。でも、あの子は困るのは寒さよりもずっと監視されてることだって、手紙で書いてきたんだよ。ドアの目だって」ビーティは声をあげて笑った。「なんのことかわからなかったけどね」

彼女がプライアーの背後を見たので、彼もその視線を追った。そこには丁寧に描かれた目があった。のぞき穴が瞳の位置にあったが、そのまわりに誰かが手間暇かけて血管と虹彩、白目、睫毛、そして瞼を描いたのだ。目などあるはずもなかった場所にあるこの目は、プライアーの心をひどく乱した。一瞬、フランスに戻り、自分の手のなかのタワーズの目玉を見ていた。瞬きをしてそれを振り払った。「怖ろしいね」と言ってビーティのほうに向きなおった。（三六）

『再生』の読者であれば、「タワーズの目玉」がプライアーのトラウマとなった、砲弾によって飛び散り塹壕の踏み台の下に落ちていたタワーズという部下のものであることはすぐにわかるであろう。

ビーティに面会した日の晩、プライアーの頭には監獄にいるビーティやウィリアム、ドアの目、フランスの戦場のことなどが次々に思い浮かび、それらを振り払うために新聞を読もうとするがビーティの姿が大きく浮かんできてしまう。彼女の家に世話になっているころに、ビーティに言い寄る男がいたのだが、娘のヘティがその男の存在を疎んじていたためにいたずらをして懲らしめたところ、彼女からひどく叱られたことも思い出す。

バーカーはここまで書いたところで、急に「今」に時を戻し、プライアーが面接試験のときにのちに上司となるロード少佐（Major Lode）から投げかけられた質問を挿む。「お前はこういう連中と知り合いなんだな」（五七）と。

このあとプライアーは悪夢を見る。夢の中で「風の音、いや風の音だけではない、無人のざわめき」（五八）のする冬の戦場の夢を見、寒さで目が覚める。まだぼんやりとした状態でいると、「目」が自分を見ていることに気づく。絵に描いた目ではなく、生きた目だ。ようやく起き上がって煙草を探しているとドアから目が自分を見ていた。彼はドアにペイパー・ナイフを突きつけ、その目を何度も何度も突き刺した。裸の身体には血が飛び散り、下半身には白い液体がついていた。床に崩れ落ち、泣きじゃくり、その泣きじゃくる音で本当に目を覚ます。

目を覚まして真っ先にドアを見るが、そこに目はなく、ようやく安心するが、射精はしていたし、手にはナイフを持っていた。つまり、夢の一部は現実でもあったのだ。

罪意識のシンボルとしての「目」

バーカーはおよそ七頁にわたってこの晩の様子を描いているが、プライアーの動揺ぶりに気を取られるあまりに、途中に何気なく置かれたロードの台詞を見逃してはいけない。なぜなら、「お前はこういう連中と知り合いなんだな」というその言葉は、「こういう連中」を裏切る覚悟があるかどうかをプライアーに確認するためであるからだ。もちろん、それを受け入れたうえでプライアーは情報部の仕事に就いたのであろうが、ビーティと会い、ハンストによって痩せこけてしまった彼女の姿や裸で監房に置かれたウィリアムのことを思い浮かべ、幼い日のソルフォードでの記憶をたどるうちに覚悟が揺らいだとしても不思議ではない。そして、作品ではロードの台詞のすぐあとにドアの目の悪夢が描かれている。これは、ロードの台詞と夢の中のドアの目に関連があることを示す配置であり、その関連とは仲間や友を裏切ることになるかもしれないといううしろめたさ以外には考えにくい。つまり、悪夢のなかでプライアーをじっと見つめる「目」は、ソルフォードの人々を詮索する（pry）自分の目であり、そのうしろめたさゆえに彼は怯えているのである。それは彼の「罪意識のシンボル」[12]なのだ。

プライアーはこのことにリヴァーズとの話のなかで思い至る。クレイグロックハート病院からロンドンの病院に転勤したリヴァーズはプライアーの退院後も自宅で相談に応じていたのだ。

「ウィリアムなのかビーティなのかよくわからないけど完全に同化していたのです。たぶん、ウィリアムです、だって、ぼくは裸だったから。ぼくはあのふたりが置かれた状況のなかでいちばんひどいと思われるものを攻撃しました、それが例の目なのです。常に監視されている。……夢のなかではぼくがどちらについているかは明らかなんです。ふたりの側です」

リヴァーズは待った。プライアーが言葉をつなぐことができないことが明らかになったので「君は彼らが置かれた状況のなかでいちばんひどいのがその目だというのだね」と言った。

「そうです」

「いつも監視されていると？」

「そうです」

リヴァーズは優しく尋ねた。「ミセス・ローパーとの面会のときには、誰がスパイだったのかね」

「ぼく」プライアーの口元がゆがんだ。「ぼくでした」

再び沈黙した。リヴァーズは「それで」と促した。

「それで」とプライアーはいらだったように繰り返すと、人差し指で激しくこづいた。「『目（eye）』が

『ぼく（Ｉ）』のなかのぼく自身を突き刺していたんだ。こんなダジャレ誰も面白いと思わないでしょうね」（七五、丸括弧内引用者）

こうしてプライアーは、ドアの目の正体が「スパイ」としてビーティを始めとしたソルフォードの友人たちを監視する自分自身の目であることを自覚する。そして、そのうしろめたさを抱えたままにソルフォードを訪れたあとに、ロンドンで分裂病を発症する。この流れに沿えば、分裂病の原因が友人たちの側につくのか、それとも裏切るのかという苦悩にあるように考えられるが、それだけで彼の内面が作り出す「別人格」の性格を説明することはできない。というのも、「別人格」は常軌を逸した攻撃性や暴力性を有しており、先のリヴァーズとの会話によって、友人たちに対する自分の立場についてある程度冷静に自覚できたはずのプライアーとはすぐには結びつきにくいからである。作品ではソルフォードに向かう車中でプライアーが読んだという設定で、ビーティやマックなどの事件関係者の手紙が紹介されているが、このときプライアーの感情の動きについてはほとんど言及されていないのは、プライアーが冷静さを取り戻したことの何よりの証である。

それでは、プライアーの「別人格」が見せる常軌を逸した攻撃性や暴力性は、どこから生み出されたものなのだろうか。それは、暴力、あるいはそれに対する恐怖の結果としてプライアーの内面に巣くうことになったトラウマと深く関わるものであるが、そのことについては第六章で詳しく論じることにする。

五　故郷に帰るプライアー

労働者階級の若者にとっての戦場

第八章でプライアーは故郷のソルフォードに帰る。スプラグの嘘を暴く証拠を集め、ビーティを牢獄から助け出すためだった。会うべき対象はビーティの最も近くにいた人物、すなわちヘティとマックだ。

久しぶりに実家に帰り両親に再会するが、以前と何も変わってはいなかった。夕方になり父親は外出のために身支度をしていた。パブに行くのだ。母親はそれを苦々しく思う。「このピリピリして無意味な無言劇」を子どものころから何度見てきたことか。久しぶりに会っても父子で飲みに行くなどありえない。妻から「何時に帰るんだい」と声をかけられると、夫は「一一時ごろだ。先に寝ていろ」と言う。このやりとりもいつもと同じだった。今日も母は起きて待っているに違いない。（八九—九一）

ヘティに会いに行く道すがらミセス・ソープやミセス・ライリーという旧知の人々に会う。故郷の町にもあちらこちらに戦争の影響が見られた。肉の供給は減り、パンの色はくすんでいても、軍需工場のおかげで女たちは収入を得て義歯をつけ、ゴミ箱にはロブスターの空き缶さえころがっている。かつて女たちは夕方になると家の前の踏み段で井戸端会議をしていたが、今はパブで談笑している。その一方で、通りの家々の窓に戦死者を示す黒縁のカードが貼られており、さながら亡霊たちの住処のようであった。

ヘティと話をしているうちに彼女の家にマックが隠れていることに気づいたプライアーは、帰りがけに彼に聞こえるように牛舎を通って帰宅するつもりだと言う。案の定、マックはそこに来る。

プライアーは自分を信じてほしいとヘティだけでなくマックにも語り、ふたりとも一応はそれを受け入れる。しかし、ふたりとの再会の場面で多くの頁を割かれているのはそのやり取りではなく、子ども時代の記憶である。

これまでの説明でわかるように、ソルフォードに滞在中のプライアーを描くにあたり、作家は故郷とそこに住む人々に関する彼の戦争前の記憶を柱とすることで、彼のなかに今なお郷土意識のようなものが残っていることを示唆している。そして、その締め括りとしてプライアーの故郷に対する次のような心情を記述している。

自分と同僚の士官たちとの違いのひとつ、たくさん違いはあるが、そのひとつが奴らにとってはイングランドは牧歌の場所だということだ。野原、小川、木立に囲まれた谷、樹齢を重ねた楡の木に囲まれた中世の教会。プライアーにとって、圧倒的多数の男たちにとって、機械のような存在になって、個性をつぶして機械の歯車になっている男たちにとって、戦場は、あの忌々しい風景は、本国でその男たちが知っている暮らしと違わなかった。バーミンガム、マンチェスター、グラスゴー、ウェールズの炭鉱町、……（一一六）

ここに書かれているのは、ミドル・クラスの人間たちにとっては戦場でどれほど悲惨な環境に置かれても、祖国に帰ればそこには落ち着いた牧歌の風景があるのかもしれないが、プライアーのような労働者階級出身の多くの兵士にとっては、戦場の悲惨な環境はそれまでの生活の延長に過ぎないという思料である。

この内容は第一次大戦を扱った多くの小説のなかでも独特の光彩を放っている。というのも、パット・ウィーラーが「第一次世界大戦の文学上の遺産は多くがミドル・クラスのものと考えられる[13]」と言っているように、第一次世界大戦を扱った文学作品においては労働者の視点から戦争や戦場が語られることがほとんどないからである。たとえば、レベッカ・ウェストの『兵士の帰還』（*The Return of the Soldier*, 1918）では、戦場の悲惨さが、ミドル・クラスの静穏な生活と牧歌的な庭園との比較によって強調されるというような描かれかたがされており、サスーンの詩や伝記についてもそのような指摘がなされている。それに対してバーカーは労働者の街と友人、知人、そしてそれらにまつわる記憶をしっかり描出したのちに、先のプライアーの思いを置いている。つまり、労働者階級の内側から発せられた声としてそれを記述しているのだ。

先の引用にはもうひとつ指摘しておかなくはいけないことがある。それは故郷に対するプライアーの心情が、労働者階級の若者全体の心情として一般化されていることである。プライアーは確かに労働者階級の出身であり、それが彼の重要な属性のひとつであることは間違いないが、バーカーはこの箇所以外では彼の出身階級へのこだわりを一般化したり類型化したりはしていない。そもそも類型化をめざすのであれば、労働者階級出身の士官というアンビバレントな立場に彼をおく必要はないであろう。小説とは基本的にかけがえのない個人の経験を語るものであり、そのことをじゅうぶんに理解しているはずの作者が、ここでは明らかに普遍化を試みている。なぜ、ここに限ってそのような書き方をしたのだろうか。われわれは次の作者自身の言葉によってその答えを知ることができる。

実質的にはすべての第一次世界大戦の回想録ではイングランドの牧歌的な田園と前線が対照をなしているのに対して、わたしは炭鉱夫や鉄鋼労働者にとってそれは対照ではなく論理的帰結だということを何としても示したかったのです。彼らは機械によって統制された人生を送っていて、その延長線のすぐ先で兵器によって殺されるのです。[14]

この発言が先のプライアーの心情とほぼ同一内容であることはすぐにわかるであろう。つまり、労働者の街に生まれ育ち、祖父の腹部の傷によって第一次大戦の悲惨さを実感したバーカーは、自らのメッセージをプライアーに託したのである。[15] それは、大戦を扱った小説作品のなかに自らの故郷、家族、友人、知人の姿を位置づける試みでもあっただろう。

居場所なきプライアー

繰返しになるが、バーカーは先の場面以外の箇所ではプライアーを労働者階級出身の若者の典型に仕立てるようなことはしていない。彼の苦悩はあくまでもひとりの「個人」としてのそれである。

プライアーがセアラと雨宿りするキュー・ガーデンのパーム・ハウス

　ソルフォードは故郷とはいえ、プライアーの心を慰める場所ではなかった。この町の住人たちをスパイする側に自らの身を置いているのであるから、それは当然のことであるが、そもそもバーカーは三部作を通してプライアーには「居場所」をいっさい与えていない。恋人のセアラにしても「避難所」[16]にすぎず、『ドアの目』ではそのセアラとの短い逢瀬のあいだに後述するような別人格を彼女に見せてしまい、「あなたから憎しみが出ているのがわかるの。フランスに行っていない奴はクズだって。わたしを含めてみんなを蔑んでいる」(一九一)と言われてしまう。そして、気まずいままに別れ、以後、本編に彼女が登場することはない。

　マニングやサスーンもまた自分のなかに相反するものを抱えているために、心的に不安定な状況にある。マニングは同性愛者であることを暴露されることを恐れ、サスーンには「反戦詩人、平和主義者」としての顔と、「血に飢えた有能な指揮官」(二三三)としての相矛盾するふたつの顔があった。しかし、彼らはプライアーのようなひどい分裂病を発症することはない。なぜなら、彼らには居場所があるからだ。マニングはビリング事件によって大きな精神的ショックを受け入院さえするが、それでも彼は「コネ」(プライアーは彼がチャーチルと歩いている姿を目撃している)と組織に守られており、幸せそうな家族に囲まれて暮らす様子が作品の最後には描かれている。また、サスーンの場合も自分のふたつの顔に悩み苦しむものの、彼には莫大な富があるほかに、守ってくれる友人、知人があり、その多くが著名人であった。そして何よりも詩人としての名声があった。

マニングもサスーンも戦場でひどい経験をし、精神的にも相当の打撃を受けた。しかし、戦場は彼らにとって特別な非日常の世界であり、内地に戻れば少なくとも表面的にはふたたび落ち着いた生活に戻ることができる。しかし、プライアーはそうではない。

プライアーにとって戦争の「大義」とは何だったのだろうかと考えざるを得ない。言い換えれば、彼にとって闘うことの意義は何だったのだろう。サスーンは、「防衛と解放」のために兵士となったが、いまやその大義が失われ単に「侵略と征服」の戦争になってしまっているとして「一兵士の宣言」という抵抗の文章を書いた。つまり、彼が問題にしたのは戦争の大義である。しかし、プライアーが戦争の大義を口にすることなど一度もない。作家は、士官とはいえ、労働者階級出身のひとりの名もなきこの若者に、孤立のなかで――リヴァーズの家で過ごす二週間のあいだに心休まる一瞬があったかもしれないが――、徹底的に「個」の問題として戦争というものの実体に向き合わせるのである。

六　トラウマの正体

別人格で現れるプライアー

プライアーの抱えるトラウマの実体は作品の後半、第一九章で明らかにされる。この日プライアーは約束の時間よりも二時間以上遅れてリヴァーズの前に現れる。しかし、それは「別人格」のプライアーだった。クレイグロックハートで最初に会ったときのように弱々しさと威嚇的態度がぎくしゃくとまじりあっていた。その男はもうひとりのプライアーのことを三人称で呼び、「おれは代役だ」、「二年前に生まれたんだ。フランスの漏斗孔で……」（二四〇）と言う。そして、プライアーがスプラグを嫌悪するのは父親にそっくりだからと言い、次のエピソードを語る。

「……両親が喧嘩をしているときにあいつは下に降りて行って割って入ろうとしたんだ。すると父親がつかみ上げてソファに投げつけたんだ。ただ、ちょっと酔っぱらってたんで、ソファじゃなく壁に当たっちまったんだ。それから奴は下に降りてこなかった」

「あいつは怒ってたよ。いつもこんなことしてた」プライアーは握りこぶしで手のひらを叩いてみせた。「クソ、クソ、クソ、クソってな。奴は怖かったんだ。たぶん怖かったんだ。それでもあまりに腹が立ったときには下に降りて行ったものさ。それで晴雨計をじっと見て、全部忘れるんだ」（以上、二四〇―二四一）

この話のあとリヴァーズがプライアーにできないことがなぜ君にはできるのかと尋ねると、自分は戦うことが得意で、それは何も怖くないし、痛みも感じないからだと答え、タバコの火を手のひらでもみ消してみせる。そして、そのとき人格が入れ替わり、本来のプライアーが現れる。その夜、リヴァーズはプライアーの別人格が子どもっぽい言葉遣いをしていたことに気づき、父親の問題が出発点だとの確信を得る。そして、翌朝、プライアーのトラウマの正体が明らかになる。それは両親の不和と晴雨計であった。

両親と晴雨計

プライアーは両親の喧嘩が始まると階段に座っていたが、左には晴雨計があり、それは子どものころの彼にとってテディベアのような遊び友だちだった

「……晴雨計にはよく光が当たっていました。通りの灯りでした」彼は肩越しになんとなく思い当たることがあったかのような仕草をした

「ばかげたことに聞こえるかもしれませんが。ぼくはよくそのガラスの光のなかに入り込んでいました」

長い沈黙。

「喧嘩がひどくなったときです。ぼくはその場にいたくなかったんです」（二四八）

この段階までプライアーは、フランスで始まった分裂症状はクレイグロックハートで快方に向かっていたものの数か月前に再発したと考えており、なぜ、両親の喧嘩と晴雨計が自分の別人格と関連しているのかをすぐには理解できない。それについてリヴァーズは次のように説明する。

「いや、晴雨計と関係があると思う。君は幼いころにひどく不愉快なことに対応する方法を見つけたんだと思う。ある種の忘我状態に身を置く方法を見つけたんだ。ひとつの解離状態だ。それから君はフランスに行き、耐えられないような心の抑圧のもとで、その方法を再発見したんだよ」（二四八）

プライアーはこの説明を聞き、最初に症状が出たときにパブでビールグラスに当たる太陽の光を見ていたことを思い出す。

両親の喧嘩への嫌悪、特に父親の暴力に対する恐怖から逃れるすべとして見つけたのが晴雨計に映る光のな

かに入り込むことであった。[17] 実は、プライアー自身、自分のなかにどれほど深く、そして強く不仲な両親が刻まれているかがわかっていた。

そして、彼（プライアー）は喧嘩をする両親を超えてはいなかった。彼はその喧嘩の産物だった。あの男とあの女――根本的な構成要素だ、自分個有の性格などほとんどない――が彼のすべての細胞のなかで引っ掻きあっていて、それが死ぬまで続くんだ。（九〇、丸括弧内引用者）

実家であれば晴雨計のなかに逃げ込むことも可能であったろうが、もちろん、戦場に逃げ込む先としての晴雨計などあるはずもなく、そこで恐怖に打ち勝つべく「戦うことが得意」な怖いもの知らずの別人格をつくりあげたのだった。プライアーがスプラグに対して身体レベルの嫌悪感を覚えたのも、彼が父親に「そっくり」だったからであり、彼に対してひどい暴力をふるったのも、もうひとつの人格は父親に、あるいは父親の与える恐怖に「勝つ」ために生まれたからだ。

確かに晴雨計に逃げ込む直接の原因となったのは父親の暴力だったが、母親の存在も忘れてはならない。教育熱心な母親は教区司祭のマッケンジーに息子の特別授業を依頼するが、プライアーはその司祭にレイプされてしまう。一一歳の時のことである。プライアーがそのことを母親に告げなかったのは、彼女が自分のために一週一シリングというとても「工面できそうにもない」（一三八）金額を授業料として支払っていたことを知っていたためであろう。母親の期待に応え教養を身に付けた息子は、軍隊では士官となった。しかし、戦場で求められたのは「男らしさ」や「力強さ」、そして「暴力」であり、その意味で、もうひとつの人格は、穏やかであることを重んじる母親の教育への反動として生まれたとも考えられるのである。

加えて言えば、プライアーの性的放胆さは、母親がきっかけを作った、司祭によるレイプが原因であるとみなすのが自然であろう。マニングの家でメイドの制服を抱きしめる場面や、「ぼくは性について罪悪感を感じないようです」——リヴァーズはこれを否定するが、この発言がなされた段階ではまだ少年時代のレイプのことを知らされていない——という台詞は、母親に対するまさに愛憎入り混じった言動であると言えよう。

プライアーの病気の特徴は、別人格の言動についての記憶が欠落してしまうことである。何をしでかすか、何をしたのかもわからないもうひとつの人格を内面に抱えることの恐怖の大きさはどれほどであろうか。

結び　恐怖ということ

わからないところに住むモンスター

プライアーには別人格の言動についてまったく記憶がない。そのことに怯えた彼はリヴァーズに相談し、『ジキル博士とハイド氏』を読んだことがあるかと訊く。その質問を受けてリヴァーズが解離性障害について説明しているときに、プライアーはリヴァーズが時々目をこすることに気がつく。リヴァーズは疲れのためだと言うが、プライアーは「気になることがあるときにやっている。自分の感情を隠すためだ」と言い返す。するとリヴァーズは自分には「視覚的な記憶がない」のだと告白する。

リヴァーズが自らの視覚的記憶障害のことを語ったのは、その体験を通して、記憶を失うことの恐怖を多少なりとも知っていることをプライアーに伝えるためだ。リヴァーズは恐怖を克服する方法として次のようなアドバイスをする。

記憶がない部分を、モンスターで埋めてしまわないように気を付けなさい。みんなそういう傾向があるんだ。空白が生じるとすぐに、最悪の恐怖をそこに投射し始めるんだ。ちょっと中世の地図作りの手引書に似ている。わからないところには、モンスターをおいておけってね。でも、君はそんなことをしてはいけない。だって、君が実際に経験していることは、君自身を絶え間ない、と、とてもネガティヴな暗示の流れに従わせていることだからね。（一三九、傍点引用者。リヴァーズには吃音がある）

プライアーはそれでも「モンスター」の存在を打ち消すことはできない。最後に彼は言う。「ぼくは怖いんです」（一四〇）と。

プライアーは両親の不和によって、あるいは喧嘩の絶えない両親への嫌悪からトラウマを内面に抱えることになったが、そのこと自体は当時も今も誰にでも起こりうることであろう。問題は、プライアーの場合、それが戦場での経験によって増幅されてしまったことである。その結果、彼は解離性障害を発症し、故郷も友人も、そして今や恋人さえ失いかねない状態にある。バーカーはこうして、個の問題を戦争という公の問題と結びつけ、最後にまた、個の問題へと転じている。しかし、個の世界に戻ってきたプライアーが知ったのは、もはやイギリスに自分の居場所はなく、孤独のなかで恐怖と向き合うしかないという現実であった。

ひょっとしたら、プライアーに郷土に帰り、ビーティやマックと一緒に反戦運動に参加するという逃げ道があったのかもしれない。しかし、作家が択んだのは、「別人格」にマックの居場所を通報させるという裏切り行為をさせることであった。また、プライアーはビーティの解放に向けてマニングなどにも働きかけるが、もちろん、それも無視されてしまう。そこにあるのは友さえ裏切ってしまった無力な若者の姿でしかない。

激烈にして放胆な言動に気を奪われてしまいがちだが、プライアーの奥深くにしまい込まれたトラウマは両親との確執によって生み出されたものであり、それは誰にでも起こりうる現象である。しかし、その若者は悲惨な戦場を経験することで、そのトラウマを増幅させ、内面に「得体のしれない恐怖《モンスター》」という闇を作り出してしまう。これが、ひとりの作家が、戦場をほとんど描くことなく、また、国家や社会よりも名もなき個人に密着することで暴き出したひとりの兵士の、そして戦争の恐怖である。

作中で何度か描かれるノー・マンズ・ランドの、誰もいないように見えて実は敵兵が隠れている不気味な光景は、自らのなかに得体のしれない別人格を抱えているプライアーという存在と重なって見える。プライアーという激烈な人物を通して描かれたのは、実は、不気味な静寂さに潜む戦争の「恐怖」だったのである。そして、この記憶としての戦争の恐怖を我々が忘れたときに、本当の恐怖が訪れるのであろう。

注

（1）Pat Barker, *The Eye in the Door* (1993; Penguin, 1994), p. 76.　以下、この作品からの引用はすべてこの版を用い、ページ数を括弧内に併記する。
（2）Donna Perry, "Pat Barker", *Backtalk: Women Writers Speak Out* (New Brunswick, NJ: Rutgers UP, 1993), pp. 52–53.
（3）John Brannigan, "An Interview with Pat Barker", *Contemporary Literature*, Vol. 46, No. 3 (Autumn, 2005), p. 381.
（4）市川薫「記憶の再生と継承——パット・バーカー『再生』論序説」津久井良充・市川薫編著『〈平和〉を探る言葉たち——二〇世紀イギリス小説にみる戦争の表象』（鷹書房弓プレス、二〇一四年）二七四—二七八を参照のこと。
（5）R. L. Stevenson, *Strange Case of Dr Jekyll and Mr Hyde* (1886; Penguin, 2002), p. 56. 日本語訳については海保眞夫の訳書（岩波文庫、一九九四年）を使用させていただいた。
（6）Pat Barker, *Regeneration* (1991; Penguin, 1993). p. 78.
（7）Sharon Monteith, *Pat Barker* (Devon: Northcote House Publishers, 2002), pp.67–69.　及び、Nick Hubble, "Pat Barker's *Regeneration* Trilogy", *British Fiction Today* (London: Continuum International Publishing Group, 2006), p. 159. を参照のこと。
（8）Pat Barker, *Regeneration*, p. 3.
（9）Sheryl Stevenson, "The Uncanny Case of Dr. Rivers and Mr. Prior: Dynamics of Transference in *The Eye in the Door*",

Critical Perspectives on Pat Barker (South Carolina: University of South Carolina Press, 2005) p. 219.

（10）Samuel Hynes, *A War Imagined: The First World War and English Culture* (London: Bodley Head, 1990), pp. 225–26.

（11）Samuel Hynes, p. 226.

（12）Pat Wheeler, "“Where nnknown, here place monsters”: Reading Class Conflict and Sexual Anxiety in the *Regeneration* Trilogy", in Pat Wheeler ed. *Re-reading Pat Barker* (Newcastle upon Tyne: Cambridge Scholars Publishing, 2011), p. 53.

（13）Pat Wheeler, p. 50.

（14）Eddie Gibb, "Minds Blown Apart by the Pity of War", *The Sunday Times* (24 November 1996). p. 4.

（15）Donna Perry, p. 47.

（16）Pat Barker, *Regeneration*, p. 216.

（17）晴雨計と眼球、そして不気味な恐怖という連想については、ホフマンの「砂男」、および、その作品の事例研究を行っているフロイトの「不気味なもの」というエッセイの影響を考慮する必要があろう。

2章　生命科学と資本主義の協同、あるいは現代のディストピア
――マーガレット・アトウッド『オリクスとクレイク』における語り／フィクション／共同幻想

岩井　学

セルム　腐海は人の手が造り出したものというのですか⁉
ナウシカ　エエ……　そう考えるとすべてが判って来ます

宮崎駿『風の谷のナウシカ』第七巻

貨幣は、これまでに考え出されたもののうちで、最も普遍的で最も効率的な相互信頼の制度なのだ。

ユヴァル・ノア・ハラリ『サピエンス全史』第一〇章

序　現実世界とフィクションのあいだ――思考実験型小説《スペキュラティヴ・フィクション》としての『オリクスとクレイク』

次のようなディストピアを想像してみて欲しい。
国民のメール、サイトの閲覧履歴はもちろんのこと、電話の音声データや電子ファイルデータまでもすべて

国家の諜報機関によって剽掠され、国家はいつでもそれらを閲覧することができる。バイオ化学メーカーは、強力除草剤だけでなく遺伝子接合《ジーン・スプライシング》によってその除草剤に耐性を持たせた種子を開発し、セットで販売する。一方農家は、その企業が開発した種子と除草剤を使うことが法律で義務付けられ、種子を自家採種することすらできない。また可愛がっていたペットが死んでしまったら、すぐにそのクローンを注文し、数か月後には手元に届けられる。さらに植物や動物にとどまらず、人間の受精卵の遺伝子を操作し、特定の病気に耐性を持った双子のクローン人間が生み出される。そしてこのような利益の見込める科学研究とは対照的に文化活動は軽視され、大学では経済活動に資する研究・教育が優遇され押し進められる一方、体制に批判的と見做された学者たちの名前は名簿から削除されていく……。

マーガレット・アトウッドの『オリクスとクレイク』(*Oryx and Crake*, 2003)は、この悪夢のようなディストピア世界を描いている……?　いや、薄々お察しの通り、これらは今、現実にこの世の中で起こっている事態であり、フィクションではない[1]。しかしながらこのような現実はアトウッドが描く世界と時として重なり合い、その境界はしばしば融解する。それは現代の世界に対する彼女の問題意識ゆえであると同時に、彼女が意識的に採用している手法のためでもある。アトウッドはSFつまり空想科学小説《サイエンス・フィクション》と、思考実験型小説《スペキュラティヴ・フィクション》とを区別し、自分の作品は後者であるという。

私は、今日の世界では不可能なことが起きる作品を空想科学小説《サイエンス・フィクション》と定義します。不可能なこととは、例えば高度な宇宙旅行や時間旅行だったり、他の惑星や銀河で緑色の怪物が発見されるとか、あるいは我々がまだ開発していない様々なテクノロジーが使われるといったようなことです。しかし『侍女の物語』では、過去のある時点において、あるいは現在において、人類が——他の国々も含めて——まだなしえていないことは起こりませんし、また人類がまだ開発していないテクノロジーが必要となることも起きません。この作品に描かれているのは、我々が既にやったこと、今やっていること、あるいは明日にでも始められるであろうことです。まだやり方が分からないことは起こりませんが、しかしそこに投影された方向、つまり私の描いた未来社会の基盤となる方向へと向かう流れはすでにできているのです。そのため私は『侍女の物語』を空想科学小説ではなく思考実験型小説《スペキュラティヴ・フィクション》と呼び、さらにいえばユートピア小説のネガとも言えるディストピアと呼ぶのです。[2]

このことは、科学による生命の操作と生命倫理の危機、経済最優先とそれによる文化の軽視、産業を牛耳る大企業による個人情報の収集と管理、行き過ぎた経済活動による環境破壊と地球温暖化などが描かれる『オリクスとクレイク』についても同様である。

『侍女の物語』同様、『オリクスとクレイク』も思考実験型小説であり、いわゆる空想科学小説ではありません。この小説には銀河を行き来する宇宙旅行やテレポーテーションは描かれませんし、火星人も出てきません。『侍女の物語』の時と同じように、我々がまだ発明していないこと、発明がまだ始まっていないことは描かれていないのです。小説というものは常に「もし○○だったら」という形で始まり、続いてその小説の中心的命題が展開されていきます。『オリクスとクレイク』の場合の「もし○○だったら」は単純で、「もし我々がすでに歩み始めている道をこのまま進んでいったら?」、「その坂はどれくらい滑りやすいだろうか?」、「我々が存在したことによる利点は何なのか?」、「誰が我々を止めてくれるのか?」といったものです。[3]

現実世界ではまだ『オリクスとクレイク』に追いついていない部分があるとはいえ、その両者は並走しており、アトウッドの作品を読んでいてまさに現在の世界の姿が描かれているように感じられるのはこのためである。

一　マーガレット・アトウッドと作品

マーガレット・アトウッド（Margaret Eleanor Atwood）は一九三九年、カナダのオタワで三人兄妹の二番目として生を受け、大自然に囲まれて育った。アトウッド家は昆虫学者の父カールを始めとする理系一家であり、彼女が子どもの頃は、家には父の弟子など科学者たちが出入りしていたという。[4] 高校生の時に創作に目覚め、トロント大学英文科に進学、ノースロップ・フライなどの元で学んだ。その後大学院進学のためアメリカへ渡り、博士課程はハーバード大学大学院へと進む。しかしアカデミックな活動より詩を中心とする創作活動に傾倒し、『サークル・ゲーム』（カナダ総督文学賞）、『スザナ・ムーディーの日記』などを出版。小説の執筆は六九年出版の『食べられる女』に始まるが、彼女を現代の重要な作家として広く認知させたのが、一九八五年に出版された『侍女の物語』であろう。ギレアド共和国（現在のアメリカ合衆国）で女性が徹底的に抑圧され虐げられる社会を描く近未来小説である。実在するのか罠なのか分からない闇の地下組織、人目を忍んでの禁じられた恋、支配層と非支配層に階層化された社会、物語後の補注など、多くの点で『一九八四年』を想起させるこのディストピア小説は、二度目のカナダ総督賞、アーサー・C・クラーク賞など四つの賞を総督

マーガレット・アトウッド

めにした。その後も、歴史上の事件に着想を得た『またの名をグレイス』（ギラー賞）、『昏き目の暗殺者』（ブッカー賞）など話題作を次々と発表している。

またシェイクスピア没後四〇〇年を記念したホガース・シェイクスピア・プロジェクトの一環として執筆された『魔女の子種』（邦訳（『獄中シェイクスピア劇団』）では『テンペスト』を現代に翻案し、仲間の奸計によって演劇界から追放される演出家の復讐劇を描いた。さらに二〇一九年には『侍女の物語』の続編として『請願』（*The Testaments*）が出版され、ブッカー賞の規定に反してバーナーディーン・エヴァリストとの二人同時受賞となった。さらにそれにとどまらず、漫画『エンジェル・キャットバード』第一～三巻、自身のホームページ（http://margaretatwood.ca）やSNSでの発信と多彩な活動を続けており、『ケンブリッジ版マーガレット・アトウッド必携』の編者コーラル・アン・ハウエルズはアトウッドについて、作家であるだけでなく文学界のセレブ、メディアのスター、大衆パフォーマー、文化批評家、社会歴史家、環境保護論者、人権擁護者、政治風刺家、漫画家でもあると論じている。(5)

二　『オリクスとクレイク』

このように多彩な顔を持つアトウッドが二〇〇三年の『オリ

マーガレット・アトウッドのホームページ

クスとクレイク』を皮切りに、『洪水の年』(*The Year of the Flood*, 2009)、『マッドアダム』(*MaddAddam*, 2013)と発表したのが、『マッドアダム』三部作と呼ばれる作品群である。第一作『オリクスとクレイク』の舞台は、地球規模の伝染病により地上からほぼ全ての人類が死滅した(と思われる)近未来(著者の説明によると二〇二七年頃[6])。唯一生き残ったらしい主人公スノーマンがこの終末後の世界を生き抜きながら、自分がジミーと呼ばれていた惨禍以前の世界を回顧する。この小説では、ジミーとして生きてきた過去の回想と、彼と共に生き残ったクレイカーと呼ばれる者たちを手なづけながら終末世界を生きるスノーマンの現在という二つの語りが交錯しながら、世界が破滅へと至った過程とその理由が明らかにされていく。

『オリクスとクレイク』のプロット

過去形で語られる、主人公がまだジミーと呼ばれていた頃の物語の舞台は北米、アトウッドの言によればマサチューセッツ州のボストン近郊である。[7] ジミーの父は「ジェノグラファー」、あえて訳せば遺伝子デザイナーとでもなろうか、臓器移植用に人間と同じ臓器を持った、豚をもとにしたピグーンと呼ばれる動物を遺伝子操作で作り出す研究をしていた。ジミーの母は元々は父と同じオーガンインク・ファームで働いていた微生物学者で、有害なタンパク質に対してピグーンに耐性を持たせるための研究をしていた。主人公の両親が開発に携わるピグーンには、この小説のテーマの多くが凝縮されている。すなわちバイオテクノロジーによる生命の操作、効率という至上命題、そして科学と経済の強固な結びつきである。

ピグーン計画の目標は、遺伝子操作により特定の遺伝子の機能を失わせたブタを宿主として、ヒト組織からなる各種臓器を培養することだった。これらの臓器は拒絶反応なくすんなり確実に移植でき、かつ年々菌株が増えつつある日和見《ひよりみ》感染する細菌やウイルスの攻撃にも耐えることができる。……ピグーンは〔臓器が取られた後も」生き続け、再び臓器を培養する。ロブスターが鋏を失ってもまた新たに生えてくるように。こうすることで無駄を減らせるのだ。なにせピグーン一頭を育てるにも莫大な飼料と手間がかかっている。オーガン・インク・ファームには多額の資金が投じられているのだ。[8]

しかしこのように人間が自分たちに都合の良い世界を作ろうとする一方で、地球はあちこちで悲鳴をあげていた――「沿岸部の帯水層が塩水になり、北部の永久凍土は溶け、広大なツンドラはメタンガスで泡立ち、大陸中央の平原地帯の干魃が延々と続き、アジアの大草原地帯が砂丘と化し……」（二七）。気温上昇と毎日の夕立のためバーベキューは廃れ、ハーバード大学はすでに水没し、一方でテキサスは干魃で干上がってしまっていた。

人間の世界はというと、労働者階級の住むヘーミン地《プリーブランド》と、巨大企業で働くエリート科学者や役員、幹部たちの住む構内《コンパウンド》の居住地区とに二極化していた。後者に住む主人公のジミーは、ヘルスワイザー高校に通う、ひょうきんでそれなりに聡明な学生であった。この高校で彼は、小説のもう一人の中心人物クレイクと出会う。ヘルスワイザーの上級研究員であった父親を幼い頃亡くしたクレイクは人と交わることを好まず、感情もあまり表に出さなかったが、その対照的な性格ゆえかジミーとはよく気が合い、二人は「クイックタイム・オサマ」や「エクスティンクタソン」といったネットゲーム、またポルノや暴力の絡んだネット動画に熱中するようになっていった。三人目のキーパーソンであるオリクスと思《おぼ》しき少女をペドフィリアポルノサイトで目撃するのもこの頃である。クレイクと出会って程なくして、夫婦喧嘩の絶えなかったジミーの母親が失踪、その後彼女を危険人物とみなし追跡するコープセコーにジミーは付きまとわれることとなる。コープセコーとはコーポレーション・セキュリティ・コープスの略で、巨大企業が雇う公安警察組織である。[9] のちにジミーは、母親が反逆罪で処刑されたことを知る。

理系科目に天才的な才能を発揮するクレイクは、理系エリートの集まるワトソン・クリック学院（通称「アスペルガー大学」）へと進学した。それに対し、文系が軽んじられた当時、聞きなれない専門用語や死語になぜか魅了されるジミーは、三流とされたマーサ・グレアム・アカデミーに進学した。実在するアメリカのダンサーの名を冠したこの大学は、もともとは人文科学と舞台芸術を中心とした文系大学であったが、実学重視の風潮のため企業活動にとっての有用性という観点からカリキュラムが組まれていた。例えばジミーが履修した「応用修辞学」は、企業のマーケティング技術を学ぶためのものでしかなかった。彼は数多の女性たちと浅く短い関係を続けながら満たされない日々を送り、クレイクともだんだんと疎遠になっていった。

パラダイス・プロジェクト

卒業後は、アンチ・エイジングの薬やセラピーを手がける怪しげな会社アヌーユーで宣伝のキャッチコピーを作るコピーライターとなったが、その後クレイクに誘われ、彼が研究員をしていたリジューヴネッセンス――アヌーユーと同種の美容健康のためのサプリや薬を販売するトップ企業――に移籍する。そしてクレイクの携わっていたさらに怪しげな薬、ブリス・プラス・ピルの宣伝コピーを担当することになる。ブリス・プラス・ピルとは、あらゆる性病を予防しながら精力を漲らせると同時に、テストステロンを抑制することで攻撃性や劣等感を取り除き、その上服用者の若さを保つという避妊薬である。クレイク自身はこの薬だけでなく、部外者には極秘の「パラダイス・プロジェクト」も指揮していた。コープセコーですら立ち入れないパラダイス・ドームの中で造られていたのは、人間の欠点を遺伝子的に排除した新たな人種、クレイカーであった。彼らは人間の受精した胚をもとに作られた人種で、美しい肌と完璧な身体を持っていた。彼らは人間より早く成長するが、老いることなく齢三〇にして突然の死を迎えるようプログラムされている。肌はＵＶカットであるだけでなく柑橘系の匂いを発し、蚊などの虫を寄せ付けない。また草食性でその性格は従順で争いを好まぬよう設計されており、人種差別も階級もない。家も道具も持たず、また衣服すら持たない。そして人間のように常に性欲に苛まれることもなく、他の動物のように周期的に生殖活動を行う。性に関する恥じらいやタブーもない。

　このようなクレイカーたちを教育係として面倒を見ていたのが、ジミーとクレイクがポルノサイトでかつて目撃し（たと少なくとも二人が信じ）、ジミーが秘かに恋い焦がれていたオリクスであった。オリクスはクレイカー同様裸になり彼らの中に入り、食べられるものとそうでないものや他の動植物について彼らに教えていた。オリクスはクレイクの公認の恋人だったが、彼の目を忍んでジミーに会いに来るようになり、二人は秘かな関係を続ける。

　しかし程なくして、ある日突然、未知の伝染病が発生する。

> 異常な出血性の病気です、とコメンテーターは言った。高熱、目や皮膚からの出血、痙攣といった症状の後、内臓が衰弱して死に至ります。症状が出始めてから死亡するまでは、極めて短い時間しかかかりません。空気感染と考えられますが、水を介しても感染するかもしれません。（三八〇）

ブラジルに端を発したこの伝染病は、その後瞬く間に世界を覆い、そしてどこかで見たような光景が繰り返される――握手は控えることが推奨され、人々がマスクを求めて殺到し、移動制限が発令される……。

> イギリスが港と空港を閉鎖しました。……
> 追って通告があるまで病院は立入禁止です。気分が悪くなった場合には、水分を十分に取り、下記のホットラインまでご連絡ください。

決して、いかなる場合も、居住地域からは出ないでください。（三九九、傍点原文）

三　『オリクスとクレイク』における「語り」

以上、教科書的に粗筋をまとめてみた。しかしこれは「正しい」粗筋だろうか？『オリクスとクレイク』の中で本当に起こった出来事だろうか？　よくよく見ていくと、語られた物語とは異なる事実の存在がテクストには度々暗示されている。真実なのかフィクションなのか、その境界が曖昧な事象が数多く存在するのである。例えばジミーの母親の死。彼女が失踪すると、コープセコーが事あるごとに家の中まで踏み込んできてはジミーに映像を見せ、母親が写っていないか確認を迫る。そしてついにある時ジミーは、反逆罪で処刑される囚人の中に母親の姿を発見する。彼女は画面越しにジミーの方をしっかと見つめながら語りかける――「『さようなら。キラーのことは忘れないで。愛してるわ。がっかりさせないでね』」（三〇三）。母親の外見はもちろん、自分と母親しか知り得ないペット「キラー」への言及。映像に写っているのは、紛れもなく自分の母親であることをジミーは理解する。そこで物語の筋としては、母親はコープセコーによって捕まり処刑されたということになるが、それは事実だろうか？　これはやらせ映像では？　事実その可能性も示唆されている。この一連の映像の中で、例えば暴動シーンは映画『フランケンシュタイン』の一場面のリメイクではないかとジミーは勘付く。さらに彼は後にこの映像に疑問を抱くようになる。

処刑された時期がいつなのかと尋ねることは思いつかなかった。後になって、それは何年も前かもしれないとジミーは気づいた。もしや全てフェイクでは？　少なくとも銃撃と、吹き出した血と、倒れ伏した箇

所はデジタル加工かもしれない。母親はまだ生きているかもしれない、まだ逃走中かもしれない。（三〇四）

動画は真実とフィクションの境界を揺るがす。どこまでが事実で、どこからがフィクションなのか。ジミーとクレイクはネットで手術中継、動物虐待動画、処刑現場の隠し撮りなどを見る。しかしいかにも隠し撮りを装った処刑映像にクレイクは、カリフォルニアでエキストラを使って撮影されたものではないかと疑う。またアメリカの巨大コーヒー企業ハッピーカッパの市場独占に業を煮やした零細業者や栽培業者たちが暴動を起こし、ボストン茶会事件ならぬボストンカフェ事件が勃発するが、それを報じる映像は報道なのか仕組まれた宣伝なのか、もはや判別できない――「人々が港にハッピーカッパの製品を放り込む様子が撮影されていたが、一箱も沈まなかった。だからハッピーカッパのロゴがたくさん、画面一杯にぷかぷか浮かんでいた。コマーシャルかもしれなかった」（二一二）。この事実／フェイクの二元論の無効化は、『オリクスとクレイク』では実は映像に限ったことではない。語りそのものの真実／フィクションが問題となるのだ。

複数の物語

『オリクスとクレイク』は、多くの語りから構成されている。この小説自体がスノーマンとしての現在のナラティヴとジミー時代の回想という二つの層からなり、その中にオリクスがジミーに語る彼女の過去の物語や、スノーマンがクレイカーたちを手なづけるために語る物語が挿入されている。これらの物語はどこまでが真実なのか？　例えばジミーにせがまれてオリクスが語る彼女の過去の物語。ジミーは自分とクレイクがネットのペドフィリアサイトで目にした少女がオリクスであると信じ、そこに写っていた監禁場所や行為の話、またそこへ至るまでの経緯を話すよう彼女にしつこく懇願する。するとオリクスは、しぶしぶ自分の過去について語り始める——自分が生まれ育った村から兄や同じ村の少女数人と一緒に「エンおじさん」に売られた経緯、彼に連れられ都会へとやってきて、いかがわしい仕事をさせられるようになったこと、そしてエンおじさんが何らかの理由で殺害された後は児童ポルノに出演するようになったことなど。しかしこれらとて真実なのか分からない。

「教えてよ。」〔とジミー。〕映像の中の女の子は間違いなくこの彼女《こ》だ。「怒らないから。」ため息。「とても親切な人だったわ」とオリクスは物語口調で言った。時として彼自身、彼女が自分の機嫌を取るために出任せに話しているのではないかと疑う時があった。時として彼女の過去全体——彼女が自分に話した全て——が彼自身による作り話であるかのように感じる時もあった。（三七一、傍点引用者）

オリクスは、ジミーの望む物語を紡ぎ出していたのでは？　オリクスの行為は、男性が望む夢物語を作り出して喜ばせファンタジーに浸らせる、玄人としての生き方そのものである。結局物語とは、語り手がそれぞれの視点から、あるいはそれぞれの都合に合わせて創り上げたものであることを、少なくとも終末後のスノーマンは気づいている。

　彼女〔オリクス〕の断片を丹念に集め蓄え、それらをつなぎ合わせて彼女を作り上げるまで、どのくらいかかっただろうか。クレイクによる彼女の物語があった。同様に、よりロマンチックなヴァージョンのジミーによる彼女の物語もあった。また本人による本人の物語もあり、これは先のどちらとも異なり、少しもロマンチックではなかった。スノーマンは三つの物語を頭の中でぱらぱらとめくる。かつては彼女をめぐる他のヴァージョンもあったに違いない。彼女の母親による物語。彼女を買った男による物語、次に彼女を買った男による物語、そして三人目の男による物語――サンフランシスコの偏執的な自称芸術家、三人の中で最悪な男の物語。（一三二―一三三）

語りのフィクション性の問題は、この作品の中で戦略的に採用されている。物語終盤に読者の前に示されるジミーによるメモ書きがそのことを明らかにする。疫病の発生により自分とクレイカーを除いた全ての人類が死滅したと思われた頃、ジミーはクレイカーたちを連れてパラダイス・ドームを出る。彼はその直前、読まれる当てのないメモを残していた。この走り書きは、小説の読者に事件のからくりを明らかにするという機能の他に、この小説の一つの重要なテーマを提示する。このメモ書きには事の真相――ただし書き手ジミーによって脚色された「事実」――が記されていた。

> あまり時間がないが、とにかく今回の~~尋常でない出来事~~大惨事について私の信じる説明を書き残したいと思う。……ジューヴ・ウイルスは、クレイクが自ら選抜~~し、その後抹殺~~した遺伝子接合の専門家たちによって、ここパラダイス・ドームで作られた。……クレイク自身がウイルスと同時にワクチンを開発していたが、自分が~~幇助自殺をする~~死ぬ前に廃棄してしまった。（四〇四）

伝染病が世界を席巻する中、半狂乱のオリクスはクレイクによってジミーの眼の前で馘首され、それを見たジミーはこの親友を撃ち殺す。しかし「幇助自殺をする」を抹消することによってジミーは自分がクレイクに手をかけたことを隠す（ばかりか、依頼されたわけでもないのに自分の行為を自殺の幇助と解釈すること自体が自己の罪の意識に対する無意識の防御である）。また「し、その後抹殺」を消すことでクレイクの罪も不問にする。さらにこの手記には、自分がブリス・プラス・ピルの宣伝を担当し、ウイルス拡散の片棒を担いだことは書かれていない。修正箇所が分かるように残されたメモは、「事実」とは常に記録者や話者によって改変されたフィクションであることを読者に暗示している。語りという行為には、意識的にであれ無意識的にであれ事実の消去、歪曲、改変が伴うのだというこの小説の（そして『またの名をグレイス』、『昏き目の暗殺者』そして『請願』といったアトウッド作品に通底する）テーマの一つが、書き直されたメモ書きという形で提示されているのだ。このように『オリクスとクレイク』の何層にも重ねられた語りは、ナラティヴの本質を暴き出す。

実際のところ、スノーマンがクレイカーたちに語る物語も、明白なフィクションである。終末後、クレイカーたちとともにこの世界に残されたスノーマンは、彼らを手懐けるために物語を作り上げる必要があった。

オリクスの子どもたち、クレイクの子どもたち。とにかく何かを考え出さねばならなかった。話を分かりやすくしろ、単純な物語にして、淀みなく話せ。かつて被告席で弁護士から犯罪者に与えられた専門的助言だ。「クレイクは砂浜のサンゴを使ってクレイクの子どもたちの骨を造った。次にマンゴーで彼らの肉を造った。だがオリクスの子どもたちは一つの卵から孵った。しかもオリクス自身が産んだとても大きな卵だ。実はオリクスは卵を二つ産んだ。一つは動物、鳥、魚でいっぱいで、もう一つには言葉が詰まっていた。ところが言葉が詰まった卵が先に孵り、その頃クレイクの子どもたちはもう造られていて、とてもお腹が空いていたので、言葉を一つ残らず食べてしまった。そして二つ目の卵が孵った時、言葉はもう残っていなかった。だから動物たちは言葉が話せない。」

首尾一貫していることが一番重要だ。（一一〇）

スノーマンは神クレイクの言葉を伝える預言者としての性格を帯び、彼の物語は宗教的フィクションと化していく。

信頼できる語り手?

それではテクストの大枠であるジミー／スノーマンの語りはどうか? 我々読者は小説として彼の物語を『オリクスとクレイク』として読んでいるが、そもそも彼の語り（厳密には彼の目を通した三人称の語りであり、描出話法によりしばしば限りなく一人称に近づく）は信用できるのか? 実際この語り手は、時に自分の語りを否定する。マーサ・グレアム・アカデミーの寮でルームメイトに業を煮やしたジミーは、部屋を代えてもらおうと学生課に出向く。

そのことで学生課に苦情を言いに行き、何度目かで……個室に移ることができた。（「最初にサンダル、次に下着が焼かれたんだ。次は俺が焼かれちまうぜ。……おい、俺は生徒であんたは学生課なんだぜ。見ろよ、便箋のレターヘッドにもそう書いてあるだろ。学長さんにももうメールしてんだぜ。」）（言うまでもなく、これは彼が実際に発した言葉とは異なる。もう少し分別はあるのだ。まず微笑んで、理性ある人間として振る舞い、相手の同情を買った。）（二二二）

後段に書かれているように実際には丁重に訴え出たのか、それとも実際の発言を引用してしまった後、自分の体面のために読者に取り繕ったのか。他にもこの語り手の信頼性に疑問を抱かせるような事象がテクストには描かれている。失踪した母親をコープセコーの映像に見つけた時、彼はその姿をしっかりと目に焼き付ける。

映像がアップになる。その女性がフレームの中から彼をしっかりと見つめている——揺るがず、忍耐強く、傷ついた青い瞳で直視している。しかし涙はない。すると突然音量が上がった。「さようなら。キラーのことは忘れないで。愛してるわ。がっかりさせないでね。」（三〇三、傍点引用者）

そしてもう一人の女性、クレイクとネット上で目撃して以来、密かに恋い焦がれてきた女の子オリクスをパラダイス・ドームで初めて目にした時、モニターごしに彼を直視するその眼差しは、不思議と彼が最後に見た母親のそれを彷彿とさせる——クレイカー用に装着されたカラーコンタクトの色を除いて。

数日後、木々の中にひそかに設置されている小型ビデオレコーダーが撮る映像を拾うモニターの扱い方をクレイクが教えてくれている時に、ジミーは彼女の顔を見た。彼女はカメラの方を向くと、そこに現れたのはあの視線、あの眼差し、彼を射抜き、素のままの彼を見て取る眼差し。唯一違うのは瞳だった。クレイカーたちの目と同じ、発光性の緑色だった。（三六二）

そしてその後親しくなった彼女はジミーに、自分がいなくなってもクレイカーたちの面倒を見るようにとなぜか唐突に言い出す。この時の彼女の最後のセリフは母親のそれと同じである。

「あなたならできるわ、私分かってる。ジミー、本当よ。そうするって言って、がっかりさせないでね。約束してくれる?」（三七八、傍点引用者）

彼にとって決定的に重要だった二人の女性の姿は奇妙にも重なり合う。彼は、追い求めていた母親のイメージをオリクスに投影し、二人の記憶を混同してはいないか[10]？

共同主観的フィクション

確かに、語りにおけるフィクション性、そして信頼できない語り手というテーマはさして目新しいものではないかもしれない[11]。しかし『オリクスとクレイク』はこの問題をさらに広げ、ネット空間を含め我々の世界が多くのフィクションによって形成されていることを描き、そしてそれらのフィクションが人々の共同幻想を作り上げ、人々の思考の枠組みを形作り、人々の欲望を形成し、人々の行動を規定していくさまを暴き出す。ジミー／スノーマンはフィクションの創作に加担する。先に見たように、彼はスノーマンとしてクレイカーたちにクレイクを神／創造主とする共同主観的フィクションを与え、自分にとって都合の良いように誘導していく。しかし彼はそれ以前、ジミーとして生きていた頃からこのような行為に手を染めていた。それは彼がマーサ・グレアム大を卒業してから携わってきた仕事、すなわちコピーライターとして言葉を紡ぎ出してフィクションを大衆に信じ込ませ、若さや健康への欲望を煽り、いかがわしい商品の売り上げを伸ばすことである――「彼の仕事は、分かりやすく説明し、賞賛すること。どのようになるのか(「しかもこんなにも簡単に！」)というヴィジョンを提示す

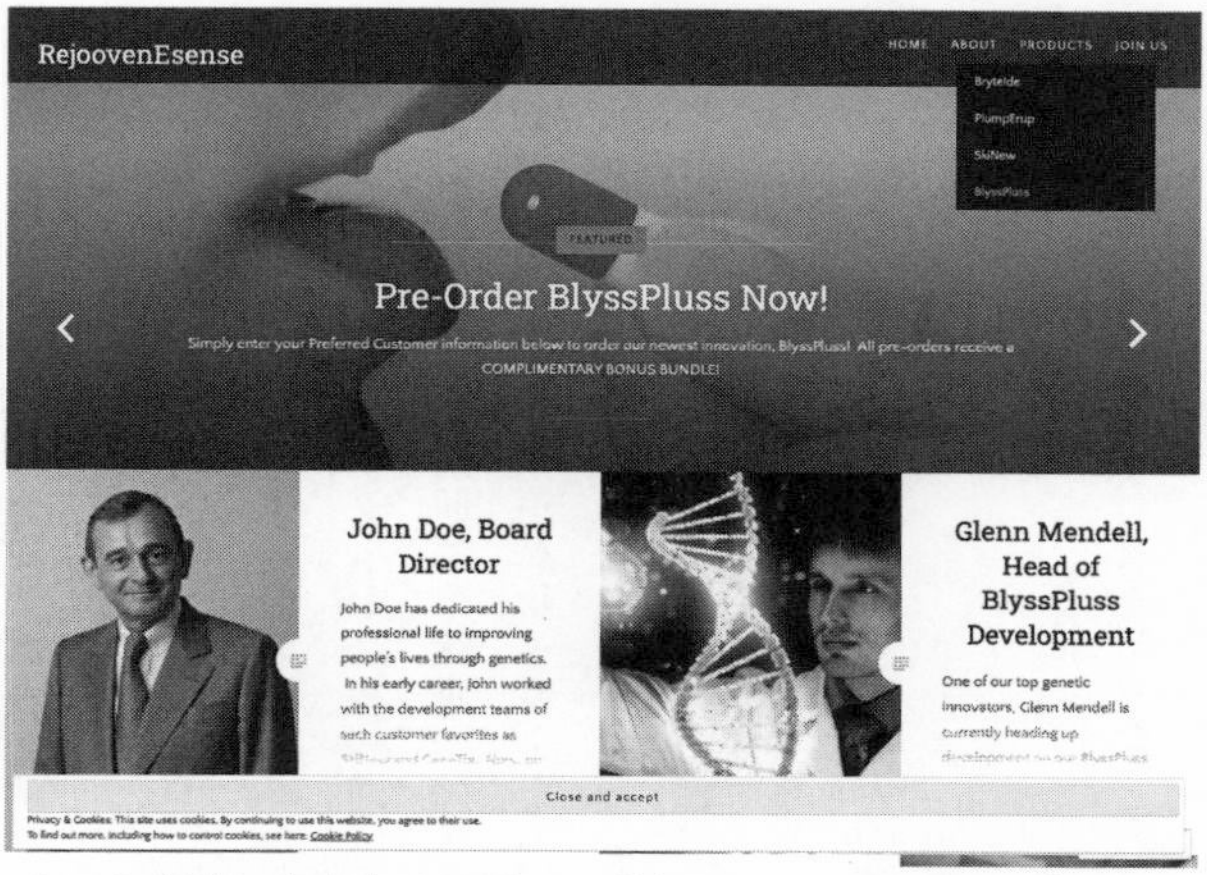

ネット空間に実在するリジューヴネッセンスのＨＰとブリス・プラス・ピルの宣伝

ることだった。希望と恐怖、欲望と嫌悪――これらの武器を手を替え品を替え使った」（二九一）。

現代社会が世界を意味付けする様々なフィクションの集積から成り立っていることを体現するかのように、このテクストには様々な物語、引用、声が織り込まれている――スノーマンが語る現在、スノーマンによるジミー時代の回想、オリクスがジミーに語る彼女の過去の物語、ジミーが同情を引くために恋人たちに語る物語、パラダイス・プロジェクトが富裕層向けの商品であるとするクレイクの説明、ニュースキャスターのコメント、警句じみたフレーズが並ぶ冷蔵庫のマグネット、ジミーがかつて読んだ小説の一節、観た映画のセリフ、彼のメモ書き、スノーマンがクレイカーたちに語る物語、さらにスノーマンの頭の中でことあるごとに鳴り響く、かつて関わった者や話者不明の断片的な声……。しかしこれらの語りの背後には、現代の人々が最も信奉する共同主観的フィクションがバックボーンのように据えられている。それはすなわち貨幣制度であり、今やグローバルな宗教と化した資本主義である。この小説での最大の事件であり人類のほぼ全てを絶滅させる疫病の大流行は、この共同幻想がまさに世界の隅々まで行き渡った状況を背景に生じることとなる。

四　『オリクスとクレイク』と『風の谷のナウシカ』の終末論

しかしこの問題を論じる前に、創作された時代も場所も異なる一つの作品を取り上げ、『オリクスとクレイク』と並置してみたい。それは漫画版『風の谷のナウシカ』（一九八二―九四年）である。ここでこの二つの作品を取り上げるのは、単純に類似点を列挙しようというのではない。両作品には約一〇年から二〇年の隔たりがあり、それぞれの時代の問題意識――冷戦下での核戦争による世界の破滅という脅威と機械文明への懐疑、世界を覆い尽くした資本主義経済が環境や生命倫理にもたらす歪みへの危機感と憤り――を背景に創作されている。また『オリクスとクレイク』では、『風の谷のナウシカ』に見られた母性あるいは死と再生の象徴としての自然、また呪術的な能力やアニミズム的感性への憧憬などは描かれず、「語り」という行為に纏わりつく問題と現代世界の孕む問題とを接続させ、起こり得る未来図を提示しようとする。しかしこのような相違にも関わらず、『風の谷のナウシカ』には『オリクスとクレイク』を不思議と想起させずにはおかないテーマやモチーフが描かれており、この両者を並置することでアトウッド作品の輪郭と射程をより明確に捉えることができるのである。

「なぜ真実を語らない

汚染した大地と生物をすべてとりかえる計画なのだと‼」

『オリクスとクレイク』と『風の谷のナウシカ』は、大きな枠組みを共有する。どちらも終末論を背景として物語が構成されており、そしてその終末は、悪を滅ぼし善によって世界を統治しようという善悪二元論の枠組みの中で引き起こされるのである。この二つの作品に共通する一つの問い、それは「汚濁」や「悪」の浄化は「清浄」や「善」をもたらすのか、というものである。『風の谷のナウシカ』の舞台は、核戦争と思しき「火の7日間」戦争により近代機械文明が滅び去って千年後、「永いたそがれの時代」である。トルメキア王国と土鬼《ドルク》諸侯国が抗争を繰り広げるが、「地上は有毒の瘴気を発する巨大菌類の森・腐海に履われて[12]」いる。人々は腐海に立ち込める瘴気に怯えながら生きているが、この腐海の森に不思議と惹かれる主人公ナウシカは、その秘密を解明しようと森の奥へと進んでいく。当時、火の7日間戦争をもたらした旧人類の機械文明は風前の灯火だったが、しかし彼らが残したバイオテクノロジーはひっそりと受け継がれていた。その秘密を握った土鬼は、粘菌や王蟲《オウム》までをも培養し、兵器として投入していく。この物語で描かれる、生命を自分たちの欲望のままに操作し意のままに造り変える、人体移植やクローン技術すら可能なテクノロジーはまるで現代の生物工学のようであり、その目的は違えど人間の臓器を持ったピグーンを作り出す行為と何ら変わりはない。

風の谷の族長の娘として戦いに巻き込まれながらも腐海の森に分け入ってその秘密を探るナウシカは、最後にその正体を知る。実はこの腐海とは、世界の悪、汚濁を消し去り清浄な世界をもたらすために、旧人類によって人為的に造られたものだったのである。「永い浄化の時にそなた達はいる／だがやがて腐海の尽きる日が来るであろう／青き清浄の地がよみがえるのだ」と影を通して語るシュワの森の墓所の主に対してナウシカは、「なぜ真実を語らない／汚染した大地と生物をすべてとりかえる計画なのだと‼」と叫ぶ（七巻、一九五、一九七）。黙示録的な終末観に対して叛旗を翻した反アポカリプス的作品として『風の谷のナウシカ』を捉える赤坂憲雄氏は、人為的な腐海によって世界を浄化しようとするこの目論見を「汚染した大地と生き物をすべて取り換える千年プロジェクト」と呼んでいる[13]。

「避妊はおさらば！　トータル・ボディ・ケアのためにブリス・プラス・ピルを！

ちっぽけな人生ではなく大きな人生を！」

『オリクスとクレイク』で発生する疫病の大流行もまた、汚濁の徹底的排除による世界の浄化を目論んだクレイクによる壮大なプロジェクトであった。人類のほぼ全てを死滅させた大海嘯は、クレイクが作り、ジミーがそうと知らずに宣伝したブリス・プラス・ピルによってもたらされたのである。美と若さと健康を求める世界中の人々がこぞって飲んだこの怪しげな薬は時限装置のように世界中で同時に作動し、一気に人々を死滅へと追いやるように仕組まれていたのだ。「世界をより良い場所にしたい」（三七七）が口癖のクレイクは、悪にまみれた人類を一掃し、人間の醜い部分を取り除いた新たな人種クレイカーの住まう清浄な世界を構築しようとしたのである。「混沌」の意味をクレイカーに尋ねられたスノーマンが物語る創世神話は、期せずしてクレイクの意図をも明らかにする。

「混沌の中にいた人々は、内面も混沌でいっぱいになって、そしてその混沌のせいで悪事を働いたんだ。人々はお互いにとめどなく殺しあった。……人々は混沌のせいで幸せになれなかったんだ。そこでオリクスはクレイクに言った『混沌を無くしましょう』。そこでクレイクは混沌を取り払い、流してしまった。」スノーマンはやってみせる。水の音を立てながらバケツを傾け、ひっくり返す。「ほら、空っぽだ。こうしてクレイクは大掃除をして全てを空っぽにした。泥を流し、場所を空けて……」

「子どもたちのために！　クレイクの子どもたちのために！」

「その通り」とスノーマンは言った。（一一九）

旧人類に代わる新たな人種として造り出されたクレイクの子どもたち、すなわちクレイカーは、穢れを知らぬ存在である。美しい肌と均整の取れた肢体を持つ彼らは、階級はおろか「家族」という概念すらないため、王位継承や遺産を巡って争うこともない。そもそも性格も穏やかで、争いの元となる嫉妬心や闘争心、差別意識や独占欲も持っていない。

『風の谷のナウシカ』における浄化のプロジェクトでも同様のことが計画されていた。腐海によって地上の汚れを一掃したのち、汚濁のない清浄のみからなる新たな人種の卵――「私達のように凶暴ではなくおだやかでかしこい人間となるはずの卵」（七巻、二一二）――がシュワの森の墓所にセットされていたのである。赤坂氏の言葉を借りれば、「生命をあやつる技術によって元にもどされた人類は、凶暴な欲望に翻弄されることのない『穏やかな種族』になり、知性や技術を棄てて、人間にもっとも大切な音楽と詩に生きることだろう。まるでロボトミー手術を施されたかのように、『穏やかな種族』が誕生する」[14]のである。『ナウシカ』における旧人類によるプロジェクトは、『オリクスとクレイク』でのクレイクの企てと本質的に異なるところはない。

「闇は私の中にもあります――この森が私の内なる森ならあの砂漠もまた私のもの」

しかしナウシカは、世の中を善と悪、清浄と汚濁に分割し、前者のみに価値を見出し後者を徹底的に排除しようという一神教的世界観に対して抵抗する。やや大雑把に言えば漫画版『風の谷のナウシカ』は、世界を善と悪に分け、善である自分たちの幸福や正義のために悪を撲滅してハッピーエンドを迎えるというハリウッド的世界観に対するアンチテーゼとなっている。善と悪は渾然一体たるものであり、その両者を受け入れねばならぬとナウシカは説く。むやみに敵を殺したがる巨神兵オーマに対してナウシカは「世界を敵と味方だけに分けたらすべてを焼き尽くすことになっちゃうの」と諭す（七巻、三三）。また「交代はゆるやかに行われるはずだ／永い浄化の時はすぎ去り人類はおだやかな種族として新たな世界の一部となるだろう」と道化の口を借りて語る旧人類に対しナウシカは

その人達はなぜ気づかなかったのだろう
清浄と汚濁こそ生命だということに
苦しみや悲劇やおろかさは清浄な世界でもなくなりはしない
それは人間の一部だから……
だからこそ苦界にあっても喜びやかがやきもまたあるのに（七巻、二〇〇）

と答える。最終的にナウシカは、旧人類の壮大なプロジェクトを、その旧人類が生み出した巨神兵を使って破壊する。このエンディングは一見勧善懲悪的だが、しかしテクストにはこの善悪二元論的フィナーレを揺さぶる言説も埋め込まれている。ナウシカが戦った、今や悪名高い皇弟ミラルパもその父の神聖皇帝も、人民を虐

げる独裁者となる以前は高潔で高い志を持った統治者であり、現在のナウシカとそっくりであったことが繰り返し語られるのだ。シュワの庭を守るヒドラが「二〇〇年ほど前にもそなたによく似た少年が訪れた」（七巻、一二〇）とナウシカに語ると、彼女はそれが初代神聖皇帝であり、自分も彼と全く同じことをしようとしていることに気づく。ヒドラは続ける——「そなた達人間はあきることなく同じ道を歩みつづける……みな自分だけは過ちをしないと信じながら」（七巻、一二一—一二二）。テクストは、ナウシカも繰り返されてきた過ちの一つのピースであり、彼女すら同じ道を歩む可能性があることを度々暗示する。ナウシカだけが例外で、善良な統治者となることができたのだろうか？　古い伝承ではその後ナウシカは「土鬼の人々と共に生きた」とも「森の人の元へ去った」（第七巻、二二三）とも伝えられているが、ナウシカが人々から愛され続けたというこの説話の「物語」はどこまで信頼できるのだろうか？

『オリクスとクレイク』でも、別の形で善悪二元論が否定されている。作者は必ずしも主人公のジミーを擁護し、クレイクをマッド・サイエンティストとして描いているわけではない[15]。この両者が共謀してカタストロフを生み出すのだ。終末以前、ジミーは得意のボキャブラリーを駆使してキャッチ・コピーを紡ぎ、経済活動の一翼を担う。結果としてブリス・プラス・ピルの拡散に手を貸し、穢れのない世界を作ろうとしたクレイクに加担した。また終末後は天地創造の物語を創作し、新たな人種クレイカーたちを導く[16]。ジミー／スノーマンは、友人の気違い染みた計画に巻き込まれ翻弄される単なる被害者ではないのであり、彼自身もまたそのことに勘付いている——「……その闇の一部はスノーマンのものだ。自分は手を貸したのだ」（三八九）。「清浄」のみの世界を構築しようとする企てに対して、千年前に人類のほとんどを破滅に追いやった火器を用いて戦う、という選択をするナウシカとは対照的に、その企てに手を染めてしまったジミーには、スノーマンとして終末後の世界を引き受けるという選択肢しか残されていない。『風の谷のナウシカ』の連載が開始された一九八〇年代から『オリクスとクレイク』が出版された二一世紀初頭までの間に、東西冷戦から資本主義陣営の一極支配へ、アナログのネットワークから双方向型情報通信ネットワークと仮想空間へと世界は一見大きく様変わりしたように見える。しかしながら両作品に共通して見られる射程と枠組みは、今世紀に入って様々な形で露呈してきた諸問題――環境破壊、生命をめぐる尊厳と倫理の問題、二元論への矮小化とポピュリズムへの誘惑――が、歪んだ経済原理と新たなテクノロジーによって生み出された今世紀特有の問題なのではなく、実は先の世紀から引き継がれた病巣であった可能性に気付かせてくれる。

残る課題は、クレイクの残した新たな人種から、人類そして現代の世界を逆照射することだ。

五　クレイカーとフィクション

クレイクは、彼の考える人間の欠点を全て取り除き、穢れを知らぬクレイカーたちを造った。その際、クレイカーたちを清浄のみからなる無垢な存在にするためにクレイクが彼らに施した重要なポイント、それは彼らからフィクションを操る能力を奪ったことである。彼らは単純な語彙を文字通りに受け取ることしかできず、また文字も持たない――「〔クレイカーたちは〕美辞麗句が苦手だった。はぐらかしや婉曲表現、お世辞は教え込まれていない。会話は率直で飾り気がなかった」（四〇六）。言語表現を駆使できないクレイカーたちは、人類《ホモ・サピエンス》を誤った方向に導いた共同幻想とは無縁の存在として創りだされたのだ。クレイクはジミーに説明する――「『彼らには有害なシンボリズムを生み出す心配もないだろう。例えば王国、イコン、神、あるいは金銭などだ』」（三五九）。クレイクはナショナリズム、宗教、貨幣といった言説が人類の平和、共存を蝕む根源と考え、人類の過ちの轍を再び踏まないようクレイカーを造った。しかしクレイクが彼らから取り上げたこのような共同主観的フィクションこそまた同時に人間《ホモ・サピエンス》が他の動物とは異なり獲得した、人間を人間たらしめるものでもある。歴史学者であり哲学者でもあるユヴァル・ノア・ハラリは論じる。

伝説や神話、神々、宗教は、認知革命によって初めて現れた。それ以前でも「ライオンだ、気をつけろ！」と言える動物や人類種は多くいた。しかし認知革命のおかげで、「ライオンは我が部族の守護霊だ」と言う能力を人類《ホモ・サピエンス》は獲得した。フィクションについて語るこの能力こそ、人類の言語の最もユニークな特徴なのである。

……フィクションのおかげで我々は単に物事を想像するだけでなく、集団で想像できるようになった。聖書の天地創造の物語、オーストラリア先住民の「夢の時代」の神話、近代国民国家のナショナリズム神話といった、共通の神話を紡ぎ出すことができるのだ。そのような神話によって、人類は大勢で柔軟に協力するという、それまで不可能であったことが可能となる。……だからこそ人類は世界を支配し、一方でアリは我々のおこぼれに預かり、チンパンジーは動物園や研究室に閉じ込められているのである。(17)

クレイクは自分が造り上げた新たな人種からフィクションを操る能力を奪い取ろうとしたが、人類《ホモ・サピエンス》の持つこの特徴を完全に消し去ることはできなかった。「誰が自分たちを創り出したのか？」という宗教的疑問は早い段階から彼らに付きまとい、スノーマン自身も彼らを手なずけるために自分に都合の良い物語を創作し、クレイカーをめぐる物語の神話化に加担する――「クレイカーたちが讃えるクレイクはジミーによる創作だ。……クレイクは神という概念に反対していた。いかなる神にも反対していた。だから自分自身がだんだんと神に祭り上げげられていく光景を目の当たりにしたら、嫌悪感を覚えたに違いない」（二一九―二二〇）。スノーマンは神クレイクと人々との間を媒介する預言者としての役回りを演じる。パラダイス・ドームから彼らを連れ出す件《くだり》では出エジプトのモーゼさながらである。このように仄めかされていた宗教的要素は次作以降だんだんと集団をまとめ上げる言説となっていく。第三部『マッドアダム』になると、クレイカーの中で一番若い世代の黒ヒゲが、人類の生き残りの一人であるトビーから文字を習い、だんだんと物語の語り手のポジションを奪い、フィクションの作り手になると同時に集団のリーダーとなっていくことが暗示されて幕を閉じる（あるいは『オリクスとクレイク』以下の物語はすべて黒ヒゲ創作によるクレイカー版天地創造の物語だったのか？）。

「お金って何ですか？」

このように好奇心をむき出しにし、創造主の意図せぬ方向へと変容していくクレイカーたちだが、彼らがスノーマンに（彼の想像の中で）投げかける最後の問いを見逃してはならない。

「労働って何ですか？」労働というのは色々なものを建てたり――「建てるって何ですか？」――栽培したり――「栽培するって何ですか？」――なぜそんなことをするかというと、やらないと殴られて殺されてしまうこともあるし、やればお金をもらえたりするからだ。

「お金って何ですか？」（四二六）

フィクションを操る能力が人間を人間たらしめたとすれば、ハラリも論じているように、貨幣制度こそが現代の世界において最も強力に人々を縛る共同幻想として機能しているフィクションである。『オリクスとクレイク』で描かれるディストピアは、アトウッドが繰り返し読んできたというオーウェルの『一九八四年』やその真の継嗣ともいうべき『侍女の物語』で描かれた全体主義的悪夢とは異なり、資本主義という今や世界の隅々にまで行き渡ったシステムの中で科学とビジネスが強固に結びつき、人々の欲望や行動を縛り、また駆り立てる世界である。つまり科学者クレイクと巧みなキャチコピーを生み出すジミーの協同はこの現代世界のメタファーとなっているのであり、この二人が手を組むことで世界は破滅へと至るのだ[18]。これまでのディストピア小説では『一九八四年』のウィンストン・スミスあるいは『この素晴らしき新世界』のバーナード・マルクスや野生児ジョンのように、現体制に批判的視点を持つ人物が往々にして主人公となるのに対し、『オリクスとクレイク』ではそうではない。この点が過去のディストピア小説と現在のそれとの違いかもしれない。つまり現代の世界で人々を支配するものは、もはやビッグ・ブラザーやコントローラーによる監視・統制ではなく、コミュニティや民族や国家（それら自体フィクションであるとしても）の壁を越えて地球上の人々に共有された、資本主義という共同幻想であり、そしてその装置を発動させる個々のフィクションである。世界全体が一つの巨大な市場と化した中、我々はフィクションを紡ぎ出すことで人々の欲望を煽り立て、また同時に我々は消費者として、あたかも三人の魔女たちの言説に惑わされるマクベスのようにフィクションに踊らされ、そして自分にとって心地良い、あるいは自分が信じたいフィクションに飛びついていく。しかしその行き着く先は、アトウッドが描く通りである。つまり我々は、ジミーのように知らず知らずのうちに加害者、そして同時に被害者となるのだ。

結び　現実世界とフィクションのあいだ、再び

以上見てきたように、『オリクスとクレイク』には様々な物語、引用、声が織り込まれており、その幾層にも重ねられた真偽不明の物語によって語りのフィクション性が露にされていく。語りという行為には歪曲、隠蔽や独断が伴うのであり、「事実」として提示される物語は、それが語り手の紡ぎ出したナラティヴであれ、ネット空間に拡散された動画であれ、あるいは個人の潜在意識の中に固着された記憶であれ、改変されたフィ

クションとなる。そしてナショナリズム、宗教、貨幣といった共同主観的フィクションがそれら個々のフィクションを束ね、人々の思考の枠組みを形作り、人々の欲望を体系化し、人々の行動を規定していく。

ハラリも論じるように、人類はフィクションを紡ぎ出し、集団で信じる能力を身に付けたからこそ互いに協同し、文明を築くことができたわけだが、しかしその共同主観的フィクションは、今や特定の集団を越えて世界中の人々に拡散されていく。中でも世界の隅々まで行き渡り、最も強力に現代の人々を縛るものが、今や世界宗教と化した資本主義である。科学技術も人々の欲望も資本主義というグローバルな共同幻想の中で構造化された現代世界の中で、美と健康への人々の欲望が科学と結びつくことで最後には世界の破滅へと至るさまを、ジミーとクレイクの協同という形でアトウッドは描く。主人公ジミーは、効率と利益優先のこの社会に馴染めないものを感じながらも、結局は知らず知らずのうちにその片棒を担ぐ。クレイクが作ったブリス・プラス・ピルはジミーのキャッチコピーによって拡散し、またクレイクが造り出したクレイカーたちはジミーの物語に酔いしれる。現代に生きる我々は、ジミーのようにただその中の一部として、目の前の目標に向かって行動しているだけかもしれない。しかし自分たちがどのような社会構造の中におり、どのような世界へと向かっているのか自覚なく無責任に突き進んでいけば、そこに待っているのは『オリクスとクレイク』が描くカタストロフである。我々はこのような破滅へと導いた加害者となり、同時にその奈落で苦しむ被害者となるのだ。加速するフィクションの氾濫と新型ウイルスの蔓延を描くアトウッドの思考実験型小説《スペキュラティヴ・フィクション》は、我々が生きる現代世界と今や不吉にも限りなく重なり合うのである。

注

（1）例えばエドワード・スノーデン、国谷裕子ほか『スノーデン 監視大国日本を語る』（集英社新書、二〇一八年）、堤未果『日本が売られる』（幻冬舎新書、二〇一八年）、山田正彦『売り渡される食の安全』（角川新書、二〇一九年）など参照。

（2）Margaret Atwood, "Writing Utopia," *Curious Pursuits: Occasional Writing 1970–2005* (London: Virago, 2005), pp. 85–86.

（3）Atwood, "Writing *Oryx and Crake*," *Curious Pursuits*, pp. 322–23.

（4）アトウッドの兄ハロルドは神経生理学者でシナプスの専門家、彼の二人の息子は宇宙物理学者と材料工学者。Martin Halliwellとの対談"Awaiting the Perfect Storm," *Waltzing Again: New and Selected Conversations with Margaret Atwood*, edited by Earl G. Ingersoll (Princeton: Ontario Review Press, 2006), p. 258参照。アトウッドの伝記にはRosemary Sullivan, *The Red Shoes: Margaret Atwood Starting Out* (Toronto: HarperCollins, 1998), Nathalie Cooke, *Margaret Atwood: A Biography* (Toronto: ECW Press, 1998) がある。

（5）Coral Ann Howells, introduction, *The Cambridge Companion to Margaret Atwood*, ed. Coral Ann Howells (Cambridge: Cambridge UP, 2006), p. 1.

（6）Mel Gussow, "Atwood's Dystopian Warning: Hand-Wringer's Tale of Tomorrow." *New York Times*, 24 June 2003, p. 1.

（7）Gussow, p.1.

（8）Margaret Atwood, *Oryx and Crake* (London: Virago, 2004), p. 25–26. 以下このテクストからの引用は、括弧内にページ数を記す。なお邦訳に際し畔柳和代訳『オリクスとクレイク』（早川書房、二〇一〇年）を参照させていただいた。

（9）"CorpSeCorp"の発音に関する読者からのツイッターでの質問に答えアトウッドは「死体《コープス》のイメージが入るように、コープスコープが私の好みです。でもセキュリティのイメージを強調するためにコープセコーもありうるわね。あなた次第！」とツイートしている（2012/7/30）。本論では邦訳に拠って「コープセコー」とする。

（10）サラ・A・アップルトンはこの作品に精神分析的読解を試み、スノーマンの描く終末後の世界が映画、本、ビデオゲームの断片から彼の想像力によって作り上げられたヴィジョンである可能性を示唆している。Sarah A. Appleton, "Myths of Distinction: Myths of Extinction in Margaret Atwood's *Oryx and Crake*," *Once upon a Time: Myth, Fairy Tales and Legends in Margaret Atwood's Writings*, ed. Sarah A. Appleton (Newcastle: Cambridge Scholars, 2008), p. 10.

（11）平林氏は、二〇〇〇年頃から英語圏文学で信頼できない語り手が多用されるようになったと指摘している。平林美都子『「語り」は騙る——現代英語圏小説のフィクション』（彩流社、二〇一四年）、八七頁。アトウッドの語りにおけるポストモダン的側面については、同書第一章および第七章参照。

(12) 宮崎駿『ワイド版風の谷のナウシカ』表紙の裏ページおよび裏表紙参照。『風の谷のナウシカ』からの引用は、この『ワイド版』第一―七巻（徳間書店、二〇〇八年）からとし、以降巻数とページ数を括弧内に記す。

(13) 赤坂憲雄『ナウシカ考――風の谷の黙示録』（岩波書店、二〇一九年）、三〇〇頁。

(14) 赤坂、三〇二頁。

(15) この小説の読解は往々にして二元論的で、比較的好意的に受け取られるジミーに対して、クレイクはマッド・サイエンティストとして否定的に解釈されることが多い。例えばダニングの読解は示唆に富むが、彼もクレイクの行為を科学および近代が数量的価値に重きを置き人類を危機に陥れたことと重ね合わせ、質的価値を代表するスノーマンの語りが必要であると論じる。Stephen Dunning, "Margaret Atwood's *Oryx and Crake*: The Terror of the Therapeutic," *Canadian Literature* 186 (2005): 86–101. アトウッドはあるインタヴューで、環境破壊や人間の飽くなき欲望に目を向けたクレイクは「ある面から見れば……最も利他的な人間です」と語っているが、これはクレイクを擁護しているというより、一面的な見方への戒めであろう。Brian Bethune, "Atwood Apocalyptic," *Maclean's* 28 Apr. 2003: 48.

(16) ジミー／スノーマンは、時として単語フェティシズムに囚われているかのように、意味もなく難しい専門用語や使われなくなった死語を呟く――「点まき器、失語症、胸当て鋤、歴劫不思議、渠」（三〇六）。これら意味内容のない単語の羅列は、彼が行なっていた行為に対する無意識の贖罪となっている。彼は様々な意味／利益を生み出すフィクションを繰り出していくが、これとは正反対のシニフィエなき言葉の羅列という行為によって彼の精神はかろうじてバランスを保つ。フィクションを生み出してしまうコトバを拒否するかのように、もはや意味を持たない記号に彼は慰めを見出すのである。この意味で、彼のルームメイトであり恋人でもあった（そして『洪水の年』で中心的人物となる）アマンダ・ペインの「ハゲワシ彫刻《ヴァルチャー・スカルプチャー》」――動物の死骸を空き地で言葉の形に並べ、ハゲワシが食いちぎる光景全体をヘリコプターから撮影する――も、ジミーが携わっていた意味そして利益を生み出す行為に対するアンチテーゼとなっている。キャッチコピーを生み出すコピーライターとは異なり、アマンダの芸術活動は言葉を利益に繋げない。一見不毛で乱暴な破壊行為であるが、人間の経済活動のように自然や生命に破壊的作用をもたらすのではなく、むしろ自然のものを自然に返すという、自然の摂理を再認識させる行為なのである。

(17) Yuval Noah Harari, *Sapiens: A Brief History of Humankind* (London: Vintage, 2014), p. 27–28. 邦訳に際し柴田裕之訳『サピエンス全史――文明の構造と人類の幸福』（河出書房新社、二〇一六年）を参照させていただいた。

(18) ジミーとクレイクの協同が体現する文系と理系の結びつきによるフィクションの構築は、今後ますます強化されていくかもしれない。ハラリは『ホモ・デウス』の中で、共同幻想的フィクションを対象とする人文学と、遺伝子コードの解読などを対象とする生命科学が、二一世紀中に分かち難く結びつくことで強力なフィクションとして我々を縛るようになり、そのためフィクションと現実の境界がさらに不明瞭になる可能性を指摘している——「人間の作ったフィクションが遺伝子コードや電子コードに翻訳されるにつれて、共同主観的現実は客観的事実を呑み込み、生物学は歴史学と一体化するだろう。二一世紀にはこのようにしてフィクションは地球上で最も強大な力となる可能性がある……。」／「近代科学は確かにゲームのルールを変えたが、それは単に神話を事実に置き換えたというのではない。様々な神話が依然人類を支配し続けており、科学はそうした神話がますます力を強めるのに手を貸しているのだ。科学は共同主観的な現実を打ち砕くどころか、共同主観的な現実が客観的現実と主観的現実をかつてないほど完全に制御することを可能にするだろう。そしてコンピューターと生物工学のおかげで、人々が自分のお気に入りのフィクションに合うように現実を作り変えるにつれて、フィクションと現実の境界は曖昧になっていくだろう。」Yuval Noah Harari, *Homo Deus: A Brief History of Tomorrow* (New York: HarperCollins, 2017), p. 152, 180. 邦訳に際し柴田裕之訳『ホモ・デウス——テクノロジーとサイエンスの未来』（河出書房新社、二〇一八年）を参照させていただいた。

3章　W・B・イェイツ「一九一六年復活祭」再読
――「わかりにくさ」の意義

伊達　恵理

序

「一九一六年復活祭」――復活祭蜂起を肯定？　否定？

第一次大戦中の一九一六年四月二四日の復活祭月曜日、アイルランドのダブリンにおいて、イングランドからの独立派による武装蜂起が生じた。蜂起そのものは失敗に終わり、一部の過激な活動家たちによる先走った行動としてアイルランドの人々の態度は冷ややかであったが、その後英国政府が十分な裁判を行わず首謀者たちを処刑したことにより、英国政府に対する批判が一気に高まり、一九二一年のアイルランド独立の端緒となった。

この蜂起を主題としたW・B・イェイツの詩作品「一九一六年復活祭」（'Easter 1916,' 1916）は、文学史上、記念すべき歴史的出来事を歌うオケージョナル・ポエムの二〇世紀おける代表作のひとつに数えられ、さらに、処刑された蜂起首謀者たちを悼む詩的手法として、数名の死者たちの生前を回想するグループ・エレジーの形式をイェイツが初めて採用している点も注目される。

同時にこの作品では、直接の知人でもあった蜂起の首謀者たちの思い出を列挙して悼みつつも必ずしも彼らを英雄として称えるわけではなく、さらに彼らの死が本当に必要であったのかと問う内容によって、発表当時からイェイツの蜂起に対する賛否の曖昧さが問題視されてきた。この作品を代表する「恐ろしい美が誕生する」というリフレインの撞着語法も、いっそうその曖昧さを強めたと言えるだろう。

イースター蜂起直後のダブリン郵便局とネルソン記念柱

当時のアイルランドの反英的愛国主義の観点からすれば、「国民詩人」と見なされる人物が「オケージョナル・ポエム」を書く際は「国褒め」すべきであり、蜂起とその犠牲者を称賛すべきとの期待を、イェイツが裏切ったということになろう。ひとつには、アイルランドの国民詩人であることをみずから銘としていたイェイツの、アングロ・アイリッシュという出自が、この作品に対する「イェイツは復活祭蜂起に対して肯定的か否定的か」という観点からの問いをしばしば呼び込んできたといえるかもしれない。同時代の強硬なアイルランドの独立派からは、イェイツが詩人としてアイルランドの独立を主張しながら直接的な武力行動には及び腰であること、また蜂起当時はロンドン居住していて、事件に関与せず安全な場所にいたことを批判され、後のナショナリズム、ポストコロニアリズム、マルチカルチュラリズムといった文学研究の流れにおいても、この作品によってアングロ・アイリッシュであるイェイツのイングランド人的立場が露わになったとの指摘も為されてきた。

だが一方、「一九一六年復活祭」をめぐる様々な議論の中で、E・カリングフォードは、第一次世界大戦当時の状況下でいっそう複雑化したアイルランド、イングランドのきわめてデリケートな関係と、蜂起首謀者たちの主張・態度を、双方の利害を離れた立場から客観的かつ詳細に論じ、イェイツはそのような両者の関係を的確に、バランスよく見きわめ、描いたとしている。(1) これは、アングロ・アイリッシュという複合的な立場がイェイツにもたらした肯定的な側面、すなわち政治における複眼的・中立的視点を打ち出しているとも言えるだろう。

「一九一六年復活祭」におけるイェイツの態度を政治的「中庸」ととるか、イングランドとアイルランドの双方におもねった「忖度」ととるか。いずれにせよ、「一九一六年復活祭」についてのこういった批判・批評は、この作品の主眼が、国民詩人イェイツの、復活祭蜂起という歴史的事象に対する賛否、政治的評価を示すことにあるとの観点に、あるいは、この作品において自作がイングランド、アイルランド両国民からどのような政治的評価を下されるかという懸念がイェイツの詩作を左右しているとの観点に立脚しているかに思われる。

むろん、創作活動の初期から数々の文学組織・団体に参加していたイェイツが、アイルランドの文学運動が政治思想とまったく無縁でいられると考えるほどナイーブではありえない。けれどそれだけに、イェイツは政治のどのような点が彼の目指す文学にとって問題であるか、明確に把握していた。

アイルランド文芸協会（Irish Literary Society）の会長職（一九二五―三二年）を務めたリチャード・アッシュ・キングが、その講演で、政治と政治的レトリックに心を奪われていることがアイルランドの文学と精神風土とを損なっているとした発言を、イェイツは手紙の中で次のように擁護している。

　キング氏は政治がアイルランドの知識人をダメにしていると言ったのではなく、党派政治がダメにしていると言ったのです。もちろん、党派的な政治がどこで終わり、愛国的な政治がどこから始まるかというのは難しい。しかし線引きとはそういったもので、それが判らない政治家は、自説をがなりたてて混乱に

陥るのです。(2)

そしてこれに続く部分で、互いの敵愾心が国家に必要な大原則を見失わせる「党派党略的な政治」が「文学がその上に成り立っているバランス感覚を完全に損なう」のだとしている。

しかし、同じ手紙の中の次の言葉は、詩人としてのイェイツの、政治に対するスタンスをより明瞭に示すものと言えるだろう。

私は文学者が政治に関わるべきではないとは言いませんでした。しかし私はユゴー、ミルトンそしてダンテの例を挙げ、どれほどその政治的関心が強かろうと、文学者はその技法の達人となるべく努めるべきであって、完璧なものや真実なものよりもレトリックや読者を気にする傾向を彼の著作から遠ざけるべきだと言ったのは憶えています。(3)

ここでは、政治的メッセージのために詭弁を弄することや世評を気にかけることよりも、文学作品としての質の高さを目指すべきとのイェイツの態度が明瞭に示されている。むろん「一九一六年復活祭」を執筆したイェイツには、このアイルランドにおける歴史の転換点ともなるべき事件の重大性を予感し、それを主題として歌う国民詩人の責任に対する自覚があっただろう。しかし本来、その「国民詩人」としてのイェイツの根幹を成す「叙情詩人」が目指したものは、蜂起に対する賛否、政治的見解を示すことではなかったと思われる。

「意見」opinion を離れて

単に蜂起に対する見解、意見という点では、イェイツの基本的な考え方は明瞭であろう。イェイツは、アイルランドの文化的独立を目指した政治家ジョン・オリアリーの唱えるロマンティック・ナショナリズムの薫陶を受け、「人は大義のためでもしてはならないことがある」という彼の言葉を座右の銘とした。行動派の独立活動家であった最愛の恋人モード・ゴンの軽蔑や批判を買っても、党派的政争や武力闘争とは一線を画す、アイルランド独自の文化文芸の復興・創出による文化的ナショナリズムをあくまで目指している。そのイェイツが、蜂起という暴力を伴う政治的主張の発露に諸手を挙げて賛同することはそもそも考えにくい。そして、詩がプロパガンダとして党派政治の具となることを何よりも忌避し、しばしば彼の理想とする詩的姿勢に対して為される批判の矢面にも立ってきたイェイツが、不本意ながら蜂起を賛美する詩を書くこともありえないと思われる。

だが一方で、詩人として歩み出し、アイルランド文芸復興運動に携わった初めから、「アイルランド人の真の主題はアイルランドである」[4]との自説を曲げなかった「アイルランドの国民詩人」イェイツにとって、アイルランドの行く末を左右する可能性を孕んだこの蜂起は、避けては通れない主題であったろう。

この点について考えるとき私たちは、そもそも「意見、見解」(opinion) がイェイツにとってはネガティヴなものであったことを忘れてはなるまい。詩作品「マイケル・ロバーツと踊り子」('Michael Robartes and the Dancer,' 1918) は「意見には毛ほどの価値もない」という一行に始まり、「我が娘のための祈り」('A Prayer for My Daughter,' 1919) には「頭でっかちの憎悪 (intellectual hatred) が最悪だ／だから彼女には意見とは呪われたものと考えてほしい」との一節がある。一九〇九年二月十七日の日記では、「創造性に欠けた瞬間を武装」してより精妙な霊感の訪れを妨げる「意見は……芸術家の敵だ」として、「生命そのものを攻撃するメカニズム」[5]にもなり得るものと見なしている。イェイツはこの「意見」という語を、主に個々人の感情や生活を離れて一般論化・抽象化された政治的な主張について用い、詩作品以外でもエッセイ、記事等の散文において繰り返し批判している。従ってイェイツが復活祭蜂起について歌う場合、詩人にとってその作品は、蜂起を何らかの政治的立場から概括するような意見の披瀝であってはならないということになろう。

さらに、先のアッシュ・キングがイェイツの紹介記事のために情報提供を依頼した際、イェイツは詩作の原則のひとつとして、「芸術は人生の批評ではなく、生の背後にあるリアリティの啓示であること」(6)を挙げている。このことから、作品中に扱われた蜂起首謀者たちの描写についても、彼らの取った蜂起という行動そのものについてイェイツが客観的に「批評した」ものではないことを念頭に、読まれるべきではないだろうか。

「公の出来事」、「個人的な発言」

イェイツが蜂起後の五月一一日、パトロンでもありアイルランド文芸復興運動にともに勤しんだ仲間でもあるグレゴリー夫人宛に送った手紙の冒頭では、芸術的な志を共にし、近頃顔を合わせたばかりの人々が、処刑はされなかったものの投獄、あるいは裁判もなく射殺されたことに対する衝撃と、事件の全容が把握されない中での戸惑いがありありとうかがわれる。当時のフランスでのイギリス陸軍前線の劣勢と、司令部の無能さによる混乱ぶりの情報に続けて、イェイツは次のように書いている。

そのため、ダブリンで司法がきめ細かく的確に運用されているとは信じられません。私は処刑された者たちのために詩を書こうとしています――「恐ろしい美が再び生まれた」のです。イングランド保守党がアイルランド自治法を撤廃するつもりはないと宣言していれば、蜂起は起こらなかったでしょう。(7)

イングランドの司法が適切に機能していない状況の指摘とともに、自治法に関するイングランドの判断保留に言及している点では、蜂起の原因とその後の不公正な対応についてのイングランド側の責任に対するイェイツの認識が示されていると言えよう。しかしこれに続く箇所で、これほど深く心を動かす公の出来事（public event）があるとは思ってもみませんでした――そして将来についてひどく悲観しています。すべての社会階層の融和をはかり、すべてのアイルランドの文学及び批評を政治から解放するという、あらゆる長年の努力が覆されてしまったと感じるのです。(8)

と述べ、イングランドの対応を含め、蜂起そのものが社会や文学に与えた影響の大きさを憂慮している。注目すべきは、イェイツが「一九一六年復活祭」を書こうとした動機が、「処刑された者たちのため」であったこと、さらにその後に、「これほど深く心を動かす公の出来事があるとは思ってもみ」なかったという一文が続いている点である。

処刑された人々の多くは、先にも述べたとおりイェイツの個人的な知人・友人たちだった。詩は「個人的な発言」（personal utterance）であり、詩人は「真心のこもる」（sincere）身近な物事を題材とすべきであると(9)かねがね主張してきたイェイツにとって、その死を悼むことは抒情詩人として自然な詩作の動機と言えるだろう。

しかし、彼らの死を招いた蜂起は「公の」出来事であり、それが詩人の「心を動かした」という表現は、ここでは重要な意味を持つ。「私は処刑された者たちのために詩を書こうとしています――『恐ろしい美が再び生まれた』のです」という前文からの文脈においては、「心を動かす」とは、単に蜂起とそれを巡る一連の知人たちの死という悲劇的な出来事がイェイツに衝撃や感銘を与えたという留まらず、その出来事が詩作を促すまでに心を揺るがしたと読めるためだ。ここには、ある公的事件が、それを主題として彼を詩作に向かわせるほどの力を持つことへの驚きが示されていると言えよう。

『自伝』の中で、ヴィクトリア朝イングランド文化の影響を脱し、アイルランド独自の詩の創作を目指した若き日を振り返り、イェイツは次のように述べた。

個人的発言は、英文学においてはほぼ絶えてしまったが、劇と同じく、レトリックや抽象化を逃れる素晴らしい方法になりうる。……そのため私は自分の感情を、それらをより美しくなるよう変えたりせず、人生の中でそれが生じた通り正確に書くように努めた。[10]

「一九一六年復活祭」を執筆するに当たり、イェイツはまさしく「自分の感情」を「人生の中でそれが生じた通り正確に書く」ことを心がけたかに思われる。事件の当事者でもなく、賛同者とも言えず、その現場を目の当たりにしたわけでもないにもかかわらず、自身を詩作へと突き動かした復活祭蜂起の衝撃、そしてその心の動揺の拠って来たる所以をイェイツはどのように掘り下げ、如何に表現しているのか。

この論では「一九一六年復活祭」を、「私の大望は、自分の芸術的良心と妥協しなければならないような仕事は一切しないこと」[11]と述べたイェイツが、復活祭蜂起というアイルランドの歴史的出来事と、詩人としての彼自身の距離を見きわめ表現する試みとして再読してみたい。

一

イェイツにとっての「美」

「一九一六年復活祭」においてイェイツが復活祭蜂起をどのように捉えているかを考える上で、先にも挙げた「恐ろしい美が誕生する」（'A terrible beauty is born'）という有名なリフレインは重要な手がかりになるだろう。全四連のうち三連の最終行に現れるこのリフレインは、一般的にはイェイツが蜂起を暴力や自己犠牲を伴いながらも独立という理想の実現に向かう行動・意志の発露と見なし、蜂起自体を「恐ろしい美」という撞着語法で評価したと解釈されることが多い。

しかし、イェイツの生涯を通じて詩作の核を成す「美」(beauty) は通常、現前する世界そのものではなく、詩的言語によって作りなされる想像世界に存在すべき詩情、あるいはそれらを生みだす詩語自体の中にこそあるものとして表現される。さらにイェイツは、詩人仲間A・E（ジョージ・ラッセル）に宛てた手紙の中で、メッセージを伝える詩がもっとも美しく、細部の美は二の次とするA・Eを批判し、「美は詩の目的であり掟」と述べている。[12] このことからも、「恐ろしい美」の、少なくとも「美」に関しては、ダイレクトに蜂起という事象そのものを指すよりはむしろ、蜂起の衝撃が詩人にもたらした詩想、さらにそれによって生まれる詩作品のあり方により深く結びついているのではないかとの疑問が生じる。

イェイツにとってアイルランドは彼の詩作の最重要な主題であり続けたが、彼の詩作はまた、アイルランドの現実と、彼がアイルランドの文学伝統の中に見出した詩的理想美との絶えざるせめぎ合いの中で行われた。そのことを示す好例として、イェイツの初期詩作品「恋する者が心の内にある薔薇について語る」('The lover tells of the Rose in his Heart' 1892) が挙げられる。この作品では、「私の心の奥底に薔薇を咲かせるあなたのイメージ」を損なう「醜い」ものを「黄金の小箱」のように作り替えて、「あなたのイメージを夢見」るための場所にしたいという望みが歌われている。「私の心」の奥底に薔薇を咲かせる「あなたのイメージ」はイェイツにとっての詩的理想美の核ともいうべきものであり、他の初期作品群からも窺われるように、それは詩に歌うべきアイルランドの姿と密接に結びついたものだった。しかしイェイツが当時から青年アイルランド党 (Young Ireland Society) のバラッドなどに見られるプロパガンダ的なアイルランド礼賛には批判的であったことを考えれば、この「恋する者が……」はアイルランドをいたずらに美化することが目的ではないことは明らかである。この作品でイェイツは、彼にとって詩作の果たすべき役割、すなわち、アイルランドの現実を過不足無く把握しつつ、芸術伝統の内に伝えられた美的精神を表現しうる媒体としての、詩の変成作用の必要性を歌ったものと思われる。その変成作用が生じる場、いわば錬金術の炉が、他ならぬ詩人イェイツの「私の心」であったと言えるだろう。

アイルランドの社会や政治状況の現実を主題として歌うようになった一九〇〇年代以降、さらに「一九一六年復活祭」以降の作品においても、詩人の姿勢にブレは見られない。このような「美」の位置づけに非常に意識的であったイェイツが、武装蜂起といううきわめて現世的政治的問題、あるいは知人たちの行動それ自体を直接に指す言葉として「美」という語句を用いることは考えにくい。「詩の中に完璧な美を築こうと日々悪戦苦闘する」（「彼は完璧な美を語る」）詩人にとって、「美」はあくまでも「私の心」という変成の場を通じて、「詩の中に」築かれるべきものなのだ。

しかし復活祭蜂起では、本来イェイツの詩心を揺り動かすはずのない「公的な出来事」が、その琴線に触れた。晩年の友人への手紙の中で、「公衆（The public）は重要ではない。誰かの友人のみが重要なのだ[13]」と述べたイェイツにとって、「一九一六年復活祭」執筆における課題のひとつは、「党派政治的なもの」にきわめて絡め取られやすい蜂起という「公」の主題が、知人たちの死という悲劇によって「私的」な経験にもなり得ていたということだろう。であるからこそ、おそらく何よりも「文学の政治からの解放」はこの作品においてデリケートかつ重要な作業であったはずだ。

「恐ろしい美」が「再び生まれた」／「生まれる」

「恐ろしい美」というリフレインの原形は、先に挙げたグレゴリー夫人宛ての手紙の中の、「私は処刑された者たちのために詩を書こうとしています。『恐ろしい美が再び生まれた』（'terrible beauty has been born again'）のです」という一節にすでに登場している。興味深い点は、「恐ろしい美」は手紙にも完成作品にも共通するが、手紙中の「生まれた」は、作品では完了形から現在形になり、さらに「再び」は削除されている。「再び」とあるのは、手紙が書かれた事件直後の時期、おそらく復活祭蜂起によって一七九八年のユナイテッド・アイリッシュメンの蜂起が想起されていたためだろう。では、「恐ろしい美」が「生まれた」（完了形）と「誕生する」（現在形）の相違は、何から生ずるのか。

イェイツはこの一七九八年の蜂起を背景に、放浪の老婆が農家の若者のもとを訪れて独立運動へと誘う劇『キャサリーン・ニ・フーリハン』（*Cathleen Ni Houlihan*, 1902）を書いており、発表当時非常な人気を博した。しかし一九〇四年、文芸復興運動の支援者でもあった政治家H・プランケット宛ての手紙の中で、この劇がアイルランド独立のプロパガンダ的政治劇として熱狂的に受け入れられている状況に反論している。

……一方で、この劇はプロパガンディストのような類の政治劇だと言われるかもしれません。私はこれを否定します。私は人の生き様、人々が抱いた考え、彼らがそのために命を落とした希望の一部分を題材として取り上げ、自分が誠実な劇形式となるべきと信じたものに表現したのです。私は如何なる類いの意見をも擁護するために劇を書いたことはありませんし、そのような劇は必然的に悪しき芸術か、ともかく質の高くない芸術です。同時に、私は自分に対しても他の人々に対しても、演劇の情熱的な素材を排除する権利はないと思います。(14)

一九〇〇年代の初め、文芸復興運動の重要な局面としてアベイ座を含む複数の劇団の旗揚げと運営に関与し、良質な文学作品に触れさせるために国民の足を劇場に向けることを目指していたイェイツにとって、詩的アイルランドの象徴としての放浪の老婆キャサリーン・ニ・フーリハンは、武装蜂起ではなくアイルランドの文化的独立の旗印となるべき存在であった。イェイツは一七九八年蜂起の百周年記念行事の準備に積極的に携わっているが、ユナイテッド・アイリッシュメンという組織・集団自体を全面的に肯定していた訳でも、武力闘争そのものを肯定していたわけでもない。その力点は、ユナイテッド・アイリッシュメンの蜂起がプロテスタントとカトリックの団結のもとに行われ、民族・宗派の対立を越えた運動の延長上に生じた、その志にあったと考えられる。右の手紙にある、「彼らがそのために命を落とした希望」にはむろんアイルランド独立およびそれを目指しての蜂起も含まれると考えられるが、「題材として取り上げ」たのはその「希望の一部分」とすることによって、劇作において重要なモチーフとはアイルランドの独立、蜂起に限定されるものではなく、むしろ人が命がけで叶えようとするような「希望」の存在であることが示されている。

キャスリーン・ニ・フーリハン初演時の舞台

しかしイェイツは、最晩年の詩作品「人と谺」（一九三九）において「私の劇が／ある人々を駆り立てて／イギリス人に銃殺させることになったのか」との自問を続けて「毎夜眠れない」と歌い、『キャサリーン・ニ・フーリハン』が自身の主張にもかかわらず結局はプロパガンダにとどまり、復活祭蜂起の精神的土壌を準備することになったのではないかとの後悔に苛まれる。

ユナイテッド・アイリッシュメンの蜂起に見られた、プロテスタントとカトリックが手を携えて果たすアイルランドの独立という理想は、その後ダニエル・オコンネルの指導のもと、カトリックの政治的権利の回復を第一とするカトリック解放運動の中では希薄なものとなり、さらにトマス・ディヴィス、ギャバン・ダフィーら率いる青年アイルランド党が、オコンネルよりさらに急進的な反英運動を推し進め、一八四八年のジャガイモ飢饉をきっかけに武装蜂起したものの失敗に終わる。

一八九〇年代にニュー・アイリッシュ・ライブラリーの出版をめぐり、作品の質よりも国威高揚的プロパガンダ作品の採用を優先するダフィーと激しく争ったイェイツは、「文学の政治からの解放」の困難と必要性を、身をもって体感していたはずであり、それらの経験があればこそ、『キャサリーン・ニ・フーリハン』執筆に当たっては象徴的手法を用いて党派政治的プロパガンダ色を排そうとしたと考えられる。

青年アイルランド党の詩人たちは若者たちの頭をいっぱいにする、ウルフ・トーン、ブライアン大王、エメット、オウエン・ロー、サーズフィールド、キンセールの漁師などの、大量の明瞭なイメージを生み出した。それはアイルランド気質に対する昔ながらの誹謗中傷に反論し、非常な共感（affections）を呼んだので、人々を絞首台に送る後押しをした。そこに込められた倫理観は当然のことながらごく単純で、それらを理解するのに学問も非凡な才能も必要としなかった。我々の運動は、同じ事をより深甚で、したがってより息の長い方法で行おうと考えていた。(15)

イェイツとしては、もともとバラッドの伝統においてアイルランドを象徴すると見なされていた放浪の老婆キャサリーン・ニ・フーリハンを、党派・宗派の対立を越えて目指すべき文化的独立の根幹を成す存在、身も心も献げて尽くすべきアイルランドの詩魂、文学的アイルランド像のアイコンとして造形したであろう。しかし、象徴的手法によってそれらの意義を示す手がかりを削ぎ落としたが故に、逆に作品発表当時の趨勢を占めていた反英・反プロテスタント運動による独立の象徴という解釈を呼び込む余地を残した可能性はある。さらに、彼が一七九八年蜂起といった歴史的社会的事象を「演劇の情熱的な素材」としては「排除しない」と改めて断言している点も、その文学的態度を理解されにくいものにし、その結果「人と谺」に吐露された、みずからを責め苛む悔恨を生み出したことは否めないかもしれない。

イェイツが誕生する半世紀以上前に起きた一七九八年の蜂起は、詩人を突き動かして『キャサリーン・ニ・フーリハン』を生み出させたが、作品の受容のされ方は、彼が詩的キャリアの出発点から目指していた「文学の政治からの解放」という目標の困難さを認識させた、一つ目の「恐ろしい美」であったのではないかと考えられる。

一九一六年、同時代の復活祭蜂起において、みずからが体感したそのマグニチュードが『キャサリーン・ニ・フーリハン』と同様の作品の執筆にみずからを向かわせている恐れを感じ取ったイェイツは、その創作衝動をレディ・グレゴリーへの手紙で「恐ろしい美が再び生まれた」と完了形で表現したのではあるまいか。「一九一六年復活祭」の作品中では、それが「恐ろしい美が誕生する」と現在形に改められることにより、読者もともに、その衝動が詩作品として形作られる現場に立ち会うことになる。

二

一九〇〇年代以後のイェイツ、復活祭蜂起まで

復活祭蜂起がイェイツを詩作に突き動かした衝撃は、事件自体の社会的影響の重大さのみによって生じたものではなく、当時のイェイツの詩的態度そのものによってもたらされたところが大きかった。

一九世紀末から二〇世紀の初頭にかけて、イェイツの作風が大きく変化したことはよく知られる。一八〇〇年代の終わりまで主にケルト神話をモチーフに扱い、世紀末的な夢幻美と愛の世界を主題としていたイェイツが、一九〇〇年代に入ってからは、身近な人々との交流をモチーフとするようになったほか、彼を取り巻く文

学的状況への幻滅と失望を歌い、それとともに政治的事象についてもダイレクトな表現で批判的作品を描くようになっていた。一八九九年以降、一九〇九年ごろまでは詩作の数自体も激減しており、これについてはイェイツが劇作と演劇活動への関与を深めていったことによる時間的制約とともに、劇場運営における人間関係と経営面の問題に直面したことでもたらされた詩的境地の変化、新たな作風を模索しての一種のスランプといった点が、多くの批評家によってつとに指摘されている。一九〇七年にはアベイ座でのジョン・シングの「西の国の伊達男」上演の際に起きた観客の暴動、さらに一九一〇年代前半には、宗教的政治的立場の相違に端を発したアベイ座の経営を巡る諍い、ダブリン市民美術館の創設に貢献したヒュー・レインの、新たな美術館設立の頓挫とその後の美術品寄贈を巡る市の不適切な対応など、文学芸術を巻き込んでその独立性を損なう、あるいは逆に無関心に冷遇するアイルランドの政治状況や一般大衆の無理解に対し、イェイツの失望を募らせるような出来事が身近に連続して起こっていた。

しかし一九一二年にエズラ・パウンドと出会って新たなスタイルの創出への刺激を受けて以降、詩作の数も再び増え、意欲的に新たなスタイルの創出に取りかかる。「ロマンティック・アイルランドは死んで消え／オリアリーと一緒に墓の中」と歌う「一九一三年九月」では、実利追求に専心し形式的な道徳に固執するカトリック中産階級の傾向に悲憤慷慨し、かつて一七九八年蜂起を試みて命を落としたユナイテッド・アイリッシュメンの理想が忘れられ、志の高いアイルランドの文化的自立が実現していない状況を嘆いており、この時期のイェイツ作品の特徴を見ることができるだろう。

このような傾向の中で、イースター蜂起が起きた一九一六年四月当時、イェイツはアイルランドの一般民衆を対象とした「国民文学」創出をなかば放棄し、詩人個人の高踏的詩的理想の深化に向かっていた。例を挙げるならば、芸術に対し無理解な聴衆に対する軽蔑を表明し、現実を見据えつつも、一民族の文学としてかくあれかしと望む作品を聞かせるに相応しい「理想的な聴衆」を想定した上で、大衆に俗受けする作品ではなく、その理想的人物のために詩を書くのだと宣言する「釣り人」('The Fisherman', 1914)、大空を自由に舞う鷹に孤高の想像力を託しつつ、そのような想像力や理想のあり方を束縛しまた失墜させうる政治的文学的状況の日常的な脅威を比喩的に描いて、その相容れ無さを強調した「鷹」('The Hawk', 1916年二月) といった作品は、復活祭蜂起と同年の二月に書かれている。そして実際に、限られた聴衆のみを対象とした高踏的象徴劇『鷹の井戸』もまた、蜂起直前の同年四月に初演された。

また、詩的世界のより深甚な追求としての神秘主義体系の模索もこのころ急速に深まりを示しており、一九一五年には教導霊 (guiding spirit) のイメージや「反自我」(anti-self) といった概念が登場する「我は汝の主なり」('Ego Dominus Tuus', 1917) を書いて、神秘主義的詩論を展開すると同時に『幻想録』*A Vision* の基礎を築き始めていることも、高踏的詩的世界への傾斜の一端を示すものと言えるだろう。

とはいえ、先の二作品においても分かるとおり、イェイツは作中から現実を排除することはない。醜悪で世俗的な日常や政治的現実との対比において、それらとは一線を画した不可侵の境地としての「芸術としての詩」の意義を際立たせようとしているかに思われる。

一九一五年一一月に書かれた「戦争詩を依頼されて」('On being asked for a War Poem') では、「こういう時勢には詩人は黙っていたほうがよい」と述べており、「我々詩人は政治家 (statesman) を正す才能に恵まれていないので」という二行目から三行目にかけての理由づけには、戦争を政治的問題としてとらえ、戦争詩を書くことによってその作品が政治利用される危険性を意識した上でそれを回避し、直接的な政治・社会批判とは一線を画す脱俗的な詩の役割を打ち出している。

復活祭蜂起がもたらしたもの

このようにして一九一六年初頭までには、政治的・社会的問題、すなわち「公的」な出来事に対する批判はバラッドやサタイアといった形で風刺的に揶揄し、詩的哲学的主題の追求は神秘主義に基づいた高踏的作風で歌うという、イェイツの線引きが確立しつつあったことがうかがわれる。

しかし復活祭蜂起によって、嘲りの対象として「公的」主題を囲い込んでいた風刺詩スタイルの枠組みは突き崩される。これは、作品第一連に顕著であろう。

私は一日の終わりに彼らに出会った／彼らは生き生きとした顔つきで／受付カウンターや事務机を離れて／灰色の一八世紀建築から現れた。／私は軽く会釈をして行き過ぎた／あるいは意味のない社交辞令を交わし／あるいは少し立ち止まって意味のない社交辞令を交わして／その挨拶もそこそこに頭の中では／冷やかしや嘲りの言葉を思い巡らせ／クラブの暖炉を囲んで／仲間を面白がらせようと考えていた／信じて疑わなかったのだ　彼らも私も／道化のまだら服が身にまとわれる場所で生きるほかないのだと。／すべてが変わった、すっかり変わった。／恐ろしい美が誕生する

ここに描かれた「一八世紀建築」が立ち並ぶダブリンの風景は、「灰色」(grey eighteenth-century houses)で、「受付カウンター」(counter)や「事務机」あるいは「教卓」(desk)に象徴されるような、無機的で無味乾燥なオフィスやビジネス街として描かれており、イェイツがしばしば功利主義・実利主義的として批判・嫌悪した、当時台頭しつつあったカトリック中産階級社会を代表していると思われる。語り手をそのままイェイツと受け止めるならば、彼はそれらの職場から通りに出てきた人々と型どおりの表面的な「意味の無い」(meaningless)挨拶を適当に交わし、その挨拶もそこそこに、暖かく居心地の良いクラブの、気の合った仲間内で受けをとるような嘲りや冷やかしを考えている。嘲りや冷やかしの対象は、通りで出会った人物たちも含め、「だんだら模様の道化服がまとわれる(worn)」、すなわち民族・宗派間の様々な政治的立場が、カトリッ

クを象徴する緑色とプロテスタントを象徴するオレンジ色の「だんだら模様」のごとく入り乱れつつ、当時のイェイツの目から見れば低俗で愚劣な争いや駆け引き、党利党略に明け暮れる状態が続き、さらにその道化服も「すり切れるほど」（worn）、十年一日のごとく常態化しているアイルランドの現実である。クラブの内外にかかわらず、語り手が相手と交わすのはあくまで社交上の儀礼的挨拶あるいは軽口でしかない。それはまた、詩作において射程に入らない対象には無関心に接し、抗議・批判すべき世相や人物については風刺の形をとって表現するという、当時作り上げげつつあったスタイルにも呼応するものと考えられ、「彼らも私も／道化のまだら服が身にまとわれる場所で生きるほかないのだと」「信じて疑わない」イェイツ自身の、アイルランドの日常や生活に距離を置いて冷笑的に描き出す際の詩的態度を象徴してもいるだろう。

しかし第一連の終わりのリフレイン「すべてが変わった、すっかり変わった」に見られるとおり、復活祭蜂起は、イェイツが自身の高踏的詩的世界を追究するうちに想定していた、理想美の反対概念としての笑劇的な世俗的現実という枠組みを足元から覆す。このリフレインは一般的に、蜂起後のアイルランド、あるいは蜂起首謀者たちについて述べたものと見なされがちだが、第一連の内容があくまで主語である「私」の日常生活や行動を中心としていることを考えれば、変化が生じたのはむしろ、蜂起前のイェイツ個人の、同時代のアイルランドに対して距離をとった醒めた見方・態度を指すと解釈できるのではないか。

第一連でイェイツは、ダブリンの現実を突き放し、冷笑的に批判する語り手としての自分自身を描いている。だが、詩人としてのスタート地点から詩作における「誠実さ」（sincerity）を重んじ、父ジョンの言葉を重く受け止めて、抽象性（abstract）や「一般化」（generalization）を嫌ったイェイツにとって、第一連のようにアイルランドの状況とそこに暮らす人々を侮蔑の対象として十把一絡げにし、さらにその現状を固定化したものと見なす平板で表層的なとらえ方は、自ら心がける抒情詩人としての本分に悖《もと》るものだったのではあるまいか。

復活祭蜂起は、詩的理想美を目指して作り上げた枠組みのゆえに、逆に見るべき美の対象を見落とし、固定化したスタイルが刻々に変化する「今」を描ききれなくなる危険性を詩人に突きつける。このような気付きを示唆する重要な手がかりとして、第一連で語り手が出会う人々の顔つきを形容した「生き生きした」＝「活気に満ちた／鮮明な」（vivid）という表現が挙げられるだろう。

このvividという形容詞については、一読した限りでは語り手がそれらの人物に出会った際に、「活気に満ちた顔つき」と感じたように読め、多くの場合、蜂起首謀者あるいは独立推進派と見なされるこれらの人々の多くが実務に従事し、さらにアイルランドの独立については実際の行動を重んじたがゆえにイェイツが彼らの表情を「活気に満ちた」ものと捉えたと解釈される。

しかし第一連では、ダブリンの日常とそこで活動する人々に対する語り手の冷ややかな視線と態度の印象が勝り、そこで行き会う人々について述べた「活気に満ちた顔つき」という肯定的な表現はいささか唐突で異質に感じられる。さらに、往来で社交辞令的な挨拶を、それも半ば上の空で交わすのみに留まる状況での「活気に満ちた顔つき」への気付きにも、違和感が伴う。

ここに、イェイツの手の込んだ仕掛けを見てとることができる。往来で出会った時にはおそらく意識されなかった彼ら一人一人の表情を、蜂起をきっかけに、イェイツは記憶の中で、その生き様とともに「鮮明な」（vivid）ものとして思い起こすこととなるのだ。蜂起以前のイェイツの冷笑的な視線によって捉えられた灰色の無機的な風景の中で、彼らの顔のみは色を帯びた鮮やかなものとして甦る。これは、イェイツが蜂起によって、志の異なる「彼ら」が嘲笑すべき道化役の他者の集団ではなく、一人一人が異なる顔を備えた個人であることに改めて思い致ることになった衝撃をも示すものであり、イェイツの中で獲得された彼らの記憶の「鮮やか」さは、第二連の蜂起者個々人の想起へとつながってゆく。第一連の「鮮明な顔」は、蜂起によってイェイツが見出した「美」に当たり、またそれが「恐ろしい美」であるのは、詩人として「鮮やかに」感じ取るべき彼らの生き様やアイルランドの状況の変化を日常性と習慣の中に看過し、風刺の対象としてひとくくりに捉えていた、イェイツ自身の詩人としての過ちに目覚めさせた畏怖の念を歌ったものと考えられる。

三

「顔」を与えられる人々

第二連では、イェイツの知人・友人でもあり、蜂起の後処刑あるいは終身刑に処された首謀者たちの生き様が回顧される。この作品が蜂起を記念するオケージョナル・ポエム、その「犠牲者」とされる人々を追悼するエレジーとされる所以であるが、イェイツはここで彼らが蜂起関係者であることや個人名を示さず、ただ彼らの生き様と人となりを想起し書き連ねるのみである。

あの女性の毎日は／無知な善意に費やされ／毎夜は議論に費やされた／その声が金切り声になるまで。／彼女の声より魅力的な声があっただろうか／若く美しく／狐狩りに赴いた頃には。／この男は学校を経営し／我々の翼ある馬を駆った／また別のこの人物は彼の援助者かつ友人で／彼の仲間に加わった／ゆくゆくは名声を勝ち得たはずだ／その性質は繊細で／その考え方は斬新で魅力的に思えた。／別のこの男は、私は飲んだくれで自惚れやの荒くれと思い描いていた／彼はひどくむごい仕打ちをしたのだ／私の心に近しい人々に／しかし私は彼を歌の中に数えよう／彼もまた、みずからの役を降りたのだから／いきあたりばったりの喜劇の中の役柄を／彼もまた、彼の番が来て、変えられた／すっかり作り変えられた／恐ろしい美が誕生する彼らは復活祭蜂起によって名を馳せた人物たちであるが、あえてここに名を出さないことで、これがあくまでもイェイツ自身の知人としての、彼らの「私的」な記憶であることが示されている。同時に、彼らは順次イェイツの記憶の中でその生き方、行動が想起され作品中に描写されることによって、名の代わりにそれぞれの「生き生きとした顔」が与えられてゆくのだ。

　イェイツの回想は、「あの女性は」「この男は」と、眼前を行列をなして行き過ぎる者たちについて語るように進む。イェイツは『キャスリーン・ニ・フーリハン』に関する記事の中で、高い志を抱いてアイルランドを象徴するこの老婆の後を慕う人々の姿を「行列」(procession)と表現し[16]、また神話と文学伝統について論じた初期のエッセイでは、シェイクスピアの歴史劇を連続して鑑賞した後、劇中の王侯や戦士たち、群衆が「行列」をなして進む幻を思い描いている[17]。しかしイェイツにとって、その行列は必ずしも戦勝凱旋を祝う行列のようなものではない。エッセイ『ストラトフォード・オン・エイヴォンにて』で注目すべきは、登場人物が英雄であろうと悪役であろうと、シェイクスピアは彼らが国家にとって有用であるかないか、あるいはその行動の正邪を評価するために描いているのではなく、彼らの人生をありのままに捉え、生き生きとした魅力ある人物像として描き出していることをイェイツが重視している点であり、詩人にとってはそのような視点で捉える「人類の行列」が、演劇や詩に描かれる「歴史」であることを示唆している点である。「一九一六年復活祭」であえてイェイツが「行列」という言葉を用いないのは、蜂起による死者たちが、アイ

若き日のコンスタンス・ゴア・ブース(マルキエヴィッツ)

ルランド独立の志に連なり追悼詩に歌われる対象ではあっても、いたずらに彼らを英雄化するのではなく、あくまで一人一人の人間として生前の姿を記憶することを優先したことの表れと考えられる。

「あの女性」は、若き日のイェイツと親交のあったプロテスタント系貴族の令嬢コンスタンス・マルキエヴィッツだが、彼女はのちに地主階級の身分と生活を嫌って貧困層の人々の支援を行い、労働運動に身を投じるようになる。さらに復活祭蜂起では、武装して市民軍に加わった。「この男」はゲール語の復活と普及に尽力し、英語とゲール語を教える学校を創設した詩人パトリック・ピアスである。「別のこの人物」はダブリン大学で英文学を教えていたやはり詩人のトマス・マクドナで、ピアスの学校でゲール語も教えたが、詩や劇作の著作も多く、イェイツは自伝の中で彼を高く評価していた。最後に「飲んだくれの自惚れ屋」とイェイツに評されている、「別のこの男」は、ボーア戦争でアイルランド旅団を率いてイングランドと戦い、アイルランドの愛国者たちから英雄と見なされたこともあるジョン・マクブライド陸軍少佐である。マクブライド少佐は、イェイツの詩的理想美を体現した生身の女性であるモード・ゴンの夫となったが、嫉妬深く飲酒癖が高じたため、二年後には離婚した。

詩に記憶される故人／個人

ここに挙げられた人物たちは、身分、宗派、出身や所属した運動も様々であったが、彼らの政治的・文学的姿勢は、むしろ積極的にイェイツと異なっていた。文学者ではないマクブライド少佐、マルキェヴィッツは元より、詩人だったピアス、マクドナもまた実力行使と行動による独立の必要性を日頃から主張しており、特に「血の犠牲」の必要を声高に唱えていたピアスは、蜂起の際に武力による独立を告げる宣言文を起草している。イェイツの文化的独立の精神に基づく象徴主義・神秘主義についても、迂遠な文学手法として両名ともに批判的であり、作中で風刺の対象にしていたこともあった。それに対してイェイツもまた、第一次大戦中、アイル

蜂起時に市民軍に加わった際のコンスタンス・マルキエヴィッツ

ランド独立のためにドイツ軍の勝利を望んだピアスの態度や文学的主張を手厳しく批判していた。第一連の流れに立ったイェイツの立場から見れば、逆に彼らこそ短絡的な手段で実現不可能な独立を喧しく主張する、「いきあたりばったりの喜劇」の中に生きる者たちとして、やや冷めた目で眺めていた部分もあっただろう。

とはいえ、ピアスもマクドナも、イェイツと同じ芸術家・創作者として、ゲール語の復活および普及という点で文芸復興にも功績のあった人物たちであり、シングの「西国の伊達男」上演を巡る暴動をはじめ、イェイツが劇場でたびたび経験した騒乱の暴徒たちとは一線を画していた。ピアスは、ダグラス・ハイドが結成し、かつてイェイツも属していた、ゲール語の復興と普及を目指すゲール語同盟 (The Gaelic League) の熱心な活動家であり、その機関誌の編集長も務めた。作品を英語でしか書かないイェイツとしばしば折り合わなかったが、イェイツが委員を務めた汎ケルト運動 (Pan Celtic Movement) を支援するという一面もあった。「ゆくゆくは名声を勝ち得たはず」(He might have won his fame in the end) とされたマクドナについては、洗練と指導が必要と考えつつも、イェイツはその詩才を認めていた。マクドナも、アイルランドでのジャーナリズムの有害性といった点ではイェイツと一致しており、時折イェイツの自宅を訪ねてアイルランド人の学校生徒の教育の難しさなどをイェイツに打ち明けていたこともあった。

一方で、若き日の優美な美しさが「イーヴァ・ゴア＝ブースとコンスタンス・マルキェヴィッツの思い出に」（'In Memory of Eva Gore-Booth and Con Markiewicz,' 1927）他の詩にも歌われているマルキェヴィッツに関しては、盲目的な社会活動への自己献身の中で彼女の美しさ、たおやかさが失われたことを嘆き、マクブライド少佐に至ってはまったく称賛に値しない人物として描かれる。しかしいずれにせよ、彼らはみなそれまでにそれぞれ異なる生を生き、様々な形でイェイツと関わった人々であり、単に「蜂起首謀者」あるいは「蜂起の犠牲者」として括られてよい存在ではない。

おそらく、イェイツにとっては哀歌の中にその名を連ねることがもっとも躊躇されたはずのマクブライド少佐の描写に、彼が死者たちを悼むスタンスがもっとも明確に示されている。イェイツとマクブライド少佐の接点は、モード・ゴン以外になく、従ってイェイツにとって少佐は、「私の心に近しい人々に」「ひどくむごい仕打ちをし」、「飲んだくれで自惚れ屋の荒くれと思い描く」存在でしかなかった。しかし他方、マクブライド少佐に対する侮蔑・怒りはまた、かつての恋人でもあり友人でもあり続けたモード・ゴンという女性の存在と分かちがたく結びついていたからこそ、イェイツの感情、詩想の少なからぬ一部を占めていたことは明らかである。そのような人物が、突然の死を、それも蜂起への参加とそれによってもたらされた処刑という劇的な死を迎えた衝撃は、その元妻であるモード・ゴンへの共感[18]とともに、詩人が回顧すべき感慨を覚えるに十分であろう。そのマクブライド少佐についてイェイツは、「彼もまた」、「いきあたりばったりの喜劇の中の役柄を」降りたのだから、「私は彼を歌の中に数えよう」と宣言する。これはもちろん、イェイツのマクブライド少佐自身に対する評価が高まったこと、この作品によって英雄化されることを意味するのではない。詩人としてアイルランドの負の側面をプロパガンダ的に美化することを良しとしないイェイツであれば、生前のマクブライド少佐に対して抱いていた思いを「蜂起犠牲者」という一点によって翻すこともまた、詩人としての不誠実に当たる行為であろう。

今や死者という厳粛な存在となったマクブライド少佐は、生という喜劇の登場人物であることを終え、「一

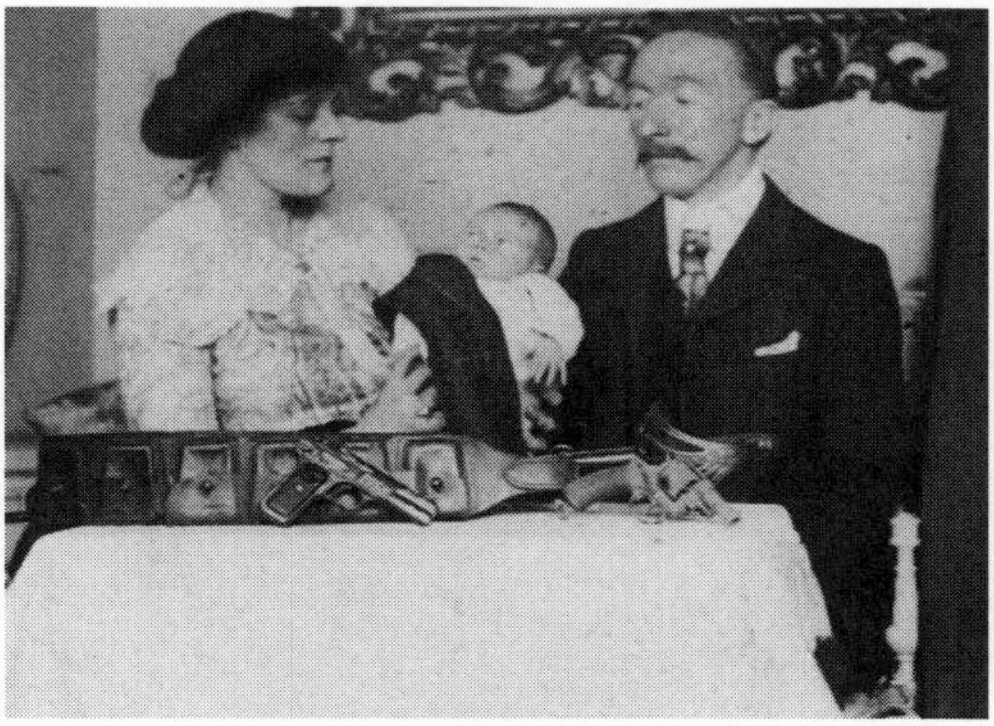

マクブライド大佐とモード・ゴン

モード・ゴンの夫、ジョン・マクブライド大佐

九一六年復活祭」という追悼詩の登場人物となる。彼の前にこの作品の中で回想されたマルキエヴィッツ、ピアス、マクドナに続き、「彼もまた「その順番が回ってきて」、この作品で歌われることで、「芸術は人生の批評で……／すっかり作り変えられた」のであり、「芸術は人生の批評ではなく、生の背後にあるリアリティの啓示であること」というイェイツの主張が反映されていると言えるだろう。第二連に描かれた人物たちは、単なる「英国に対する反逆者」、あるいは「蜂起犠牲者」として個性を奪われ美化された愛国的英雄の集団ではなく、その人間臭さを留めたまま、この「一九一六年復活祭」という作品の中で個人として記憶される存在へと変化したことが述べられているのだ。

「一九一六年復活祭」では、蜂起首謀者たちの人となりと生き様については歌われていても、蜂起自体については全く触れられていない点にも留意せねばなるまい。蜂起当時イェイツがロンドンに在住し現場に居合わせなかったことを考えれば、イェイツにとって事件自体を詩に歌うことは、詩人としての誠実さ（sincerity）に関わる問題であっただろう。この作品において彼は、復活祭蜂起そのものではなく、一詩人として、むしろ自らの力の及ばないところで知人たちの上に起こってしまった事件から受けた、衝撃と畏怖とに向き合うのである。イェイツはその畏怖の由って来たるところを、きわめてストイックかつ徹底的に、あくまでも自身の生との関わりにおいて突き詰める。その結果見出される復活祭蜂起と詩人の接点、すなわちイェイツにとっての復活祭蜂起は、旧知の知人たち個々人についての記憶と死に集約されるのであり、イェイツはそれを足がかりに、政治的見解や論争に絡め取られることを免れえないこの出来事を、詩として「政治から解放し」ようとするのである。

四

「生の流れの中の石」

「一九一六年復活祭」におけるイェイツの死者の哀悼のあり方について考える上での重要な手がかりは、「生の流れの中の石」について描かれた第三連にあると思われる。

　夏も冬も変わらず／一つの目的しか持たぬ心は／魔法にかけられて石となり／生の流れをかき乱すようだ。／道をやってきた馬／その乗り手と、たなびく雲から雲へと／飛び回る鳥たちは／刻一刻と変わりゆく／流れに映る雲の影は／刻一刻と変わりゆく／馬の蹄が川縁で滑り／馬は流れに飛沫を上げる／足長の鷭（バン）が飛び込み／雌は雄に呼びかける／刻一刻を彼らは生き／それら全てのただ中に石は留まる。

ダブリンでのイェイツの日常生活を描いた第一連、イェイツの知人でもある蜂起首謀者たちの生き様を回想する第二連に比べ、それらとは無縁な第三連の自然の情景描写は、唐突に見える。

「魔法にかけられて」「生の流れをかき乱す石」となった心は、復活祭蜂起という題材を考えれば、一義的には蜂起首謀者たちの心を指すと考えられる。彼らの固持する過激な反英思想のゆえに、第一次大戦が終わればアイルランドの自治を検討するとしたイギリスの対応の変化の可能性を認めず、無益に暴力に走って死に至った状況を指すという解釈も成り立つだろう。最終連冒頭の「長すぎる犠牲は／心を石に変えることもある」という詩行にも自然につながるものと言える。

この「石」については、手がかりとなるイェイツ自身の記述が彼の散文の随所に見られる。イェイツはしばしば憎悪（hate）と憎悪に基づいた党派政治がアイルランドの文化・文芸を不毛にしていると見なし、[19]「アイルランドの魂は水蒸気になり、その身体は石になった[20]」と述べている。また、モード・ゴンの政治的見解へののめり込みを危惧した次のような記述も、ゴンの例が女性全般に敷衍されている点に関しては議論の余地も残るだろうが、第三連の「石」の比喩の解釈については光を投げかけるものと言えよう。

私は新たな政治的見解へののめり込みを危惧している。女性は、これまで献身や出産が人生の主要なイベントだったがために、すべてをある主張に献げてしまうのだ。まるでその見解が何か恐ろしい石の人形でもあるかのように……女性にとっては、見解は自分の子共たちや恋人たちのようになり、彼女たちの感受性が強ければ強いほど、他の全てのことを忘れるのだ。彼女たちは恋人や子供を守ろうとしているかのように無慈悲になり、すべてこういったことは、「人間の命以外の何か」のために為されるのだ。ついにその見解は彼女たちの本性とあまりにも結びついてしまい、彼女たちの肉体の一部は石と化して、命を失うかに思える。[21]

一方、第三連の描写において目を引くのは、流れをかき乱す石に対比され、石の周囲で時々刻々に変化する自然と生き物の描写である。引用部分に見られる、流れに映る雲の影、水際で飛沫を上げる馬の動きや、鷭の番いの行動など、コマ送りでフィルムの細部を見るように写実的かつ鮮烈な描写は、復活祭蜂起あるいは死者追悼といった内容とはまったく異質に感じられ、なぜこのような手法が必要であったかを意識させられる。

第三連のこの一瞬一瞬の自然の情景の変化の鮮やかさは、第一連の、代わり映えのしない見飽きた日常の風景描写と対照的である。その差異を生み出すものは、その情景を見つめる詩人の眼差の違いに他ならない。第一連のリフレインが、アイルランドの現状に対するイェイツの冷ややかな見方が「すっかり変わった」ことを示すとするなら、「生の流れをかき乱す石」と化した「ただ一つの目的しか持たない心」（hearts with one purpose alone）は、政治的見解に囚われ頑なになった人々の心ばかりではなく、アイルランドの現実から目を逸らさぬ国民詩人たることをみずから肝に銘じながら、詩的理想を追求するあまりその理想美を高踏的・脱俗的な領域へと囲い込み、同時に本来は詩想の源となるべき現実に対し「俗なるもの」の硬直化したくりを設けかけていた、イェイツ自身の詩的態度も含まれるのではないか。詩人の心もまた「石」となる危険を孕んでいるのであり、それを避けるためには、躍動し生成変化する世界と人々の、一瞬一瞬の生の鮮烈さを捕らえる眼差しが必要である。唯一、リフレイン「すべてが変わった……恐ろしい美が誕生する」が見られない第三連には、イェイツの求める詩的「美」の誕生を妨げる原因が示されているのであり、流れの中の石、すなわち特定の見解に囚われ硬直した固定観念・先入観と、周囲で躍動する刻々の生の営為に対する感得と間に生じる齟齬が、復活祭蜂起首謀者たちの死を歌うことを困難にしているという問題意識が表明されていると言えるだろう。

蜂起参加者の死を歌う過程で、それまで看過してきた世界の鮮烈さを改めて感受し描き出したこの第三連には、この作品でイェイツが死者を悼むための軸となる眼差しが示され、第二連での蜂起参加者一人一人をめぐる回想が、どのような詩想のもとに為されたかを明らかにしていると考えられる。特に第三連では、自然界と人間の営みの鮮やかさが、水辺を走る馬とその乗り手の動きによって結び合わされており、自然と生の動きの一コマ一コマを「美」として表現するための媒体となっている。これは、第二連の蜂起参加者たちの描写において、「彼女の声よりも麗しい声があっただろうか／かつて、若く美しく／猟犬や猟師の一団とともに馬を駆った時の」と称えられるマルキェヴィッツの乗馬姿や、「この男は学校を営み／我らが翼ある馬を駆った」と詩の霊感をもたらすペガサスの乗り手に例えられるピアスの描写の意義を説明するものと言えるだろう。ことに第二連の「翼ある馬」は、第三連の馬とその乗り手の描写と響き合い、詩作もまた躍動的な人間の営為の一つであるべきことを示していると考えられる。

アイルランドで、死者を悼む

知人・個人としての蜂起参加者の在りし日の記憶を詩の中で生きた形に留めつつ、続く第四連では、復活祭蜂起という歴史的・政治的出来事における彼らの死を詩人として的確に悼むために、イェイツは次々とみずからの表現を吟味し修正してゆく。

長すぎる犠牲は／心を石に変えることもある／ああ、それはいつ事足りるのか？／それは天が司る領域だ　我々の役目は／一人一人の名を囁くこと／母親が子供の名を呼ぶように／ついに眠りが／暴れ回る子供の手足に訪れたときするように。／子供が大人しくなるのは、夕暮れ時しかないではないか？／いや、いや、夜ではない、死なのだ。／それは結局、不要な死だったのか？／なぜなら、英国は約束を守るかもしれないのだから／為されまた言われているすべての事にもかかわらず。

冒頭の、「長すぎる犠牲は／心を石に変えることもある」という一節は、若き日のイェイツが友人キャサリーン・タイナンに宛てた手紙の次のような記述を思い起こさせる。

私の人生は私の詩の中にあります。それらを作るため、私は文字通り自分の人生を挽き臼で粉々にしました。若さと仲間との親睦と世俗的な望みをすり潰したのです。私は他の人たちが楽しんでいるのを目にしながら、孤立し、ひたすら批評を続けました――ただ事物を映し出すだけの死んだ鏡です。私は自分の若さを土に埋め、その上に塚を作り上げました――雲の塚を。[22]

これはイェイツのいわば出世作に当たる、『アシーンの放浪』（*The Wanderings of Oisin*, 1889）の執筆時の自身の状況について述べたものだが、イェイツが求道的な詩作の生涯を貫いたことを思うならば、ここでもやはり「石の心」は、人生を傾注して作り上げた芸術スタイルや理想に固執する危険性への、詩人自身に対する振り返りと見なすこともできよう。

しかし第四連以降、イェイツは自身の詩的態度に対する反省に立った上で、詩人として蜂起参加者たちの心情に寄り添う方法の模索に向かう。加えて、第三連では、石になるのは「夏も冬も変わらず／一つの目的しか持たぬ心」だったが、第四連では心を石に変えるのが「長すぎる犠牲」となっていることから、復活祭の蜂起参加者に留まらず、むしろ植民地として長きにわたり蜂起を繰り返して犠牲者を生んできたアイルランド民族の歴史へと視野を広げていると言えよう。

それにともない、詩作に潜む「心が石となる」危険性もまた、イェイツの個人的レベルから、民族レベルの問題として把握される。これまで復活祭蜂起のような反乱とその犠牲者を称える際に用いられてきたアイルランドの愛国的ブロードサイド・バラッドは、イェイツがしばしば批判してきたようにアイルランド独立の政治的プロパガンダに利用される傾向が強く、そのような作品の中では死者個々人の生がともすれば政治目的によってひとくくりにされた集団（mass）の中に吸収され、次世代の紛争を煽る一塊の石へと変貌してしまうことも示唆されていると考えられる。

ここでは、植民地の歴史の中で宗派・党派的意見により「石」と化した人々の心と詩のあり方に思いを致しつつ、同時に蜂起によって命を落とした人々を描く詩人の取るべきスタンスを、イェイツは厳密に検討する。彼らに対する政治的意見・評価を下すのではなく、あくまで詩人としてそれをどのように描くべきかの逡巡が示されているのだ。

追悼詩の責務

まずイェイツは、「ああ、それはいつ事足りるのか?」(O When may it suffice?) という、一見「長すぎる犠牲」およびそれが「心を石に変える」ことの悲劇を歴史的大局に立って高所大所から嘆いたものと見える問いを、それに続く「それは天が司る領域だ」(That is Heaven's part) という一文によって退ける。これによって、そのような抽象的な問いかけが実は悲劇の重みとデリケートな様相を棚上げにしかねない、安易で感傷的な修辞的疑問であることを明らかにし、死者を追悼する詩人の責務を明確化してゆく。英国植民地としてのアイルランドの歴史を、幾度も繰り返された蜂起とその犠牲の歴史と単純化して捉える時、死者たちの側のみでなく、詩人にもまた、死者たちを「蜂起の犠牲者」という集団 (mass) に組み込み、流れの中の石の塊を作り上げてしまう危険性があることを、イェイツは忌避しているのだ。その細心さは、「我々の役目は／一人一人の名を囁くこと」としている点にも表現されている。

イェイツは自伝の中で、「一九一六年復活祭」にまつわり、次のような出来事を回想している。一八九〇年代にアイルランド文学協会に出席した下院議員が、一七九八年蜂起を主導したウルフ・トーン、エメット、オウエン・ローの名を連呼する「ヤング・アイルランダーズ」調の自作のバラッドを非常な感動を込めて暗唱し、若い世代の詩人や新しい文学運動は彼らの神聖さを取り去ってしまったと嘆いた。イェイツはそれについて、そのバラッドには文学的には見るべきところは何もなかったが、私は良心の痛みを感じながら帰宅した。その後私は、民族の絆を強める事柄すべてについての、より深い理解に基づいて自分たちの仕事の結果を見きわめるようになったが、その時までおそらく一〇年以上にわたってその悩みは続いた。(23)

と述べ、「我々の役目は／一人一人の名を囁くこと／母親が子供の名を呼ぶように」と書いたときにはその政治家のことが念頭にあったとしている。「一九一六年復活祭」の蜂起の死者たちを追悼するにあたって、「囁く」という語句の選択は、アイルランド詩人としてのあり方に対する、イェイツの長年にわたる自問の積み重ねの上になされたものと言えるだろう。詩人の役割は、死者たちの名前を声高に連呼して党派的主義主張の旗印となる「神聖な」英雄的偶像に祀り上げることではなく、あくまで彼らをそれぞれの生を生きた個々の人間として思い出に留め、詩人みずからもまず個人として私的に彼らを偲ぶことと考えるのだ。

しかしそれに続けて、「母親が子供の名を呼ぶように」という表現に潜在する落とし穴をイェイツは即座にみずから修正する。語り手は、眠りについた赤ん坊にそっと呼びかける母親になぞらえて死者への哀悼の表現をいったんは試みるものの、母子という無条件の愛情に基づく比喩が、駄々をこねる赤ん坊に例えられた蜂起者たちの暴力を不問に付す危険性を孕むと同時に、盲目的な慰藉に浸る哀歌のナルシズムを助長する恐れに気づく。「いや、いや、夜ではない、死なのだ」との強い否定と修正にはまた、死という厳然たる事実の苛烈さ、特にこの場合は蜂起首謀者たちの不当な裁判による死という苛酷な現実を、夜（nightfall）という定型的な比喩で表現することの安直さに対する自覚と戒めが込められていると言えよう。

だが安易な詩的修辞を脱すれば、そこには蜂起の現実という、政治的要素を避けて歌うことの困難な錯綜した状況が現前する。当時英国は、保留となっていたアイルランドの自治法案を第一次大戦終了後には承認すると約束しており、「為されまた言われていることにもかかわらず」（For all that is done and said）とある通り、蜂起せずとも、また否定的世論はあっても、自治が実現される可能性が高まっていた。そのような当時の状況を考えれば、蜂起首謀者たちは不必要な決起によって、「無駄死に」したということもありうる。語り手の「それは結局、不要な死だったのか?」(Was it needless death after all?) という問いかけは、一九二一年の独立を予測できなかったこの時点において、イエスと答えれば、英国に全面的に信を置き、蜂起首謀者の死の意義すなわち独立の志を否定することになり、ノーと答えれば、アイルランド独立を目的としたものとはいえ性急な武力闘争を肯定することにもなっただろう。しかしこの問は、合理的なイエス・ノーの答を求めるものではない。仮に彼らの死が無意味であったとすれば、その死にまつわる虚しさと痛恨は、英雄的な死よりもはるかに悼むべきものであるが故に、イェイツは追悼詩の中にそのような可能性をあえて含み込んだものと思われる。

五

キーワード「夢」と「愛」

イェイツは、歴史上の if の上に成り立ち、英国とアイルランド双方の理非が絡むこの問いを疑問のままに残し、歴史的評価を下すことはしない。それこそは先に述べられたとおり、「天の領域」に属す事柄である。正否の合理的判断に代わって、イェイツは二つのキーワードを用いることで、彼らの死に対して採るべき詩人としての観点に立ち返る。そのキーワードとはまた、イェイツと彼らの間にある唯一の共通項とも言えるだろう。この二つのキーワードとは「夢」(dream) と「愛」(love) である。

我々は彼らの夢を知っている／彼らが夢を見て／死んだのだということがわかる程度には／そしてもし過剰な愛が／彼らを血迷わせた挙げ句死に至らせたとして、それがどうだというのだ？／私はそれを詩に書こう――

イェイツはそのキャリア最初期の作品「幸せな羊飼いの歌」（'The Song of the Happy Shepherd,' 1885）において、過去の牧歌的夢幻的詩世界の消滅を嘆き、科学的真理追究や世俗的社会生活をもっぱら文学の対象として「新しい夢」を生むのではなく、心の中にしかない真実に基づいた夢を見るようにと促す。語り手は、すでに夢見ることを止めてしまった、すなわち詩的想像力が失われたこの世界で、夢見ることの重要性を読者に呼びかける。

「一九一六年復活祭」に戻り、政治的現実に目を向けるならば、確かに蜂起とその首謀者たちの死の要不要は議論を呼ぶことだろう。しかしそもそもアイルランドの「文化的」独立を目指していたイェイツにとっては、政治的「必要性」に立った実利的な見方でのみ彼らの生死をとらえること自体が「幸せな羊飼い」に見られた「灰色の真実」を求める行為に他ならないのではないか。詩人として彼が目を向けるべきところ、それは、形は違えどイェイツと同様に蜂起首謀者たちがアイルランドに注いだ「愛」であり、そのために生きまた命を落とした「夢」なのではないか。

イェイツは、文芸復興運動の同志オーガスタ・グレゴリー夫人の一人息子ロバート・グレゴリー少佐の死を悼む作品を三点執筆しているが、その内の一作「アイルランド航空兵がみずからの死を予見する」（'An Irish Airman Foresees his Death,' 1918）において、イェイツ自身とまったく性格やタイプの異なるロバート・グレゴリー少佐の、空軍パイロットの飛行中の孤独に詩作中のみずからの孤独を重ね合わせる形で、死者との一致点を見出すかに見える。そのような形で追悼する対象となる人物に肉迫することが、イェイツの詩的「誠実さ」のひとつの表明であり、この追悼詩においてもそのようなスタンスをとったものと考えられる。

客観的・合理的分析を事とするジャーナリスティックな政治・社会批評的要素を詩から排除することを心がけてきたイェイツは、「一九一六年復活祭」においても、首謀者たちを蜂起に駆り立てたものとして彼らの具体的な「主義主張」を客観的に言挙げるのではなく、より包括的・主観的な心的働きである「夢」「愛」によって彼らの行動に対する理解と共感を図ろうとする。社会の分断を生むアイルランドの党派政治が「憎悪を増殖させることで唯一のエネルギー源としている(24)」ならば、その憎悪がアイルランドへの「愛」のあり方に由来するものとして捉え直すことも、詩の「政治からの解放」の一つの試みと言えるかもしれない。

むろん、蜂起首謀者たちのアイルランド独立の夢の最終的な実現手段は、イェイツが「幸せな羊飼い」で歌った詩的想像力への希求、ひいてはそれに基づくアイルランド文学の確立の夢とは性質を異にするものであり、彼らの愛が彼らを「血迷わせた」(bewilder) とすることで、首謀者たちの行為を全面的に正当化するわけではない立場を明らかにしている。

一九〇九年の日記で、イェイツは二人のアイルランド詩人ウィリアム・アリンガムとトマス・ディヴィスを対照し、アリンガムのアイルランドへの愛を「混じりけのない、生まれ育った場所への愛」、ディヴィスのアイルランドへの愛を「意識的な愛国心による、アイルランドという観念への関心(25)」として区別する。イェイツが蜂起参加者たちを「血迷わせた」とするのはディヴィス的なアイルランドへの愛だと思われるが、それはいわば「我が娘のための祈り」に見られた「頭でっかちの憎悪」の裏返しに当たる、「頭でっかちの愛」とも言うべきものだろう。イェイツはまた、同時期の日記で、次のように述べている。

ゲール語同盟の文法も、リーダーの産業主義も、アイルランド党へのシン・フェインの攻撃も、その愛情 (affections) に良識あるイメージを与えることができない。しかし、レディ・グレゴリー、シング、オグレディ、ライオネル・ジョンソン、そして私の作品には、単純な倫理観を持ったジャーナリストの流派でも、古くてより気高い歴史的文学的ナショナリズムと同じくらい力強い、歴史的文学的ナショナリズムを生み出すのにうってつけの建築素材を見出すことができるだろう。それがかなえば、彼らは人々に憎むのではなく愛するようにと命じることができるだろう。(26)

「歴史的文学的ナショナリズム」を生成するに当たって、党派的憎しみを離れたアイルランドへの愛の重要性を主張する態度は、イェイツにおいて一貫したものだった。けれども復活祭蜂起の衝撃は、みずからと相容れない蜂起参加者たちの、憎しみと切り離せないアイルランドへの愛を、痛ましく悼むべきものとして観じさせる。パーソナルなレベルにおいて、今ここにはない、すなわち未だ現実には存在しないアイルランドの理想像という彼らの「夢」、そしてその理想を求める「愛」すなわち情熱の真摯さ・激しさと重みは、イェイツの詩的希求との共通項になり得るのであり、その「夢」と「愛」を、シェイクスピアが様々な登場人物を史劇の中で同情と共感を寄せつつ描き出したように、イェイツは詩に書くのである。このように、自身の詩作の根本原理にまで立ち返ることで、イェイツは蜂起参加者の死を悼む詩の形を生み出すことを可能にしたと考えられる。

「緑が纏われるところ」

私はそれを詩に書こう――／マクドナとマクブライド／コノリーとピアス／今そしてこれからも／生き生きとした緑が纏われるところでは必ず／彼らは変えられる、すっかり変えられる／恐ろしい美が誕生するのだここで初めて蜂起首謀者たちの名が明らかにされ、マクブライド少佐と同様、彼らも「変わる」ではなく「変えられる」と受動態で表現される。ここでは、後に釈放され処刑を免れたコンスタンス・マルキェヴィッツにかわって、ダブリン中央郵便局で蜂起軍を指揮し、銃殺刑に処せられたジェームズ・コノリーの名が挙げられている。

彼らが「必ず変えられる」とされる「生き生きとした緑が纏われるところ」(Wherever green is worn)は、第一連の「道化のまだら服が身にまとわれる場所」(where motley is worn)、すなわち滑稽とも見なされる党利党略に明け暮れるアイルランドと対比されている。「緑」はアイルランドを象徴する色であると同時に、イェイツが理想的政治家と考えたパーネルが一九世紀末に党首として率いたアイルランド国民党の党名でもある。プロテスタント出身でありながら民族主義的立場にたったパーネルは、イギリス議会に多くの議員を送り、

パトリック・ピアス

トマス・マクドナ

自治法推進に与って力あったが、不倫スキャンダルを政治利用され失脚した。イェイツは、「緑」という色に党派政治を越えてアイルランドの自治を目指したパーネルの理想を象徴させ、そのようなアイルランドでこそ、蜂起首謀者たちの死の意義が問い直され偲ばれてゆくものと表明しているとも考えられる。

しかし、「生き生きとした緑が纏われるところならば必ず／どこでも」で用いられる表現 wherever と is worn はまた、必ずしもその場所が、特定の領土、国家としてのアイルランドとは限らないことを示唆する。

イェイツがこの作品中で「アイルランド」という語や、概念としての「国家」を想起させる表現を用いていない点は留意すべきだろう。それによってイェイツは、この作品に、盲目的・国威高揚的愛国心とそれを生み出す既成のアイルランドの固定的イメージ――これもまた、流れを妨げる石でありうると考えられるが――を呼び込むこ

とを回避する。当時未だ存在しなかったアイルランドという「独立国」は、イェイツにとって、始めに国家ありきではなく、そこに生きる人々一人一人の、特にこの作品では蜂起のために命を落とした者たちの、刻一刻と変転する生気溢れる（vivid）人生のあり方によって、良くも悪くも築き上げられてゆくものであるという認識を示すものと考えられる。

そしてまた、彼らの独立という「夢」とアイルランドへの「愛」を鮮烈に記憶に留めるものもまた、既存の領土国家ではなく、「緑を纏う」者の心である。アイルランドの文化的独立を目指すイェイツであれば、纏われる緑を衣のように織り成す働きは、アイルランドの詩的精神によって果たされるべきものであろう。

初期詩作品「『アイルランド小説家選』への献辞」（一八九一）の中で、イェイツはアイルランド神話・伝説に根ざす文学伝統を多くの鈴の生る「緑の枝」として表現し、「さやぐその葉の緑（murmuring greenness）から、妖精の平穏／ドルイドの優しさが聞く者すべてに降り注ぐ」とする。

> それは魔力で商人に悪巧みを忘れさせ／農夫に家畜を忘れさせ／戦う兵らの怒号を眠りの内に鎮める／そしてすべての者たちがほんのつかの間敵味方でなくなるのだ

イェイツは、これに続けて自分自身もまた鈴の生る枝を手にしていると歌うが、彼が持つのは、強風に曝され樹液の枯れたその緑の大枝から、そしてまた長きにわたって打ちのめされ欺かれてきたが故に人々が情愛を失い強い恨みを抱くようになったアイルランドという不毛の大枝から折り取った枝である。これは古代アイルランドの文学伝統を遠く離れ、イギリスの植民地となってからの人々の歴史が積み重ねられた時代に詩人として生まれたイェイツの自覚であろう。しかし、手にした枝の鈴の音が「陽気だろうと、悲しかろうと、それらはもたらすのだ／半ば忘れ去られた、無垢の古い様々な土地の記憶を」と歌う詩人は、その源泉から時代を経てもなお、人々を融和に導くアイルランド古来の文学伝統の役割を、現代に継承する責任を強く意識している。さらに、「我々と我々の苦い記憶は跡を留めない／マンスターの草原にもコネマラの空にも」という作品の結びには、アイルランドの人々の生と、苦難の記憶を留め後世に伝えるべき詩の役割が強調されているといえよう。アイルランドの詩人が纏う「緑」は、民族の辛苦を記憶しつつ、融和を生むべきアイルランド古来の詩心に根ざしたものでなければならない。このイェイツの基本姿勢は、「一九一六年復活祭」においても揺るがないものに思える。

「美」のとらえる「恐ろしさ」

このように、復活祭蜂起の死者たちは、「一九一六年復活祭」というイェイツの作品に描き出されたイメージよって記憶されることになる。「今そしてこれからも／生き生きとした緑が纏われるところでは必ず／彼らは変えられる、すっかり変えられる／恐ろしい美が誕生するのだ」という最終四行は、死者の記憶を詩に留めるのみでなく未来に伝える詩の作用を強調している点で、エリザベス朝時代のソネットに見られる、詩による女性の美と愛の永遠化のモチーフを想起させる。

だが、ここでイェイツが永遠化を図るのは、「恐ろしい美」である。

復活祭蜂起の翌年一九一七年に執筆されたエッセイ「人間の霊魂」で、イェイツは、詩人は詩作の際にいわば霊感の受け皿となる反対我すなわち「仮面」を纏うべきであり、その仮面は霊感によって啓示される「畏怖」(dreads) のみを表現するものでなければならない[27]という神秘的詩作観を示している。これは、若い頃から詩作の原則として、芸術は「生の背後にあるリアリティの啓示」であることとしてきたイェイツの、「生の背後にあるリアリティ」が畏怖を伴うものであることとの気付きをも示していると言えるだろう。「一九一六年復活祭」で、イェイツが本来生々しい現実とは一線を画していた「夢」「愛」といった詩的想念・情緒を表す語句に、蜂起にまつわる錯綜し混沌とした現実を引き受けさせている事から、このような気付きをもたらした契機がまさに復活祭蜂起とも考えられ、必然的に、彼が「詩の目的であり掟である」とする「美」もまた、「畏怖」を伴うものとなったと考えられる。「生の背後のリアリティ」に対する畏怖の念を持って人々の生の瞬間を捉え、詩的「美」を作品中に築こうとするとき、それは彼らの生に具現された同時代アイルランドの現実と不条理をもまた生々しく詩の「美」の中に描き出すことになるのだ。さらに、そのようにして捉えられ描き出される作品中の人々の生は、その鮮やかさを失わず蘇り続けるが、それとともに、彼らの生の記憶と分かちがたい復活祭蜂起と、それがもたらした死のリアリティもまた「恐ろしい」鮮やかさを保ち続けることになるだろう。

イェイツにとって、「畏怖」をもって近しい個々人の生死を作品の中に記憶することは、復活祭蜂起を含め、同時代のアイルランドの「今」を記憶する方法に他ならない。

リフレイン「恐ろしい美が生まれた」の「恐ろしい」(terrible) は、多くの場合蜂起の暴力的側面について述べたものと解釈される。確かに、先にも見た通り、パトリック・ピアス、マクドナといった、いわば文化人たちが武力行使に出たことも、イェイツにとっては衝撃であったろう。しかし、詩の中に「恐ろしい美」となって留められるアイルランドのあり様は、暴力そのものにとどまらず、蜂起に関わった人々、そして詩人の創作を取り巻く状況にも及ぶと考えられる。

イェイツがピアス、マクドナらの信念や才能を称えていることに鑑みれば、そのような彼らを暴力に駆り立てたアイルランドの現状が「悲惨」(terrible) なのだともとれる。後に釈放され、アイルランド議会の労働大臣の地位を得たとは言え、かつては優美だったマルキエヴィッチが我が身を投げ打って労働運動と政治議論に明け暮れ、やつれ果てた姿で終身刑に処せられるに至った背景も「嘆かわしい」(terrible) ものであっただろうし、モード・ゴンを奪い傷つけたがゆえに、イェイツにとっては「飲んだくれの荒くれ者」(A drunken, vainglorious lout）すなわちろくでなしの悪役かつ道化役であれと望んだ（イェイツは had dreamed と仮定法過去完了で表現しているため）マクブライド少佐が、巷では英雄として名を残すような最期を遂げた状況も「甚だ遺憾な」（terrible）ことだっただろう。

イェイツの後期作品におけるグループ・エレジーを読み慣れた読者には、このように数名の人々の回想を中心として描き出されるアイルランド像は目新しいものではない。だがグループ・エレジーの第一作であるこの作品で、首謀者たちの処刑の理不尽さもふくめ、あらゆる「恐るべき」（terrible）現実を伴いつつ、しかしそういった人々の生き様、彼らの「夢」や「愛」によってアイルランドは刻一刻と作られて行くという視点、また、詩が「美」の表現であるならば、そういったアイルランド像を描き出せる詩は、「恐ろしい」美でなければならないといった強い自覚が生まれたのではないかと考えられる。

一方、このように刻々と変化する生きた（living）現実に美を見出す作業は、老境にさしかかった詩人にとって非常な労力を要する。一九一八年に発表された「生ける美」'The Living Beauty' の「おお心よ、我らは老いた／生ける美は若者のためにある」という一節や、「ある歌」'A Song' に見られる「私が失ったのは欲望ではなく／かつての心持ちだ」「おお誰に予言できただろう／心が年老いるなんて？」といった詩行には、詩想を生み出す心も年を取ること、老いた詩人はブロンズや大理石に刻まれた美に満足すべきであって、現在目の前に生成変化する美に感応し続けることが難しいことが示唆されており、みずからが目指すべき詩作の過程そのものが「過酷な」（terrible）ものであることもうかがわれる。

「一九一六年復活祭」は、作品発表までである程度時間（私家版で六ヶ月、『ニュー・ステーツマン』（*The New Statesman*）に発表されるまでに四年半）がかかっており、イースター蜂起に対する世評とその変化を踏まえ、政治的配慮があったことがしばしば言及される。しかし、一九二〇年の『ニュー・ステーツマン』のヴァージョンは、作品に改訂を重ねることを常とするイェイツには珍しく、私家版とほとんど差異が無い。作品を公にする機会については熟慮したにもせよ、作品内容に関しては、私家版においてすでに決定版とする覚悟で練り上げたことがうかがわれる。私家版完成までの時間は、復活祭蜂起の死者をどのように悼み表現するかという創作上の困難と試行錯誤に必要とされたものと言えよう。

結び

世界各地で社会の分断が顕在化し、人種・民族・階級感の融和が叫ばれる現在、分断を引き起こすことがいかに容易で、融和を生み出すことがどれほど困難であるかを日々目の当たりにするとき、「一九一六年復活祭」に見られる、蜂起による死者たちへのイェイツの判断・評価の曖昧さ・わかりにくさが何に由来するかを再考することは意義があるだろう。

イェイツと同時代のアイルランドに限らず、党派を超えた融和への努力はしばしば弱腰、優柔不断、極端な場合は裏切りと解釈され、さらにそれ自体が政治的配慮、あるいは明白な利害関係を念頭に漁夫の利を狙うものと曲解されて分断を深めることも少なくない。特定の集団・主義主張の利益を代表する「わかりやすい」論理が支持を得やすく、一方で、融和に必要と見なされる他者への理解と共感、長期的かつ多角的視点、寛容、忍耐、誠実といった、実利に直結せず時に様々な自己抑制・努力を強いられる倫理上の徳目が、現実の政治や社会に直接変化をもたらす力となりにくい事実も、改めて突きつけられている。

イェイツにとって、アイルランドの詩のあるべき姿は、先に挙げたような、融和を生み出すための倫理を実現しうる場でなければならず、しかもその融和は、アイルランドの歴史の苛酷さと悲哀を記憶し踏まえた上で達成されなければならなかった。従って、イェイツが作中に描き出すアイルランドの現実は快いものばかりではないが、詩空間に留められればそれは「美」となる。アイルランドの政治問題を体現する復活祭蜂起という事象を主題に、分断を生じさせる、現実社会での利害や党派政治的見解・判断を作中から排除し、それによって命を落とした者たちの死を悼む形を「生の背後にあるリアリティ」の追求によって模索する「一九一六年復活祭」が、「曖昧」で「わかりにくい」と捉えられることは、少なくとも当時のアイルランドでは避けられないことだっただろう。

復活祭蜂起から六年後の一九二二年には、南部アイルランドはアイルランド自由国となる。政治的な自治を獲得した後のアイルランドは、経済振興に注力し、カトリック道徳中心の社会政策・検閲を推し進めるなど、イェイツにとっては必ずしも彼の目指した文化的理想を実現する方向には進まなかったものの、彼の死後一〇年を経た一九四九年には共和国を宣言している。その後、イギリス連合王国に留まり激しい紛争やテロ活動が続いた北アイルランドでも、一九九八年には和平交渉が合意に達した。現在北アイルランドの紛争を知らない世代がすでに成年に達している一方で、イギリスのEU離脱に伴い、北アイルランドとイングランドの国境の扱いをめぐる問題をめぐって和平プロセスの阻害、紛争の再燃が危ぶまれている。

国家・集団間の利益・損得のバランスと多くの場合相容れない、民族・階級・社会の「融和」が世界各地で実現されるまでには、さらにかなりの時間と、歴史上の試行錯誤が積み重ねられてゆくだろう。「長すぎる犠牲は／心を石に変えることもある／ああ、それはいつ事足りるのか？」という問は、憎悪と分断の続く地域・社会あるいは国々で、投げかけられ続けることだろう。しかし同時に「一九一六年復活祭」は、現在世界の至る所で生じているこれらの問題を、天下国家を、あるいは歴史を俯瞰する視点で論じることをためらわせる。私たちは融和に向かうために、どれだけみずからに居心地の良い固定観念を排して他者の「生の背後にあるリアリティ」を理解し、受け止めることができるのか。「一九一六年復活祭」という作品の曖昧さわかりにくさの意味を考え続けることは、現代世界における融和というもののあるべき形と可能性を考える上でも、意義あることと思われる。

注

（1）Cullingford, pp. 85–101.
（2）Yeats, *Collected Letters I*, p. 369.
（3）Yeats, *Collected Letters I*, pp. 370–371.
（4）Yeats, *Letters to the New Ireland*, p. 21.
（5）Yeats, *Memoirs*, p. 170.
（6）Yeats, *Collected Letters II*, p. 130.
（7）Yeats, *Letters*, p. 613.
（8）Yeats, *Letters*, p. 613.
（9）Yeats, *Collected Letters I*, p. 131.
（10）Yeats, *Autobiographies*, p. 105.
（11）一八八八年一二月二一日キャサリン・タイナン宛ての手紙。Yeats, *Collected Letters I*, p. 117.
（12）Yeats, *Collected Letters II*, p. 522.
（13）友人イーディス・シャックルトン宛、一九三七年五月一八日の手紙（*Letters*, p. 889）
（14）Yeats, *Collected Letters III*, p. 623.
（15）Yeats, *Autobiographies*, p. 364.
（16）Yeats, *Uncollected Prose 2*, pp. 212–213.
（17）Yeats, *Early Essays*, p. 73.
（18）復活祭蜂起の際にグレゴリー夫人に宛てた手紙の中で、イェイツは、マクブライド少佐の死後連絡の取れていないモード・ゴンの心中を思いやっている。（Yeats, *Letters*, p. 613.）
（19）Yeats, *Autobiographies*, p. 359.

（20）Yeats, *Memoirs*, p. 178.
（21）Yeats, *Autobiographies*, p. 372.
（22）一八八八年九月六日の手紙。Yeats, *Collected Letters I*, p. 93–94.
（23）Yeats, *Autobiographies*, pp. 232–233.
（24）Yeats, *Autobiographies*, p. 359.
（25）Yeats, *Autobiographies*, p. 349.
（26）Yeats, *Autobiographies*, p. 365.
（27）Yeats, *Later Essays*, p. 11.

参考文献一覧

Cullingford, Elizabeth. *Yeats, Ireland, and Fascism*, (New York: New York University Press, 1981), pp. 85–101.

Yeats, William Butler. *Autobiographies*, ed.by William H. O'Donnel and Douglas N. Archibald, (New York: Scribner, 1999).

———. *The Collected Letters of W. B. Yeats Volume I 1865–1895*. ed. by John Kelly and Eric Domville, (Oxford: Oxford University Press, 1986).

———. *The Collected Letters of W. B. Yeats Volume II 1896–1900*. ed. by Warwick Gould, John Kelly, and Deirdre Toomey, (Oxford: Oxford University Press, 1997).

———. *The Collected Letters of W. B. Yeats Volume III 1901–1904*. ed. by John Kelly and Ronald Schuchard, (Oxford: Oxford University Press, 1994).

———. *The Collected Works of W. B. Yeats Volume IV Early Essays*. ed.by Richard Finneran and George Bornstein, (New York: Scribner, 2007).

———. *The Collected Works of W. B. Yeats Volume V Later Essays*. ed.by William H. O'Donnel, (New York: Scribner, 1994).

———. *Letters to the New Ireland* A New Edition. ed. by George Bornstein and Hugh Witemeyer, (London: Macmillan, 1989).

———. *The Letters of W.B. Yeats*. ed. by Allan Wade, (New York: Macmillan,1955).

———. *Memoirs*. ed. by Denis Donoghue, (London: Macmillan,1972).

———. *Uncollected Prose by W. B. Yeats 2: Reviews, Articles and other Miscellaneous Prose 1897-1939*. ed. by John P. Frayne and Colton Johnson,(New York: Columbia University Press, 1975).

第Ⅱ部
〈物語〉は言葉となる日を待つ

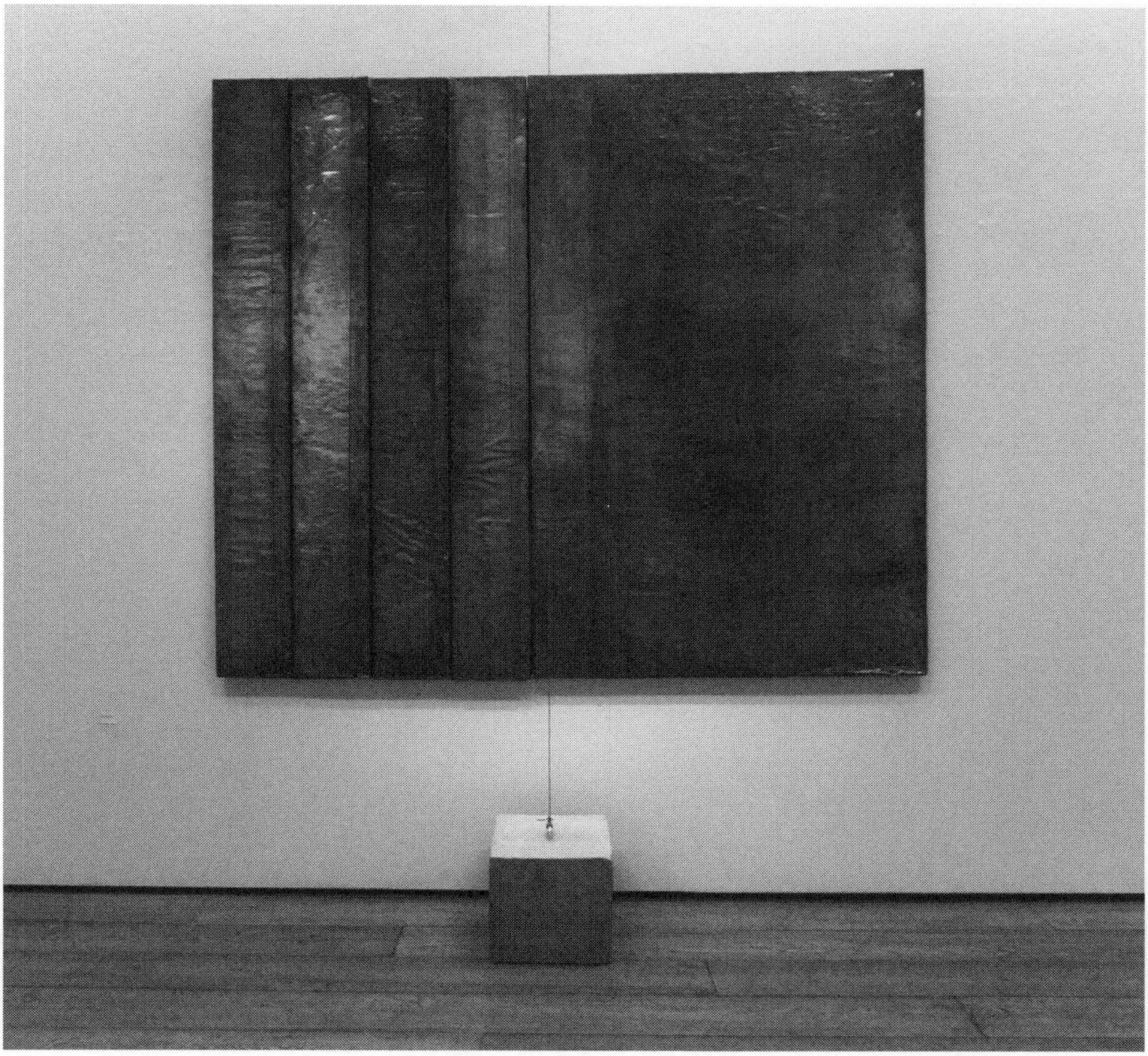

4章　記憶の庭と戦時の庭
――ヴァージニア・ウルフの『幕間』を中心に

森田　由利子

序　ヴァージニア・ウルフと庭

ヴァージニア・ウルフ（Virginia Woolf, 1882–1941）と「庭（gardens）」を結び付けて考えてみると、多くのことを語らなければならないことに気づく。ウルフは、英国サセックス州ロドメルのマンクス・ハウスで晩年を過ごしたが、体調が良い時は、毎日規則正しく母屋を出て、庭のフラワー・ガーデンや芝地を横切り、自分の仕事部屋であるロッジ（Writing Lodge）へ向かったという。(1) 庭造りや庭仕事に関しては、夫、レナード・ウルフに任せきりであったようだが、彼女にとって、マンクス・ハウスの庭は、大きな喜びと安らぎを与えてくれる場であった。また、自然の風景や庭での特別な瞬間や経験は、生涯、ウルフにとってのインスピレーションの源であったと言えるのである。

概して、イギリスの庭は美しい。言うまでもなく、世界有数のガーデニング大国たるイギリスにおける庭園の歴史は深く、産業革命以降、庭園文化は台頭する中流階級の日常生活にも広く浸透していった。「イング

ガーシントン・マナーの庭園に座るヴァージニア・ウルフ
1926年6月、レディ・オットリン・モレルによって撮影
© National Portrait Gallery, London

リッシュガーデン」と聞くと、色とりどりの花が咲く美しい庭を思い浮かべる人も多いであろう。しかし、両大戦下のイギリスにおいて、そうした花々で彩られた庭は、食糧を確保するための家庭菜園の場となったのである。とりわけ、第二次世界大戦勃発後まもなく、英国農漁業省（Ministry of Agriculture and Fisheries）による大規模なキャンペーンが展開され、食糧自給のため、庭を畑として耕すことが大いに奨励された。視覚に訴える様々なポスターも作成され、「勝利のために掘ろう（Dig for Victory）」という愛国的なスローガンは、当時のイギリス人の脳裏に否応なく植え付けられることとなった。そして、この「掘る（dig）」という言葉を、ウルフの最後の小説、『幕間』（*Between the Acts*, 1941）のテクストに見出すことができるのである。

『幕間』の物語は、第二次世界大戦の足音が迫りつつあった一九三九年六月のある夜から翌日の夜まで、およそ二四時間に設定されている。『ダロウェイ夫人』（一九二五）と同様に、ある一日の物語と言ってよい。イギリスの田園風景に囲まれた古い邸ポインツ・ホールが舞台となっており、作品の中心となっているのは、村の年中行事として演じられる野外劇である。美しい自然を背景とするこの物語において、戦争が声高に語られることはないが、作中人物のとりとめのない会話や思考の中に、戦争の脅威、戦争への不安が切れ切れに差し挟まれる。そして着目すべきは、野外劇の合間に村人たちが「掘って掘って（Digging and delving）」と歌う場面が繰り返されることである。その歌の言葉はいつも風で吹き飛ばされてしまうのだが、意図的にテクストに挿入されているように思われる。『幕間』の作品世界には、穏やかな田園風景と重なるように「戦時の庭」

が厳然として存在しているのである。一方で、『幕間』執筆時とほぼ同時期に記されたウルフの回想録「過去のスケッチ」（'A Sketch of the Past'）(2)を読むと、一九三九年、大戦が再び忍び寄る緊迫した状況下にありながら、幼い頃に夏の休暇を過ごしたタランド・ハウスの「記憶の庭」を、目の前の庭の光景よりもリアルに見ることができると書かれている。常に戦争の影の下で創作を続けたヴァージニア・ウルフのテクストには、「記憶の庭」と「戦時の庭」が層を成して共存していたと指摘できるのである。

一九四一年三月、空襲が激化する中、自ら命を絶ったウルフは、かつて夫レナードが日々丹精したマンクス・ハウスの庭―今なお林檎が実り、草花が咲き乱れる場所で眠っている。この小論では、まず、ウルフ文学における二つの庭の重要性を概観する。その上で、イギリスの庭、特に、近年刊行が相次いでいる「戦時農園（war garden / victory garden）」に関する文献を参照しつつ、ウルフの遺作、『幕間』について考察を試みたい。

一　ウルフ文学における庭

タランド・ハウスの庭

ヴァージニア・ウルフの父、レズリー・スティーヴンは、英国南西部、コーンウォールの海辺の町セント・アイヴズに別荘を借り、ウルフの生まれた年から十余年、スティーブン一家は、その別荘、海を見晴らすタランド・ハウスで夏を過ごした。レズリー・スティーヴンは、一八八四年七月、クリフォード夫人に宛てた手紙の中でタランド・ハウスの庭の魅力について次のように記している。

小さな庭があるのです。自慢できるほどのものでもないのですが、その庭は、たくさんの小さな庭に分かれていて、そのどれもが子どもたちにとって夢のようなロマンに満ちています――花をつけた生垣に囲まれた芝地や、グースベリーやスグリが生い茂った茂みがあり、遠くの奥まったところにはジャガイモやグリーンピースの畑があります。高い土手からは座ったままの姿勢で滑り降りることができ、庭の隅で思いがけず子犬に出くわすこともあるのです。ジニアですら簡単に行くことのできる、人目に付かない砂浜の入り江があって、まるで小さな天国のようです。(3)

レズリー・スティーヴンが「小さな庭」と称したタランド・ハウスの庭は、エスカロニアの生垣によって、さらに小さな庭に分かれていた。ウルフ自身も、晩年に綴った「過去のスケッチ」の中で、幼い頃に夏を過ごした庭の様子を、まるで愛おしむように事細かく描写している。

タランド・ハウスの建つ庭は、下り坂になっており、生い茂るエスカロニアの垣根に囲まれた別々の庭に分かれていた。生垣の葉は、押すととても甘い匂いがした。引っ込んだ場所や囲われた芝地がたくさんあって、それぞれに名前がついていた。「コーヒー園」、「泉」……「クリケット場」、紫のジャックマニーが咲く温室の下の「恋人たちの秘密の場所」などである……それから、キッチンガーデン、苺の苗床、池……そして大きな木。あの、せいぜい二、三エーカーの庭一つの中に、これらすべての異なる庭が詰め込まれていた。(4)

子どもの心を魅了する要素と物語が詰まった庭であったことが伝わってくる。変化に富んだ小空間に分かれていたタランド・ハウスの庭は、素朴ながら、後述する二〇世紀初頭の庭園にも通ずる性質――囲われた「戸外の小部屋（outdoor rooms）」が連なり、隣の小空間に足を踏み入れた途端、雰囲気が一変する「意外性を持って来訪者を飽きさせない」[5]様相を呈していたと言える。

ウルフは、「人生」を捉えんがため、幾度となく様々な形状で表そうと試みたが、『ダロウェイ夫人』の中で、人生を「庭」に喩えている。ピーターがロンドンの街を歩きながら、「冒すことのできない完全な秘密を内包しているから、人生とは、思うに、くねった道や曲がり角に満ちた未知の庭園、そう、驚きに満ちた庭園のごときものなのだ」[6]と考えるのである。この表象において言及される「秘密」と「驚き」は、タランド・ハウスの庭、文学作品の中で描かれてきた多くの庭、そして、元来「庭」が持つ特性を思わせる。「庭園（garden）」の原義は「囲われた土地」であり、「囲われることによって庭園は、外部の俗世間から隔離された異界、個人的空間としての意味を持つ」とされる。[7]さらに言えば、囲われた空間は、逆説的ながら、あらゆる境界を越えさせる作用を有していると言えるかもしれない。ウルフは生垣で囲われた小さな空間、タランド・ハウスの庭で、実に特異な、個人的な経験を得ているのである。

「過去のスケッチ」を読むと、彼女の子どもの頃の特別な記憶、中でも、ウルフにとっての三つの「存在の瞬間（moments of being）」が、すべて庭での出来事や光景に起因していることがわかる。例えば、まず、庭の芝生で兄、トービーと拳で打ち合い、けんかをしていた時、彼女は「なぜ他人を傷つけるのか」という「絶望的な悲しみの感情」に襲われる。「まるで何か怖ろしいもの、そして自分自身の無力に気づいたような気持ち」になり、「ひとりコソコソ逃げ、ひどく挫折した感じを味わった」のである。また、正面玄関のそばの花壇を眺めていた時、「あれが全体なのだ」と理解したとウルフは回想する。よく葉の茂った植物を見つめていると、突然、「花は大地の一部であり、一つの輪が花であるものを取り囲んでおり、それが本当の花であり、一部が大地で一部が花なのだということが明白になった」と述懐しているのである。そして、もう一つは、「夜、庭にいて、林檎の木のそばの小道を歩いていると」、林檎の木が夕食の時に耳にした、ある男の自殺の恐怖と結びつき、ウルフは「その林檎の木を通り過ぎることができなかった」という。「林檎の木の樹皮の灰緑色の皺を見つめたまま」、彼女は恐怖のために立ちすくみ、「逃れることのできない全くの絶望の穴の中へどうしようもなく引き込まれていくように思われた」と記している（七九―八〇）。セント・アイヴズの美しい海辺で過ごした幼い日々の記憶は、生涯ウルフの意識の奥底に存在し続けた。彼女は過去を「後ろに続いている街路、様々な場面や感情の長いリボン」と捉えている。そして、「その街路の果てには、今でも庭と子どもも部屋がある」（七五―七六）というのである。つまり、ヴァージニア・ウルフの意識や感覚、彼女の存在の原点は、幼い頃のタランド・ハウスの庭にあったと言ってよい。

この夏の日の庭は、それ故、彼女の創作においても、重要なモチーフとなっている。例えば、『灯台へ』（一九二七）の舞台であるスカイ島の別荘が、セント・アイヴズの海とタランド・ハウス、そしてその庭を想起させることは指摘するまでもない。また、『波』（一九三一）の幼年時代の描写――とりわけ、月夜の「林檎の木々の間の死」[8]など――は、極めて抽象的ながら、タランド・ハウスの庭にまつわるウルフの回想と随所に重なっている。さらに、『幕間』の冒頭近くで描かれる場面――幼いジョージが土を掘り起こし、「花を完全に理解した」とする挿話[9]も、前述の、幼いウルフ自身が得た啓示的な瞬間を再現していると考えられるのである。

マンクス・ハウスの庭

さらに、ウルフの人生や創作において大きな役割を果たしたのが、戦時の日々を過ごしたマンクス・ハウスの庭である。ウルフ夫妻は、一九一九年七月、一エーカーにも満たない土地に建つ古びた家、マンクス・ハウスを七〇〇ポンドで購入した。ウルフはジャネット・ケースにすぐ手紙を送り、新しく手に入れた家は、何より、庭が素晴らしく、自分があれこれ言うよりも、是非見に来てほしいと書いている。

九月に移る予定で、私たちの住所はロドメルのマンクス・ハウスになります……来ていただかなくちゃ、私と芝生の上に座っていただきたいわ。果樹園をぶらついて、林檎をもいだりしていただかないと。いろいろな野菜の他にも、サクランボ、プラム、梨やイチジクだってあるの。この家はもう、私たちの自慢になりつつあります。[10]

この後、マンクス・ハウスは、ウルフ夫妻にとって、ホガース・プレスの雑務や仕事から逃れる休息の場となった。親しい友人を招き、サセックスの丘陵を見渡しながら寛ぎ、芝地でローン・ボーリングを楽しんだりもしている。また同時に、この家は創作の場でもあった。実際、一九一九年の秋以降、ウルフは小説だけでも『ジェイコブの部屋』、『ダロウェイ夫人』、『灯台へ』、『オーランドー』、『波』、『フラッシュ』、『歳月』、『幕間』と、代表作を次々と生み出し、出版しているのである。

当時、田園回帰の風潮が顕著であった中においても大都市ロンドンへの志向が強かったウルフではあるが、彼女の日記を読むと、庭やロドメルの田園風景に見出した喜びや幸せについての記載が多く見られる。マンクス・ハウスの庭も、趣の異なる仕切られた小空間に分かれており、広々とした芝地や池、果樹園、そして菜園もあった。すべて、熟練の園芸家であった夫レナード・ウルフと庭師のパーシー・バーソロミューによって手入れされていたが、多くの庭仕事のうちには、ウルフの担う役割もあったとされる。「ガーデニングは単なる喜びというよりも、ロンドンで過ごした一週間の仕事の緊張をほぐす手段」であったと、ウルフ夫妻の甥、セシル・ウルフが語っている。[11]そして、マンクス・ハウスの購入から二〇年後、第二次世界大戦が始まると、夫妻はロンドンを離れ、ほぼマンクス・ハウスに引きこもることになる。庭での時間や光景は夫妻にとって安らぎではあったが、戦況が刻々と厳しくなる中、一九四一年三月二八日、ウルフはマンクス・ハウスの庭を抜け、ウーズ川沿いを歩いた後、川に身を投げ、自らの命を絶った。しかし、最期の日となる直前まで、ウルフは創作を続け、彼女の日記には常態化した空襲の状況と織り交ぜるように、戦時の庭の美しい光景が書き留められているのである。

彼女の遺灰は、レナードによって、庭の楡の樹――夫妻が「レナードとヴァージニア」と呼んでいた双樹の下に埋められた。マンクス・ハウスは、現在ナショナル・トラストによって管理されているが、ウルフの死から八〇年、根元に遺灰が埋められた楡の樹は共に今は無く、庭の様相も少なからず異なっている。にもかかわらず、マンクス・ハウスに多くの人が訪れるのは、生前のウルフがそうであったように、かつてその場で暮らした偉大な作家と同じ場に立ち、おそらくは同じであろう花々、そして庭の中に、「不在であり―かつ存在している」[12]その人物を感じようと思うからであろうか。

二　イギリスにおける庭

時代を映すイギリスの庭

ヴァージニア・ウルフが描く小説やエッセイの中に、背景として、あるいは前景化して、花や樹々、そして庭が写り込んでくるのは、ある意味、当たり前であるとも考えられる。「庭師の国」と言われるイギリスにおいて、庭やガーデニングは、それほどに、人々の意識や生活に遍在してきたと言えるのである。伝記作家、ジェニー・アグロウは、庭は「歴史への扉」であるが、同時に「現在との結びつきを有する」ものであると述べ、中世の時代から現代まで、イギリスの庭の歴史について次のように概観している。

中世やルネッサンスの庭には、高い格子垣、よい匂いのするハーブや音をたてる噴水があり、われわれ現代の「戸外の部屋」のようであり、官能的な喜び、音楽や演劇のための場であった。エリザベス朝の主婦たちは私たちと同じようにハーブを大いに楽しんだ。そして、富を持つ人々は景色をすべて変え、富を持たない人々もまた、特別な苗木を育て、家庭菜園の世話をし、植木箱を植物で一杯にした。そうやって何世紀にもわたって庭をめぐる物語は進み、ますます多くの人々がガーデニングを楽しめるようになっている。造園の理想的な設計、好ましい植物についての考えは、その時代を表象する記号のように、変化するのである。(13)

確かに、イギリスの庭は、常にその時々の「現在」を反映し、時代と共に変遷してきた。既に触れたように、日本における「イングリッシュガーデン」の一般的なイメージは、一九世紀以降の「フラワー・ガーデン」、あるいは、花々やハーブ、果樹が植えられた「コテージ・ガーデン（cottage garden）」に基づくものであろう。しかし、イギリスの庭には、さらに重要な、一八世紀半ば以降、近代に入って財を成した中産階級によって造られた「風景庭園（landscape garden）」の伝統がある。なだらかな丘陵が連なるイングランドの自然と融和するように造園された「風景庭園」は、それ以前の古典主義的な「整形庭園」、すなわち、「囲われた空間」ではなく、自然そのものを模した庭である。それ故、花壇などは存在せず、イングランドの田園風景さながら、広々とした芝地や樹々、湖水が配されている。そして、この理想の自然を造ろうとした「風景庭園」こそが、イタリアやフランス式庭園と一線を画す、英国の庭とされるのである。

また、庭は、時代だけではなく、造り手やその人生をも映すものだと言える。イギリスの庭には、人々の心を惹きつけてやまない至極の庭が数多あるが、そういった英国有数の庭園の一つ、シシングハースト・カースル・ガーデンを造ったのが、ウルフと親密な関係にあったヴィタ・サックヴィル＝ウェストであった。彼女は周囲の反対を押し切り、一九三〇年五月、イングランド南東部、ケント州にある荒れ果てたエリザベス朝の館跡を手に入れた。後に庭となった場所は、当初、瓦礫の山であったという。(14)しかし、まるで時空の中で忘れ去られたかのような場所への彼女の愛着は深く、その後、ヴィタは長い年月、彼女の後半生をかけて、夫、ハロルド・ニコルソンと共に、廃墟同然であったシシングハーストの地を理想の邸と庭園に育てていったのである。夫妻の息子、ナイジェル・ニコルソンは、シシングハーストの庭を「二人の結婚の肖像」だと言い表している。[15]ハロルドによってデザインされた庭は、「風景庭園」とは異なり、整然とした古典主義の庭を思わせるものである。直線と曲線が交互に配置され、生垣や塀や建物で囲われた小空間が連なっている。白い花が集められた「ホワイトガーデン」が余りに有名ではあるが、植栽はヴィタによってなされ、手を加え過ぎず、自然の草花が豊かに咲き乱れているのである。中世の名残りを留める堀や朽ちた壁はそのまま残して活かされ、芝地や果樹園が広がる。ヴィタの庭は、二〇世紀初頭に造園された名高いヒドコット・マナー・ガーデンの影響を受けて「整形性」と「規則性」を持ちながらも、手つかずの自然の有り様を共存させているのである。

しかしながら、このシシングハーストの庭も、時代の大きな波に呑み込まれる。一九三九年、第二次世界大戦が始まる頃、ヴィタが最期まで守り抜こうとした庭の果樹園には、身を守るための防空壕が掘られ、戦時下、シシングハーストは英国空軍の管轄下となった。彼女の書斎があったエリザベス朝様式の「塔（Tower）」の屋上は、「英国防空監視隊」がドイツ軍の空襲を見張るための監視台となったのである。[16]イギリスの庭園が時代や社会を反映して変容してきたとするならば、二〇世紀の二度の大戦から大きな影響を受けたことは必然であったと言えよう。

「勝利のために掘ろう（Dig For Victory）」

第一次世界大戦下、一九一八年十月、後に英国首相となったウィンストン・チャーチルが、戦争詩人、シーグフリード・サスーンに「戦争は人間がいつもやってきたことだ」と事もなげに言い、「戦争とガーデニングは」と付け足したと言われている。[17]戦争とガーデニング――この二つは、まるで対極をなす行為のようにも思われるが、戦時下においては、密接な関係性を持つものとなった。そして、戦争同様に「男の仕事」であった庭作業を女性も担うようになる。イギリスの庭は、戦争によって大きく変容することが求められたのである。一九一四年、第一次世界大戦が始まって間もなく、政府はガーデニングを食糧確保の手段と見なすようになる。花よりも栄養価の高い野菜を育てることが推奨されたのである。市などが貸与する「市民菜園（allotment）」の数は三倍近くとなり、ゼラニウムの代わりにキャベツやカリフラワーが作られた。当時の英国国王ジョージ五世も、自らバッキンガム宮殿の花壇のゼラニウムをジャガイモに植え替え、野菜栽培を奨励したという。(18) 実際、一九一八年、ジョージ五世がロンドン南部の公園、クラッパム・コモンの市民菜園を訪れている写真が残っている。(19) そして、戦時の労働力不足を解消するため、農作業に従事する「女性農耕部隊（Women's Land Army）」が初めて創設されたのもこの時期である。

さらに、およそ二〇年後、第二次世界大戦が一九三九年九月三日に開戦されるや、英国農漁業相がすぐさま国民に向けて食糧自給への協力を訴えている。戦間期の住宅ブームのおかげで、郊外の居住者の多くは市民菜園くらいの大きさの庭を持っていたのである。(20)

小規模農家の皆さん、市民菜園を持っている皆さん、そして十分な広さの庭――「裏庭」を持っている方々へ一言申し上げたい。皆さんは自分や他の人々に食糧を提供する助けとなることができます……皆さんの最大限の協力をお願いしたい……皆さんの働きがもたらすところは、我が国にとって極めて重要な意味を持ちます。(21)

このようなメッセージが発せられたのは、当時、英国の食糧確保の手段が輸入に依存し過ぎており、自給率に関してかなりの脆弱性を抱えていたからである。開戦前の一九三八年の時点において、およそ五千五百万トン、

帝国戦争博物館所蔵のポスター
（同じく第二次世界大戦下に作成されたもの）
© IWM Art. IWM PST 0696

帝国戦争博物館所蔵のポスター
© IWM Art. IWM PST 0059

第二次世界大戦下、キューガーデンを訪れ、実演菜園を眺める人々
Garden visitors inspect the vegetables in a demonstration plot at Kew Gardens during World War II, © RBG Kew

すなわち国内の食糧の四分の三以上に相当する量が輸入に頼っており、例えば、玉ねぎは九〇パーセント以上、トマトに至っては、ほとんどすべて国外からの輸入であった。[22] そのため、早い段階から「自分の食糧を育てよう（Grow your own food）」という国を挙げてのキャンペーンが推し進められ、そのうち、「勝利のために掘ろう（Dig for Victory）」[23]というスローガンが次第に国民の間で広く認知されるようになる。そして、このキャッチコピーと共に様々なポスターが作成されたのである。例えば、一九四一年、情報省（MOI）によって作られた、おそらく最も有名なポスターは、赤い背景の中に白抜きの大きな文字、そして、片足を鋤の上にかけている図柄が大きく配され、シンプルゆえに強く印象に残るデザインとなっている（前頁上右）。

このように、自給自足のため、イギリスの家庭の庭や公園、道路の路肩さえも菜園として耕すことが促されたが、むろん、ロンドンの王立植物園、キューガーデンも例外ではなかった。第二次世界大戦開戦直後は、人員不足の再配置と防空壕の建設のために閉園となったが、すぐに開園され、芝地は掘り返され、市民菜園の用地に当てられ、野菜栽培の手本を示す実演菜園となったのである。また、キューガーデンの研究は戦争遂行に直結するものとなり、植物学者たちは、輸入の見込みがない作物や薬用植物に代わるものを探そうとした。[24] ここに、一九四〇年頃にキューガーデンで撮られた一枚の写真がある。緑豊かな広々とした空間の中、寄り添う親子と男女のカップルらしき人物が写っていて、穏やかな空気が感じられる（前頁下）。しかし、彼らが眺めているのは、食糧自給を促す実演菜園なのである。そして、この時期、キューガーデンには来場者のための防空壕が掘られており、ロンドン大空襲では、三〇の爆弾が落された。[25] 平穏な束の間の一刻を切り取った写真ながら、写し出されているのは、やはり「戦時の庭」なのである。

戦時下、キューガーデンはロンドン市民の癒しの場となった。一九四一年から二年の間に、来場者数はほぼ倍近くになっている。[26] 自然豊かな庭は精神を解き放ち、現実とは異なる時空へ誘ってくれもする。自ら望むガーデニングは心身に安らぎと安定を与えてくれる。[27] しかし、戦時キャンペーンの下、銃後の庭は、重くのしかかる「強いる庭」となったのである。第二次世界大戦が緊迫した状況となっていく中、「剣と同様に強い鋤で掘れ」と鼓舞され、[28] イギリスの庭は戦場に、庭師は戦士とならざるを得なくなった。そして、この「掘る」という言葉が、ウルフの『幕間』において繰り返し使われているのである。

三　『幕間』で描かれる庭

「掘って掘って（Digging and delving）」

ウルフの最後の小説となり、死後出版された『幕間』は、一九四一年二月二六日、ひとまず完成を見るも、その後、彼女は、出版を延ばして改訂したいと考えたようである。その意向をホガース・プレスの共同経営者、ジョン・レーマンに手紙で伝えた翌日、ウルフは死を選んでしまった。[29] それ故、この小説は、この先閉じることのない未完の物語であると言うこともできる。彼女の日記の中で『幕間』の構想らしきものに初めて触れられたのは、一九三七年八月六日、スペイン内戦に従軍していたウルフの甥、ジュリアン・ベルが戦死して間もない頃であった。ウルフは自国が戦争へと再び突入していった過酷な時期、そして、あらゆる感覚が麻痺するような空襲の脅威の中でこの小説の執筆を続けたのである。『幕間』は、第二次世界大戦が勃発する直前、そして、イギリスの庭が最も輝きを放つ六月のある日という時点に設定されている。ウルフの他の小説と同様、戦争そのものが前景化して描かれることはないが、戦争は、この物語のテクストの中に深く浸透していると言えるのである。

『幕間』の舞台となっているポインツ・ホール邸は、イングランドの中心に位置するとされており、小説の冒頭から、周辺の抒情的な田園風景が描かれる。その穏やかな自然を背景として、物語は村の年中行事として催される野外劇の進行と共に進んでいく。ここで着目したいのは、野外劇の合間に挿入される村人たちの歌の中に、「掘る（dig）」という語が見られることである。天然の舞台となっている芝地の上でイギリスの歴史を再現する芝居が演じられ、その背後で村人たちが長い列を成し、樹々を縫うようにして歩きながら歌っている。まず、劇が始まってすぐ、イングランドが誕生したところで、次のように歌われる。

村人たちは歌っていたけれど、歌詞の半分は風に吹き飛ばされてしまった。

道を切り拓いて…丘の頂上まで…我らは登った。谷間には…雌豚、イノシシ、雄豚、サイ、トナカイ…丘の頂上に穴を掘って身を隠した（Dug ourselves in to the hill top）…根っこを石に挟んで挽いた…小麦を挽いた…最後には我らもまた…地面の下に身を横たえた…

言葉は次第に小さくなって消えていった。（七二、以下、歌詞は原文斜字）

そしてこの後、中断した劇が再開され、一八世紀の理性の時代となるや、村人の歌の中で、「掘って掘って（Digging and delving）」という言葉が五回繰り返され、重ねられていくのである。

粗い麻布をまとった村人たちが長い列となり、背後の樹々を縫って歩いていた。
掘って掘って、耕して種を蒔いて――と、村人たちは歌っていたが、風が言葉を吹き飛ばしてしまった。
（一一一、以下、傍点筆者）

掘って掘って、と村人たちは歌いながら、一列になって樹々を縫い、歩いていた。大地はいつも同じだから、夏になって冬になって春になる、そして、また春が来て冬になる、耕して種を蒔き、食べてそして大きくなり、そして時間は過ぎゆく…

風が言葉を吹き飛ばしてしまった。（一一二）

『幕間』で演じられる野外劇の進行は、故障した機械や戦争を連想させる飛行機の音など、何かしらに阻まれるのだが、「掘って掘って」という村人たちの歌の言葉も、いつも風に吹き消されて消えてしまう。野外劇を演出しているミス・ラトローブは、もっと声を出せと懸命に指示を出すが、彼らの言葉は観客にはっきりと届かない。

「大きく！　声を大きく！」彼女は握りこぶしを振り回して村人たちを脅した。

掘って掘って（と彼らは歌った）、生垣を作り溝を作り、我らは過ごす…夏と冬、秋と春が繰り返す…すべてが過ぎても我らは、すべてが変わっても…我らは永遠に変わらない…（そよ風が吹き付けて、彼らの言葉の間に隙間を作った）。

「大きく！　大きく！」ミス・ラトローブは喚き立てた。

幾多の宮殿が倒壊した（彼らはまた歌いだした）、バビロン、ニネヴェ、トロイア…ローマ皇帝の宮殿も…すべては陥落して廃墟になった…チドリの巣がアーチだったところに…ローマ人のくぐるアーチだったところに…掘って掘って、鋤を入れて土を耕す…クリュタイムネストラが夫アガメムノンを窺い…丘の篝火を見たときも…我らは土くれだけを見ていた…掘って掘って、我らは過ごす…王妃も見張り塔も陥落…アガメムノンは馬に跨り去っていった…クリュタイムネストラはただ…

歌詞は消えてしまった……観客たちは座ったまま、村人たちを見つめた――彼らの口は動いているのに、音は何も聞こえてこなかった。（一二五）

風に吹き飛ばされて消えてしまう「掘って掘って」という言葉の繰り返しをどのように解釈すべきであろうか。むろん、意図的にテクストに挿入されているのではないかと考えることができる。「掘って掘って」の反復を「勝利のために掘ろう（Dig for Victory）」というスローガンと結びつけることも可能であろう。事実、この繰り返される歌が戦時下のイギリス国民への強い要請の文言と一致すると言及する論考もある。[30] 国を挙げて連呼する言葉への無力感を示唆していると考えることもできよう。しかし、一九三八年春に書き始められた『幕間』の初期のタイプ原稿を確認すると、一九三九年七月三〇日の日付が打たれる前、かなり早い段階に「掘って掘って（Digging and delving）」のフレーズが二箇所打ち込まれているのである。[31] 前述のように、食糧自給を促す国策としてのキャンペーンは第二次世界大戦開戦直後から始められたが、開戦前の時点において、「勝利のために掘ろう」のスローガンそのものはそれほど浸透していなかったのではないかと考えられる。一九四〇年以降、王立取引所の正面に横断幕が掲げられるなど、ラジオやポスター制作なども駆使して、情報省による広報が拡大していったのである。もちろん、第一次世界大戦時も食糧自給のために畑を耕すことが大いに奨励されたのであるが、第二次世界大戦時の愛国的スローガン「勝利のために掘ろう」との直接的な関連性だけを考えるならば、時期的に少し早く、ウルフが明確な意図をもって「掘って掘って」をテクストに差し挟

ロンドンの王立取引所の正面に掲げられたDIG FOR VICTORYの横断幕（1940年）© IWM D 1494

んだと断定することはできないように思われる。

　ただ、『幕間』執筆時、イギリスの庭、すなわち国土はこぞって掘り返されていたのである。野菜を栽培するためだけではなく、空襲から身を守る「防空壕（trench）」を掘るためである。開戦に備えての予防的措置は一九三五年頃より取られてきており、一九三八年にはロンドンの公園に掘られ、一九三九年九月までには、防空壕はありふれた光景であった(32)。ヴィタ・サックヴィル＝ウェストの『田園覚え書き』を読むと、一九三八年の九月、第二次世界大戦が始まる一年前に、彼女が夫と共にシシングハーストの庭に素人ながらの防空壕を掘ったことが記されている――「このように突然急いで地面に穴を掘るのは、本当にひどく粗野な行為のように思える。人間が人間から身を隠そうとして、穏やかに実が熟している九月の林檎や西洋梨の下に穴を掘るなんて(33)。」ヴィタは、怯えてコソコソ穴を掘るなんて、人間の尊厳が失墜し、まるでウサギやモグラのようだと書いている。『幕間』のタイプ原稿を編集し出版したリースカは、この「掘って掘って」の挿入に関して注釈を付けている。まず、概して、digging と delving は同じ動作ながら、後者 delving は、「自己保存」のために掘ることを意味してきたと解説する。その上で、この時期、ウルフの日記や手紙に digging の語が多用されており、「ロンドンの中心において防空壕が掘られることへの隠喩《メタファー》として、ウルフがこの語を小説の中で使った」と指摘しているのである(34)。

　また、ウルフ夫妻は一九四〇年、ヴィタ・サックヴィル＝ウェストの『戦時の田園覚え書き』をホガース・プレスから出版している。一九三九年から一九四〇年にかけて、イギリスの週刊誌『ニュー・ステーツマン・

アンド・ネーション』に寄稿されたエッセイを集めたもので、一九四〇年八月、ヴィタから持ち掛けた出版の話はすぐにまとまり、クリスマスに向けた小さい書物として刊行されたのである。その中に、「美のために掘ろう（Dig for Beauty）」という非常に興味深い一文が収められている。ヴィタは、野菜栽培のスペースを作るため、また、労働力を確保できないなどの理由から「多くの低木が情け容赦なく掘り起こされ（dup up）、火にくべられてきた」ことを悲しみ、こういった低木や樹々の多くは、二〇世紀初頭、植物学者たちが遠方へ厳しい旅をしてヨーロッパへもたらし、長年にわたって栽培されてきたものなのだと述べる。そして、彼女は、それらの苗木が「ようやく十分に成長した美しさを見せ始めた」ばかりであり、多くの人がこの荒廃を悔やみ、嘆く日が来るだろうと訴えているのである。[35]ヴィタの視線は未来に向けられている。このエッセイの出版も含めて勘案するに、少なくとも『幕間』執筆中の一九四〇年の時点において、「掘る」という語の反復にウルフが全く無自覚であったとは考えにくいのである。

さらに言えば、ウルフの明確な意図が無かったとしても、『幕間』は第二次世界大戦の最中、一九四一年七月に出版されている。初版を手にした読者の中には、「掘って掘って」の反復にキャンペーンのスローガンを重ね合わせた者も少なからずいたであろうと思われる。また、第一次世界大戦開戦百周年を契機に、近年、両大戦を論じる研究が次々と公刊されてきた。戦時農園についての資料も相次いで復刻出版される今日にあって、テクストの言葉は、当時の状況と結び付いていく。「戦時中のガーデニング」と聞くと何を思い浮かべるかと成人したイギリス人に問うと、きっと即座に「勝利のために掘ろう（Dig for Victory）」というフレーズを口にするだろう、とバカンが述べている。[36]このスローガンはそれほどにイギリス人の意識の中に埋め込まれているというのである。美しい田園風景を描く『幕間』のテクストの奥に、やはり戦時の庭が透けて見えると言わざるを得ない。

不変の光景

加えて、「掘って掘って」という言葉は、戦時や人間の一生というような一時的な区切りをはるかに超える大きな時の流れを想起させると考えるべきである。『幕間』のテクストが内包するのは、『歴史概説』、英国の歴史を現在まで辿る野外劇、そして、作中、過去のみならず未来への意識すら感じられるのである。何より、本来、digging も delving も、特別な言葉ではない。英国には長いガーデニングの歴史があり、もっと言えば、古の昔から人々は大地を耕してきたのである。delving という語から、ジョン・ボールの有名な一節「アダムが耕しイヴが紡いだとき（When Adam delved and Eve span）」を連想する人もあろう。ここで、『幕間』の創作に先立つこと二〇年前にウルフが書いたエッセイ「読書（'Reading,' 1919）」に触れてみたい。ウルフ文学の根幹に通ずるような、日常と非日常が交じり合う状況と経験が描かれているのである。エッセイの中で、一人の女性が庭に面した窓辺に座り、本を読んでいる。開かれた本のページの上に、夏の陽の光が肩越しに落ち、庭師の影が時折横切る。この光景が突然、特別な経験を女性にもたらし、彼女は、本のページの上に中世の時代に至るまでの文学者の系譜を見るのである。そして、今や本の一部となった庭師の陽に焼けた顔に目を向けると、そこに、いつの時代も「耕し、種を蒔き、酒を飲み、時には戦いに赴き、歌を歌い、求愛し、そして教会の芝地の下に眠った」[37]無名の働く者たちの連なりを見る。「掘って掘って」と繰り返す村人たちの歌は、霞んでしまうほど遠い過去より繋がってきた人間の存在と、連綿と繰り返されてきた人間の営みを思わせる。イングランドの自然や田園風景は変わらずそれらを包み込んできたのである。

ナイジェル・ニコルソンが、シシングハーストの庭の秘密を語りながら、「自然は、場や幕の有る演劇のように、永遠に再生される。演じる俳優たちは変わっても、脚本は同じまま上演され続けていく」[38]と述べている。『幕間』の中で、年老いたスウィズン夫人が、いつもと変わらぬ美しい景色を眺めながら「あれはあそこにあるでしょう……私たちがいなくなっても」（四九）と口にする場面がある。厳然として不変ゆえ、風景は物悲しく、美しいのだと彼女は感じるのである。一九三二年九月、マンクス・ハウスの周辺の田園を歩くことを好んだウルフが、スウィズン夫人に語らせた思いと同様の感覚を日記に記している。

昔から変わらないイングランドの美しさは完璧であり、神聖でもある。群がる銀色の羊、鳥の翼が上へ上へと舞い上がっていくような丘の隆起……こういうもので私は養われ、気が休まり、満足する……こういうものには神聖なところがある。私が死んだ後もこの光景は続いていくのだ。[39]

こういったイングランドの不変の光景に現実の怖さが差しはさまれる『幕間』のテクストは、マンクス・ハウスの戦時の庭の情景が記録されるウルフの日記と類似している。『幕間』を書き進めていた一九四〇年八月の日記には、度重なる「空襲」についての記載が見られる。例えば、一九四〇年八月一六日の日記には次のような記述がある――「爆弾が私のロッジの窓を震わせた。落ちるだろうか、と私は聞いた。もしそうなら、私たちはみな一緒に壊れてしまうだろう……庭を横切るのは危険すぎるとレナードが言った。[40]」ちょうど三年前、一九三七年八月一三日、「私たちは庭にいると安全なの[41]」と手紙に書いたマンクス・ハウスの庭ですら、もはや安らげる場ではなくなっていることがわかる。しかし、連日の空襲への不安と圧倒的な恐怖の中、彼女は、庭や自然の美しさを日記に書き留めずにはいられない。「まだ死にたくない」と口にしたことを記した一九四〇年十月二日の日記は次のように始まる。

これを書くよりも夕陽を眺めているべきではなかろうか。青色の中に紅がさっと輝く。沼地の干し草の山にそれが反映する。私の背後では、木々の間で林檎が赤く実っていて、それをレナードが集めている。ケイバン山の下を通る汽車から一筋の煙が、今、立ち上る。そして空気全体に厳かな静けさが漂っている。[42]

この時期、ウルフの視線は丘陵や野原へと向かう。そして、書くことで、まるで目の前の時間と光景を留めようとしているかのようである。
レナード・ウルフが自伝の中で、まさに開戦直前の夏の終わり、マンクス・ハウスの庭でのあるエピソードについて触れている。

当時、最も恐ろしいことの一つはラジオでヒトラーの演説を聞くことだった……一九三九年の晩夏、私たちはロドメルに居た。私はがなり立てるような狂った演説をよく聞いたものだった。ある日の午後、私は果樹園の林檎の木の下に小さなアイリス、黄水仙のように「燕がまだ姿を見せぬうちに、美しさで三月の風を魅了する」(43)愛らしい紫の花を植えていた。突然、居間の窓から「ヒトラーが演説をしているわ」と、私を呼ぶヴァージニアの声が聞こえた。私は「行かないよ。アイリスを植えているんだ。このアイリスは、ヒトラーが死んだ後も長く花を咲かせるんだ」と叫び返した。(44)

レナード・ウルフは、ヒトラーが自決した後、二〇年余りの時が過ぎてもなお、そのアイリスがマンクス・ハウスの庭で花を咲かせていると付け加えている。

結び　記憶の庭

ヴァージニア・ウルフの「過去のスケッチ」は、一九三九年四月一八日に書き始められ、原稿に記入された最後の日付けは一九四〇年十一月一七日であった。『幕間』の執筆時期と重なっている。その回想録の中で、彼女はタランド・ハウスの庭の情景を次のように記している。

次の記憶――これらすべての色と音の記憶はセント・アイヴズに結びついている――は、もっと鮮明なものだ。それはとても官能的である……未だにそれは私の心を温かくする。まるですべてが熟し、ハミングし、陽を浴びて、同時に何種類もの匂いを放っているかのように。そして、その頃浜辺へ降りていこうとして足を止めたように、今でさえ私の足を止めさせるような完全なるものをすべてが作りだしている。私はいくつもの庭を見下ろそうとして、一番高い所で足を止めた。庭は道路より下に低くなっていた。林檎は人の頭と同じ位の高さにあった。庭は蜂のぶんぶんいう音を放っていた。林檎は赤と黄金色だった。ピンクの花々もあった。それから灰色や銀色の葉も。（七五）

そしてウルフは、その記憶の庭は、より現実のものとして、今なお現前するのだと続けているのである。

子ども部屋の中や浜辺への道すがらのあれらの瞬間は、現在という瞬間よりも今なおずっと現実のものでありうる。このことを私はまさに試したところだ。というのは、私は起きて庭を横切っていったのだから。パーシーがアスパラガスの畑を掘っていた（Percy was digging the asparagus bed）。ルイが寝室のドアの前でマットをふっていた。しかし私は二人を私がここで見た光景――子ども部屋や浜辺への道――を通してみていた。時おり私は今朝よりもっと完全にセント・アイヴズに帰っていくことができる。まるで私がそこに居合わせたかのように物事が起こるのを眺めているような状態に達することができる。（七五）

ウルフの見つめる光景は、パリンプセストのように層を成していると言える。一九三九年、開戦が刻々と迫りくる中、マンクス・ハウスの庭師が菜園を耕す現在の庭に重ねて、花々の咲く記憶の庭を浮かび上がらせている。

だが、ヴァージニア・ウルフのテクストに見られる「記憶の庭」は、セント・アイヴズでの彼女の個人的記憶――過ぎ去った、あるいは、蘇る過去の思い出の庭だけではない。古の時代より受け継がれ、記憶されてきたイングランドの田園風景とそこでの人々の営み、そして、それがまさに破壊されんと脅かされる現在、この先、未来へと続く時空の中でも不変であると信じる情景なのである。

注

本稿執筆にあたり、ケンブリッジ大学のサマーセミナー（Literature Cambridge: 2019 Virginia Woolf's Gardens）、とりわけ、講師、カリーナ・ジャクボヴィッチ氏より、大いなる示唆を得た。また、ケンブリッジにて、有益な助言を与えてくれたスーザン・セラーズ氏に謝意を表したい。

ウルフの作品と日記からの引用の邦訳については、みすず書房より出版された既訳、および、丹治愛訳『ダロウェイ夫人』（集英社、一九九八）、片山亜紀訳『幕間』（平凡社、二〇二〇）を参考にさせて頂いた。

（1）Leonard Woolf, *Downhill All the Way: An Autobiography of the Years 1919–1939* (London: Hogarth Press, 1968), p. 52.

（2）没後に出版された『存在の瞬間』（一九七六）に収められている未完の作品で、当時取り組んでいた『ロジャー・フライ伝』の息抜きとして折々に書かれたとされる。

（3）Frederic William Maitland, *The Life and Letters of Leslie Stephen*（初版 1906; Bristol: Thoemmes Antiquarian Books, 1991 復刻版）, p.384.「ジニア」とはヴァージニア・ウルフのこと。数学者および哲学者であった W. K. クリフォードの

妻で、作家となったLucy Clifford (1846–1929) とは家族ぐるみの友人であった。

（4）Virginia Woolf, 'A Sketch of the Past,' *Moments of Being*, ed. J. Schulkind (London: Grafton Books, 1989), pp. 141–2. 以下、「過去のスケッチ」からの引用は、この版により、引用末尾の括弧内に頁数を示す。

（5）赤川裕『イギリス庭園散策』（岩波書店、二〇〇四年）、七九頁。

（6）Virginia Woolf, *Mrs Dalloway*, ed. Claire Tomalin (Oxford: Oxford UP, 1992), p. 199.

（7）安藤聡『英国庭園を読む――庭をめぐる文学と文化史』（彩流社、二〇一一年）、一六頁。

（8）Virginia Woolf, *The Waves*, ed. Gillian Beer (Oxford: Oxford UP, 1992), p. 18.

（9）Virginia Woolf, *Between the Acts*, ed. Frank Kermode (Oxford: Oxford UP, 1992), p. 10. 以下、『幕間』からの引用は、この版により、引用末尾の括弧内に頁数を示す。

（10）Virginia Woolf, *The Letters of Virginia Woolf*, vol. 2, eds. Nigel Nicolson and Joanne Trautmann (London: Hogarth Press, 1976), p. 379. ジャネット・ケースは、ウルフのかつてのギリシャ語の家庭教師。

（11）Caroline Zoob, *Virginia Woolf's Garden* (London: Jacqui Small LLP, 2013), p. 7.

（12）ウルフは、偉大な作家の家を見に行くことを好んだが、一九三四年五月九日、日記にシェイクスピアの家を訪ねた時のことを記載している――「シェイクスピアの庭ではありとあらゆる花が咲いていた……何もかもが、これがシェイクスピアの場所ですよ……と、語っているように思われた。でも必ずしも生きた私は見つけられませんよとも語っているようだった。彼はゆったりと不在であり―かつ存在している（absent-present）……そう、花々の中に、古いホールの中に、庭の中に。」Virginia Woolf, *The Diary of Virginia Woolf*, vol. 4, eds. Anne Olivier Bell and Andrew McNeillie (London: Penguin, 1983), p. 219.

（13）Jenny Uglow, *A Little History of British Gardening* (London: Chatto & Windus, 2004), p. xi.

（14）Nigel Nicolson, *Portrait of a Marriage* (London: Weidenfeld and Nicolson, 1973), p. 218.

（15）Nicolson, p. 220.

（16）Vita Sackville-West and Sarah Raven, *Vita Sackville-West's Sissinghurst: The Creation of a Garden* (London: Virago, 2014), p. xviii.

（17）Kenneth I. Helphand, *Defiant Gardens: Making Gardens in Wartime* (San Antonio: Trinity UP, 2006), p. 1.

（18）Uglow, pp. 255–6.

（19）Andrew Saint and Gillian Darley, *The Chronicles of London* (London: Weidenfeld and Nicolson, 1994), p. 254.

（20）Ursula Buchan, *A Green and Pleasant Land: How England's Gardeners Fought the Second World War* (London: Windmill Books, 2014), p. 49.

（21）E. Graham, *Gardening in War-Time* (London: Garden Book Club, 1941), p, v.

（22）Twigs Way & Mike Brown, *Digging for Victory: Gardens and Gardening in Wartime Britain* (Sevenoaks: Sabrestorm Publishing, 2010), p. 2.

（23）当時、ロンドンの夕刊紙『イブニング・スタンダード』の編集者で、後に労働党の党首となるマイケル・フットによって考案されたとされる。Buchan, p. 44.

（24）Lynn Parker & Kiri Ross-Jones, *The Story of Kew Gardens in Photographs* (London: Arcturus, 2018), p. 146.

（25）Parker & Ross-Jones, p. 146.

（26）Parker & Ross-Jones, p. 147.

（27）ウルフは一五歳の時、神経症への安静療法として「一日四時間の庭仕事」を強いられている。Elaine Showalter, *The Female Malady: Women, Madness and English Culture, 1830–1980* (London: Virago, 1987), p. 126.

（28）Daniel Smith, *The Spade as Mighty as the Sword: The Story of the Dig for Victory Campaign* (London: Aurum Press, 2013), p. 44.

（29）Virginia Woolf, *The Letters of Virginia Woolf*, vol. 6, eds. Nigel Nicolson and Joanne Trautmann (London: Hogarth Press, 1980), p. 486.

（30）Sophie Aymes, "Ivy and Bones: Ruins and Reversibility During the Blitz," *Études britanniques contemporaines* 43 (2012): 55–72.

（31）Mitchell A. Leaska, *Pointz Hall: The Earlier and Later Typescripts of Between the Acts* (New York: University Publications, 1983), p. 94, p. 130.

（32）Twigs Way & Mike Brown, p. 2.

（33）Vita Sackville-West, *Country Notes* (London: Michael Joseph, 1939), p. 162.

（34）Leaska, p. 212.

（35）Vita Sackville-West, *Country Notes in Wartime* (London: Hogarth Press, 1940), p. 49.

（36）Buchan, p. 44.

（37）Virginia Woolf, 'Reading,' *The Essays of Virginia Woolf*, vol. 3, ed. Andrew McNeillie (London: Harcourt Brace

Jovanovich, 1988), p. 142.

(38) Nicolson, p. 220

(39) Woolf, *Diary*, vol. 4, p. 124.

(40) Virginia Woolf, *The Diary of Virginia Woolf*, vol. 5, eds. Anne Olivier Bell and Andrew McNeillie (London: Penguin, 1984), p. 311.

(41) Woolf, *Letters*, vol. 6, p. 157.

(42) Woolf, *Diary* , vol. 5, p. 326.

(43) シェイクスピア『冬物語』の一節。

(44) Leonard Woolf, p. 254.

5章　「等価交換」で読み解くロアルド・ダール
——散りばめられた理不尽な天秤

武井　博美

序

ダール作品の振れ幅

ロアルド・ダール（Roald Dahl, 1916–90）は、作家、脚本家、エッセイストとして活躍したが、なかでも短編小説作家と児童文学作家というふたつの肩書きにおいて類まれなる才能を発揮したことで知られている。ダールは自身の戦争体験を生かしたシュールでブラックな味わいの短編小説で文壇デビューし、彼の短編作品はアメリカで最も権威があるミステリージャンルの賞、エドガー・アラン・ポー賞を二度受賞するなど好評を博した(1)。その後、作家人生の後半になるとユーモアにあふれた明るいテイストの児童文学作品を次々と著し、この分野においてもヒットメーカーとなった。まったく異なるふたつのジャンルでそれぞれ人気作を持つという、実に稀有な作家だと言えよう。

ふたつの異なるものを取り合わせることに長けているこの作家は、ひとつの作品の中でも振れ幅の大きいふたつの項目を巧みに融合させる。たとえば、リアリティとファンタジー、シリアスとコミカル、生への慈しみと残酷な破壊、開放感と閉塞感など、本来ならば対立するはずの二項をダールは作品内で交互に、あるいは同時に描き込む。ともすれば二律背反の試みが作品を破綻させる危険性もある中で、彼は天性のバランス感覚を発揮し、平易な文章で軽やかに両極をまとめあげることに成功している。それは短編小説群でも児童文学作品でも変わらない特性である。

　ダールの人生は波乱に満ちており、非凡な体験の連続であった。それこそが彼の作家活動の源泉になっていることは疑いようもない。彼の作品においては、たとえば南国のリゾートを舞台にするものもあれば、イギリス国外の戦地を舞台にするものもあるといった具合に、コスモポリタンな雰囲気を其処かしこに感じることができる。ダールの半生を振り返れば、彼の各作品に描かれている世界観が、彼の出自や経験に裏打ちされたものであることを容易に理解できる。

ロアルド・ダールが第二次世界大戦時に乗っていた戦闘機

　ダールはウェールズのカーディフにて、ノルウェー移民の両親から生を受ける。パブリックスクールを卒業後、ヨーロッパ最大のエネルギーグループであるシェル石油に勤め、タンザニアやカナダに赴く。第二次世界大戦が勃発するとイギリス空軍の戦闘機パイロットとなるが、従軍中にエジプトで生死にかかわる重傷を負い退役する。その後アメリカに渡り、駐米イギリス大使館などに勤務する頃、自身の空軍体験をもとにした短編小説を発表し、作家への道を歩み始める。短編集『飛行士たちの話』（*Over to You: 10 Stories of Flyers and Flying*, 1946）を刊行し、のちに「短編の名手」と謳われるほど高い評価を得るようになる。たとえば恐怖小説のアンソロジーなどにもたびたび収録されてきた短編「南から来た男」（"Man from the South," 1948）は、ストーリーテラーとしての彼の才能を存分に堪能できる作品となっている。

ダールは一九五三年にアメリカ人女優と結婚し五人の子どもを設ける。作家として精力的に児童文学作品を発表し、なかでも『マチルダは小さな大天才』[2]（*Matilda*, 1988）は母国イギリスで長きにわたり児童文学部門の売り上げ第一位を記録し続けるほどの人気作となった。一九九七年にＪ・Ｋ・ローリング（J. K. Rowling, 1965– ）の『ハリー・ポッターと賢者の石』（*Harry Potter and the Philosopher's Stone*）が刊行されて第一位の座こそ譲ったものの、『マチルダは小さな大天才』はいまだに子どもたちに大人気の作品であり、一九九六年には映画化、さらに二〇〇八年には舞台化もされている。また、同じく児童文学作品『チョコレート工場の秘密』（*Charlie and the Chocolate Factory*, 1964）は、ティム・バートン監督、ジョニー・デップ主演で大ヒットした二〇〇五年公開の映画『チャーリーとチョコレート工場』の原作であり、彼の名を世に知らしめるのに一役買っている。

結婚して間もない頃のロアルド・ダール

映画に関連することとしては、ダールは一九六七年公開の『〇〇七は二度死ぬ』（*You Only Live Twice*）や一九六八年公開の『チキ・チキ・バン・バン』（*Chitty Chitty Bang Bang*）の脚本を担当している。スパイ映画とファンタジー・ミュージカルというジャンルの異なるこれらの脚本の仕事においてもまた、ダールの持ち味である極端なまでの振り幅を感じさせる。

自伝的な作品もまた人気であり、エッセイ『少年』（*Boy*,

1984）や『一年中ワクワクしてた』（*My Year*, 1993）ではユーモラスに自身の子ども時代を振り返るその一方で、『単独飛行』（*Going Solo*, 1986）ではドライな筆致で淡々と戦争体験を語っている。

二項の等価性

ロアルド・ダールという作家のもつ二面性、あるいは両極性とでもいうべき特性に着目することは、彼の作品を読み解くうえで重要となる。ダールは、生と死、真と偽といった、いわゆるオーソドックスな二項対立ばかりではなく、時として高級車キャデラックと人間の指[3]、あるいはキリンの命と人間の命[4]といったように、本来ならば同じカテゴリーでは語りがたいもの同士を取り合わせる。異質な二項が天秤の上に乗せられるのを目撃する読者は、それぞれの価値の重さを推し量り、左右の天秤の重さが均等かどうかを見定め、もしも異なるとするならば、その真価はいかばかりかと再考せざるを得なくなる。

ダールのこのような特性への理解を深めるために、「等価交換」という言葉をひとつのキーワードとして提示したい。これは「等しい価値を有するものを相互に交換すること」を意味し、今日では土地と建物など、価格や価値の等しいもの同士を交換するといった意味で、主として不動産業界で用いられている。もともとはウィーン出身の経済学者、カール・ポランニー（Karl Polanyi, 1886–1964）が著書『人間の経済』（*The livelihood of Man*, 1977）の中で市場経済について論じた言葉であり、「われわれが取引とみなすものを含む実態＝実在の経済領域におけるいかなる取引も、等価の法則のもとにあった」、そして「ただ等価物のみが、交換可能だった[5]」とポランニーは説明している。市場経済では慣習によって大多数の人びとの共通認識のもと物事の価値が定められる。そして経験則によって同等の価値があると認識されたもの同士は広く交換され、人びとの生活を支えてきた。時には明白な等価物にとどまらず、「まったく異質な、なんの共通性もないもの同士であっても、基本的に言えば、ある種の共約可能性があるものとみなされて[6]」、人びとは交換するという行為を日常的に常態化し、慣習としてきた側面がある。物々交換や贈り物の返礼などの例に見られるように、「等価交換」は、古来より広く人びとの意識の中に定着している概念である。等価の基準が経験則に依るところが大きいのは、社会全体が常識的な一定の価値基準を共有しているからである。

ものの価値を比較したり交換したりすることが日常的な行為であるがゆえ、ロアルド・ダールという作家が披露するユニークな取り合わせに読者は皆一様に不意を突かれ驚かされる。一般的な経験則を無力化するその手法と効果は、絵画でいうところの「デペイズマン」(7)と類似している。つまり、意外な二項を取り合わせること自体は、既存の芸術や文学にも見られるため、ダールだけが新奇性や独自性に富むとは言い難いかもしれない。だが、ダール作品では組み合わせられた二項は、あたかも共約可能であることが初めから決まっていたかのように、自然に、または唐突に天秤の左右に置かれ、読者の前に差し出される。読者の中には、作品内での二項の真価と等価性を深慮する過程で、自身の価値観に対する疑いの念を抱くようになる者もいるだろう。常識を揺さぶられるようなこの疑念こそが、読者の胸に不気味な怖さをじわりと生じさせる要因となる。ひとつ確かなことは、この作家が仕掛けた異色の二項を並べたり入れ替えたりするトリックに幻惑されることは、ダール作品を読む楽しみのひとつであるという点である。

「等価交換」の考え方を援用し、ダールという作家の優れたバランス感覚が織りなす二項の組み合わせの妙が作品中にどのように表出されているかを、彼の特性がとりわけ明確に表れている三編の作品を中心にこれから具体的に考察したい。

一　「南から来た男」

視点の移動

ダール作品における等価交換のテーマがもっとも端的に表れているのは、短編「南から来た男」をおいて他にないであろう。物語は、リゾート地のプールサイドでアメリカやイギリスなどの若者たちが水着姿で戯れる開放的な場面で幕を開ける。

ホテルのプールサイドは次のように描写される。

立派な庭だ。芝生、アザレアの花壇、背の高いヤシの木。ヤシの木は強い風に上のほうをゆさぶられ、燃えてはぜているような音を立てている。葉の下には大ぶりの茶色の実がいくつもさがっている。(8)

この場面では、芝生の緑や艶やかな花の色、背の高い木に成る茶色い実など、南国らしい豊かな色彩が描かれる。そして、華やかに彩られた光景は、場所の描写だけにとどまらない。

プールのまわりにはデッキチェアがたくさん置いてあり、白いテーブルや派手な色の大きなパラソルがいくつもあった。日焼けした男や女が水着姿であちこちにすわっている。(二一七)

木々や花々などの自然の美しさに加え、ここではパラソルや水着などの人工的な色彩が追加され、色鮮やかで楽しげな雰囲気がそこかしこに満ちている。

その光景を、語り手である「私」が立ったまま眺めている。

夕陽を眺め、ビールを飲みながら煙草を吸うのは、じつに快適だ。水着姿の若者たちが緑の水の中で、しぶきをあげるのを眺めるのも悪くない。（二二八）

語り手の「私」はあたりの様子を静かに見ている。この姿勢は、物語の最後まで貫かれることになる。「私」は観察者であり目撃者である。そして、ことの推移を見たままに客観的に読者に伝えるという重要な役目を担っている。

プールサイドにいた若者のひとりが、たまたま居合わせた異国訛りのある老人と賭けをすることになる。老人が賭けの対象としたのは、真新しい高級車のキャデラックと、若者の小指という異色の組み合わせだった。

常軌を逸しているとも言えるこの提案をした老人は、目が特徴的に描かれている。「老人の目の虹彩は色が薄くて、ほとんど透明に近く、その中に小さく輝く黒い瞳があった」（二三四）という描写がある。そして、そのまま語り手の「私」にとってこの老人は「色彩のない目を持つ男」（二三六）という認識となる。英語では老人の両目は“the colourless eyes”と称される。目は老人の特徴を小さな一点に集約したものであり、広々とした戸外のカラフルな俯瞰の光景を楽しんでいた読者の視点を、無色透明の小さな点へと一気に引き寄せる。

俯瞰的な大きな風景から小さな一点へと読者の視点を移動させるのは、ロアルド・ダールが得意とするやり方である。短編集『飛行士たちの話』に収録されている「猛犬に注意」（“Beware of the Dog”）はその好例である。この作品は飛行機の操縦席から見た景色の描写から始まる。「下には広大な雲の海がうねっていた。上には太陽があった。雲のように白い太陽だ」（四四）とあり、雲と太陽が織りなす広大な景色が白を基調にどこまでも続く。だが操縦していた主人公はすでに敵の攻撃で重傷を負っており、場面が切り替わると彼は病院

ロアルド・ダールがドイツ機を撃墜した時に乗っていた戦闘機。眼下に雲を望む。

の一室で横たわっている。そのとき、染みひとつない病室で「ふと天井を歩く一匹のハエが眼にとまった」（四八）。このハエは「小さな黒い点」と描写される。境界線のない広々とした白い風景から、閉ざされた病室の天井にあるほんの小さな黒い一点へと、読者の視線が誘導される。そのコントラストが一種の眩暈のような、幻惑的な感覚を読者に起こさせる効果がある。

開放感から緊張感へ

「南から来た男」における場面の変化もまた、コントラストが鮮やかである。冒頭の開放的な戸外から一転して、舞台は賭けの現場となるホテルの一室へと移る。戸外で描かれた人びとは、酒を飲み煙草を吸い、自由な空気感をおもいおもいに楽しんでいた。それがホテルの一室では、同じように酒を飲む人びとが描かれるが、みな無言で緊張している。

　シェーカーと氷と、たくさんのグラスが並んでいる。老人はマティーニを作りはじめた。……老人はマティーニを配った。われわれは立ったまま、マティーニをすすった。（二三五―六）

戸外から室内に場所を移動したことで、壁で囲まれた部屋の閉塞感と緊張感が読者に伝わる。同じ酒だが、意味合いがまったく異なっている。煙草についてもまた同様であり、リラックスした空間を楽しむための煙草に欠かせない道具であるはずのライターが、この部屋の中では血生臭い惨劇へと誘う凶器のような役割と化し、不気味な存在感を放つことになる。

屋外から屋内へと場所が変わっただけではなく、老人が若者を紐で縛りつけたことで、さらに場面の閉塞感と緊張感が高まっていく。

老人は紐を若者の手首に巻きつけ、それからてのひらの部分にも巻きつけると、二本の釘にしばりつけた。じつに手際がよく、作業が終わったとき、若者はどうやっても左手を引き抜くことができなくなった。（二三八）

つい先ほどまで屋外でリゾートを満喫し、開放感に浸っていた若者が、今は拘束されて指を切り落とされるかもしれない恐怖に直面している。そして、この恐怖の演出をしているのは、"colourless eyes"を持つ老人と、もうひとり、釘や肉切り包丁といった残酷な賭けの道具を調達して運んできた"a coloured maid"（二三五）、すなわち黒人のメイドである。"colour"という言葉を軸として、場面を演出していくという仕掛けになっている。

「薄緑色に輝くキャデラック」（二三五）と、若者の小指は、果たして賭けの対象として等価と言えるのであろうか。若者は「考えてごらんよ。今まで生きてきて、左手の小指なんて役に立った覚えはない」と言い、その直後に自分に言い聞かせるようにもう一度「こいつは何の役にも立ったことがない」（二三六）と言う。当然のことながら、車一台と自分の身体の一部が同価値であるかどうかなど、天秤にかけるまでもないと考える読者が大多数であろう。だが、この若者が言うように左手の小指が本当に役に立たないものであるとするならば、価値ある高級車キャデラックを小指のような矮小で価値のないものと天秤にかけることが不釣り合いだという考え方も反転的に生じる。価値観が逆転するかのような、既存の常識を揺さぶられるような不可思議な感覚こそが、この作品の核となる面白さなのである。

作品の最終部では、老人の妻と思しきひとりの女性が突如部屋に乱入してきたことで、老人と若者との賭けは強制的に打ち切られる。ほとんど指が残っていない、その女性の手がクローズアップされたところで作品は終わる。指がないことで逆に、かつて存在していたはずの指の実像を読者は強烈に意識する。過去、失った指の数だけ女性が老人と賭けをしてきたことは想像に難くない。女性にとって老人は、ほぼすべての指と交換してもなお添い遂げ守りたいと思える存在であり、言い換えるならば指と等価値を持つのがこの老人ということになる。女性が登場する時までは読者の目に揺らいで見えていた価値基準という名の天秤が、ここでようやく左右均等となり静止する。天秤を水平に保つための一例を、最後に作者が具体的に示したものと考えられる。

二　「ある老人の死」

自己との戦い、他者との戦い

「ある老人の死」（"Death of an Old Old Man"）はダールの初めての短編集『飛行士たちの話』の巻頭を飾る作品である。この短編集はいわゆる戦争小説と呼ばれるジャンルに分類されるが、収録されているいずれの短編も国と国との戦いを描くというよりは、英雄ではない、ごく身近に感じられる一個人にフォーカスし、その人物の目をとおして戦争を捉えている。作家ダールが着目する部分が非常に微細であり、一見するとささいなことが、実はとてつもなく大きな意味を持つことに読者はあとから気づくことになる。

「ある老人の死」は、英語の原題では「老いた」という言葉がリフレインされており、どれほど老齢の人物が主人公なのかと大方の読者は想像を馳せるだろう。しかし読み終えてみれば老人などひとりも登場しないという不思議な物語である。

主人公はまだ若い従軍パイロットである。戦闘機に乗り込んでこれから出撃しようかという場面で、主人公が内なる恐怖心を吐露する一文から作品は始まる。

ああ、神よ、俺はどれほど怖くてたまらないことか。(一六九)

主人公は、ほんの四年前にはサッカーやクリケットの試合と同列の感覚で軍機の操縦に対して心躍らせる青年だった。だが生命の危機に晒されるような危険な出撃体験を重ねるうちに、これから先の人生に対する執着が芽生え、恐怖心が増幅するようになる。仲間のパイロットたちが傍にいるところでは平静を装いながらも、その実、抑えがたい怖さが忍び寄り、それが囁き声となって彼の耳に聞こえるようになっていく。極限の恐怖心が自己を分裂させ、葛藤を生み出しているのである。

おまえはまだ若い、やりたいことも伝えたいこともいくらもあるだろう、油断すると死んでしまうぞ、いや遅かれ早かれ死んでしまうことは、おまえもほぼ覚悟しているだろうが、もしそうなったらおまえの姿は見る影もなくなり、ただの黒焦げの死体にすぎなくなるのだぞ。そして黒焦げになった死体がどんなものか囁く。死体がどれほど真っ黒で、どんなふうにねじ曲がり、もろくなるものなのか。(一七二)

死と隣り合わせの状況下に置かれ、自らの黒焦げの死体を生々しく想像し、「死にたくない」という言葉を彼はひたすら繰り返す。

死にたくない。冗談じゃない、俺は死にたくなんかない。とにかく今日は死にたくない。苦痛が怖いわけじゃない。実際、苦痛なんか恐れてはいない。脚が潰れようが、腕が焼け落ちようが構わない。誓ってもいい。そんなことはどうでもいい。ただ死ぬのは嫌なのだ。（一七二）

ここでは、「死にたくない」（"I don't want to die"）というセリフのリフレインが効果的である。彼は苦痛を恐れてはいないと自ら語っているが、それでは何を恐れているのであろうか。

今、死ねば、このさき五十年の人生を失うことになる。それは嫌だ。何を失うにしろ、それだけは嫌だ。なぜなら、そこにはきっと俺のしたいことのすべて、見たいもののすべてがあるからだ。（一七二）

彼が恐れているのは、これからの人生を失うことである。毎日続くであろう、ささやかな幸せ、たとえば森を散歩したり田舎に帰ったり週末を楽しみにしたりといった日常そのものから断ち切られることである。「死にたくないと思うのは、いつか叶えばと願っている望みがあるから」（"I think the reason I do not want to die is because of the things I hope will happen." 一七三）と、"die"と"hope"とを対比させ、切々と生への渇望を口にする。

このように作品の冒頭、語り手は主人公の青年自身であり、作品は一人称小説の体を成す。内面の葛藤が丁寧に描かれ、彼の内なる囁き声が別の人格として主人公に語りかけ、まるでふたりの人物がやりとりしているかのようになる。その後、物語のクライマックスとなるドイツ兵パイロットとの空中戦の様子が緊迫感を持って描かれると、今度は文体が一気に変わり、作品は三人称小説へと転じる。

それまで自己の内面へと意識を向けていた主人公は、一転して今度は他者と向き合うことになる。

パイロットは操縦席に背筋を伸ばして坐っていた。ゴーグルと酸素マスクで顔はほとんど見えなかった。……パイロットは飛びつづけた。あまたの想いが心に浮かんでは消え、頭の中は恐怖でいっぱいだったが、それでも敵地上空にいるパイロットにふさわしい本能が働いていた。(一七四―五)

これは冒頭と同じように主人公の恐怖心を描いている場面であるが、主観的な一人称から客観的な三人称へと描写方法が変わっている。突然異なる小説が割って入ってきたのではないかと読者を錯覚させるような文体の変化である。内なる恐怖にひたすら囚われていた冒頭の主人公とは対極的なまでに、この戦闘シーンでは、彼は兵士としての使命を冷静に果たそうとしている。

弱々しかった彼は、敵機との戦闘では別人のように自信を見せる。

戦闘開始。「さあ、行くぞ」と彼は自分に言い聞かせた。「またやってやる」声に出してそう言い、にやりと笑った。彼には自信があった。数えきれないほどやってきたことだ。そのたびに勝利を収めてきたことだった。(一七七)

この変貌ぶりは「弱」から「強」への変化である。それはまた、未来の生活に想いを馳せるひとりの青年の内面から、最前線で敵に挑む経験豊富な兵士の外面へと焦点が切り替わった瞬間を示している。感傷的になっている弱い自分は強いうわべで覆い隠され、読者の視点も彼の中身から外見へと移動する。肉体という名の器の内部に精神の弱さは封印される。

リアリズムからファンタジーへ

結局主人公は戦闘に敗れ、あれほど恐れていた死を迎える。ダメージを受けた飛行機から脱出したのち、敵軍のパイロットと地上で揉み合った際に、彼は池で溺死させられるのである。だが、読者には彼が死んだことはすぐには伝えられない。池での一対一の戦いのあと、作品は再び一人称小説の文体へと戻り、霊魂となった主人公が状況を語りだすという非現実的な展開となる。ゆえに読者はしばらくのあいだ彼がまだ生きていると、作者によってミスリードされる。

死の直後の主人公は、次のように描写される。

　突然、よく晴れた日のように心が澄み渡り、おだやかになった。もうもがくのはやめよう。そう決めた。もがいても意味がない。……五年間もがいてきたが、もうそうする必要もない。このほうがずっといい。このほうがはるかにいい。……何より、もがいて生きてはならないのだ。（一八三―四）

ここで注目すべきは、主語の変化である。"I have struggled for five years and now I don't have to do it anymore."と、「自分」が五年間もがいてきて、「自分」がもうこれ以上もがく必要がないと主人公は語っている。だが、そのすぐ直後では"You cannot do anything struggling; especially you cannot live struggling"と、主語を"I"から"you"に変え、人は皆、もがいて生きてはならないのだと説く。

主人公は「池のほとりの草地で横たわる遺体」（一八五）を眺める。「あれは身体だ。男の身体だ。しかもあれは俺だ。そう、俺じゃないか」（一八四―五）と、俯瞰で自分自身の遺体を眺める。身体という器から、ようやく内面が解き放たれ自由になったのである。

主人公は敵のドイツ兵に対し、「少しはリラックスすればいいじゃないか」（一八五）と上から声をかける。

姿の見えない霊魂の声に驚愕したドイツ兵は一目散に逃げていく。魂となった主人公の声は、生身の人間たち皆にアドバイスとなって届けられる。

この作品が、死ぬことでしか死の恐怖からは解放されないという結末だとすれば、作者のメッセージはあまりにもネガティブで厭世的だと言わざるを得ない。だがその一方で、固く強張った戦闘態勢の自分を脱ぎ捨てたときに心の平安が訪れるという、発想の前向きな転換と捉えるならば、見方はまた異なってくる。「死にたくない」と言い続けた自分は、地面に横たわるずぶ濡れの重そうな死体となる。そして「もがいても仕方がない」（一八四）と割り切った自分は、空中を楽しげに漂う魂となる。どちらも主人公自身、同等の価値を持った彼自身である。

「ある老人の死」は、恐怖心に囚われたり、もがいたりすることなく、「リラックスして生きよ」というメッセージだけが、ふわりと漂うエンディングになっている。リアルで生々しい戦闘シーンから唐突にファンタジーへと振り切った展開で、読む人によっては評価が分かれる終わり方かもしれない。しかしながら、リアリズムとファンタジー、冒頭の恐怖心とラストの多幸感、あるいは緊張感と解放感など、両極に振れる二項を軽やかに入れ替える手法は等価交換の見事な手本となっている。まさしくバランス感覚の優れた作家ダールの面目躍如と言った趣がある。

三　「あなたに似た人」

ミクロとマクロの対比

「あなたに似た人」（“Someone Like You”）は、短編集『飛行士たちの話』の最後に収録された作品である。

ふたりの男が久々に再会し、店で酒を飲みながら静かに会話を交わすという内容で、ほぼ彼らの会話だけで構成されている。この作品のテーマはミクロな視点とマクロな視点の交換にある。たとえば、人の手に握られたグラスの表面につく小さな水滴の描写から、町全体を覆いつくす霧雨の描写への転換があり、水という共通のイメージをとおして、読者の視点が細かな一点から大きな空間へと移るように描かれる。また、たったひとりの人間、なかでもその指先に焦点が当てられたかと思えば、次の場面では空から見下ろす町の人びと全体へと読者の意識が向けられるような展開となることも、ミクロとマクロの視点の入れ替えの一例となっている。視点の移動という意味では、この作品には空中と地上のほかにも屋外と屋内、戦時と平時など、対となる二項が描かれており、読者は意識して、あるいは無意識のうちに左右の天秤を見比べることになる。

店で酒を酌み交わす男のうちのひとりは戦闘から帰ってきたばかりの兵士で、もうひとりの男の目には彼はずいぶんと容貌が変化したように映っている。

彼に会うのは五年ぶりで、そのあいだ彼はずっと戦闘に出ていた。開戦のときから今に至るまでずっと戦っていた。そのような彼の変わりようは一目瞭然だった。威勢のいい若者だった彼が歳を取り、分別がついて、おだやかな人間になっていた。傷ついた子どものようにおとなしくなっていた。くたびれた七十歳の老人のように老け込み、まるで別人のようになっていた。（一八六）

この冒頭の場面で読者の目を引くのは「くたびれた七十歳の老人」という描写ではなかろうか。戦闘から帰還したこの男は老人ではない。この点については、短編集『飛行士たちの話』の巻頭作品「ある老人の死」において、若者が主人公であるにもかかわらず作品の題名が「老人」であったことを想起させる。日常生活を送り、自然に年齢を重ねれば、人は年老いて死に近づいていくが、戦争体験は一足飛びに人を死に近づけるという意味が込められている。「今は老人になっていた」（一八七）と、帰還した男を気まずい思いでもうひとりの男が見つめている。おそらく帰還した男は、命を削るような過酷な戦闘の日々を送ってきたに違いないと、読者もまた想像を馳せることになる場面である。十分に生きたのちに老いることと、凝縮された極限の戦争体験をとおして心身が消耗し老化することは、はたして等価と言えるのであろうか。

その命題を解くには、男の体験談に耳を傾ける必要がある。ふたりの男たちはまずはビールで乾杯する。帰還した男は「冷えたビールを注いで、グラスについた水滴に指をすべらせていた」（一八七）。この「水滴」と「指」が、作品のテーマに深く関わってくる。

作品では、男がグラスに指をすべらせる様子が幾度となく描かれる。指の動きにどのような象徴的な意味が含まれているのかは、自身の爆撃体験を語る、男の次のセリフから明らかとなる。

足の親指の付け根のふくらみで方向舵のペダルをそっと押すだけで、自分でもそれと気づかないくらいのわずかな力をかけるだけで、別の家、別の人間に爆弾を落とすことになる。それもすべて自分次第、何もかもが俺の胸ひとつで決まる。出撃するたびにどの人間が死ぬことになるのか決めなきゃいけない。足の親指の付け根で方向舵をちょっと押すだけでそれが決められる。自分でも気づかないうちに決められる。座席で姿勢を変えようとわずかに体を傾ける、それだけで別の人間が大勢死ぬことになる。（一八八）

ほんのわずかな指の動きが、大勢の人たちの命運を握ることになる。男はそのことに恐怖を感じている。一気に外見を老け込ませるほどに、その苦悩が深いことがわかる。

「誰かに似た人」に登場するこの帰還兵について、ノースカロライナ大学で児童文学を教えるマーク・I・ウエストは著書の中で、「ダール作品の他の登場人物たちは死を受け入れることが難しいと思っているが、この帰還兵だけは死をもたらす側であるという状況を受け入れられないと思っている」[9]と述べている。たしかに短編集『飛行士たちの話』の登場人物たちの多くは、敵と戦うことに疑問は抱かない。なすべき使命を果たそうと、敢然と敵に立ち向かおうとする。だが唯一、「誰かに似た人」に登場する帰還兵だけは、加害者の目線を持ち、殺人者となることに恐れを感じる。

なにしろ足の親指の付け根でほんの軽く押すだけのことだ。……出撃するたびに俺は胸のうちにつぶやくわけだ、こいつらにしようか、それともあいつらにしようか、どっちがより悪いやつらなんだろうって。(一八八)

読者は、ふたりの男が酒場で酒を飲みながら交わす会話を、そばでじっと聞き耳を立てているような状況になっている。「南から来た男」の語り手のような、傍観者あるいは目撃者のような立ち位置である。このときの読者は、爆撃する側の帰還兵の気持ちになるのだろうか。それとも、爆撃される側の、ほんのちょっとした運命で自分の生死が変わってしまう町の人びとの気持ちになるのだろうか。いずれの視点で読み進めたとしても、気味の悪い恐ろしさが背筋を伝うことになるのは間違いない。

「あなた」に似ている人たち

読者の恐怖心に追い打ちをかけるようなセリフが、もうひとりの男の口から飛び出す。爆撃の際、実際に方向をずらしたことがあると言うのである。

「俺は一度やったことがある」と私は言った。「機銃掃射だった。道路の反対側にいるやつらを、代わりに

殺そうと思ったんだ」（一八九）

この男にとって道路の反対側にいる人たちはまったくの他人である。道路を挟んでこちら側にいる人たちと向こう側にいる人たち、どちらを殺すかという点において、特段の理由はない。こちら側とあちら側が天秤にかけられ、ひとりのパイロットの思いつきで右か左かが決められる。否、「決める」という能動的な意思決定はそこにはない。左右が等しい重さならば、パイロットにとってはどちらでも構わないことになる。当然のごとく、自分の確固たる明確なる意思で、これから命を奪おうとする地上の人間を上空のパイロットに選択できるはずもない。ならば、偶然に身を任せることで、自分自身の責任を回避し良心の呵責から逃れたいというパイロットの心理も読者には理解しやすいのではないか。

男の発言に対して、帰還兵は次のように告げる。

「誰でもやることだよな」（一八九）

人間の運命を変えるという本来ならばとてつもなく大きな出来事が、小さな指に託される。そしてそれは「だれでもやること」、戦時下のパイロットならば全員が体験するという話になっている。さらに続けて帰還兵は「俺はそういうことを何百回となくやってきたのさ。ここにいる全部より多くの人間を何百回も殺してきた。おまえもな」（一九五）と言う。特別な、選ばれし者というわけではない、ごく一般の兵士たちが皆、神のごとく他人の命運を握り続けてきたのだという事実を目前に突き付けられて、読者は戦争の恐ろしさを改めて感じとることになる。兵士ひとりにつき何百回、兵士全体として俯瞰して考えれば、いったいどれだけの総数となるのだろうか。その膨大な数を思うとき、ひとりの兵士の体験談というミクロの視点が、戦争全体というマクロの視点へと静かに変容していくさまを読者は体感する。

世にバタフライ効果という言葉がある。ほんの些細なことがさまざまな要因を引き起こし、のちに非常に大きな事象へと発展するという考え方を指す。どれほど初期の差が小さくても種々の影響により変化は進み、結果としてどのような未来が訪れるかは誰にもわからないという意味で用いられる(10)。蝶が羽ばたく程度の小さな攪乱が、遠い場所の気象に影響を与えるかもしれない、あるいはどのような些細なことも、ときに歴史を動かすことがあるかもしれないという意味を持つバタフライ効果は、一見するとロアルド・ダールという作家が描こうとしたミクロからマクロへの視点の転換と親和性があるように映るだろう。しかしながら、ダールという作家が用いる視点の遠近法と価値の天秤の交差は、偶発的な事象を捉えたバタフライ効果とは一線を画す。なぜならば、ロアルド・ダールの作中人物たちは、蝶の羽ばたきのような小さな攪乱が、いかに甚大な影響を他者に与えるかという点において、当事者としての自身の影響力をこの上なく強く意識しているからである。恣意的な操作がのちにどのような結果を生むかを、ダールの作中人物は知っている。

当事者である「あなたに似た人」の兵士たちが、この事実に恐れを感じるのは当然のことと言えよう。「歩道のひび割れを踏まないようにして歩くのと変わらない」（一九三）とうそぶき、強がって見せてはいるが、ふたりの男たちが恐怖に捉われていることは明らかである。「おれもおまえもやってきた」、「誰でもやることだ」というセリフの数々には、自分だけが背負っている十字架ではないということを信じたい気持ちが鮮明に表れている。ふたりは会話の最中にひたすらに酒を注文し、あおり続ける。酒の力を借りなければ、平静を保てないのである。

作品の後半、ふたりは別の店へと場所を移して飲み直すことにする。どのような店に行きたいかという話になった際、ほぼ自分たちだけしか人がいないような店か、逆にたくさんの客であふれているような店か、二択にすることでふたりの意見は一致する（一九六）。自分たちがこれから殺すことになるかもしれない無数の人たちのことを視界に入れずに済むような閑散とした場所か、あるいはたくさんの人たちの中に埋もれることで、自分もごくありふれた人間のひとりに過ぎないのだと再確認し安心できる場所か、どちらを選んだとしても罪悪感から逃れたいという願望の表れであることに変わりはない。

転換する視覚対象

短編集『飛行士たちの話』に収録されている「昨日は美しかった」（"Yesterday Was Beautiful"）では、娘をドイツ軍の空爆で亡くした直後の老女が、出会ったばかりのイギリス軍パイロットと会話を交わす場面が描かれる。老女はパイロットにこれまで何人の人間を殺したかを問う。

「何人かは殺しました」と彼は静かな声で言った。
「何人だね」
「殺せる限り殺しました、数えられないくらいの数です」
「皆殺しにしておしまい」と、老女は静かに言った。「男も女も赤ん坊もだよ。聞いているかい、あんたは全員殺さなきゃだめなんだよ」（八五）

かけがえのない大切なひとりの肉親を亡くした者にとっては、敵国の人間などひとり残らず殺されて当然だという考えに至る。ひとり対多数という新たな天秤がここでも生まれている。さらに、戦争全体をマクロな視点で捉えた時には見えなかったものが、一個人というミクロな視点に切り替えることで、ひとつひとつの生命の重さがクローズアップされ、読者の心にのしかかっていく。

再び「あなたに似た人」に話を戻したい。作品の題名「あなたに似た人」の「あなた」は、読者を指すものと思われる。読者と似た人が作品の中で描かれているとしたら、平静でいられないふたりの男たちこそが、合わせ鏡のような存在としての読者自身ということになろう。むしろ、読者は平静でいてはいけないのかもしれない。人間の生命とひとりの指先の不用意な動きとが均等に左右に置かれるさまは、理不尽と言わざるを得ない。われわれ読者もまた、日常的に理不尽な天秤にかけられている、否、誰かを理不尽な天秤にかけていると思えば、背筋にぞっとするものが走るのも不思議はない。

「南から来た男」でも、左手の小指を賭けた若者の命運は右手の親指にかかっていた。ライターの火を十回連続でミスなく点灯できたら若者の勝ちという状況で、「すべて親指ひとつの操作だ。親指がすべてをこなす」（二四〇）という説明が入る。これは、ほんの小さな人間の動作が運命を決定づけるという意味を持つ。一見すると小さく意味のないように見えるものが、実は重たく大切な役目を担っているかもしれないというダールの価値観が示されている。この作品では賭けを止めに入った女性の指がほとんど失われていた。しかしながら、「手には一本の指と親指が残されていただけだった」（二四一）とあるように、親指は残されている。親指に重たく大切なことを成し遂げるだけの力があるとするならば、女性と老人のふたりには、まだ今後の人生を変えられる希望があるとも読み取れる。親指の力は、正にも負にも転換できる可能性を持つ。

「あなたに似た人」は、ダールの作品には珍しく「湿感」が強い。ダールの作品では航空機から見る太陽や、地上から見上げる白い雲などが頻繁に描かれ、ドライな筆致とあいまって、澄んだ空気感が醸し出される。だが、この作品ではふたりの男たちがただ静かに語り合い、湿った空気を作る。絶え間なくグラスに酒が注がれ、そのグラスには水滴がつく。店を出れば、外は雨模様である。

音もなく霧雨が降っており、車のライトや街灯に照らされ、黒く塗れた道路が黄色く光っていた。車のタイヤが濡れた路面でシュッという音を立てていた。……濡れた路面の水を跳ね上げる音とともにライトが

近づき、私たちの前を通過して、川にかかる橋のほうへ遠ざかっていった。ヘッドライトの放つ光の中に霧雨が見えた。（七九六）

これは作品の最後の場面である。グラスの水滴と同じように、ヘッドライトの中で光る霧雨が印象的に描かれている。霧雨自体、文字どおり霧のような雨であり、その細かな一粒だけに注目しようとする者は通常ならばいない。しかし、演劇舞台のスポットライトのごとくヘッドライトが煌々と霧雨を映し出すと、霧雨の小さな粒に読者は意識を向けることになる。水を跳ね上げる車は川へと向かう。読者の意識もまた川へと運ばれる。細かい雨の一粒一粒は、流れる川の水へと吸い込まれていくだろう。指先の小さな動きひとつで多くの人命が奪われるという事実に戦慄を覚えても、個人はその運命に抗えずに飲み込まれていくことと静かに呼応し共鳴する描写となっている。小さな雨粒と、大きな川の流れ。そして指先ひとつの動きと多くの人間の一生。このミクロとマクロの対比が鮮やかで美しく、美しいからこその悲哀もまた同時に感じさせる。霧雨の中に見る光が、転じて光の中の霧雨となるこのラストシーンは、ダールならではの反転する二項の象徴にもなっている。

結び

ロアルド・ダールは批評家のみならず一般読者の間でも称賛と批判がもっとも拮抗する作家のひとりである。(11) 奇想天外な発想力が評価される反面、時として残虐にも思える描写や下品になりかねない独特な言葉遣いが批判の対象になるのも頷ける。賛否両方の意見を喚起できるだけのユニークさがこの作家には備わっているということである。これまで述べてきたように、異質で意外な二項を提示し、両天秤にかける大胆さは、戦争文学にも児童文学にも随所に垣間見えるこの作家の特性となっている。

児童文学での一例もここで引いておきたい。『マチルダは小さな大天才』は、四歳の天才児が主人公である。まだ年端もいかない少女はジェイン・オースティンやチャールズ・ディケンズなど数多の文豪の作品を読破するだけの天賦の才が備わっているが、知性や教養とは無縁の愚かしい両親からはただ疎まれるだけである。かたや彼女の才能をいち早く認め、常に味方であろうとするのが、主人公の担任教師となる若き女性である。作品では、主人公の不遇の家庭環境と女性教師の不幸な生い立ちが描かれ、ふたりはシンパシーを感じ信頼の絆を深めていく。結局、主人公は自分の両親と一緒に暮らすことを拒否し、女性教師とともに新たな家庭を築くことを決意するところで物語は終わる。心の通わない血縁関係はもはや家族とは呼べず、信頼と愛情があれば血のつながらない他人同士で疑似家族を構築するほうが幸福であるとするメッセージを、作者ダールは迷いなく描いている。児童向けの作品で、子どもと両親との心理的な断絶をストーリーの中心に据え、関係の修復を試みようともしない展開は、きわめて斬新である。喜劇性の強い軽妙な味わいに隠されてはいるものの、信頼に足る他人と軽蔑すべき肉親とを両天秤にかけ、最後には親としての役割を他人と交換するという、ある意味でダールらしさが存分に発揮された作品になっている。

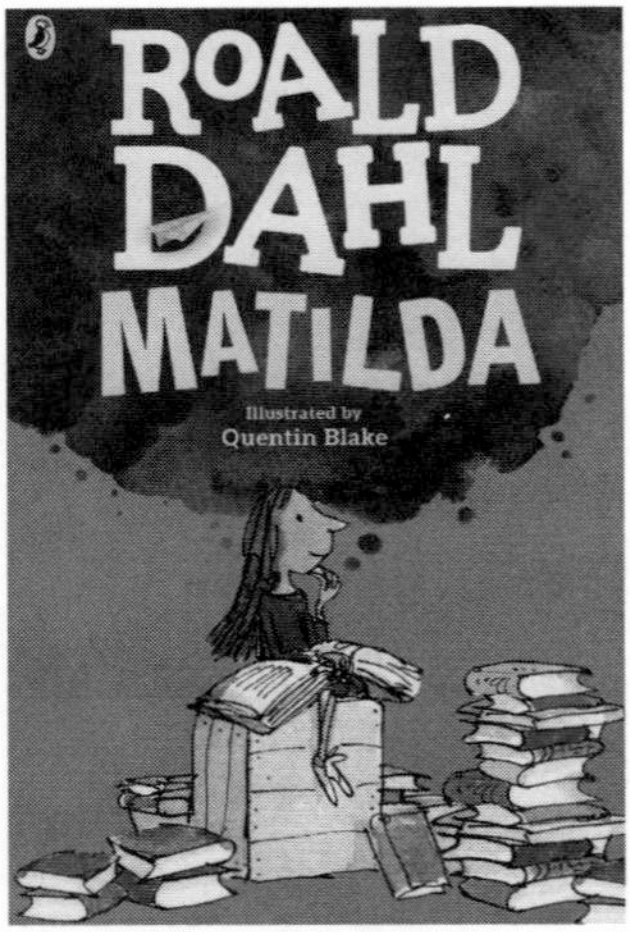

イラストレーターのクェンティン・ブレイクの挿し絵が、ロアルド・ダールの児童文学作品の人気に一役買っている。

「この世の仕組みの基本は交換にある。労働と賃金、成績の点数と合格、善行と称賛、悪行と刑罰など、その交換が正常に行われるための必需品が天秤である。天秤のあるところ、左右が出現し、比較が生じる」[12]といった考え方は、一般的な共通認識と言っても過言ではないであろう。だが、左右の天秤の重さが均等であるかどうかという点では、人それぞれの価値観に委ねられる部分が大きい。馴染み深いイギリスの童話「ジャックと豆の木」では、主人公ジャックは牛と魔法の豆を交換し、母親に激怒された。同じようにロアルド・ダールは多くの著作の中で、ふたつのものが等しい価値を有しているかどうかをわれわれ読者に問いかけてくる。とりわけ、人の生命は何と等価と呼べるのだろうか。実際に交換するのではなくても、対価として二者が見合っているのかどうかという問いは、ダール作品に常に存在するように思われる。ロアルド・ダールは、第二次世界大戦の戦闘中に重傷を負った経験がある。しかしながら作品においては、登場人物の生身の身体が傷つけられる、あるいは生命を絶たれるというような重々しい場面を、むしろ軽やかな筆致でコミカルに描く。そして、一見すると常識外の比較対象を提示して、人間の生身の身体の価値がいかほどであるかとシニカルに問いかける。

短編集『飛行士たちの話』に収録されている「あるアフリカの物語」（"An African Story"）には、戦闘機パイロットに志願したひとりの男が登場する。彼は東アフリカのケニアで飛行機を操縦中に、上空から地上の野生動物を見たいという欲求を抑えられず、低空飛行をした挙げ句に翼でキリンの首を切断してしまう。このストーリーの中で、飛行機にはキリンの皮膚と毛が付着していたことなどの詳細が説明されるが、まるでそれが日常の一コマでもあるかのように淡々と描かれている。読者にとって驚きであるのが、このパイロットが訓練中に亡くなったことがほんの一行で説明されることである。キリンの命を不用意に絶った報いとでも言うのか、パイロットの死はひとつの情報としてあっさりと読者に伝えられるだけとなる。

キリンの命を奪った代償として、パイロットは自らの命を差し出す必要があったのか。高級車キャデラックを手に入れるためには、自分の小指を失う覚悟が必要なのか。死への恐怖心を克服するために、実際に死を体験する必要はあるのか。また、戦時下において、指の動きひとつであっけなく変わる人間の命を思う時、偶発的な要素と意識的な行動とは、どちらに比重が置かれるのか。ロアルド・ダールは単純な対立軸ではない天秤を次つぎと用意し、読み手に左右を比較させる。一見すると「不等価交換」と見せかけて、実は新たな等価基準を見出そうとする過程が、ダール作品の読みには不可欠なのである。

いずれの作品においても、読者は登場人物たちに過度な感情移入をすることはない。「南から来た男」の語り手と同じく、読者は目撃者であり傍観者であるという立ち位置となる。作品の各場面でクローズアップされているのは小さな点であったとしても、そこに大きな意味があることに気づかされたとき、左右の天秤には異なる負荷がかけられる。これこそ、ダール作品の怖さであり面白さの本質だと言える。

注

(1) ダールの生い立ちや創作活動等の基本情報は、Jeremy Treglown, *Roald Dahl: A Biography*. Florida: Harcourt Brace, 1994. や Mark I. West, *Roald Dahl*. New York: Twayne Publishers, 1992. ならびに "The Official Roald Dahl Website" (URL: https://www.roalddahl.com/roald-dahl/about) による。

(2) 日本では評論社から出版されている邦訳がよく知られており、作品の邦題は評論社の邦訳に倣った。以下、本稿におけるダールの児童文学作品の邦題は、評論社のとおり。

(3) 「南から来た男」("The Man from the South")

(4) 「あるアフリカの物語」("An African Story")

(5) カール・ポランニー『人間の経済1』玉野井芳郎・栗本慎一郎訳、(岩波書店、一九八〇年)、一三八頁。

(6) 湯浅博雄『贈与の系譜学』、(講談社、二〇二〇年)、一三頁。この「共約可能性」は数学用語でいうところの「共約不可能性」の対義語だと思われる。Cf. 菅豊「共約不可能性に民俗学はいかに対応すべきか」『日本民俗学二九九号』(日本民族学会、二〇一九年八月)、八三頁。「〔共約不可能性とは〕概念や方法、目的などが異なるパラダイムの間では対話がうまく成立せず、相互理解の障害となるような状態である。」

(7) デペイズマン (dépaysement) とは、「人を異なった生活環境に置くこと、異教の地に送ること」、転じて「居心地の悪さ、違和感」「生活環境の変化、気分転換」を意味するフランス語である。美術用語としては、あるものを本来あるコンテクストから別の場所へ移し、違和を生じさせるシュルレアリスムの手法のひとつである。意外な組み合わせをおこなうことによって、受け手を驚かせ、途方に暮れさせることが特徴である。Cf.『現代美術用語辞典』(大日本印刷、一九九六—二〇一三年)。

(8) Roald Dahl, *The Complete Short Stories Volume One 1944–1953*. London: Penguin Books, 2013, p. 227. 以下、本書からの引用は括弧内にページ数のみ記すこととする。日本語訳については既訳(『南から来た男』金原瑞人訳、岩波書店、二〇一五年。および、『飛行士たちの話』田口俊樹訳、早川書房、二〇一七年)を参考にさせていただいた。

(9) West, p. 30.

(10) バタフライ効果(butterfly effect)とは、一九七二年に気象学者エドワード・ローレンツ(Edward Lorenz, 1917–2008)がアメリカ科学振興協会で行った講演で発表した概念である。バタフライ効果の名称は、このときの講演の題名「ブラジルでの蝶の羽ばたきはテキサスでトルネードを引き起こすか」に由来する。Cf.『デジタル大辞泉』(小学館、二〇二〇年)。https://daijisen.jp/

(11) 安藤聡『ファンタジーと英国文化』(彩流社、二〇一九年)、三七頁。

(12) 西経一「霊的領域のただ中に生きる」『聖書と典礼 三一八〇号』(オリエンス宗教研究所、二〇一九年)、七頁。

6章　戦争文学と「人間をまもる読書」
——文化批判として読むリチャード・フラナガンの『奥のほそ道』

一谷　智子

序　文明と野蛮をめぐるパラドクス

「アウシュヴィッツのあとに詩を書くことは野蛮である」[1]。ユダヤ系ドイツ人哲学者テオドール・W・アドルノ（Theodor Ludwig Adorno-Wiesengrund, 1903–1969）のよく知られたこの命題は、戦後七五年の時を経て今なお、「詩」に象徴される文学や文化芸術の営みとその役割について、根源的な問いをわたしたちに突きつけている。同じくユダヤ系哲学者で文芸批評家であるジョージ・スタイナー（George Steiner, 1929–2020）の言葉を借りれば、それは「二〇世紀の大きな野蛮行為、つまり強制収容所、核兵器の使用、幾百万という人間にたいする政治的抑圧——これらの現象が、高度の文明をもつところや社会から躍りでてきたというパラドクス」[2]を問うているのだといえるのだろう。弁証法を用いながら文明と野蛮をめぐるパラドクスについて考察したアドルノの命題は、ナチス・ドイツ最大規模の虐殺施設が存在した「アウシュヴィッツ」で露わになった人間の理性を否定するような暴力に象徴される野蛮と、人間を啓発し解放する崇高なものと信じられた文明が、実は同根のものであることを示唆しつつ、人類が築き上げた社会や文化への意識の問い直しを促しているのである。アドルノの命題に触発されたかの如くこのパラドクスについて思索するスタイナーは、『言語と沈黙』に収められたエッセイ「人間をまもる読書」において、「われわれの時代の野蛮な政治によって、人間の価値と希望がかつてないほど破壊されてしまった〈あと〉に、われわれは来ている」[3]と述べ、そうした時代にあって、文学と究極の非人間性との連関について考えることの必然性を次のように指摘した。

この崩壊こそ、文学について、また文学の社会における位置について、真剣に考えようとするものの出発点である。文学は、その本質においてつねに、人間のイメージを、人間の行為の型と動機を、とりあつかう。われわれは今日、批評家としてであれ、たんに理性的な人間としてであれ、人間の可能性に対するわれわれの感覚に重要な関連をもつことが、過去になにも起こらなかったかのように振舞うことはできない。一九一四年から四五年までの間にヨーロッパとロシアで約七千万の人たちが飢餓か暴力によって殺されたという事実が、われわれの意識の質を奥深いところで変えなかったかのごとく振舞うことはできない。ベルゼン［ドイツ南西部の一地方。強制収容所があった］が想像力の責任ある働きに関連をもたない、ということはできない。人間が人間に対してしたこと、しかもごく最近においてしたことは、当然作家の基本的素材に、すなわち、人間行為の可能性も含めた全体に、影響を与えずにはいない。それは新しい暗黒でもって、作家の脳裏にのしかかってきている。[4]

『奥のほそ道』の文学的問いと主題

オーストラリア現代文学を代表する作家のひとりであるリチャード・フラナガン（Richard Flanagan, 1961–）[5]のブッカー賞受賞作『奥のほそ道』（*The Narrow Road to the Deep North*, 2013）は、前述のアドルノ

リチャード・フラナガン

からスタイナーへと流れる文化・文明批判への応答として読むことができる作品である。本作は、第二次世界大戦中、タイとビルマ（現在のミャンマー）を結ぶ全長四一五キロにわたる泰緬鉄道建設[6]のために動員された日本帝国陸軍のオーストラリア人捕虜の体験を描いた小説である。「死の鉄道」として悪名高きこの鉄道建設には、オーストラリア人一万三千人を含む連合国軍捕虜約六万二千人と、実数は明らかになっていないが、それをはるかに上回る「ロームシャ」または「クーリー」と呼ばれた多数の労働者が東南アジアの近隣諸国から動員され、過酷な環境下での過重労働に従事させられた[7]。アドルノやスタイナーが、ナチズムという全体主義体制に象徴される西欧社会に出現した野蛮な政治に注目する一方で、フラナガンの『奥のほそ道』はアジア地域で覇権をふるった大日本帝国の植民地主義と軍国主義がもたらした蛮行と破壊に目を向けているのである。

　フラナガンの父アーチー・フラナガンは、大戦中に旧日本軍の捕虜となり、「死の鉄道」での強制労働から生還した軍曹のひとりであった。本書の献辞には「捕虜番号サンビャクサンジュウゴ（三三五）に捧ぐ」とあるが、これはフラナガンの父親に付与された捕虜番号である。この日本語の数字をフラナガンは幼いころに父親から教わったという。朝日新聞のインタヴューに答えて彼は、「この本は書きたい本ではなかった。でも、自分がこれからも書き続けるために、書かなくてはいけなかった。私の中でその思いがどんどん大きくなって、窒息しそうだった[8]」と語っている。フラナガンにとって、大日本帝国陸軍による泰緬鉄道建設における強制労働の歴史は、スタイナーのいう「新しい暗黒でもって、作家の脳裏にのしかって」くる出来事だったのであろう。

父から聞いた捕虜体験をもとに、元捕虜であったほかの兵士たちの証言、さらには泰緬鉄道建設に関わった旧日本軍の陸軍関係者、日本による植民地政策下において動員され捕虜の監視員を務めていた朝鮮人らへの取材内容を盛り込みながら、フラナガンは一二年という歳月をかけて本書を完成させた[9]。日本の読者のなかには、強制収容所の実態や旧日本軍による加害の歴史を赤裸々に描いた本作をどのように受け止めればよいのか戸惑いを感じる者があるかもしれない。だが、本書の執筆において作家が意図したのは、父親の不条理な捕虜体験の苦しみを描き出すことでも、加害者としての日本を断罪することでもなかった。同じく朝日新聞のインタヴューで、フラナガンは次のように語っている。

まず言いたいのは、小説家は審判ではないということだ。私たちの中に深く埋もれている人間性や美や善、邪悪さや恐怖などを模索する者だと思う。この二面性はだれにでもあり、絡み合って存在している。だから、もし人間の暗闇について書くなら、暗い場所を通る案内役になるのが一番いいと思った。日本文化にとって「最高の高み」である芭蕉の俳文のスタイルで「最低の行為」だった泰緬鉄道での強制労働を描くことができれば、私は審判から解放されるのではないかと考えたんだ[10]。

小説の表題『奥のほそ道』は、日本を代表する江戸時代の俳人松尾芭蕉の紀行文の表題の英語訳からとられている。本書には芭蕉に代表される優れた文学を生み出し、独自の美を擁する文化を育んだ日本人が、戦争という極限状況において、なぜ容認し難い蛮行に至ったか、すなわち「文明そのものは、いったいどんなふうに、究極の非人間性とむすびついているのか[11]」というアドルノを経てスタイナーへと至る問いが込められていることを見逃すべきではない。フラナガンの『奥のほそ道』の冒頭にはエピグラフとして、ホロコーストを生き延びた詩人で、アドルノも高く評価していたパウル・ツェラン（Paul Celan, 1920–1970）の詩から「お母さん、彼らは詩を書くのです」という一節が引用されている。[12] 詩はアウシュヴィッツの存在に対して無力であっただけではない。ふたたびスタイナーの言葉を借りれば、「アウシュヴィッツをつくり管理した人たちのなかには、シェイクスピアやゲーテを読むように教育され、現に読みつづけている人がいた[13]」のだ。母親をはじめとするナチス・ドイツによって奪われた犠牲者の記憶を、あえて抑圧者の言語であるドイツ語を用いて詩的言語のうちに蘇らそうとしたツェランこそは、アドルノが突きつけた命題を引き受けながら、「アウシュヴィッツのあと」に詩を書き続けた詩人だった。彼の文学的営為は、詩を書くことの野蛮さに正面から向き合いながら、アウシュヴィッツ以降に顕わになった詩が孕むパラドクスを引き受け、「人間の価値と希望」を取り戻すための挑戦だったといえる。その事実を踏まえれば、ツェランの詩の一節に作家フラナガンが託した思いが浮かびあがるのではないだろうか。フラナガンの『奥のほそ道』は、「最高の高み」に到達した日本文化が「最低の行為」によって野蛮へと転じた瞬間を見つめ、「人間の価値と希望がかつてないほど破壊されてしまった〈あと〉」の文学が包含するパラドクスに対峙しようとする。そうして、それは大英帝国の植民地として出発したオーストラリアという国家、特にフラナガン自身の故郷であるタスマニアの歴史の暗部へと意識を向けることにも通じている。芭蕉が『おくのほそ道』という表題に仙台付近の一地名を超えて、「みずからの俳道（人生）に精進する『ほそき一筋の道』[14]」という文学的意図をもたせたように、フラナガンにとってそれは、作家としての文学的課題である人間存在の内奥へと向かう一筋の道を辿る作業を寓意するものであったに違いない。

フラナガンの『奥のほそ道』は、ドリゴ・エヴァンスというタスマニア出身の従軍医師を主人公に、ドリゴと彼をめぐる人々の生きざまを戦前、戦中、戦後において描き出す。小説の舞台はオーストラリア、タイやビルマをはじめとする東南アジア、日本へと広がり、語りの視点はドリゴを中心としたオーストラリア人捕虜だけに限られず、捕虜と関わりのあった日本人兵士や朝鮮人監視員、さらには両国の兵士たちを取り巻く恋人や家族にまで及ぶ。また、作品の主題も「戦争」にのみ収斂されない。本作は「戦争」に加えて、その対極にあるように思われる「愛」が作品を貫く重要な主題となっており、特にドリゴと彼の伯父の妻エイミー・マルヴァニーとの許されざる恋愛関係を中心に展開する愛のプロットは、批評家の関心を惹きつけてきた。(15)

このように、『奥のほそ道』は読者を圧倒してやまない重層性を備えたテクストであるが、本稿では戦争の主題に焦点を当て、本作における戦争の記憶の文化横断的な語りについて考察する。(16) この小説がいかに日本の帝国主義を描き、さらにはイギリスの帝国主義の延長線上で展開したオーストラリアの植民地主義の歴史を浮かびあがらせてゆくのか、そして国家・文化横断的に帝国主義の「野蛮」を表象しているのかを明らかにしてみたい。考察を進めるうえで見逃せないのは、この小説には、芭蕉をはじめとする数々の日本の詩歌が引用されていることに加えて、アルフレッド・テニスン（Alfred Tennyson, 1809–1892）を中心とする多くの英詩も引用され、日豪両国の登場人物たちは文学を嗜好する者として描かれことである。まさに「文学を読む（読書）」行為が作品のモチーフになっていることにも留意しながら、本稿は『奥のほそ道』が内包するアドルノやスタイナーへと連なる文化批判について論じる。

一　〈他者〉へと続く「奥のほそ道」

泰緬鉄道の歴史と英語圏の文学に描かれた泰緬鉄道

作品を読み進めるにあたって、まずその背景となっている泰緬鉄道をめぐる歴史をみておこう。大東亜共栄圏の構想のもと、アジア諸国への侵略を進めようとしていた旧日本軍は、一九四一年の太平洋戦争開戦と同時にタイに侵入し、その翌年にはビルマに侵攻したが、ビルマを抜けてインドを手中に収めようとする大日本帝国にとって、ビルマ戦線への物資を輸送するためのルートの確保が重要課題となっていた。ミッドウェー海戦で連合軍に敗北した日本軍は、海上輸送の危険を避けるために陸路での輸送路を求め、一九四二年、泰緬鉄道の建設に着手した。タイのカンチャナブリからビルマのタンビュザヤを結ぶこの鉄道建設が進められた場所は、世界有数の多雨地帯として知られており、密林に包まれた山が幾重にも続く険しい山岳地帯だった。日本軍が侵攻する以前にビルマを植民地化していたイギリス軍もこの地域に鉄道建設を計画していたが、厳しい自然環境と地理的条件によって、作業は困難を極め断念せざるをえなかった。だが、日本軍は連合国軍の捕虜や植民地から連行した労務者、現地住民などを動員し、当初五年はかかるといわれた工程を大きく短縮してわずか一年三カ月で鉄道を完成させた。

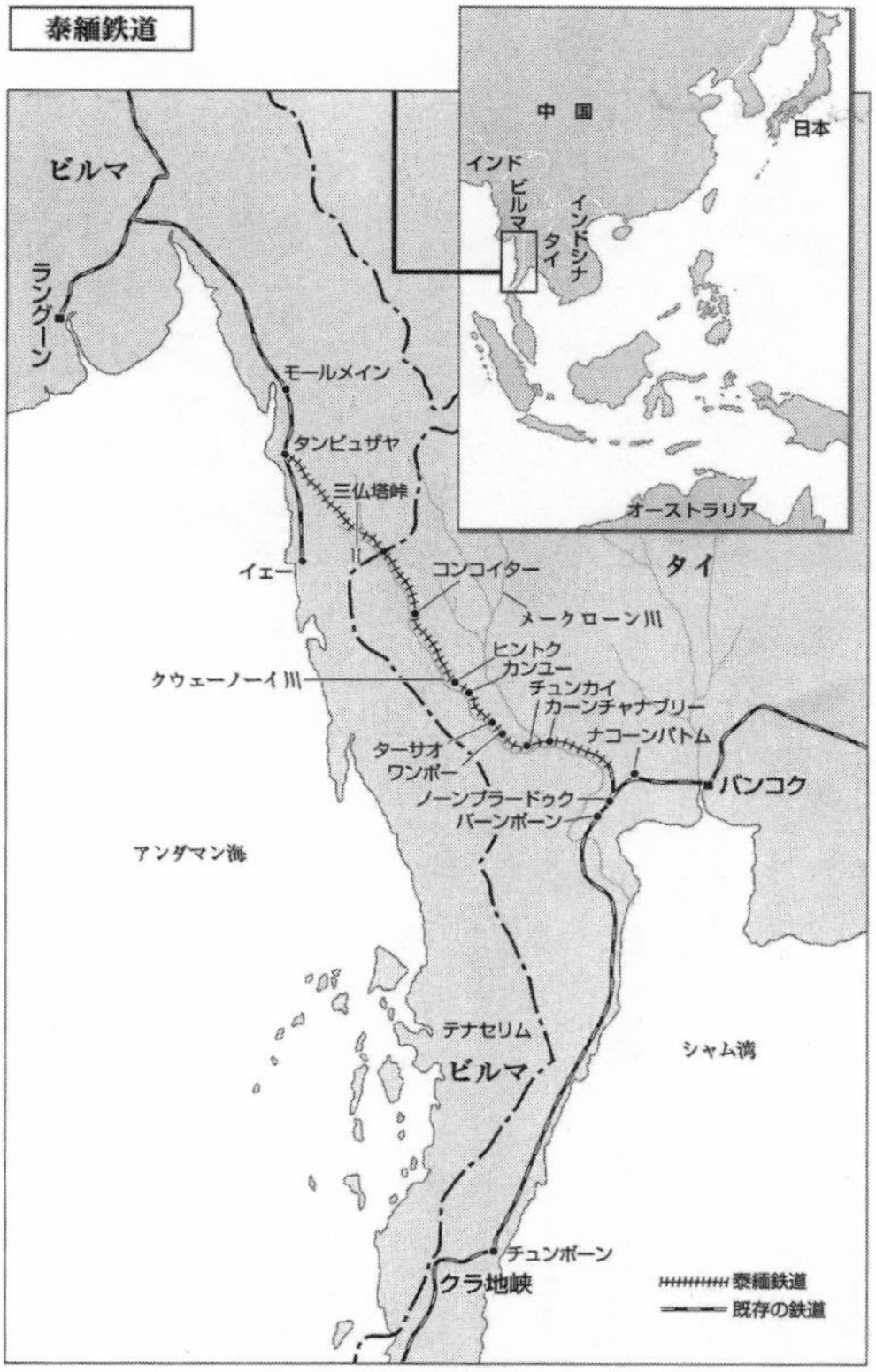

泰緬鉄道経路

この突貫工事の作業現場はきわめて劣悪で、建設装備や必需品はおろか、食料や医療物資も満足に提供されなかったばかりか、旧日本軍においては「教育」と称して行われていた平手打ちや足蹴りなどの体罰も横行していたという[17]。マラリアやデング熱、コレラ、熱帯性腫瘍などに罹る者はあとを絶たず、「枕木ひとつに人ひとり」の命が犠牲になったといわれるほど、おびた

クワイ河の鉄橋建設現場の様子（1943年）
〈National Army Museum, London 所蔵〉

だしい数の人命が奪われ、その被害はアジア、アメリカ、オセアニア、ヨーロッパなどの二十数万あるいは三十万を超える人々に及んでいる[18]。日本における第二次世界大戦をめぐる歴史では、泰緬鉄道建設における旧日本軍の捕虜虐待問題は副次的な問題に留まってきたが[19]、国際社会において泰緬鉄道は「大戦中の日本軍の残虐性と、日本が唱えた『大東亜共栄圏』の欺瞞のシンボル[20]」として記憶され、非難の対象となってきた。

泰緬鉄道における連合軍捕虜の経験は、英語圏の文学や映画においても繰り返し描かれている。たとえば、フランス人作家ピエール・ブール（Pierre Boulle, 1912–1994）が自身の捕虜体験をもとに書いた小説『戦場にかける橋』（*Le Pont de la rivière Kwaï*, 1952）をイギリス映画界の巨匠デイヴィッド・リーン（David Lean, 1908–1991）が映像化した同名の映画は、泰緬鉄道の名を世界的に知らしめた作品として有名である。また、自伝的作品も多く出版されており、瀕死の状態に陥りながらも過酷な強制労働の日々を生き抜いた元イギリス人捕虜のアーネスト・ゴードン（Ernest Gordon, 1916–2002）の『クワイ河収容所』（*Through the Valley of the Kwai*, 1962）[21]や、同じく元捕虜だったイギリス人画家のジャック・チョーカー（Jack Bridger Chalker, 1916–2002）が収容所での生活を絵画と文章で記録した手記[22]は国際的に高く評価され、日本語にも翻訳紹介されている。

泰緬鉄道で日本軍の捕虜として強制労働に従事させられたイギリス兵士は三万人であり、この数は連合国では最多であった。そのためイギリスでは、泰緬鉄道での捕虜の体験は第二次世界大戦の最悪の被害のひとつとして語られ、社会の集団的記憶となってきた[23]。近年においても、元陸軍憲兵通訳だった永瀬隆との関係を描いた元捕虜のエリック・ローマクス（Eric Lomax, 1919–2012）の著作『泰緬鉄道――癒される時を求めて』（*The Railway Man*, 1995）[24]が、『レイルウェイ――運命の旅路』（*The Railway Man*, 2013）としてコリン・ファースの主演で映画化されたことは記憶に新しい。

イギリスに次いで多くの被害者を出し、三人に一人の捕虜が亡くなったオーストラリアでも、泰緬鉄道における捕虜体験記はひとつのジャンルを形成しており、回想記を中心に終戦直後から多くの作品が書かれている。それらは戦争の悲惨さや被害の実相を犠牲者の視点から記録し、出来事の忘却に抗う手段となる一方で、戦争が異文化・異民族との鮮烈で直接的出会いの媒介となったことを伝える興味深い資料でもある。オーストラリア文学に表象された日本人像の変遷を分析した加藤めぐみは、太平洋戦争を描いた捕虜体験記には、それ以前のオーストラリアの言説には見られなかった敵としての「集団」ではなく、「顔と名前をもった個人」としての新しい日本人像が描かれるようになったことを指摘している。[25]自らを西洋に属する「優位性をもった存在」と見なしていたオーストラリア人にとって捕虜となる体験は、「劣った存在」であるはずの東洋に属する日本人に征服され奴隷化された屈辱的な出来事であった。しかしそれは同時に、「文化的他者」としての日本人を間近に観察する機会であったことも事実であり、ヨーロッパではなく、地理的にはアジア太平洋地域に属しながら、文化的にはかつての宗主国イギリスに属してきたオーストラリアが、はじめてアジアと出会い、アジアを体験した機会でもあったのだ。

アジアとの遭遇の場としての泰緬鉄道と日本人表象

泰緬鉄道がオーストラリアにもたらしたアジアの文化と人々との出会いという側面は、フラナガンの作品においても重要な主題となっている。『奥のほそ道』という表題の寓意は重層的であり、フラナガンはこの表題に託したもうひとつの意味について次のように述べている。

泰緬鉄道はそれ自体が北へ深く続く細い道であり、オーストラリア人の体験も北へ深く続く細い道だったとの思いも込めた。奇妙で不思議だが、泰緬鉄道は現代オーストラリアが初めて、深い意味でアジアと遭遇した機会だった。私たちがアジアの一員になった始まりでもあったという意味で、オーストラリアの歴史にとって大きな転機だったと思う[26]。

このように語るフラナガンの『奥のほそ道』は、オーストラリアの歴史的転機としてのアジア（日本）との遭遇を、ドリゴをはじめとするオーストラリア人捕虜と、大日本帝国陸軍鉄道第九連隊の将校らの、収容所での抜き差しならない関係性を通して描き出す。

特に、収容所に拘束された千人の連合軍兵士の副司令官であるドリゴと、少佐ナカムラテンジの駆引きは、緊迫感をもって描かれている。「スピードー」の掛け声とともに、鉄道建設を急ぐ日本軍は、健康を著しく害して働けない捕虜が日増しに増えてゆく状況にも関わらず、尋常を逸する労働を要求する。そうした極限状況でドリゴはリーダーシップを発揮し、軍医として捕虜の治療にあたるとともに、ひとりでも多くの命を救おうと奮闘する。敵対関係にあるドリゴとナカムラだが、時に二人はトランプに興じることもあり、ドリゴにとってのナカムラは「風変りだが人間味のある将校」（三〇五）である。一方で、鉄道建設の任務遂行にあっては、捕虜たちに一切の容赦をしない無情で実務的な司令官としての顔を見せるナカムラのなかに、ドリゴが「相手のあり方、相手の見解に反して相手を曲げ、ゆがめ、すべてをその眼前で無頓着に宿命論で破壊する恐ろしい力」（三〇五）を感じる瞬間もある。ドリゴはナカムラの意志力に感心し、彼が示す「名誉の掟への気高き服従」（三〇五）に圧倒される。『奥のほそ道』には、勝利すると信じて疑わず、それを天皇陛下の御心と呼ぶ「不屈の精神」（二一四）をもち、そのためにはいかなる犠牲をも厭わない日本兵たちが描かれ、ドリゴの目には

枕木を運ぶ連合国捕虜と旧日本陸軍の監視員（1943年）
〈Australian War Memorial 所蔵〉

彼らが「西洋が持ち合わせていない精神」（二四）を有しているように映るのである。

しかし小説は、オーストラリア兵には不可解な存在である敵国日本を「文化的他者」として描くのではなく、むしろ日本とその文化の内へと入り込み、日本人登場人物の心理を表現することに腐心しているといってよい。先にも述べたように、フラナガンは本作を執筆するにあたって、日本へ赴き、旧陸軍の泰緬鉄道関係者への取材を行っている。父親に聞いた話から「怪物」だと信じて疑わなかった元監視員と実際に面会したとき、フラナガンはその元監視員に対して、「礼儀正しく寛大な人」という印象をもったという。そして、善良さを持ち合わせているのも関わらず「どうして人はこんなひとどいことをし合うのか、なんとか理解したい」という強い思いが生まれたことを語っている[27]。そうした作家の思いのあらわれか、小説は、オーストラリア人捕虜から見た日本兵の姿だけではなく、日本兵らを暴虐な行為へと駆り立てたその背後にあるものを描き出そうとしている。

たとえば本作には、当時の日本が国家の理念として打ち出し、大東亜共栄圏という日本の対アジア政策構想のもとに海外進出を正当化しようとして用いた「八紘一宇」のような標語が登場する。こうした理念を持ち出しながら、ナカムラは「日本をアジア圏の指導者とするアジア人のためのアジアである、われわれは欧州の植民地支配からアジアを解放しているのである」（一二〇）と語る。しかし、言葉にしてはみるものの、その信条が正確にはなにを意味しているのか判然としないと彼は感じており、捕虜を統括するという役目上、彼らに処罰を加えるように監視員に命令するときも、内心、動揺さえ覚えている。ナカムラの心の機微を追いながら、小説は「義務、天皇、日本国、明日の鉄道建設に関する目前の心配」にかこつけて、「回し車のネズミとして与えられた役割」を従順に果たすことに全力を注ぐ日本兵を丹念に描き出してゆく（三〇八）。

こうした日本兵の姿は、ドイツ出身のユダヤ系政治哲学者ハンナ・アーレント（Hannah Arendt, 1906–1975）が、親衛隊中佐としてホロコーストに関与したアドルフ・アイヒマンの裁判を記録した著書の中で説いた「悪の凡庸さ（the banality of evil）」を想起させる。(28) ナチスによるユダヤ人迫害の悪は、悪魔的なものではなく、思考や判断を停止し外的規範に盲従した人々によって行われたものだとし、このような無意識で陳腐な悪こそが人々の間で容易に蔓延し、破壊をもたらしたのだとアーレントは指摘した。ナカムラのような日本兵の心理や行動を詳細に描き出す『奥のほそ道』は、日本軍の兵士のなかにもあったに違いないアーレントのいう凡庸な悪を顕在化してみせるのである。

また、ナカムラと彼の上司にあたる大佐のコウタが、共通して情熱を抱く俳句について語り合いながら、日本人の精神や戦争、さらには泰緬鉄道建設の大義について意見を交わす次の場面も印象的である。

> 二人は各々自分の好きな俳句をさらに吟じ、詩にというよりは詩に対する自分たちの感受性に、詩の偉大さにというよりは自分たちが詩を理解する見識の高さに、詩を知っているということよりは、自分たち、そして日本人の精神の高尚な面を体現する詩を知っていることに深く心を動かされた。もうすぐ自分たちの鉄道で毎日ビルマまで走る日本人の精神、ビルマからインドへと向かうだろう日本人の精神、そこから世界を征服することになるだろう日本人の精神。
>
> ナカムラは思った。このように、日本人の精神はいまそれ自体が鉄道であり、鉄道は日本人の精神であり、北の奥地へと続くわれらの細き道は、芭蕉の美と叡智をより広い世界へと届ける一助となるだろう。

二人は連歌と和歌と俳句を、ビルマとインドと鉄道を語り合いながら、その意義を共有しているというすばらしい感覚をおぼえた。……二人は、鉄道の仕事によって自分たちはこの崇高なる日本人の才能――人生を簡明に、絶妙に描写する才能――を世界にもたらすのに貢献しているという見解で一致した。（一三一）

ナカムラとコウタは、「一茶の句の純粋な知恵、蕪村の偉大さ、芭蕉の見事な俳文『おくのほそ道』のすばらしさ」（一三〇）を語り合ううちに、次第に高揚感を覚える。ここには、芭蕉の俳句をはじめとする日本の伝統的な詩歌が、日本人の精神の神髄を集約しているのだと理解し、それを鉄道建設の、ひいては戦争の大義として用いようとする日本兵の姿が見て取れる。ヨーロッパでの大戦において、人間主義的な西欧の伝統やそれを体現する文学や文化的価値が「全体主義をさえぎる砦[29]」とならなかったばかりか、まさにその基盤のうえに蛮行が行われてしまったように、日本の芸術や文化が、全体主義や帝国主義的価値観と結びつき、非人間的行為の弁明ともなり得たことをフラナガンの『奥のほそ道』は示唆するのである。

しかし、日本の軍国主義の犠牲となったのは、連合軍の捕虜たちだけではなく、日本軍の兵士も同様であり、本作は、敵味方関係なく人間を蝕む戦争の愚劣さそのものを描くことを忘れてはいない。行軍する日本の軍隊を真近に見たとき、ドリゴは一人の年若い兵士と視線を交わす。兵士の幼い顔に浮かび上がったその目は優しく無防備に見え、ドリゴは思わずその兵士の肩を抱き寄せたい衝動にかられる。すると、その少年兵士がぼんやりしているのを目にした日本人軍曹が大股で歩み寄り、竹の杖で兵士の顔を打ちつける。ドリゴは、「捕虜がなぜ自分たちが悲惨な運命を辿らされるのか理解できないのと同じで、この兵士もまた、なぜ殴られるのか、その目的はなんなのか理解できないでいる」（四五七）のだと感じながら、同じ人間としての関心をその兵士に寄せる。

あの少年の故郷はここからどれくらい離れているのだろう、とドリゴは思った。家は農家だろうか。都会にあるのだろうか。どこかの場所、どこかの谷、どこかの街路、小径、路地。少年は夢に見たことだろう、太陽と風がそっと肌をなで、雨がすがすがしさを運んでくる場所を。自分を大切にしてくれ、ともに笑う人たちがいる場所を。この腐敗臭、息が詰まるほどに生い茂った葉、苦痛、ただ憎み憎むよう教えられ、世界を憎しみに変えた野蛮な人間たちから遠く離れた場所を。少年兵がとぼとぼと去って行くとき、打たれた顔のあたりから血が流れているのが、簡素な軍服が汚れ、破れ、かびているのが、彼がそうしたことをなにひとつ気にかけない様子が見えた。しかし、ランプを手にしたこの優しい目の少年もまた、必要とあれば残虐に人を殺し、そしてまた殺されるのだろう。（四五七）

ここで少年の故郷へと思いを馳せるドリゴの眼差しは、敵に向けられたものでなく、国家という巨大な権力のシステムに取り込まれ、戦争の機械となることを強いられた一兵士への共感にあふれている。自分の人生を思うように他者の人生を想像するという、戦時下における敵味方の関係性を穿つ瞬間を描きながら、小説は、人間を非人間的にする戦争の極限状態をより高次の視点から捉えようとしている。

心の闇を描く

フラナガンの『奥のほそ道』は、日本人表象の細やかさという点において、泰緬鉄道をめぐる先行の作品群と一線を画す。小説は、戦場での日本兵の心理に迫ろうとするだけではなく、戦後を生きる日本人の状況やトラウマにまで想像を広げている。戦地から戻ったナカムラは、戦犯として捕えられることを恐れ、戦後の混乱期に乗じて行方をくらまし、偽名を使って生き延びる。とある少年がパンパン・ガールとなった姉を助けるためにアメリカ兵を殺害する現場を偶然目撃したとき、ナカムラはその少年を殺害して現金五〇ドルを奪い、偽装身分証明書を購入し逃亡を図る。

この殺人の現場は作中で「新宿羅生門」と呼ばれているが、こうした造形は一九五〇年公開の黒澤明の映画『羅生門』に着想を得ているのだと思われる。黒澤の『羅生門』は、芥川龍之介の二つの短編小説「藪の中」（一九二二年）と「羅生門」（一九一五年）を翻案し、平安時代の乱世を舞台に、ある武士の殺害事件の目撃者や関係者の食い違う証言を通して人間のエゴイズムを描いた作品である。しかし、平安時代に設定されたこの映画が、実は敗戦後のアメリカの占領下にある日本を描いているのだという指摘は、ジェイムズ・F・デイヴィッドソンをはじめとする研究者によって、早い時期からなされてきた。(30) フラナガンが『奥のほそ道』に「羅生門」という名称を登場させるのは、おそらくこうした解釈を参照したことによるものと推測される。『羅生門』について黒澤は、「これは、人間の持って生まれた罪業、人間の度し難い性質、利己心《エゴ》が繰り広げる奇妙な絵巻なのだ(31)」と語っているが、この映画に込められた寓意を映し出すかのように、小説は罪業や利己心さらにはトラウマといった戦後の日本人の心の闇を炙り出そうとしている。

偽名を使用して逃亡生活を送るナカムラは、心の奥底で自分は誤って非難されている高潔な善人であり「犠牲者」だと認識しており、その人生にある種の威厳を与えようとする。投獄されている戦犯の最期の一人が釈放されると、彼は偽名を本名に戻し、結婚して家庭をもつが、家族の目に映る彼は、優しい父親であり、「蜘蛛を傷つけないようにと捕まえて外に出し、蚊も叩こうとしない」（三七四）ほどに命を慈しむ人間である。しかしナカムラは、自分が考える善き人間に変容していく過程で奇妙な感覚に襲われる。

それは偽善か？　償いか？　罪悪感？　恥？　故意、それとも無意識？　嘘、それとも真実？　なんといっても、彼は数多の死を目撃してきた――否定できず少しも矛盾していないと自分では思った凶暴なまでの自尊心で、きっといくつかの死に関わりさえしたと思うことがあった。だが責任を感じたことはなく、犯した罪の記憶は時間が経つにつれてうすれていき、それに代わって記憶が、善、そして情状を酌量するという話を育てていった。時が経つにつれて自分はほとんど悩まされることがなかったということに唯一悩まされていたのだとわかった。（三七四―三七五）

戦中の記憶を封印し、自らを「犠牲者」として戦後を生き抜いたナカムラは、時間が経つほどに戦争で犯した罪への意識が薄れ、挙げ句の果てには罪の意識の欠如に悩まされている。彼は、同様に戦犯となることを免れたコウタをはじめかつての戦友と再会し、旧交を温め、戦後日本に帰還した泰緬鉄道の蒸気機関車を自分たちの偉業を記念して靖国神社に展示する活動にも携わる。しかし、老境に至ったナカムラは、「正しく真実だと思ったことはすべて誤りで虚偽」であったと感じ、「死ぬからではなく、望んだように生きられなかった」（四〇八）がゆえに、迫り来る死を恐れるようになってゆく。彼は怪物に混じって這いまわる死体がいたるところに出没する幻覚を見るようになるが、これは戦争による心的外傷後ストレスを示唆するものであり、怪物や死体の幻覚は、戦後を生き抜くために封じ込め抑圧してきた戦地での記憶と罪の意識が表出したものとして解釈できる。病に侵され死を目前にして、ナカムラは「自分の体内で繰り広げられる生と死の戦い」ではなく、「這いまわる死体という悪夢との戦い」（四〇九）のなかで、家族にも自らが抱えるトラウマの記憶を語ることなしに最期を迎える。

本作には、ナカムラのほかにも戦犯として裁かれることを免れた、戦争の加害者としての過去を背負って生きる日本人が描かれる。ナカムラの囲碁仲間である大分出身の医師サトウカメヤは、太平洋戦争末期、九州帝国大学医学部の石山福二郎教授の下で学ぶ研修生として、アメリカ人航空兵の解剖に立ち会った経験がある。サトウは九州大学生体解剖事件として知られるアメリカ軍捕虜八人の解剖実験が生きたまま施術されたという史実をもとに造形された人物であるといえる。サトウはアメリカ人の捕虜たちが白衣の医師を目の前にして、診察だと信じ抵抗することもなく手術台に身をゆだねた姿を忘れることができない。戦後、医師となった彼には白衣を着用しないという風変わりな習慣があったが、それは自らの償いきれない過ちへの悔恨の思いからだったのであろう。

このように日本の戦争責任の問題を前景化する『奥のほそ道』が、戦争の被害者が加害者へと転じてしまう皮肉で複雑な構造にも着目していることは特筆に値する。戦後、連合国によって執り行われた国際軍事裁判のBC級戦犯の中には、日本軍によって植民地下され占領された朝鮮半島から動員され、泰緬鉄道で監視員として働かされた朝鮮人も含まれていた。本作に登場するチェ・サンミンはそうした朝鮮人の一人として描かれる。チェ・サンミンの両親は貧しい農家で、彼とその妹には人生の選択肢はなかった。彼は日本の統治下の小学校で三年間日本の教育を受けたあと、日本人一家の使用人として働き、捕虜収容所の監視員になった。十三歳の妹は、満州国に行き日本軍の慰安婦となる。抗いようのない過酷な時代に翻弄され、チェ・サンミンは「獣のように生き、獣として振舞い、獣として理解し」、獣のごとき振る舞いだけが自分に許された「人間としてのあり方」なのだと信じるようになってゆく（三四〇）。そんな彼が唯一解放感を覚えるのは、捕虜を蹴りつけ、殴りつけ、打ちつけている瞬間だった。

オーストラリア人捕虜からゴアナ（オオトカゲ）と呼ばれ恐れられたチェ・サンミンは、戦後、チャンギ刑務所に送られ、国際軍事裁判で絞首刑の宣告を受ける。泰緬鉄道建設の統括を担った大佐であるコウタが彼に罪を転嫁したのである。日本の華族につながりのある将校が釈放され、その身代わりとして絞首刑に処せられることになったチェ・サンミンは耐え難い屈辱を感じる。そして「自分たちと自分たちのあらゆる行為が天皇の意向のそのままに表したものなら、なぜ天皇はいまも自由の身なのか。なぜアメリカ人は天皇を支持し、天皇の道具にすぎなかった自分たちを縛り首にするのか」（三三四）と、侵略戦争を主導した「大日本帝国」の実質的な「国家元首」だった天皇が裁かれないことにも矛盾を感じる。彼は日本人に自分がされたように捕虜たちを虐待し、「生きて虜囚の辱めを受けず」という日本人的価値観を内面化したがゆえに捕虜らを軽蔑したのである。死刑を待つ拘置所で自らの人生を振り返りかえるチェ・サンミンの心理描写は、主体性を奪われた被植民者の不条理な生を浮き彫りにする。

彼にはいくつもの名前があり――朝鮮名のチェ・サンミン、釜山で与えられたその名前で呼ばれた日本名サンヤアキラ、オーストラリア名のゴアナ――自分が何者なのかわからなくなっていた。死刑囚のなかには、朝鮮と日本、戦争、歴史、宗教、正義について確固たる考えを持つものたちがいた。チェ・サンミンは、自分がどんなことに対しても考えなどもっていないと気づいた。だがほかの者たちが持っている考えは、なにも考えがないのと同然だと思えた。なぜならそれらは彼らの考えではなく、スローガン、無線放送、演説、軍隊の手引き、日本の軍事訓練で彼らも同じように耐えた果てしない殴打とともに吸収したのと同じ考えだったからだ。釜山では声が小さいとか姿勢が正しくないという理由でビンタされ、朝鮮人丸出しだとビンタされ、どうすれば相手をできるだけ強くビンタできるか手本を示すためにビンタされた。チェ・サンミンはそれが嫌でたまらなかった。家に逃げ帰りたかった。だがそうすれば罰せられ、さらには家族が罰せられる。お前の顔を張るのは強い日本兵にするためだ、と彼らは言ったが、自分が日本兵になることは決してないと彼は知っていた。（三六一―三六二）

このように小説は、日本の帝国主義の被害者であるチェ・サンミンの屈折した心理とそこから生まれる暴力の連鎖を捉え、日本軍という全体主義的組織に組み込まれることになった被植民者の葛藤を描き出す。戦中戦後を生きた日本兵から死刑に処せられる朝鮮人監視員にいたるまで、戦後世代の作家としてフラナガンは、これまでの捕虜体験記にはないやり方で異文化に分け入り、他者の声に耳を傾けようとした。『奥のほそ道』における日本人もしくは朝鮮人の表象からは、他者の人生を想像力という光で照らし、理解しがたい「野蛮」の歴史へと突き進んだ人間の心の闇に目を凝らす作家の姿が浮かび上がる。

二　〈自己〉への旅路としての「奥のほそ道」

タスマニアの歴史と植民地主義

『奥のほそ道』において、日本の帝国主義へと向けられた作家の想像力が、自身の故郷であるタスマニアの植民地化の歴史の暗部にも向けられていることは重要である。オーストラリアはイギリスの流刑植民地であったが、その大陸の南東部に位置する島タスマニアは、本土の囚人が更に罪を犯した場合に送られる流刑囚にとっての最果ての地であった。この島が植民地化される過程では、入植者と先住民の間で対立が深刻化し、一八二〇年代には「ブラック・ウォー（Black War）」と呼ばれる激しい戦闘が繰り広げられた。そして、植民者による先住民の虐殺や海外からもたらされた疫病によって、純血の先住民はすべて死に絶えた。フラナガンは、デビュー作の『リヴァーガイドの死』（*Death of a River Guide*, 1994）[32]以来、好んで故郷のタスマニアを舞台とした作品を書いてきたが、彼の代表作ともいえる『グールド魚類画帖』（*Gould's Book of Fish: A Novel in Twelve Fish*, 2001）[33]や『欠乏』（*Wanting*, 2008）[34]、では、タスマニアがまだヴァン・ディーメンズ・ランド（Van Diemen's Land）と呼ばれていた頃の流刑植民地の歴史に焦点を当て、流血を伴う先住民の支配と同化の歴史に触れている。『奥のほそ道』においてもフラナガンは、日本が西欧列強に倣ってアジア近隣諸国の植民地化に乗り出した歴史に先駆けて展開したイギリスの植民地主義の歴史へと思いを馳せ、先住の民がもっとも過酷な運命に晒されたタスマニアの過去を前景化しようとしている。ここからは、『奥のほそ道』が自国の「野蛮」の歴史、すなわち先住民抑圧の歴史と、イギリスの帝国主義・植民地主義によってもたらされた破壊をどのように表現しようとしているかを考察してゆく。

小説は「一世紀にわたる追放と喪失に耐えた者たち」（四）が住まう流刑時代から存続してきた辺境タスマニアの小さな集落に育ったドリゴ・エヴァンスの幼少期から始まる。世界から忘れ去られたような村の貧しい家庭に育ったドリゴは、奨学金を得て家族で唯一高等教育を受け、外科医となる。第二次世界大戦が勃発し、医師として従軍したドリゴは、日本軍の捕虜となるも「死の鉄路」での日々を生き延びる。そして、医療技術と組織運営力を発揮して多くのオーストラリア人捕虜を救った功績が認められ、戦後、彼は英雄と称されるようになるのである。ドリゴは、泰緬鉄道の強制収容所で活躍し国民的英雄となった実在の外科医で、「ウェアリー」（"Weary"）」の愛称で親しまれたアーネスト・エドワード・ダンロップ（Ernest Edward Dunlop, 1907–1993）をモデルとして造形されている。メルボルン大学の医学部出身であることやフットボールの選手であったことなど、ドリゴの経歴はダンロップの経歴に酷似している。だが、ダンロップはヴィクトリア州出身である一方、ドリゴはタスマニアの生まれ育ちとされている点は相違しており、作家があえて主人公の出身地をタスマニアとしたことには重要な意味があると思われる。

『奥のほそ道』において、ドリゴが指揮をとるオーストラリア人捕虜たちの部隊は、タスマニア出身の兵士を中心に構成されている。ドリゴは医師として数多くの同郷の兵士の命を救うが、同時に数多の死をも経験する。そのなかでも、ドリゴが生涯忘れられないのが、ダーキーという愛称で呼ばれた軍曹フランク・ガーディナーの死である。ダーキーは、監視員であったゴアナことチェ・サンミンから見せしめとして殴打の暴行を受ける。その場に居合わせた百人の捕虜らが止めることもできずに、見て見ぬふりをして立ちすくむなかで、彼は「人間には見えず、不自然で妙な物体」（三〇八）と化すまで殴りたおされ、この殴打が致命傷となって命を落とす。このダーキーの死こそが、タスマニアの植民地主義の過去を浮かび上がらせる重要な役割を担っているのである。考察を進めるうえで、ドリゴが為す術もなくその光景を凝視しながら、自分の目の前で繰り広げられている暴行を人類の長い暴力の歴史に位置づける場面を見てみよう。

一瞬、彼は恐ろしい世界の真実を把握したと思った。その世界では、人は恐怖から逃れられず、暴力が延々と続き、それが偉大なる唯一の真理としてある。それは世界が創った文明より偉大で、人間が崇拝するどんな神より偉大なもの。それは唯一にして真の神だから。まるで、暴力を伝え広め、暴力の支配を永遠に存続させるためだけに人間が存在しているかのようだった。世界は変わることなく、この暴力は常に存在し絶えることがないゆえ、男たちはこの世の終わりまで、ほかの男たちのブーツとこぶしと恐怖の下で死んでゆくだろう。人間の歴史は、悉く《ことごと》暴力の歴史だったのだ。（三〇七）

人類史において、暴力はいつの時代も存在し、争いは絶えたことがなく、文明や信仰の力さえ、人間の暴力を制することはできなかった。他者を力でねじ伏せ、人間としての尊厳を脅かす暴力による支配の歴史をドリゴは「恐ろしい世界の真実」として認識するのである。ここで注目すべきは、ダーキーが暴行を受ける姿を目撃することで、ドリゴは人類史における暴力の連鎖について洞察を得ていることであろう。その愛称からも明らかなように、ダーキーの肌の色は浅黒く、彼は先住民の血を引く人物である。日本軍の暴力に晒されるダーキーの姿には、タスマニアの先住民が植民地化の過程で被った破壊と暴力の歴史を喚起する象徴性が付されているのである。(35)

この象徴性を帯びたダーキーの死は、死の直前まで幾度となくドリゴの意識に回帰する。それは戦争のトラウマであるとともに、先住民の生を剥奪することによって成立したタスマニアの植民地主義をめぐるトラウマであることを示唆している。その呼称にほのめかされたダーキーの先住民性は、小説の終盤、衝撃の真実とともに読者に提示される。ドリゴが泰緬鉄道の捕虜収容所で見殺しにしてしまったダーキーは、ドリゴの兄トムが隣人の妻である先住民系女性ルースとの許されざる関係の末にもうけた子どもだったのだ。思いがけない兄の告白を通して、ドリゴはダーキーが自分の甥であったという真実を戦後何十年も経ってから知ることとなる。

批評家ケリン・ゴールズワージーは、ダーキーが「『黒人』か『白人』か、という二項対立の拒絶を表象した存在」であると指摘している。(36) その点を考慮すれば、フラナガンはタスマニアの植民地主義の過去を植民者・被植民者という加害と被害の対立構造を超えた集合的記憶として表現しようとしたといえるかもしれない。フラナガンは、アイルランド系移民を祖先にもち、いわゆる「白人」作家として知られているが、彼の創作の軌跡を追ったドキュメンタリーは、彼の父方の祖先には先住民の血が流れている可能性が高いことを明らかにしている。(37) こうした自身のルーツへの意識もあってかフラナガンは、純血の先住民が全滅したといわれるタスマニアでは、同時に植民者と先住民の混血化が進み、先住民の「白人化」というよりは、植民者の「先住民化」が進んできたのだとする歴史家ジェームズ・ボイスの主張に賛意を示してきた。(38) これらのことを踏まえると、ドリゴとダーキーの血縁をめぐる挿話は、タスマニアという場所と人々のもつ「先住民性」を前景化し、同時に帝国主義との連累や血塗られた植民地主義の過去を集合的な記憶として想起させるアレゴリーであるといえるのである。

帝国主義と文学

ダーキーの寓意的な死の意味を考えるとき、フラナガンの『奥のほそ道』に描かれた泰緬鉄道とは、一世紀以上に亘って世界に君臨し続けるもその威光に陰りが見え始めた大英帝国と、あらたに覇権を夢見て興った大日本帝国の時空間を超えたつながりの象徴として解釈できるだろう。上書きされたパリンプセストに隠れた古い文字を復元するかのように、本作は太平洋戦争を描きながら、この戦争へと至る道筋を創り出した帝国主義の歴史を重層的に浮かび上がらせ、その「野蛮」を生み出した文化への批判的考察を促すのである。

シェイクスピアやゲーテの作品がアウシュヴィッツの出現を阻むことはできなかったことを指摘したスタイナーに倣うなら、優れた古典として読み継がれてきたいかなる文学作品も帝国主義ひいては植民地主義の野蛮な歴史の出現を食い止めることはできなかったといえるのではないか。それどころか、文学はそれらと共犯関係にあったといえるのである。『帝国と文化』（*Culture and Imperialism*, 1993）において、小説をはじめとする文学が、帝国の歴史と帝国主義世界のなかでどのような位置にあるのかを考察したエドワード・W・サイード（Edward W. Said, 1935–2003）は次のように述べている。

文化が、洗練化と高尚化をうながす要素をふくむ概念であるということ、つまり文化（＝教養）とは、おのおの社会にある――マシュー・アーノルドが一八六〇年代にのべた言葉を使わせてもらうなら――これまで知られ思考されてきたもののうち最良のもの、それの保管庫であるということである。……あなたは、これまで思考され知らされてきた最良のものに触れ、そうしてそこから得られる最良の光でもって、自分自身や、自分の民族や社会や伝統を考えるために、ダンテやシェイクスピアを読むというわけだ。やがて、この文化（＝教養）は、国民とか国家と、しばしばひと悶着あったうえでむすびつけられるようになる。このような文化（＝教養）が、「われわれ」と「彼ら」を区別する。そしてそこにはいつもなんらかの外国人恐怖がふくまれる。この意味でいう文化（＝教養）とは、アイデンティティの源泉であり、また、そうであるがゆえにかなり戦闘的な源泉である。(39)

ここでサイードが指摘しているように、人間が生み出した最良のものであり、人間を豊かに洗練してくれると信じられた文化の一形態としての文学は、国民や国家という概念と結びつくことで、アイデンティティなるものの源泉となり、異なる民族や社会に属す者を他者化する装置になりえたのである。

有満保江は、フラナガンの『奥のほそ道』には、サイードが『オリエンタリズム』で提唱した「植民者としての西洋」さらには「被植民者としての東洋」という図式をそのまま当てはめることができず、むしろ抑圧者としての日本（東洋）と被抑圧者としてのオーストラリア（西洋）という逆転が生じていることに注目している。有満によれば、本作は日本の俳句を通して、西洋と東洋という二つの対立する視点を融合させることを試みた作品なのである(40)。こうした有満の考察を先のサイードからの引用に照らし合わせるなら、人間を分断し、時に戦争へと向かわせるアイデンティティの戦闘的な源泉へと、文化、そして文学を落としめてしまうことへの抵抗として、フラナガンは戦略的に日本の詩歌を援用しているのだといえるのかしれない。『奥のほそ道』には、表題のみならず、その随所に日本の俳句が効果的に取り入れられている。たとえば、作品は五つの章に分かれているが、各章の冒頭には、章題のように芭蕉や小林一茶の俳句が付されており、その句はそれぞれの章の内容を象徴し、語りを導くような役割を担っている。たとえば、最終章には「世の中は地獄の上の花見かな」という一茶の句が付されており、無常観を漂わせたこの句は、帝国主義の時代から近代の国民国家が生み出されていくなかで、国家という巨大な権力のシステムに翻弄される人間世界を静かに俯瞰しているような印象さえ与える。ツェランは抑圧者の言葉であるドイツ語による詩作によって、野蛮の象徴となった詩を蘇らせようとしたが、フラナガンはかつての敵国日本の（小説中では戦争の大義名分に利用された）俳句という詩歌のスタイルを用いることで、自らの社会・文化を含めて省察し、それを植民地主義さらには帝国主義批判へと高めようとした。こうした実験的な試みによって、小説『奥のほそ道』は被害者史観を超えた戦争の歴史を描き出すことに成功しているといえるのではないか。

人間をまもる読書

先の引用でサイードが引き合いに出したイギリスの詩人で文明批評家のマシュー・アーノルド（Matthew Arnold, 1822–1888）に言及しながらスタイナーは、ホロコーストの歴史は、文学が「人間精神をその源において拡大し洗練する」とするアーノルドの文化観をあらためて問うてみることをわたしたちに強いるのだと主張した。[41] そして、ホロコーストをはじめとする野蛮の歴史と向き合い、人類が目の当たりにすることになった究極の非人間性に抗うためには「人間をまもる読書」が必要なのだと説いた。

わたしが終始一貫して追求してきたのは、〈人間をまもる読書〉という考え方である。生きつづけている死者との価値ある会話は、それをわれわれは読書と呼ぶのだが、単に受身なだけのものではない。読書は、単なる夢想でも、退屈しのぎのどうでもよい遊びでもない時、それは一種の行動である。われわれは書物の存在に、声に自分をゆだねる。それが我々の心の奥にはいってくるのを、こちらも身がまえなしというわけではないが、ゆるす。偉大な詩、古典的小説は、押し寄せてくる。われわれの意識のかたく守られた場所に攻撃をしかけてきて、占領する。われわれの想像力や欲望に、野心やもっとも秘められた夢に、ふしぎな痛手を与えて支配する。[42]

脈々と続く暴力による支配の歴史を批判的に考察するフラナガンの『奥のほそ道』には、スタイナーの主張する「人間をまもる読書」に通じる考え方を読み取ることができる。そのことは、小説全編を通じて描かれる主人公ドリゴと文学の関係を考察することによって明らかになるだろう。ドリゴは書物を愛し、特にヴィクトリア朝の詩人と古代の作家を好んで読む人物として描かれている。シェイクスピアやシェリーなど詩人たちの言葉はいつも彼と共にあり、「あたかも、人生は一冊の本、一つの文章、いくつかの言葉」（一九）であるかのように実際の経験と同じ比重でもって彼の人生を占めている。なかでも幼いころから彼が心のよりどころとしているのが、ヴィクトリア朝を代表する「国民の詩人（the poet of the People）」と称揚されたテニスンの詩「ユリシーズ」（'Ulysses'）である。囚人として生き延びた人々が住まうタスマニアの辺境の村からメルボルン大学のオーモンド・カレッジに進学したドリゴは、イングランドの名家に行き着く家系を誇りとし、「ユダヤ人とカトリック教徒は劣等、アイルランド人は醜悪、中国人とアボリジニは人間ですらない」（一二）と見下す者たちに囲まれ、自分の家族を愛してはいても誇りに思うことはできない。息苦しさと鬱屈とした気持ちを抱えながら、彼は何度も「ユリシーズ」を読み返し、その詩に鼓舞されながら自己実現を図ろうとする。そんなドリゴが求めていたのは、必ずしも「古典の秀逸な詩」というわけではなかった。彼が必要としていたのは「書物のまわりに感じるオーラ、外に向かって放たれ、かつ、内へ向かって自分を引き入れ、おまえは独りきりではないと言って別の世界へと誘ってくれるオーラ」（六五）だったのである。

けれども年老いたドリゴが、この読書という行為において、新たな境地に達することは重要だろう。泰緬鉄道から生還したドリゴは、英雄化され「著名な外科医師」または「時代と悲劇の象徴」（一七）として伝記や演劇やドキュメンタリーの題材となっている。名門の出であるエラを妻に得て、地位も名誉も確立したかに見えるドリゴだが、心はいつも満たされず、かつての恋人エミリーのことを忘れられないままに、複数の女性との不倫を繰り返す。こうしたドリゴの姿は、トロイ戦争の数々の武勲とともに故郷のイサカへと帰還するも、妻と子供との平穏な生活に満足できず、あくなき冒険欲に駆られるユリシーズの姿に重なるようにも思われる。老年、ドリゴは不慮の自動車事故で命を落とすのだが、死の床に横たわる彼に、ふたたびテニソンの「ユリシーズ」の一節が押し寄せてくる。言葉の一つひとつは「啓示」となり、「詩は彼の生」であり、「彼の生は詩」であるといえるほどに完全に詩と一体化したドリゴの心に沸き上がるのは、「恥」と「喪失」の思いである（四六二）。

彼は恥じ、喪失を感じ、恥と喪失だけの人生だったと感じた。光が消えてゆくようだ。母親が大声で呼んでいる、坊や！　坊や！　しかし母親は見つからず、彼は地獄へ引き返す。それは二度と脱出できない地獄だった。（四六二）

この引用は小説の冒頭のドリゴの最初の記憶、すなわち、よちよち歩きの彼が太陽の超越的な光があふれる教会の礼拝堂のなかで、母親の腕のなかに迎え入れられ抱きしめられる瞬間の記憶に呼応している。しかし、故郷タスマニアを離れ、医師として大成し、上流階級の仲間入りを果たすうちに、母親をはじめ家族や故郷と疎遠になってゆくドリゴは、人生の最期の瞬間に故郷や家族を疎んで切り捨てた自らを恥じ、無垢だった頃の自分を照らしてくれた光を喪失してしまったように感じている。それはオーストラリアを巣食う帝国主義的価値観に迎合し、無批判にそれを受け入れてきた自身に対する恥辱でもあるだろう。だからこそ、次の瞬間にドリゴの脳裏に蘇るのは、オーストラリアの植民地主義の歴史を具現化したようなダーキー・ガーディナーをはじめとする泰緬鉄道で命を落としたタスマニア兵士の存在なのだ。

死の床でドリゴに押し寄せる詩と、それに伴って彼を襲う恥辱と喪失感の描写が想起させるのは、偉大な書物は「われわれの想像力や欲望に、野心やもっとも秘められた夢に、ふしぎな痛手を与えて支配する」という先に引用したスタイナーの一節であり、さらには「人間をまもる読書」について彼が語った次の言葉である。

上手に読むとは、大きな危険をおかすことである。その瞬間における自分自身を、自信を、危険にさらすことである。……自分自身の身体から自由になって持ちあげられ、うしろを振りむくと、自分が見え、突然、気が狂いそうな恐怖におそわれる。べつの存在が自分のなかにはいってきて、もとにもどる道はない。

恐怖におびえながら、心は一生懸命目ざめようともがく。文学であれ哲学であれ、想像力の作品であれ理論の書であれ、すぐれたものを読むときは、こうでなければならない。しばらくの間、自分がこわくなり、自分がよくわからなくなるくらい、それほどつよくそれはわれわれをとりこにする。カフカの『変身』を読んで、そのあと平気で鏡を見ることのできる人は、活字の読み方は知っているかも知れないが、もっとも肝心の意味で読むことのできない人である。(43)

『奥のほそ道』においてフラナガンは、「すばらしい本を読むと、自分の心を読み直さずにはいられなくなる」（二八）とドリゴに語らせている。人生の最期にドリゴを占有し痛手を与える詩と、その詩が与える恐怖や喪失を受け止める彼の姿は、「人間をまもる読書」すなわち自己を対象化、客観化する自己批判を伴う読書の在り方を象徴的に描き出しているのである。

結び　生と罪を分かち合う文学と読書

文学が人間の心に働きかけて「平和」を創造する術となるのか、フラナガンの『奥のほそ道』には、その問いへの安易な答えは示されない。むしろ問われているのは、読む主体としてのわたしたち自身だといえる。思うに本書を読む経験は、まさにわたし自身にとっての「人間をまもる読書」であったのだろう。それは確かに他者の声に触れ、自己へと向かう道程だったといえる。次の引用にみるドリゴの脳裏を渦巻く思考は、いまもわたしの脳裏にも渦巻いていて、わたしという人間の先の大戦への連累を突き付けてくるのだ。

世界がそこで起こる事を組織して、一個人であれば一生投獄されるような罪を文明社会が日々犯している。そして、人々はそれを無視するか、それを時事とか政治とか戦争と呼ぶか、あるいは文明社会とはなんの関係もない場所をつくり、その場所を自分たちの私生活と呼んでこの事態を受け入れてしまうのだ。そしてその私生活で人々が文明社会を断ち切れば断ち切るほど、その私生活が秘匿されればされるほど、自由に感じるのだ。だが実際はそうではない。人は決して世界から自由にはならない――生を分かち合うことは、罪を分かち合うことだ。（四一五―四一六）

わたしの父方の祖父は一九三七年の日中戦争、そしてそれに続く太平洋戦争に日本帝国陸軍の軍医として従軍した。祖父が戦争体験者であり、満州事変に従事し、南方戦線にも赴いていたことは聞き及んではいたが、これまでわたしはその事実を自分自身の生につながるものとして、真剣に受け止めてはこなかった。一個人であれば許されるはずのない殺人が「国家」という名のもとに正当化されてしまう戦争の犯罪性を問うてみることもせず、戦争は自分が生まれるひと昔前の出来事であり、どこかで自分や自分の家族の「私生活」には直接関係のないこととしてしまっていたのではないか。フラナガンが自らの父の戦争体験に向き合いながら書き上げた『奥のほそ道』を読み進めるなかで、わたしのなかに沸き起こったのは、これまでの自身の在り方が、まさに「文明の野蛮」から目を背けるものにほかならなかったという自省の念だった。そしてその思いは、今一度、祖父の戦争体験と向き合う作業へとわたしを向かわせた。

すでに他界した祖父の戦時中の足跡を辿る手がかりは多くはなかったが、厚生労働省や各都道府県に保管されている兵籍簿と呼ばれる旧陸軍軍人の軍歴証明書を調べる過程で、満州での任務を終えた後、軍医中佐となった祖父は、シンガポール、ジャワ、タイやミャンマーの戦地や陸軍病院を転々としていたことが明らかになってきた。フラナガンの父をはじめ『奥のほそ道』のモデルとなった人物らと同時期に同じ空間を祖父が生きていたことに衝撃を受け、ナカムラやサトウの姿が祖父の姿に重なった。帝国主義ひいては戦争の加害者としての側面を祖父の人生のなかにはっきりと認識した瞬間だった。記録によると、一九四四年、終戦を待たずして祖父は精神疾患ならびに薬物依存症を患い、南方の戦線から日本へ帰還している。戦後、祖父は無医村に赴き、地域医療に身を捧げる人生を全うしたが、戦地で患った精神疾患や麻薬中毒となっていた事実を含め、家族に自身の戦争体験を語ることはなかった。覚せい剤は戦時中、戦闘能力を高める効果薬として、軍隊でも使用されていたというが、薬物を使用し、精神を病むほどの戦場で祖父は何を見て、何を感じていたのか。沈黙が覆い隠してしまった祖父の戦争体験は、今となっては知る由もなく、それは想像してみるよりほかない。しかし、小説が語りかけるように「人は決して世界から自由にはならない——生を分かち合うことは、罪を分かち合うこと」なのだとしたら、わたしはそれを想像し続けたいと思う。断ち切られた過去の出来事への連累を想起させてくれたこの読書体験が、「人間をまもる読書」という行動に連なるのだと信じて。

注

（1）テオドール・W・アドルノ著、竹内豊治、山村直資、板倉敏之訳「文化批判と社会」『プリズム』（法政大学出版局、一九七〇年）、二六頁。

（2）ジョージ・スタイナー著、由良君美訳『言語と沈黙——言語・文学・非人間なるものについて』（せりか書房、二〇〇一年）、五頁。本論では上記の日本語の訳本を参照したが、原著の初版の詳細は以下の通り。George Steiner, *Language and Silence: Essays on Language, Literature, and Inhuman* (Atheneum, 1967).

（3）スタイナー、一八頁。エッセイ「人間をまもる読書」の原著タイトルは"Humane Literacy"である。

（4）スタイナー、一八—一九頁。

（5）テクストには以下を使用した。Richard Flanagan, *The Narrow Road to the Deep North* (Vintage, 2013). 論文中の引用箇所の頁番号は同書に従っている。また、訳文は渡辺佐智江訳『奥のほそ道』（白水社、二〇一八年）を用いているが、一部改変した箇所もある。なお、本書の日本語タイトルは、渡辺訳をそのまま踏襲した。また、芭蕉の作品のタイトルは、一般的に用いられている『おくのほそ道』とした。

（6）正式名称は泰緬連接鉄道という。泰緬鉄道を走り、戦後三四年たって日本に帰還した蒸気機関車C五六形三一号機は靖国神社に奉納されている。

（7）内海愛子、G・マコーマック、H・ネルソン編著『泰緬鉄道と日本の戦争責任――捕虜とロームシャと朝鮮人と』（明石書店、一九九四年）、一三頁。

（8）郷富佐子「小説『奥の細道』に込めた思い――フラナガンさんが語る」『朝日新聞（デジタル版）』二〇一四年一一月二五日。

（9）二〇一四年にオーストラリアのアデレードで開催された文学祭で、筆者はその講演者として招聘されていたリチャード・フラナガン氏と言葉を交わす機会があった。その際に氏はこの作品が書かれた経緯や日本への取材旅行について触れ、特に日本への旅がこの作品の執筆に大きな意味をもったことを語られた。そのことは、筆者の所有する一冊に、フラナガン氏が添えられたFor Tomoko, ――Whose people greeted me with kindness and generosityという言葉にもあらわれている。

（10）郷、「小説『奥の細道』に込めた思い　フラナガンさんが語る」。

（11）スタイナー、六頁。

（12）この一節は、ツェランのよく知られた詩からではなく、未出版の遺稿の詩のひとつ「狼マメの花」からの引用である。ベラトン・パディウ、ジャン＝クロード・ランバッハ、バルバラ・ヴィーデマン編、飯吉光夫訳『パウル・ツェラン遺稿からの詩篇』四三頁を参照。

（13）スタイナー、一九頁。

（14）堀切実『『おくのほそ道』解釈事典』（東京堂出版、二〇〇三年）、一一頁。

（15）『奥のほそ道』における「愛」の主題について論じた例として以下の二点を挙げておく。Michael Hofmann, 'Is his name Alwyn?,' *London Review of Books*, 18 December 2014. http:/bit.ly/2xzSgiu, Nicolas Birns, "Fireless flame gone amorous: War amid Love in *The Narrow Road to the Deep North*," *Richard Flanagan*, edited by Robert Dixon (Sydney University Press, 2018), pp. 179–191.

（16）本論に示唆を与えた先行研究としては、リリアナ・ザヴァグリアが、マイケル・ロスバーグの「多方向的記憶(multidirectional memory)」という概念を用いて、日豪の泰緬鉄道をめぐる戦争の記憶をホロコーストやオーストラリアの植民地主義の歴史と結び付け、本作を「トランスナショナルな記憶の場」として論じたものがある。文献の詳細は以下の通り。Liliana Zavaglia,"'Out of the tear-drenched land': Transnational Sites of Memory in *The Narrow Road to the Deep North*," *Richard Flanagan*, edited by Robert Dixon (Sydney University Press, 2018), pp. 193–219.

（17）こうした旧日本軍の捕虜の扱いに関しては、捕虜を作戦目的に関係のある作業に使用してはならないとする「ジュネーブ条約」に違反しているとの批判がある。戦争捕虜の取り扱いについて日本は一九〇七年にハーグ条約を批准していたが、一九二九年のジュネーブ条約に署名はしたが批准はせず、「準用」を連合国に約束するに留まっていた。戦地の兵士らにあっては、捕虜の人道的な扱いを取り決めたジュネーブ条約について知っている者は少なく、「生きて捕虜の辱めを受けず」のような戦陣訓的価値観が浸透していたことが、捕虜の劣悪な処遇へとつながったことは想像に難くない。

（18）ジャック・チョーカー著、根本尚美訳『歴史和解と泰緬鉄道――英国人捕虜が描いた収容所の真実』（朝日新聞出版、二〇〇八年）、一一頁。

（19）泰緬鉄道をめぐる歴史は、日本では未だに戦争の公的記憶とはなり得ていないが、これまでにも毎年のように元捕虜と旧日本兵、さらにはその家族らが集い、和解を目的とする対面の場を設け、小規模ながら様々なシンポジウムが行われてきてはいる。また、陸軍憲兵隊の通訳として泰緬鉄道建設に関係し、戦後一三五回に亘ってタイ巡礼を行い、贖罪と和解の活動に一生をささげた故・永瀬隆氏の活動は特筆に値する。永瀬氏の活動は、瀬戸内海放送の満田康弘監督によって二〇一六年にドキュメンタリー『クワイ河に虹をかけた男』として映像化されている。

（20）チョーカー、一一頁。

（21）Ernest Gordon, *Through the Valley of the Kwai* (Bantam Books, 1962). 日本語版は、斎藤和明訳『クワイ河収容所』（ちくま学芸文庫、筑摩書房、一九九五年）。さらに本作は、二〇〇二年にデヴィッド・L・カニンガムによって『エンド・オブ・オール・ウォーズ』（*To End All Wars*）として映画化されている。

（22）チョーカーの手記は、彼の主著 *Burma Railway Artist: The War Drawings of Jack Chalker* (Pen & Sword, 1994) とその新版である *Burma Railway: Images of War* (Mercer Books, 2007) がある。日本語への翻訳はその二冊をまとめる形で根本尚美によって行われ、歴史学者の小菅信子の解説と、小菅に韓国の文学者である朴裕河、歴史家の根本敬を加えた対談が収録された『歴史和解と泰緬鉄道：英国捕虜が描いた収容所の真実』（朝日新聞出版、二〇〇八年）として出版された。

（23）チョーカー、一八頁。

（24）Eric Lomax, *The Railway Man* (Vintage, 1995). 日本語版は、喜多迅鷹と喜多映介訳『レイルウェイ――運命の旅路』（角川書店、二〇一四年）。
（25）加藤めぐみ『オーストラリア文学にみる日本人像』（東京大学出版会、二〇一三年）、一〇五頁。
（26）郷、「小説『奥の細道』に込めた思い――フラナガンさんが語る」。
（27）郷、「小説『奥の細道』に込めた思い――フラナガンさんが語る」。
（28）ハンナ・アーレントが一九六三年に雑誌『ザ・ニューヨーカー』に連載したアドルフ・アイヒマンの裁判記録『エルサレムのアイヒマン――悪の陳腐さについての報告』(*Eichmann in Jerusalem: A Report on the Banality of Evil*) で用いられた概念。日本語版は『エルサレムのアイヒマン』、大久保和郎訳（みすず書房、新版二〇一七年）。
（29）スタイナー、一九頁。
（30）James Davidson, F. "Memory of Defeat in Japan: A Reappraisal of "Rashomon." *The Antioch Review*, vol. 14, no. 4 (Winter 1954), pp. 492–501.
（31）黒澤明『蝦蟇の油――自伝のようなもの』（岩波書店、二〇〇一年）、三四三頁。
（32）Richard Flanagan, *Death of a River Guide* (McPhee Gribble 1994).
（33）Richard Flanagan, *Gould's Book of Fish: A Novel in Twelve Fish* (London: Picador, 2001).
（34）Richard Flanagan, *Wanting* (Atlantic Monthly Press, 2008).
（35）近年のオーストラリアの歴史研究では、これまで注目されることがなかった第一次世界大戦に参戦した先住民兵士（ブラック・ディッガーズ）の存在に光が当てられるようになり、文学の分野でもそうした先住民兵を描くことで、第一次世界大戦の国民的記憶を再考する作業がなされている。「ヨーロッパ系」の出自の募兵が前提であった第二次世界大戦においても同様に、先住民兵士の存在は「非正規」とされ、十分に認識されることがなかった。フラナガンの『奥のほそ道』におけるダーキー・ガーディナーのような従軍兵の存在は、そうした戦争の記憶を問い直す試みとして解釈することも可能である。
（36）Kerryn Goldsworthy, "*The Narrow Road to the Deep North* by Richard Flanagan," *Australian Book Review*, 22 April 2016. http://bit.ly/2Htxn（二〇二〇年一二月一日閲覧）。
（37）BBCが制作したドキュメンタリー*Richard Flanagan: Life After Death*. https://iview.abc.net.au/show/richard-flanagan-life-after-death/（二〇二〇年一二月一日閲覧）。
（38）Richard Flanagan, "Van Diemen's Land", *Sydney Morning Herald*, 16 February 2008, reprinted in *And what do you do,*

Mr Gable? New and Collected Essays (Sydney: Random House, 2015), p. 208. Boyce の主張に関しては、James Boyce, *Van Diemen's Land* (Black Inc., 2008) を参照。

（39）エドワード・サイード『文化と帝国主義1』大橋洋一訳（みすず書房、一九九八年）、四頁。本論では上記の日本語の訳本を参照したが、原著の初版の詳細は以下の通り。Edward W. Said, *Culture and Imperialism* (Alfred A. Knopf, 1993).

（40）Yasue Arimitsu, "Richard Flanagan's *The Narrow Road to the Deep North* and Masuo Basho's *Oku no Hisomichi*," *Coolabah*, No21, 2017, (Australian Studies Centre, Universitat de Barcelona), pp. 6–23.

（41）スタイナー、一九頁。

（42）スタイナー、二四―二五頁。

（43）スタイナー、二五頁。

第Ⅲ部
交感する過去と現在

7章　やり遂げることのできない戦争の、その先にあるもの

——H・G・ウェルズ『ブリトリング氏、やり遂げる』を読む

遠藤　利昌

序　「戦争を終わらせる戦争」をやり遂げる

やり遂げることのできなかった戦争

H・G・ウェルズ（H. G. Wells, 1866–1946）の作品を網羅した全集はいまだに出版されていないが、第一次世界大戦が終結してから五年ほど経った一九二四年から一九二八年にかけて全二八巻からなるアトランティック版が出版されている。このアトランティック版が重要なのは、それぞれの巻にウェルズ自身による新たな序文が付されていることだ。もちろん、この『ブリトリング氏、やり遂げる』（*Mr. Britling Sees It Through*, 1916）にもウェルズは序文を付けており、以下がその全文である。

最初、「ブリトリング氏、やり遂げる」というタイトルで出版された「ブリトリング氏」は、一九一五年の初めに執筆を開始し、戦争のさなかに書かれたものである。それは当時の思考と感情の記録だった。

著者は、戦争が一年程度で終わると信じ、その信念でタイトルを選択して、それに慣れてしまっていたために、物語が終わるまでに何もやり遂げられることがなかったにもかかわらず、そのままにしていた。読者は、この本のなかに自分自身を見つけ、非常によく売れた。この機会にタイトルを短くしたが、物語の内容には手を付けていない。[1]

この短くそっけない序文からも読み取れるように、ウェルズは『ブリトリング氏、やり遂げる』というタイトルを気に入っておらず、どうやらこの作品そのものにも満足していなかったようだ。その理由を、何かを「やり遂げる」つもりで執筆を開始したが、結局、何もやり遂げることができなかったからだと言っている。そこで、このアトランティック版の出版を機に、「やり遂げる」の部分を取り除くことにしたとしている。

第一次世界大戦の先にあるはずの世界共和国

本国イギリス[2]での出版から間もない一九一八年、匿名のフランス語訳が *Mr. Britling commence à voir clair* というタイトルで発表される。このフランス語を日本語に直訳すれば「ブリトリング氏がはっきりと見始める」となる。しばしば誤訳として指摘されるこのフランス語タイトルは、“Sees It Through”を“Sees Through It”と間違えて、ブリトリング氏（Mr. Hugh Britling）が何らかの障害や壁の向こう側にあるものに気づく、あるいは、洞察を得るという意味にとらえている。正しくは、『オックスフォード英語辞典』によれば、「（ある問題を）最後まで見守り、関わり続けること」、「（ある人が）うまく困難を乗り越えることができるように対処すること」であり、“Mr. Britling sees it through”がその一例として示されている。つまり、この小説のタイトルを目にしたときに読者が想像するのは、主人公と思しきブリトリング氏が、何らかの困難に直面しながらも最後までやり遂げようとする、その「粘り強さ（perseverance）」が描かれているのだろう、ということだ。[3]

ここで言う「ある問題」が第一次世界大戦のことであり、それを「やり遂げる」とは、イギリスを含めた連合国がドイツを中心とする中央同盟国に勝利することだったのは論を待たない。だが、ウェルズが視野に入れていたのはそれだけではあるまい。ウェルズは、その勝利の先に、彼の提唱する「世界共和国（World Republic）」の樹立を見据えていたはずだからだ。第一次世界大戦が勃発する直前に書いたカタストロフィ小説、『解放された世界』（*The World Set Free*, 1914）では、[4]「悔い改めることのない人類」[5]が核戦争という大惨事を引き起こしたあとで、世界各国のリーダーたちがようやく平和の必要性に気づき、世界共和国設立に向けて行動し始める様が描かれている。「二〇世紀初頭の人々にとって、戦争が不可能になった速さほど明白なものはなかった」[6]と言うウェルズは、人類がその事実を認識するには何らかのカタストロフィを経験する必要があると考えていた。第一次世界大戦は、まさにそのようなカタストロフィが現実化した出来事であった。

ウェルズは開戦当初から積極的にイギリスの参戦を支持し、参戦直後の一九一四年八月から九月初めにかけて、矢継ぎ早に一一本もの論文を投稿している。そして、同年一〇月初旬、それらを一冊の本にまとめて出版したのが、第一次世界大戦の代名詞にもなった『戦争を終わらせる戦争』（*The War That Will End War*, 1914）である。これらの論考のなかで、彼は熱狂的な調子で連合国側の勝利を後押しする。それは何よりも、「ドイツの敗北が地球上の非軍事化と平和の道を切り開く可能性がある」と信じ、世界共和国への道筋が開かれると考えたからだ。[7]言ってみれば、『戦争を終わらせる戦争』は、彼の念願を成就するための一里塚である。

『ブリトリング氏、やり遂げる』から『ブリトリング氏』に？

デイヴィッド・ロッジは、『ガーディアン』誌に「ウェルズの作品トップ一〇」という記事を寄稿している。彼は、そこで「個人的お気に入りの一〇冊」をあげ、その一冊にこの『ブリトリング氏、やり遂げる』を選び、次のような簡単な説明を付けている。

一九一四年八月に［第一次世界大戦］が勃発したとき、ウェルズはこの戦争を「戦争を終わらせる戦争」と呼んだが、時間の経過とともに犠牲者の数が増えていくにつれ、幻滅し、当初の主戦論的な熱意を放棄することになった。ブリトリング氏は、あからさまに自伝的で、痛快なほど自己批判的な自画像である。悲劇的な戦争に対する彼の反応は変化していき、多くの国々の人々の共感を呼び起こし、この小説はベストセラーになった。(8)

当時の多くの人々と同様にウェルズが一年程度で終わると予測した戦争は、ずるずると長期化の様相を呈していき、戦死者の数だけが増加の一途をたどっていく。この小説が『戦争を終わらせる戦争』で見せた「主戦論的な熱意」よりも「幻滅」のほうを色濃く反映しているとすれば、それは、こうした戦争の現実を突きつけられたからに他ならない。そうした意味では、『ブリトリング氏、やり遂げる』というタイトルは、見切り発車的にこの小説を書き始めたウェルズが、随分と前のめりなタイトルを選んでしまった証と言うこともできよう。アトランティック版の出版に際し、「やり遂げる」の部分を取り除くことにしたのも当然と言うことができるかもしれない。そして、あのフランス語版の誤訳も、ブリトリング氏の「戦争に対する反応の変化」が誘発したと言うこともできる。(9)

こうした経緯を踏まえるなら、『ブリトリング氏』というタイトルのほうが適切ではないかという向きもあるだろう。しかし、ウェルズが、何もやり遂げることはなかったと言っていたとしても、決してやり遂げることをあきらめたわけではなかった。「義務の価値を強く説いていなければ、戦時中、「『ブリトリング氏、やり遂げる』」があれほどまでに成功を収めることはなかっただろう」という指摘があるように、(10)ウェルズは一貫して戦争支持の立場を変えることはなかった。この小説が戦争のさなかに書かれ、その間、ウェルズが粘り強くやり遂げることを放棄しなかったことを考えれば、「やり遂げる」の部分を抜きにして、第一次世界大戦開戦前後の、彼自身の「思考と感情の記録」を語ることはできまい。問題は、戦争に幻滅しながらも、それでもやり遂げようとするウェルズが、その先に何を見出したのかということになるのではないだろうか。

筆者の知る限り、日本では、まだまとまった形でこの小説が紹介されたことはない。そうした事情を考慮し、本論では、できる限りこの物語の内容に触れながら論じていくつもりである。

一　平和なマッチングズ・イーズィの住人ブリトリング氏

ブリトリング氏と作者ウェルズ

ロッジが「あからさまに自伝的」と言っていたように、『ブリトリング氏[11]』の主人公のブリトリング氏をウェルズの分身であるとする指摘は発表当初から多い。例を挙げるなら、ウェルズとほぼ同時代人であるシドニー・ダークは、一九二二年出版の『H・G・ウェルズの輪郭』のなかで、「ブリトリング氏はウェルズ自身」であるとし、さらには、「すべての登場人物は彼の隣人の生き写しである」と断言している[12]。比較的最近のものでは、コンパニオン・シリーズのウェルズの巻を執筆しているハモンドが、そのなかで、「[ウェルズ]は、リトル・イーストンやイーストン・グリーブにある彼の家を写真のように精確に描き、彼の隣人や友人の多くをほとんど架空の装いも

第一次世界大戦ころのウェルズの肖像写真

せずに登場させている」と言っている。[13] それでは、ウェルズ自身はどうかと言うと、「最も一般的な意味での自伝」であり「ブリトリング氏は私自身ではなく、私のようなタイプと階級の人間を表している」と、はぐらかすような言い方をしている。[14] だが、この言葉を鵜呑みにすることはできない。『ブリトリング氏』を執筆したころ、「[ウェルズ」の名声は、架空の登場人物が彼をベースにして描かれるところまで高まっていた」のであり、[15] 彼が、自分の分身、あるいは代弁者を作中に登場させることは、決して珍しいことではなかった。実際、ダークに限らず、当時の読者の多くがブリトリング氏を見れば、「これはウェルズ本人がモデルだな」と認識したであろうし、ウェルズ自身、そのことは織り込み済みだったはずである。とは言え、この自画像が三人称を使い、戦時中にライブで書かれたとは言っても、あくまで回顧的に書かれていることにも注意しなければなるまい。そしてもうひとつ注意するべきことは、ブリトリングという「小さなイギリス人（little Briton）」をもじった名前によって、ウェルズがブリトリング氏の経験をイギリス人全体の経験として描こうとしているらしいことだ。アトランティック版の序文で、多くの読者が「この本のなかに自分自身を見つけ」たと言っていたが、かなり「例外的な人」[16] に思えるウェルズの自画像が、なぜ一般のイギリスの人々の経験になり得たのかにも注目する必要がある。ひとまずブリトリング氏をウェルズの分身的存在として受け入れつつ、ウェルズがその分身を用いてどのように戦前の自分自身とイギリスを振り返っているのか確認していくことにしよう。

平和で気楽なマッチングズ・イーズィ

『来るべき世界の形』（*The Shape of Things to Come*, 1933）に登場するフィリップ・レイヴァン博士は、作者ウェルズの代弁者的存在と呼ぶことのできる人物の一人である。博士は、「(第一次世界大戦を描く）多くの物語が、とある休日の宴やカントリー・ハウスでの集まりのような朗らかな場面から始まる。あの一九一四年八月は、ことのほか天候に恵まれていた」[17] と追想している。もちろん、ここで博士は、戦前のイギリスの平和な光景を第一次世界大戦という悲劇的な出来事と対照させているのだが、それは単なるノスタルジーにとどまらない。と言うのも、その平和は戦争と対置されたとき、皮肉な様相を帯びて浮かび上がってくる平和であり、どうして平和と呼びえたのか不思議に思えるような平和だったからだ。そして、この『ブリトリング氏』も、そうした物語の一つと言える。

冒頭、物語はアメリカ人のディレック氏（Mr. Direck）がイギリスにやって来たところから始まる。「現代思想研究のためのマサチューセッツ協会」の秘書官として、現代の最良の思想家の一人であるブリトリング氏をアメリカに招待するのが、その目的だった。これが初めてのイギリス訪問であるディレック氏は、そこがワシントン・アーヴィングの描いたような伝説のイギリスであることを期待し、実際に彼の思い描いたとおりの場所であることを発見する。グレート・イースタン鉄道に乗ってブリトリング氏の住むエセックスに移動してみると、そこには文字通り、「文学のなかを旅している」ような世界が広がっていた（以上、四―六）。そして、マッチングズ・イーズィにあるブリトリング氏の住むダウアー・ハウスは、戦争とは無縁と思えるような、古き良きイギリスのカントリー・ハウスの佇まいそのものだった。

［ディレック氏］が訪れた正方形の古い赤レンガ造りの家は、シンプルなジョージ王朝様式で建てられたとても端正な建物で、その前には広い芝地があり、大きな青い杉の木が生えていた……家の中心には、オーク材のパネルが張られた大きな風通しの良いホールがあって、冬になれば大きな暖炉一つだけで暖められ、たくさんあるドアはそれぞれイギリス人好みの正方形をした個室に通じていると察しがついた。彼にあてがわれた寝室の外にある踊り場には、本棚と鳥の剥製が置かれ、寂しさを紛らしていた。（一九―二〇）

こうして物語は、ディレック氏の期待する昔ながらのイギリス探しから始まり、彼の視点を通して、彼の期待通りの「一八世紀の平和」（六）に包まれた、一九一四年夏のイギリスの光景が示される。

怠慢なリベラル派のイギリス人

だが、こうした平和な光景は表面的なものにすぎない。間違いなく、そこは戦争を間近に控えた二〇世紀初頭のイギリスであり、間もなく、ディレック氏の期待は裏切られていく。ダウアー・ハウスでの食事には、彼の想像した「隙のない女中による大げさで見事な給仕」もなければ、バラ園は荒れ放題で、納屋はダンスホールに改修され、もみ殻や小麦の代わりに水浴び用のバスタブが置いてあるというあり様だ。ディレック氏の期待はあっけなく裏切られていき、ついには、「一見、信じられないくらい伝統的な古いイギリスのように思えるのですが、実際のところ、伝統的な古いイギリスとこれほど異なっていることを想像できる人は、おそらく、いないでしょう」という感想にたどり着くことになる（三三）。

なかでも一番予想外だったのが、屋敷の主、ブリトリング氏その人であった。彼は、ディレック氏が想像した「アメリカのイラスト入りの物語に登場する田舎服を着たイギリス人」などではなかった（八）。筆一本で身を立て、富と名声を築き上げてきた彼は、イギリス社会を襲ってきた変化の申し子と言える存在である。そんなブリトリング氏が、伝統的なイギリスのカントリー・ハウスに住んでいるのだ。言ってみれば、伝統的なイギリスという器に、これまで伝統を破壊する側にいたはずのリベラルな人間が入り込んだ形である。

ところが、そんなブリトリング氏が執拗にイギリス的であることに固執する。サリー州やケント州には昔ながらの本物の地所や土地に根付いた旧家は消えてなくなっている、彼の住むエセックスにこそ、ロンドンや製造業者たちの影響を免れた「イギリスの本質」が残っている、と彼は主張する（三〇）。しかし、ブリトリング氏がこうした主張をすればするほど、古き良きイギリスの伝統はすでに新しい時代の波に飲み込まれ、風前の灯なのではないかという印象を強めることになる。実のところ、ブリトリング氏自身が「伝統的な場所に居座った金持ち連中」（二八）の一人であり、『トーノ・バンゲイ』（*Tono-Bungay*, 1909）中の言葉で言えば、彼の築き上げた生活そのものが、「イギリスの偉大な社会組織の、広範なそして徐々に進む崩壊過程における、諸相の一つ」を示していた。[18] 読者は、まず、こうした新参者のブリトリング氏が伝統的イギリスという器に収まったすわりが悪いギクシャクとした感じを、「痛快なほど自己批判的な自画像」としてあからさまに示され、このような滑稽な表面の下にある、決して笑ってすますことのできない二〇世紀初頭のイギリス社会が抱えたひずみを察知することになる。

作家でマルクス主義者のクリストファ・コードウェルは、「ウェルズはプチ・ブルジョワである」と断言しているが、[19] 彼に言わせれば、ウェルズの自画像ブリトリング氏はその典型であろうし、たしかに、それは否定できないところである。「若いころは怒りっぽくて過激な急進主義」者だったが、中年になって「安らぎと繁栄」を手にしたことで、安穏で平和な暮らしに執着するようになっていた（三五）。「イギリスではね……我々はあらゆるものを飼いならしてきたんだよ。神さえ飼いならしたんだ」（三七）と、ブリトリング氏は言うが、実のところ、この言葉は彼にもっとも当てはまる言葉であった。四五歳になった今、彼は、イギリスの豊かさを享受する側の人間になり、「怠慢を人生哲学とするようになっていた」（一二〇）。しかし、ブリトリング氏のこのような「怠慢」さは、すぐそこに戦争が迫ってきていたという事実によって浮かび上がってくる怠慢さでもある。彼が怠慢ではなかったと言っているのではない。表面的には平和に見えるイギリスであったが、間違いなく大きな変化のうねりのなかにあり、戦争の足音がそこまで迫ってきていた。にもかかわらず、なぜ平和だと信じるこができたのか、なぜ怠慢になれたのかと回顧的に顕在化してくる怠慢さである。気づいていないながら気づいていないフリをしていたとでも言うべき状態かもしれない。そして、そうした怠慢さのあらわれのひとつが、アイルランド問題に対するブリトリング氏の態度であり、それはウェルズはもとより、イギリス人全体にも当てはまるものであった。

二　アイルランド問題と「我々」イギリス人

明らかな戦争の予兆

第一次世界大戦が勃発するまでの一世紀のあいだ、イギリスは大きな戦争を経験することもなく概ね平和を享受してきた。むしろ、「［一九一四年］八月初めまで、ヨーロッパでの紛争の可能性よりも、アイルランドで内戦が起きるリスクのほうが高いように思われていた」[20]。それはウェルズを含め、彼の周辺にいる人たちも例外ではなかった。当時、『デイリー・エクスプレス』誌の編集者で、ウェルズの隣人であり、『ブリトリング氏』に登場するジャーナリスト、マニング氏（Mr. Manning）のモデルともされるブルメンフェルドという人物がいる。彼は『R・D・B・の日記』と題する日記を出版しており、そのなかで、一九一四年はアイルランド問題が頂点に達した年で、人々の会話は「内戦の恐怖」で持ち切りだったと回顧している。それは、サラエボ事件後のヨーロッパにきな臭いにおいが蔓延し始めた頃になっても変わらなかったようで、「アルスターの状況はひどく陰鬱だ。……明日、オーストリアがセルビアに宣戦布告するだろうが、大陸ヨーロッパで起きている問題が議論されることはなかった」と記している。[21]

『ブリトリング氏』にも、こうした内戦の可能性や、アルスターでの銃の密輸といったアイルランド絡みの問題が、土曜日の午後（つまりサラエボ事件前日）、レディ・ホマーティン（Lady Homartyn）の庭園で開かれる恒例の週末の宴の席で話題にのぼる場面が描かれている。このレディ・ホマーティンは、当時、ウェルズが住んでいたイーストン・グリーブに隣接するイーストン・ロッジ（作中名はクレイヴァリング）の女主人で

クレイヴァリングのモデルとなったウォリック伯爵夫人の邸宅（イーストン・ロッジ）

あり、彼とも親交のあったウォリック伯爵夫人をモデルとしている。クレイヴァリング恒例のこの週末の集まりには、政府関係者や有爵の人士といったそうそうたる顔ぶれが集まっている。そして、そのなかにレディ・フレンシャム（Lady Frensham）という「アイルランド自治法に反対し、一切、妥協する姿勢を見せない貴族女性の一人」（四二）が招かれていた。リベラル派のブリトリング氏は、この頑固なトーリー派の女性とアイルランド問題をめぐって激しいやり取りをする。このときのブリトリング氏の話す内容を見れば、彼がユニオニストに批判的で、アイルランド自治法を支持する立場にあることは明白である。そんなブリトリング氏に対し、レディ・フレシャムは、アイルランド自治法を推進する現自由党政権に揺さぶりをかけるものなら何でも構わないという態度で詰め寄っていく。そして、この国は内戦になると言って騒ぎ立て、作家であるブリトリング氏のような人物たちが手をこまねいて何もしていないからだと言って責任を擦り付けようとする。それに対し、ブリトリング氏は次のように反論する。

「……内戦がこの帝国にとって何を意味するか本当にわかっていますか？　世界には、アルスターの「ロイヤリスト」と自由党政府との反目以外にも問題があるのです。政党の利益の他にも、この大帝国は重大な問題を抱えているでしょう？　……争いが起これば、どんな取り返しのつかない傷口が開いてしまうことになるのか気づいている人はほとんどいません。部隊の一部が反乱を起こせば、我々は彼の地で、これまで経験したことのないウンザリするような戦いをすることになります。それをインドが見ています。ベンガルがアイルランドの真似をするかもしれません。遠く離れたところから見れば、オレンジ色であろうが緑色であろうが、反乱は反乱ですし、反逆は反逆です。それから、ドイツが時機到来とばかりに攻撃を仕掛けてきたとしましょう！」（四二―四三）

ブリトリング氏は、アイルランド問題が内戦に発展すれば連鎖的にドイツとの戦争に拡大する可能性があることを指摘する。この指摘は、彼が当時のイギリスを取り巻く情勢を的確に見抜いていることを示している。しかし、ここでウェルズはブリトリング氏の慧眼を証明する、あるいは、レディ・フレンシャムの無知を糾弾することには主眼を置いていない。そもそも、ドイツとの戦争の可能性を指摘すること自体、すでに珍しいことではなかったはずだ。文学の世界でも、そうした時流を映し出すように、一八七一年「ドーキングの闘い」の出版以来、「侵略モノ」が流行し、多くの作家がドイツとの戦争を描き、ウェルズもその流行にのった作家の一人だったはずである。(22) むしろ、ここで問題とされるのは、そうした明白な兆候を認めながらも、ブリトリング氏を含めた多くのイギリス人が意図的に無視しているとしか思えない状態にあることだった。

平和なイギリスに住む「我々」イギリス人

レディ・ホマーティンの庭園での宴のあと、ブリトリング氏は、レディ・フレンシャムとのやり取りを振り返り、一緒に参加していたアメリカ人ディレック氏に、イギリス人気質について次のように説明する。

「ことの真相は、依然として「イギリスには」世界が丸いという事実を理解している人がほとんどいないということです。世界は丸いのです――オレンジのように。我々はその事実を――お決まりのスキャンダルのように――学校で習います。あらゆる実用的な目的のために、我々はそのことを無視しています。事実上、我々は皆、パンケーキのように平らな世界に住んでいるのです。そこでは、時間は決して途切れることがなく、何かが変わることもありません。自分の視界の外側にある世界を、誰が本気で信じることができるでしょうか？　我々はここにいて、明らかに何も変わっていません。だから、我々も今のままであり続けるのです――何も変わることはないでしょう。ただ続くのです――空間的にも、時間的にも。もし視界の先に丸い地球が存在していることに気づくことでもあれば、当然、我々は慎重になったほうがよいでしょう…。もし世界がささやきの回廊のようだったら、今、我々はどんなささやきを耳にすることになるやら――インドから、アフリカから、ドイツから、過去からの警告が、未来の暗示が…。

「我々はそんなことを気にしてはいけません…」（四八―四九）

ブリトリング氏に言わせれば、長い間、平和を享受し、そこに胡坐をかいてきたイギリス人は、どんなことがあっても変化することはないと高をくくっていた。そのために、このアイルランド問題に端を発した内戦騒ぎのように、無責任に暴力的な行動をとるようになっていた。それは、アイルランド問題に限らず、労働問題や参政権問題などに関連して起こる暴力的な事件にも言えることで、それらにはすべて「共通した心理」が存在していた。ブリトリング氏は言う、「我々が変わることはない。弾薬庫で火花がはじけるまで――変わらないだろう。我々は土台を揺るがすようなことが起きるとは思っていない。我々は永遠の保育園にいる永遠の子どもなのだ」と（以上、四六―四七）。

こうしてウェルズはブリトリング氏を通し、戦前のイギリスにはその平和な光景とは裏腹に、第一次世界大戦の火種になりかねない問題が山積みされ、決して平和とは言えない状況にあったことを明らかにしていく。そして、その問題を指摘するブリトリング氏を含めた「我々」イギリス人がこぞってそれらを無視し、「保育園児」のように危険な火遊びに興じているとしか思えない状況にあった（四六）。こうした戦前の状況について、『来るべき世界の形』のレイヴァン博士は次のように述べている。

「二〇世紀が進むにしたがい、戦争のための病的なエネルギーが蓄積され、そのエネルギーのはけ口を他の方向に見出せないでいることが、世界のあり様を見ればますます歴然としてきていたことを考えると興味深いことだった(23)」

予見していたはずの戦争が実際に起きたとき、ブリトリング氏は驚きを隠すことができない。それはウェルズ自身の驚きでもあったはずである。「我々はそんなことを気にしてはいけません…」というブリトリング氏の言葉には、ウェルズの痛烈な自己批判を読み解くことができる。そして、それは同時に「我々」イギリス人に向けたものでもあったはずだが、ウェルズが、ことあるごとにこのときの驚きについて口にしているのを見ると、予言者としてたびたび警鐘を鳴らし続けてきたはずの彼にとって、それは「我々」以上に致命的な「怠慢」だったのかもしれない。

三　ブリトリング氏の誤算（イギリス編）

「神の民、イギリス人」が果たすべき義務

戦争が始まると、ブリトリング氏はこれまでに感じたことがないほど愛国心に燃えている自分に気づくことになる。それは、ウェルズ自身が感じたものだったはずである。筆者には、この小説のどの執筆段階でウェル

ズの熱意が幻滅に変わったのかを実証的に特定することはできないが、開戦以降を扱った第二巻の執筆を始めた段階で、想定していたものとは違うという認識を強く持っていたことは間違いないように思われる。ウェルズが『戦争を終わらせる戦争』を執筆したように、ブリトリング氏も「そして今、戦争が終わる」という論考を執筆する。だが、『戦争を終わらせる戦争』で見せた「主戦論的な熱意」が、そのままこの「そして今、戦争が終わる」によってプロパガンダ的に示されることはなく、読者が実際にその内容を目にすることもない。しかし、ウェルズの幻滅の直接的な原因が、長期化する戦争の悲惨さそのものにあったとは言えないだろう。そもそも、現代の戦争が人類にとって壊滅的な結果をもたらすことを、彼ほど見抜いていた人間は決して多くはいなかったはずだ。そうした悲劇的な状況になる前に戦争が終わる、つまり、連合国側が早い段階でドイツに勝利すると予測することができたのも、ウェルズなりの計算があったからに他ならない。

『解放された世界』に、原爆投下後の世界で、世界共和国設立に向けて尽力するエグバート王（King Egbert）というイギリス王が登場する。ウェルズはこの王のことを、「救済と再建に向けて、人類を勇敢で断固とした努力に導く「神の民、イギリス人（God's Englishman）」」と呼んでいた。[24]『ブリトリング氏』同様に、戦時中に出版された『ジャンとピーター』（*Joan and Peter*, 1918）では、被後見人のジャンとピーターに向かって語り掛けるオズワルド（Oswald Sydenham）に、「君たちは偉大な遺産を受け継いでいる……自分がイギリス人であることを考えたことがあるかね？」と問いかけさせ、ここでも、「神は、特別な難題を授けるとき、神の民、イギリス人をお選びになった」と言わせている。[25]ウェルズは、「大英帝国は……世界共和国の先駆者にならなければならない、そうでなければ意味がない」と考えていた。[26]彼が描いた第一次世界大戦のシナリオでは、イギリスが世界で指導的な役割を果たし、率先して世界共和国に向けた行動をとらなければならなかった。わけても、クレイヴァリンの宴に集っていたような特権的地位を享受している人間たちが目を覚まし、指導的役割を果たすことが必須であった。

裏切られる「世界共和国」に向けたシナリオ

ウェルズは短編小説「星」("The Star", 1897) や、『彗星の時代』(*In the Days of the Comet*, 1906)、そして『解放された世界』といったカタストロフィ小説で、新星や彗星の到来、あるいは原子爆弾の投下をきっかけにして、突然、世界の人々が心を入れ替え、変化する小説を描いてきた。マッケンジーは、ウェルズにとって第一次世界大戦は「より良い世界の新秩序の先触れ」であり、その世界は「まばたき一つするかしないうちに、人間の精神が新世界を可能にするものに変化してしまうという、あのユートピア的な変身場面によってもたらされる」と考えていたのではないかと言う。[27] さすがに、ウェルズも、自分が描いたSF世界と同じように物事が瞬時に進むとは思っていなかっただろうが、それでも、開戦して間もないころ、ブリトリング氏が「この戦争から得ることのできる恩恵が十分に確保されるよりも随分と前に戦争が終わってしまうのではないか」(二一五) と危惧していたように、ウェルズ自身、ある程度の時間が必要であったとしても、この戦争で世界は変わると信じていたことは間違いなさそうだ。

だが、先に結論を言ってしまうと、第一次世界大戦でそのような変化が起こることはなかった。心を入れ替えた人類が「国家、帝国、忠誠心、人種の競争、そして宣伝活動についての考え方」を改めるに違いないというウェルズの期待は裏切られ、「幻想」にすぎなかったと認めざるを得なくなる。[28] なかでも、ウェルズにとってもっとも重要だったイギリス指導層に対する期待が幻滅に変わる経験を、ブリトリング氏も経験していくことになる。戦争が始まると、ブリトリング氏は戦争に貢献したいという思いで居ても立っても居られず、「意気揚々としたボランティア精神と、愛国的な献身の炎そのもの」(二三一) になってロンドン行きの列車に乗り込む。しかし、そこで彼が目にするのは、新兵募集に押し寄せた若者をさばききれない役人たちや、武器不足のために鉄の棒を曲げて作ったダミー銃で訓練させせようとしている戦争省の先見の明のなさと無能さであった（二三五）。彼の熱意が掬い上げられることもなく、ついには、「大英帝国政府は知的で、訓練され、賢明である」という「一時的な妄想」を修正せざるを得なくなり（二三四）、次のような結論にたどり着くことになる。

　一九一四年七月、アイルランドを内戦寸前にした最高の愚かさと同じ怠慢な性質が、今、戦争を混乱させ、一年前には確実に思えた勝利を遅れさせていた。依然として政治家たちは奸計を弄し、非効率的な人間が指揮を執っていた。（二五〇）

『戦争を終わらせる戦争』の罪過

　現実の戦争を前にしたときにウェルズが抱いた失望は、「そして今、戦争が終わる」を執筆するブリトリング氏のアイロニカルな描かれ方にも見てとれる。ブリトリング氏がインド文学者のカーミン氏（Mr. Carmine）と話していたときのことである。それまで、「そして今、戦争が終わる」の執筆に没頭していたブリトリング氏は、「[書斎で]醸造していたリベラルな楽観論というお酒に酔いしれていた」とされる。その勢いで、「生きている間に、この戦争を見ることになったのは残念なことではない」、「ある意味、[この戦争]はとんでもない大惨事かもしれないが、見方を変えれば、人類にとって大きな前進だ……危機であり、解決でもある」と興奮気味に話すと、「そんな風に楽観的に考えられたらいいんだがね」と、カーミン氏に冷めた反応を返されることになる（二〇〇）。徹夜の執筆作業のあとで朝食に降りていけば、食料パニックが起こって買い占めのために食料品店に人々が押し寄せていることや、金融危機を恐れて小切手を換金しようと急ぐ人たちの話を耳にする。「思い描いた理想を台無しにする」（一九三）光景に苛まれたブリトリング氏は、次のように描写される。

世界平和の達成と、軍国主義的なドイツの終焉のために国々が一つに集まっていくという、彼が抱いた最初の偉大な構想は、その後の、混乱して秩序を失った世界という矛盾した光景を前にして、かき消されそうになっていた。（一九六）

このように、「そして今、戦争が終わる」は、「どうしようもない現実との間にある溝を越え」（二二二）、辛うじて、書き進められたものだった。こうしたブリトリング氏の苦悩は、ウェルズが、開戦当初の熱病に取りつかれたかのような自分自身をアイロニカルに振り返って描いたものと言えよう。

失望しながらも戦争を支持することは、やみ雲に若者を戦場に送り続け、いたずらに戦死者の数を重ねていくことに協力することを意味する。ブリトリング氏は言う、「この戦争に素晴らしい夢を抱いて、あらゆる階級の息子たちが戦場に向かい、戦死した」（二八八）、そして、今では「ぞっとするような痛みと浪費」（二九九）になってしまった。この言葉に、ウェルズ自身の罪悪感を読み取ったとしても強引な解釈とは言えまい。後に、ウェルズは『自伝の試み』のなかで、『戦争を終わらせる戦争』について次のように述べることになる。

私のなかにある楽観論を説く泉が、批判的に分析しようとする警戒心を打ち負かし、私を押し流してしまった。私は「戦争を終わらせる戦争」という小冊子を書き、戦争に参加するか抵抗するかで迷っていた人々に影響を与えたこともあったように思う。(29)

ブリトリング氏は、「楽観論を説く泉」にどっぷり浸かっていたとき、「国を挙げての蜂起」を想像し、人々が政府に身を捧げ、戦争に意欲的に参加しようとする様子を次のように想像していた。

私たちを自由に使ってください。これは外交官の戦争でも戦争省の戦争でもありません、これは全国民の戦争です。私たちは皆、いつもの仕事を投げ出して、財産と私たち自身を提供する用意があります。身勝手な個人的行動は平和時のものです。私たちを受け取って、ふさわしいと思うように使ってください。私たちの持っているものすべてを受け取ってください。（二三二）

この後、ウェルズは、「〔ブリトリング氏〕が政府のことをこのように考えていたとき、彼の知っている統治階級の人間たちのことを忘れていた」（二三二）という皮肉なコメントを添えることを忘れない。しかし、開戦当初、『戦争を終わらせる戦争』を書くウェルズの筆を動かす原動力となっていたものこそ、こうした「安易な浅はかさ」（二九〇）だったのであろう。『自伝の試み』のなかで、ウェルズは次のようにも述べている。

この「文明のための戦争」が、この「戦争を終わらせるための戦争」が、実は、慰めの幻想に過ぎないという受け入れがたい事実を直視し、嫌々ながら認める気になるのに数ヶ月を費やした。(30)

『戦争を終わらせる戦争』は、ウェルズにとって、世界共和国に向けて書く必要のあった一冊であり、その目標そのものが揺らぐことはなかった。しかし、『ブリトリング氏』を執筆していたころのウェルズは、目標に進もうとする強い意志を持ち続けながらも、時局を読み誤ったのではないかという認識を強めていくことになった。それが、期待通りの行動を見せないイギリス指導層に対する批判や、ブリトリング氏の苦悩の下に透けて見えるウェルズの罪悪感に表れているのではないだろうか。

四　ブリトリング氏の誤算（ドイツ編）

ドイツのベルギー侵攻（リエージュの戦い）

ウェルズにとって、イギリスの指導層の怠慢さが戦争を長引かせている要因の一つであった。それは、イギリス支配層が心を入れ替えて変化し、戦争を早期に終わらせ、世界共和国に向けて指導的な役割を担うという彼のシナリオをくじくことになった。そして、もう一つ、ウェルズの予測に反して戦争を長期化させる原因となったのが、ドイツの思わぬ攻勢である。

第一次世界大戦初期の戦いのうち、もっとも重要なものの一つに、イギリスの参戦を決定づけたリエージュの戦いがある。ウェルズは、この戦いのことを『戦争を終わらせる戦争』で次のように触れている。

> リエージュでのドイツ撃退は、一八七一年のフランスの敗北と同レベルの、ドイツにとっての大失敗の始まりかもしれない。最初の計画が失敗したあとに続く計画が、ドイツにはない可能性がある。最初の敗北を喫すれば、ドイツは散り散りになってしまうだろう。私には、そのように思える――私はその予言に賭ける、我々は勝利の誘惑に備えておかねばならない(31)。

侵入してくるドイツに立ちむかうベルギー（『パンチ』誌より）

フランス侵攻を目論むドイツは、一九一四年八月二日、まず、ルクセンブルク大公国に侵攻する。そして、その日のうちにベルギー政府にベルギー国内の自由通過を要求し、翌日、ベルギー政府がこれを拒否すると、四日、ベルギーへの侵攻を開始する。軍勢ではるかに劣勢のベルギー軍はリエージュ要塞に立てこもり、侵攻してくるドイツに立ち向かう。このベルギー軍の抵抗はドイツ軍のフランス侵攻を遅らせ、その計画を大きく狂わせることになった。結局、同月一六日、要塞は陥落してしまったが、このベルギー侵攻は、それまで戦争に巻き込まれることを渋っていたイギリスに、「小国ベルギー」の中立と独立を守るという大義を与え、一気に参戦ムードへと転換させることになった。先ほどの引用は、『戦争を終わらせる戦争』の六章に収められている論文「新しいヨーロッパ地図の必要性（"The Need of a New Map of Europe"）」からのもので、初出は八月一五日付の『デイリー・クロニクル』誌である。おそらく、ウェルズの耳に、まだリエージュでのベルギー軍劣勢のニュースが届いてない段階で執筆されたのであろう。この引用を見れば、ベルギー軍の攻勢にウェルズが歓喜の声を上げていることがわかる。(32) 一方、それよりも後に書かれた『ブリトリング氏』では、このリエージュでの戦いは次のように記されている。

ドイツ軍はリエージュで敗北し、非常に大規模に破壊されたと、しばらくの間、思われていた。これはマッチングズ・イーズィに限られた間違いではなかった。（二一四―二一五）

現実の戦争はウェルズの予測を裏切っていき、『戦争を終わらせる戦争』での誤った観測は修正を強いられていく。それにしても、なぜウェルズは「最初の敗北を喫すれば、ドイツは散り散りになってしまう」という予言に賭けることができたのであろうか。もちろん、国威発揚の意味もあろうが、ドイツは出端をくじかれたとは言え、戦争の火ぶたは切って落とされたばかりである。

今、戦争が終わる」で述べた内容に大きな誤算があったとことをすでに認識している。
戦争は終わる」の内容に具体的に触れられている箇所を見てみよう。このときのブリトリング氏は、「そして
ウェルズの予言の根拠について見ていく前に、まずは、『ブリトリング氏』のなかで、数少ない「そして今、

起こらなかった反乱

彼が最善を尽くして信じようとしたこと――「そして今、戦争が終わる」で最善を尽くして人々に信じてもらおうとしたこと――は、この戦争が、限定的であるが強い影響力を持つ少数の者たちによる不当な搾取であり、人類に広く認められる優しさに対する暴力行為だということだった。彼には、戦争の残虐さ、損害、そして無益さは、当たり前すぎることだったので、それを今更のごとく主張することを申し訳なく思うほどだった。戦争が始まれば、西洋諸国はそれがどのような性質のものになるかを具体的に知ることになり、「しかし、我々は、お互いに対してこんなことをすることはできない！」と叫んで、戦争を繰り返さないために統一の方向に向かうだろうと信じていた。攻撃的なドイツの帝国主義は自国民に説明を求められることになる、世界の大国の衝突と崩壊の後、自由主義的会議が開かれ、より確固とした安全の礎となる普遍的な優しさが復活すると予測していた。多くのイギリスに住む人たちと同じように、彼は、ほとんどのドイツ人は耐え難い政治的強迫観念からの解放者として凱旋する連合国を歓迎するものと信じていた。(二七四)

この引用部分のポイントは大きく三つある。順番に言えば、①この戦争は、少数の者による不当な搾取である、②この戦争によって西洋諸国が戦争を繰り返すことはできないことを悟って、統一の方向に向かうと思っていた、③ドイツ人の多くが連合国を解放軍として歓迎すると考えていた、である。②の、戦後の世界共和国

について、ウェルズが視野に入れていたことはすでに触れた内容なので、ここでは①と③について見てみよう。

ウェルズは、『戦争を終わらせる戦争』のなかで、イギリスが戦っているのはドイツ国民ではないと繰り返し言明する。この戦争の諸悪の根源は、一八七一年の普仏戦争での勝利以来、帝国主義政策で世界を脅かしてきたドイツ皇帝カイザーと、その横で兵器を売りさばいて暴利をむさぼってきたドイツの巨大軍事企業クルップ社にあるとする。そして、「カイザーはもういらない、クルップはもういらない、我々の決意は固い。あんな馬鹿げたものは終わりだ！」[33]と声高に叫ぶ。引用文中にある「少数の者たち」は、このカイザーとクルップ社に代表される軍需産業によって利益を得ているものたちを指していると言ってよい。そして、ウェルズの予測では、この「少数の者たち」によって搾取され、虐げられている一般のドイツ人たちが連合国側を解放軍として歓迎し、カイザー以下、ドイツ支配層に対して「説明」を要求する、つまり、反旗を翻すと読んでいた。ウェルズが「最初の敗北を喫すれば、ドイツは散り散りになってしまうだろう」と予測を立てることができたのも、リエージュ侵攻の失敗を機に、ドイツ一般市民が圧政に対し立ち上がることを期待したからであろう。しかし、リエージュでのベルギー軍優勢のニュースは一時的なものだったとわかり、その後、ドイツ一般市民の蜂起も起こることはなかった。こうして、ウェルズにとって世界共和国に向けた二つ目の原動力が失われることになった。

戦争の悲惨な現実とSF作家ウェルズの「知的苦悩」

ホーム・フロントにいるブリトリング氏は、こうしたドイツの攻撃を、新聞やクレイヴァリングでの噂話、あるいは、大陸から帰ってきた人たちや、イギリスにやって来た難民からの伝聞で知ることになる。そして、そうしたソースからブリトリング氏が見聞きするのは、侵攻してきたドイツ軍の残虐行為であり、イギリスに対する剥き出しの憎悪であった。連合国側を歓呼して迎えてくれるどころか、「ドイツ全体が盲目的な怒りのなかにある」（二七七）と感じ、ブリトリング氏は、「ドイツ人が（イギリス人とは）全く異なる精神で戦っている」（二七五）ことを認めざるを得なくなる。それのみか、ドイツ兵たちの残虐な行為を耳にする彼自身が、「すべてのドイツの町と家に死が、もっと多くの死が、もっともっと多くの死が訪れたという知らせを聞きたいという願望」（二八三）を抱くようになる。こうした憎悪が憎悪を呼ぶ状況に、彼は新たに執筆中だった「戦争についての考察（"Examination of War"）」も、結局は、「『そして今、戦争が終わる』よりもはるかに無力なのではないか」と感じるようになり、「極度の知的苦悩」に陥って、物書きとしての自分の力に疑問を抱き始めてしまう（二二五）。このような「知的苦悩」に陥ったブリトリング氏のことを、語り手は次のように説明する。

> 将来の幸せな読者には……この時期、ブリトリング氏の精神生活が、あれほどまでに戦争の恐怖と残虐行為で埋め尽くされていたことを知ったとしても、信じることができないであろう。ここで将来の読者がこの戦争をどのように描くのか推測しても無意味だし、不可能である。広大でドラマチックな輪郭を持ったものになるかもしれないし、多くの障壁を焼き払い、多くの障害を打ち壊す、正当で、合理的で、必然的なものに思えるかもしれない。このような広い視野を手に入れ慰めとするには、ブリトリング氏はあまりに中傷や痛みや熱狂の近くにいすぎた。毎日、新しく事細かな悪い報せが、彼の心に土足で踏み込んできたのだ。（二八四）

目の前の残虐な行為に目を奪われ、俯瞰的な視点から広く歴史を見渡すことができなくなったブリトリング氏の姿に、未来を予測することを得意とするはずのＳＦ作家ウェルズの作家としての苦悩を重ねてみたとしても、あながち間違いではなかろう。

俯瞰的な視点を持てなくなったブリトリング氏は、過去に向ける視線も揺らぎ始めることになる。ツェッペリンのイギリス本土空爆によって、彼はウィルトシャイアおばさん（Aunt Wiltshire）を失う。悲しみに沈む彼は自分を慰めようと考えを巡らせてみるが、その努力は報われない。

　イギリスの家庭、女性、子どもたちが経験していることは、結局は、アフリカやポリネシアの村に住む罪のない人たちに、これまで自分たちが何十回となく与えてきたのと同じような経験をしているだけだと考えても、ブリトリング氏には、十分な慰めにはならなかった。（二八五）

They wrecked the railways.
『宇宙戦争』の挿絵から
地球を攻撃する火星人

ブリトリング氏の心の内を説明するこの言葉に、『宇宙戦争』（*The War of the World*, 1898）の一節を思い出す読者も多いのではないだろうか。ウェルズは、こう言っていた。我々は、地球侵略を目論む「地球の水準をはるかにしのぐ知的生命」に対して厳しい判断をする前に、タスマニア原住民に対して「ヨーロッパ人が仕掛けた絶滅戦争」を思い出さなければならない[34]。しかし、この慰めの論理も、第一次世界大戦の惨劇の前には無力であった。

力を失った論文、そして痛みによる連帯

こうして未来にも過去にも慰めを見出せなくなったブリトリング氏に残されるのは、今、目の前の戦争がもたらす痛みだけである。そんな彼の物書きとしての最後の挑戦とも言うべきものが、ドイツ人家庭教師ハイン

リッヒ（Herr Heinrich）の両親に宛てた手紙だ。ハインリッヒは、ブリトリング氏が幼い子どもたちのために雇っていたドイツ語の家庭教師であった。「国際言語」を完成させれば「もう二度と戦争が起こらない」（四二三）と信じて大学で研究を進めるハインリッヒは、ブリトリング氏と共通の価値観を持ち得る存在である。ところが、戦争が始まると、ハインリッヒはドイツに戻って兵役につき、戦死してしまう。一方、ブリトリング氏も、自分と同じファースト・ネームで、並々ならぬ愛情を注いできた息子のヒュー（Hugh Britling）を戦場で失うことになる。悲しみに暮れるブリトリング氏は、ポメラニアにいるハインリッヒの両親に宛てて、「暗闇のなかにいる私から、暗闇のなかにいるあなたたち」（四二四）に手紙を書くことにする。このときのブリトリング氏は、「ハインリッヒが敵であることを思い浮かべもしなかった」（四二〇）し、「［ハインリッヒとヒュー］が勇敢で親切な人間で、二人とも同じものに殺されたという根本的な事実」（四二〇）しか考えていなかった。「また一人息子が死んでしまった――世界中で息子が失われ続けている」（四二〇）。ブリトリング氏は、痛みを味わった者同士の連帯感を頼みに、ドイツ人ハインリッヒの両親に手紙を書き始める。

ところが、いざ文字にしていくと、ブリトリング氏はこれまで自分が論文で言ってきた内容を繰り返すようなことを書いてしまう。「この戦争の主であり核心であるドイツが、その責めを一番負わなければならない」と釘を刺し（四三二―四三三）、私たちは今、「民主主義の実験」（四三七）を始めている、「民主主義の方法を全身全霊で完成させようではありませんか」（四三三）と諭すようなことを言う。ブリトリング氏は、「そして今、戦争が終わる」が無力だったことを痛感しているにもかかわらず、また、同じ過ちを繰り返そうとする。実は、彼自身、そのことに気づいていて、「この押しつけがましい金切り声の、なんと無力なことか！　説教くさくなっている」、「無味乾燥」で「一般論」で「どうしようもない」、これでは「論文」だ、と声を上げる（以上、四三三）。ブリトリング氏は、これまでの論文の書き直しにすぎず、同じ失敗を繰り返すことになると気がついているのだ。だが同時に、「それでも論文がなければならない」という確信もあった（四三六）。伝え

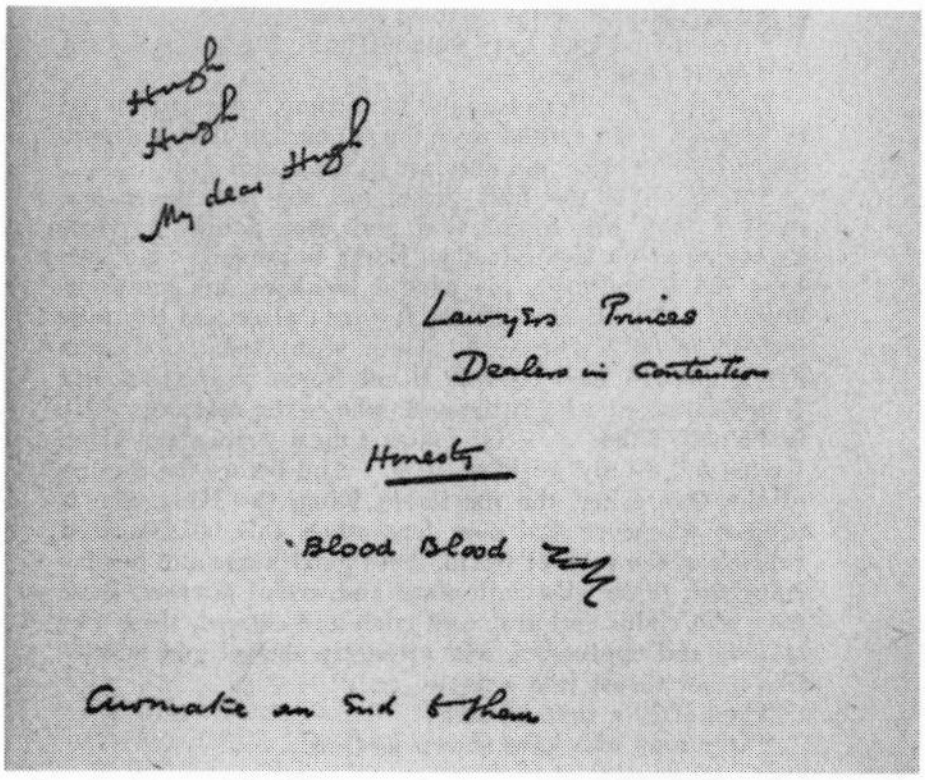

ブリトリング氏がハインリッヒの両親に宛てた手紙の最後の１ページ

る言葉を見失ったブリトリング氏が、行き詰まりと疲労のなかで書いた手紙の最後のページは、効力を失った論文が痛みによって断片化され、逆にその効力が蘇ってくるものだ。

ヒュー／ヒュー／大切なヒュー／弁護士　王子／競いあう商人たち／誠実さ／血　血／そして、それらを終わらせよう（四四二）

現実には、この時のウェルズに兵役に就くような年齢の子どもはいなかった。あくまで推測の域を出ないが、一年程度で戦争が終わると考えていたとすれば、『ブリトリング氏』の執筆開始時点では、ヒューの死はウェルズの構想に入っていなかった可能性が高い。想定外の戦争の成り行きのせいで、結末の部分で自画像からの思い切った逸脱を強いられることになったのであろう。つまり、外面的事実に反してでも、当時の自分の内面的な自画像を象徴させる出来事が必要だったということだ。そしてその自画像は、若者たちを戦場で失い、未来を失いかけている、当時の多くの人々の痛みを普遍的に表し得たのではなかったか。『ブリトリング氏』で描こうとしたことについて、ウェルズは次のように述べている。

私がこの本で描こうとしたのは、戦争の残酷な事実が日増しに増え、生活のすべてを支配するようになったとき、その事実が文明人の心に与えた驚きと悲劇的な幻滅の感覚だけではなく、大惨事の真っ只中にあって、すぐにでも安心感を与えてくれるものを見つけたいという強い願望だった。[35]

ブリトリング氏は最後に神を見出す。ウェイガーは、ブリトリング氏の言うこの「世界共和国のキャプテン」（四三九）としての神が、「戦後の新世界秩序のためのキャンペーン」であり、読者を獲得するための「計画的な嘘」だった可能性があると言っている。[36] ノードランドは、「ブリトリング氏‐ウェルズが戦争をやり遂げるための希望の源として神に目を向けた」とする。[37] いずれにせよ、論文という手段で力を発揮できないとわかったウェルズには、「計画的な嘘」をついてでも戦争をやり遂げるために必要な神だったのだろう。それと同じことが、ヒューやハインリッヒの死についても言えよう。言い換えれば、それほどまでウェルズは、今、目の前にある痛みのなかで伝え得る言葉を見失い、追い込まれ、「大惨事の真っ只中にあって、すぐにでも安心感を与えてくれるものを見つけたいという強い願望」に囚われていたということだ。

結び　ブリトリング氏がやり遂げたこと

今、目の前の痛みから目を逸らさないことをやり遂げる

ウェルズは、しばしば俯瞰的な視点に身を置いて、彼の描く歴史的なシナリオを優先してしまうために、その視点の下で生きている一人一人の人間を蔑ろにしていると批判される。マッケンジーは、世界の人々が心を入れ替えて、新しい世界秩序を作ることのできる人間に変化してしまう「あのユートピア的な変身場面」をウェルズが想定していたと皮肉な調子で言っていたが、それも、こうした突然の人間の変化が不自然であることを踏まえての指摘である。実際、第一次世界大戦ではそのような変化は起こらず、結果、ブリトリング氏は

俯瞰的な視点から未来や過去に目を向け、別のシナリオを描くことができない状況に陥ってしまった。そんなブリトリング氏に残されたものは、戦争がもたらす、今、目の前にある痛みの連続であった。だが、ブリトリング氏は、その痛みのなかで決して「見る」ことを止めることはなかった。

> 「ブリトリング氏」のように、戦争を見続けようとしていたのは稀なことだった。ほとんどの人には、戦争が見えていなかったのだ。世界中の大部分の人にとって、それは、騒々しく、混乱した、おびただしい数の印象として、統一性もなくやって来た。（二一一）

ウェルズ自身も言っていたように、当時、この小説はよく売れ、第一次世界大戦の影響で金銭的に困っていた彼にとって、救いの一冊となるほどだった。ところが、現在、ウェルズと言えばＳＦ作家であり、『ブリトリング氏』を手にして読む人はほとんどいない。二〇世紀に入ると、ウェルズはＳＦから離れて「議論小説」を書くようになるが、『トーノ・バンゲイ』や『アン・ヴェロニカ』(*Ann Veronica*, 1909) などの一部をのぞいて、その評価は決して高くない。たしかに、『ブリトリング氏』は、しばしばウェルズのお説教で脱線し、ヘンリー・ジェイムズのような統一感に欠け、現代の読者を退屈させるところがあるのも事実である。しかし、ウェルズと同時代人のダークが、「第一次世界大戦の最初の二年間にイギリスが感じたことを後世の人々が知りたいと思うなら、……私の知り得る限り、「『ブリトリング氏』ほど」そのことについて教えてくれる当時の記録は他にない」[38]と言っているように、この小説は、戦争中、ウェルズばかりでなく、多くのイギリス人が感じていたことの、生の記録と言うことができる。二一世紀を生きる我々にとって、すでに百年以上前の出来事となった第一次世界大戦は、教科書で習うように、冷静に、広い視野を持って語ることができる戦争になったのかもしれない。だがそれは、ブリトリング氏‐ウェルズが感じた痛みが、語り得るもの、語り継ぐことができるものになったことを意味しているのだろうか。それは、しばしば、時間の経過とともに、あの時の痛みも遠い時代の記録になってしまっただけではないだろうか。そういった意味では、今、この『ブリトリング氏、やり遂げる』を読むに値するものにしているところがあるとすれば、それは、作家としてウェルズが、あの時、目の前にあった痛みから目を逸らすことなく、戦争を見続けることを「やり遂げた」、その記録としてであろう。そして二一世紀を生きる「幸せな読者」である我々は、その記録を手に取り、ブリトリング氏-ウェルズの生の声に耳を傾け、その声を聞き続ける努力をやり遂げる必要があるのではないだろうか。

注

（1）"Preface" to H. G. Wells, *Mr. Britling*, the Atlantic Edition, vol.22 (New York: Charles Scribner's Sons, 1926), p. xxn.

（2）本論では、イングランドという名称については、日本でより一般的なイギリスという言葉で統一している。

（3）"See." *Oxford English Dictionary*, 2nd ed., vol. 14 (Oxford: Clarendon Press, 1989), pp. 869–870. このフランス語版以外にも、一九一七年、『ブリトリング氏の洞察への道』（*Mr. Britling's Weg zur Erkenntnis*）というタイトルでドイツ語版がスイスで出版されている。シャーボーンは、「(この二つの翻訳）は、主人公の粘り強さ（perseverance）ではなく洞察力（perspicacity）のほうを誤って称えている」と言っている。Michael Sherborne, *H. G. Wells: Another Kind of Life* (London: Peter Owen Publishers, 2012), p. 236.

（4）Darco Suvin, *Metamorphoses of Science Fiction: On the Poetics and History of a Literary Genre* (New Haven: Yale University Press,1979), p. 254.

（5）H. G. Wells, *The World Set Free: A Story of Mankind* (London: Macmillan, 1914), p. 94.

（6）H. G. Wells, *The World Set Free*, p.103.

（7）H. G. Wells, *The War That Will End War* (London: Palmer, 1914), p. 14.

（8）David Lodge, "David Lodge's Top 10 H. G. Wells books," *The Guardian*, 4 May 2011, 〈https://www.theguardian.com/books/2011/may/04/david-lodge-hg-wells-top-10〉,（最終閲覧日：２０２０年８月30日）

（9）Denis Brogan, "*Mr. Britling commence à voir clair*," *Spectator*, 222 (January, 1969), p. 136.

（10）Andrew Frayn, *Writing Disenchantment: British First World War Prose, 1914–30* (Manchester: Manchester University Press, 2014), p. 48.

（11）以降、この小説の日本語タイトルについては、便宜上、『ブリトリング氏』とする。なお、本書からの引用には次のテキストを使用し、ページ数のみを付記した。H. G. Wells, *Mr. Britling Sees It Through* (New York: The Macmillan Company, 1916).

（12）Sidney Dark, *The Outline of H. G. Wells: The Superman in the Street* (London: Leonard Parsons. 1922), p. 120.

（13）J. R. Hammond, *An H. G. Wells Companion. A Guide to the Novels, Romances and Short Stories* (London: The Macmillan Press Ltd., 1979), p. 181.

（14）H. G. Well, *Experiment in Autobiography: Discoveries and Conclusions of a Very Ordinary Brain (since 1866)* (London: Macmillan, 1934), p. 573.

（15）Michael Sherborne, *H. G. Wells: Another Kind of Life* (London: Peter Owen Publishers, 2012), p. 214.

（16）Ingvald Raknem, *H. G. Wells and His Critics* (Oslo: Scandinavian University Press, 1962), p. 126.

（17）H. G. Wells, *The Shape of Things to Come* (London: Hutchinson, 1933), p. 52.

（18）H. G. Wells, *Tono-Bungay* (London, Penguin, 2005), p. 66.

（19）Christopher Caudwell, *Studies in a Dying Culture* (London: The Bodley Head, 1938), p. 80.

（20）Randall Stevenson, *Literature and the Great War 1914–1918* (Oxford: Oxford University Press, 2013), p. 8.

（21）R. D. Blumenfeld, *R. D. B.'s Diary 1887-1914* (London: William Heinemann, 1930), pp. 240–245.

（22）Cecily E. Eby, *The Road to Armageddon: The Martial Spirit in English Popular Literature, 1870–1914* (Durham: Duke University Press Books, 1987), p. 39.

（23）H. G. Wells, *The Shape of Things to Come*, p. 46.

（24）H. G. Wells, *The World Set Free* (London: Collins, 1956), p. 22.

（25）H. G. Wells, *Joan and Peter* (London: Cassell and Company Ltd., 1918), pp. 715–716.　『ジャンとピーター』のなかでも示されているとおり、この「神の民、イギリス人」という言葉は、ミルトン（John Milton, 1608–1674）の「言論・出版の自由」を基にしたものである。詳しくは、ジョン・ミルトン、原田順訳『言論・出版の自由――アレオパジティカ　他一篇』（岩波文庫、二〇〇八）、六五頁。

（26）H. G. Wells, *Experiment in Autobiography*, p. 652.
（27）Norman and Jeanne Mackenzie, *The Time Traveller* (London: Weidenfeld & Nicolson, 1973), p. 298.
（28）"Forward" to J. M. Kenworthy, *Peace or War?* (New York, Boni & Liveright, 1927), p. viii.
（29）H. G. Wells, *Experiment in Autobiography*, p. 570.
（30）H. G. Wells, *Experiment in Autobiography*, p. 572.
（31）H. G. Wells, *The War That Will End War*, p. 47.
（32）リエージュの攻撃でベルギー軍がドイツ軍を撃退したとことを、当初、連合国側の国々が楽観的な調子で報じていたことについては、バーバラ・W・タックマン、山室まりや訳『八月の砲声　上』（ちくま学芸文庫、二〇〇四年）の第一一章「リエージュとアルザス」に詳しい記述がある。
（33）H. G. Wells, *The War That Will End War*, p. 12.
（34）H. G. Wells, *The War of the Worlds* (London: Heinemann, 1898), pp. 3–5. 日本語訳は、次のものを使わせていただいた。中村融訳『宇宙戦争』（創元ＳＦ文庫、二〇〇五年）
（35）H. G. Well, *Experiment in Autobiography*, p. 573.
（36）W. Warren Wagar, *H. G. Wells: Traversing Time* (Connecticut: Wesleyan University Press, 2004), pp. 157–158.
（37）Alexander M. Nordlund, "A Misfit in All Times: H. G. Wells and "The Last War"", *Modern Intellectual History*, 15, 3 (2018), pp. 767–768.
（38）Sidney Dark, pp. 119–120.

8章　G・オーウェル『一九八四年』を四度《よたび》、読み直す
――ポスト・トゥルースの時代にあって真実を見つめる

岩上　はる子

序

二〇世紀最大の政治作家ジョージ・オーウェル（George Orwell, 本名 Eric Blair, 1903–1950）は、没後七〇年を経た二一世紀の現在も依然として強い影響力を放っている。オーウェル人気にはこれまで四つの大きな波があった。ロシア革命を諷刺した『動物農場』（*Animal Farm*, 1945）に続いて、全体主義の近未来社会の悪夢を描いた『一九八四年』（*Nineteen Eighty-Four*, 1948）が刊行された当時、次に表題作のカウントダウンを迎えた一九八四年、さらにオーウェルの生誕一〇〇年にあたる二〇〇三年である。そして第四の波は、アメリカを中心にわきおこった。「アメリカ第一主義」を掲げポピュリズムの手法によって二〇一六年の大統領選挙を制したエドワード・トランプが翌年一月二一日に第四五代アメリカ合衆国大統領に就任した瞬間、『一九八四年』はアマゾンのベストセラーに躍りでた。就任式に集まった群衆の数について、航空写真ではオバマ大統領の就任式よりも明らかに少なかったにもかかわらず、新政権の報道官が過去最大の群衆が集まったと称賛し

たのである。問題はこの虚偽発言に対して、大統領顧問が 'alternative fact'（代替的事実）として擁護したことにある。虚偽を事実とする政府高官の発言は「二重思考」「ニュースピーク」といったオーウェルのディストピア小説を想起させ、『一九八四年』を一位に押し上げたのである。

　オーウェル作品は二〇〇七年時点で『動物農場』と『一九八四年』だけでも世界六二言語に翻訳され、およそ五千万部を売り上げているという（Rodden 2007: 10)。その一方で、広く知られながらも実際には読まれていない実情を示す調査もある。大手書店ウォーターストンが一九九七年に行った「二〇世紀の文学作品ベスト五」というアンケート調査では、トールキンの『指輪物語』に続いて、『一九八四年』『動物農場』が二位、三位を占めたのである。他方、二〇〇九年三月「世界本の日」にイギリスで行われた調査では、「読んだふり本」のトップになったのが『一九八四年』で、回答者の四割を超える人たちが実際には読んでいないことが判明したと『ガーディアン』紙が伝えている。[1] ほかにリストの上位にあがったのは『戦争と平和』、『ユリシーズ』、『聖書』などで、『一九八四年』も名のみ知られて実際には読まれない古典の仲間入りをしたということだろうか。

　欧米では教室で最初にオーウェルに出会ったという読者も少なくない。『動物農場』『一九八四年』以外にも「絞首刑」「像を撃つ」「なぜ書くか」などの短篇やエッセイが中高等教育のカリキュラムに取り入れられ、オーウェルは学校で学ばれる「正典」に加えられた。作品がきちんと読まれることなく用語だけが一人歩きするという現状があるにせよ、オーウェルの流布とその影響力の大きさはオックスフォード英語大辞典（*OED*）

マイクロフォンに向かうジョージ・オーウェル、BBC 勤務時代。
J・W・ウェスト『戦争とラジオ BBC 時代』、晶文社

からも見てとれる。早くも一九五〇年に'Orwellian'を「全体主義的な未来社会」の意味で用いたOrwellian futureの初出例が見られる。ほかにも独裁者Big Brotherを始め、思想統制のために開発された新語法Newspeak、矛盾する二つの思想を同時に受け入れるdoublethink、反体制者の粛清を意味するunpersonといった、『一九八四年』における造語が普通名詞として採用されているのである。

二〇一六年のイギリスのEU離脱の国民投票とアメリカの大統領選挙におけるトランプの勝利に象徴される分断と対立の時代に突入した世界は、二〇二〇年三月の現在、コロナ・ウィルス感染症の世界的流行のさなかにある。グローバリズムは経済競争を激化させ豊かさを求めて国境を越える難民の群れを生む一方、自国の利益を優先してはばからない経済大国の対立のなかで、国際協力なくしては対応できない地球規模の環境問題は危機的状況にある。世界的な政治秩序が激しく揺さぶられ対立と混迷を深めている現在の状況は、将来の方向性がまったく見えないという点で、オーウェルが生きていた二〇世紀半ばの危機と不安の時代と重なり合うものがあるように思われる。二一世紀を生きるわたしたちが、今オーウェルを読むことによって何を得られるのかを以下では考えてみたい。

一　オーウェルの読まれ方

人間オーウェル

オーウェルの名が広く知られるようになったのは晩年の二作の小説の出版による。それまでおよそ一五年間にわたって小説、ルポルタージュ、書評、評論、エッセイなどさまざまな文章を発表してきたオーウェルだが、経済的安定と名声を手にしたのは死の数年前に出された『動物農場』と『一九八四年』の爆発的な売れ行きによるものだった。両作品は「政治的目的をもって」書かれた紛れもない政治小説であり、それが本国イギリス以上にアメリカで異常な売り上げを記録した要因として、第二次世界大戦後の冷戦状況というタイミングが作用したことは明白である。ロシア革命を諷刺した『動物農場』は、米国の読書協会「ブック・オブ・ザ・マンス・クラブ」の一九四六年九月の「今月の本」に選ばれ、全米のベストセラーとなってアメリカ人のなかに西側陣営の代表としてソ連に対峙する意識を芽生えさせたという。その三年後に出された『一九八四年』は、アメリカの出版社ではタイトルをローマ数字で*1984*と表記し、ニュースピークの浸透する作品世界を視覚的に訴えた。これも一九四九年六月の「今月の本」に選定され、前代未聞の部数を売りあげたのである（Rodden 2020: 102–104）。社会主義者でありながら左翼陣営から異端視されていたオーウェルは『一九八四年』について、「社会主義や英国の社会党を批判するものではない」という声明を出す場面もあったが、アメリカでは彼の想像をはるかに超えてソヴィエト批判の戦士に祭りあげられることになった。

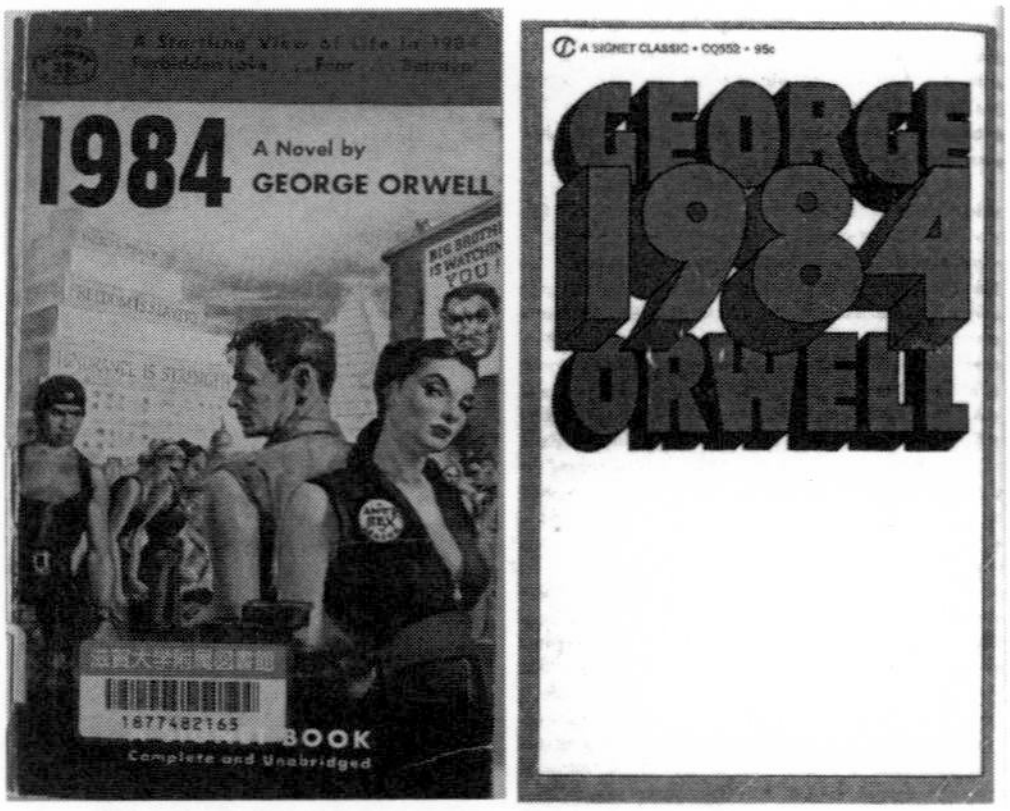

左：アメリカ版（Signet Book）の表紙。
右：同社より1984年に出された記念版の表紙。

「反共作家」というイメージはアカデミズムの世界での過小評価にもつながった。晩年の二作のみが注目され、それ以外の小説や短編作品まで読み進む読者は多くはなかった。Q・D・リーヴィスは「鯨の腹のなかで」（一九四〇）の書評で、いち早くオーウェルの的確な文学批評と自分の体験に基づくノン・フィクションを高く評価したが、「小説家になる才能には恵まれなかったようだ」と述べている（Meyers 188）。この時点ではまだ『動物農場』も『一九八四年』も書かれていないのだが、文学批評誌

『スクルーティニー』でのオーウェルの位置づけは、一般の人気とは裏腹にアカデミズムの世界でオーウェルが軽んじられる一つの要因になったことは考えられる。実際オーウェルを小説家としては二流とする文芸評論家の見方は今日でも残っている。たとえばハロルド・ブルームは『一九八四年』のガイドブック（2004）を編集した際には、序文で「オーウェルは偉大な作家ではなく、優れた小説家ですらなかったが、それでもわれわれがどこに向かおうとしているかを見すえる勇気と洞察力を持っていた」（Bloom 8）と述べ、物語としては不出来ながらも「すぐれた悪書」を残した警世家としてのオーウェルを評価してみせたのだった。

仮に作家オーウェルの評価が低かったとしたら、いったい何がその後の「オーウェル神話」を生みだす源になったのだろうか。オーウェルに冠せられる多くの修飾辞（saint, rebel, conscience of his generation, man of truth, cold warrior など）は、ほとんどが第二次世界大戦前後の書評などで用いられたもので、こうした見方は一九五〇年代までには定着し、後のオーウェル像の土台を作りあげた（Rodden 1980: 90–91, 110–11, 424）。なかでもアメリカの批評家ライオネル・トリリングは、一九五二年版の『カタロニア賛歌』（*Homage to Catalonia*）への序文でオーウェルを'a figure in our lives'と呼び、「人のもつ素朴でまっすぐで偽らない頭と、人の持てる力、そして人のやろうとしていることに対する敬意だけをもって世界と向かいあったという美徳」（Trilling ix-x）を称賛した。

オーウェルという人間はその作品以上に興味をひく対象なのかもしれない。ジョージ・ウッドコックは『オーウェルの全体像——水晶の精神』（*The Crystal Spirit*, 1967）を著し、その透徹したまなざしと不屈の倫理性を「水晶の精神」[2]と呼んだ。人間的共感に溢れるウッドコックの伝記とは対照的に、バーナード・クリックはあくまで推論を控え資料を客観的に精査し提示する手法に貫かれた伝記『ジョージ・オーウェル　ひとつの生き方』（*George Orwell: A Life*, 1980）を発表した。これは最初の本格的な伝記だったが、執筆を依頼した妻ソニアやオーウェルを知る人々、新聞雑誌からも酷評を浴びた。そのいちばんの理由は筆者の共感が乏しくオーウェルの人間像が浮かんでこないとするものだが、批判に対してクリックは「伝記作者は神の真似をしてはならない。作家の人格を作り上げ、彼の作品について判断を下すのは、読者の自由と義務である」（日本語版への序文、一九八三）という姿勢を変えることはなかった。

その後マイケル・シェルダンの『人間ジョージ・オーウェル』（*Orwell*, 1991）が書かれ、生誕一〇〇年にあたる二〇〇三年だけでも新たに三冊の伝記が出されている。一人の作家の伝記としては異例の多さである。作品のなかに作家を求め、作家の人生のなかに作品を求めるという読み方の陥りやすい誤謬の一方で、作家と作品を截然と分かち、作家自身への共感を排して文学的な価値のみを評価することは、みずからの生き方そのものが作品であったようなオーウェルについてはとりわけ困難に思われる。オーウェルにあっては「やはり作者固有の特徴をきわめて色濃くもっているため、われわれは思想《アイディア》と個性《パーソナリティ》とを密接に結びつけて考えないわけにはいかない」（二二八）というウッドコックの言葉は重い。なぜなら、オーウェルの作品を論じることはその思想を論じることであり、それはオーウェルという人間を論じることなくしては不可能だからである。

日本のオーウェル

オーウェルが日本に紹介されたのは戦後まもない、まだ連合国軍最高司令部（ＧＨＱ）の占領下におかれていた時代である。翻訳許可第一号となった『アニマル・ファーム』（永

英国初版（Secker & Warburg、1949）と日本語初訳版（文藝春秋社、1950）の表紙。
出典：川端康雄「ディストピアの言語」https://gendai.ismedia.jp/articles/-/72066?page=3

島啓輔訳、大阪教育図書、一九四九）に続いて、翌一九五〇年にアーサー・ケストラーの『真昼の暗黒』（岡本成蹊訳、筑摩書房）と同時に『１９８４』（吉田健一・瀧口直太郎訳、文藝春秋新社）が出版された。マッカーシズムの吹き荒れるアメリカでの人気とは異なり、日本では一般読者に読まれることはなかった（清水二六二）。しかし、その時点ですでに『一九八四年』の本質を鋭く見抜いていた人たちはいる。「単に共産主義だけではなく、おおよそ全體主義的政治體制下において、人間の自由がいかに壓迫されるかということを、あすこまで、ギリギリ一ぱいのトコトンまで追い詰めていったこの作者の勇氣と知性の力には、ただ驚嘆するばかりである」という訳者の解説は、この作品の普遍性と作家オーウェルの矜持をみごとに伝えている。武田泰淳もまた小説家ならではの鋭い洞察を示した。「オウェルもゲオルギウも、ケストラアも奇をてらつてことさらに人類をおびやかす政治的小説をでつちあげたわけではない。……小説家としてのつぶやき、どこの試験場でも通過しさうもない答案を自分ひとり永いこともてあつかひかね、いぢくり廻してゐるうちにあれらの作品は自然と成立した。製作した当人がそのおどろ〳〵しい形相に顔をしかめずにはゐられぬ鬼子が、知らず〳〵生み落とされてしまったのである」（「小説家とは何か」『文学界』、昭和二六年、開高 九九）。

日本に紹介されたばかりの頃に、こうしたオーウェルの強い気魄と危機意識を受けとめえた読者は少なかっただろう。日本でもオーウェルの短編やエッセイ類が大学や受験予備校で読まれた時期もあったが、英語習得が目的であって、その内容を深く考えることもなく忘れ去られるという状況が続いた（奥山 四—六）。それが、一九六〇年代末から、『カタロニア賛歌』や『オーウェル著作集』（四巻本 *The Collected Essays, Journalism, and Letters*, 1968）の翻訳、ウッドコックやクリックの伝記が翻訳されたことで、作家オーウェルの全貌が見渡せるようになった。一九八四年のカウントダウンをめぐっては、関連書籍、論文、エッセイ、コラム記事などが氾濫し、日本においても大いに盛りあがりを見せた。

では『一九八四年』が日本に紹介されてから三〇年あまりの間に、作品に対する理解はより深まったといえ

日本語訳初版のタイトルページと翻訳許可証、筆者撮影。

るのだろうか。かつて、吉田・瀧口は解説で「全體主義的壓迫をそう感じてこなかつたはずのイギリス人でさえ個人の自由のためにかくまで闘おうと考えている。われわれ日本人がこの問題をそれほど痛切に感じないのは、個人の自由——わけても思想と感情の自由の喜びと尊さを知らないためなのであろうか？」と問いかけていた。ファシズムを体験したはずの日本人が、なぜその人間性抑圧の恐怖を我がことととして感じとれないのか、なぜ『一九八四年』の陰惨極まる世界をリアルなものとして想像しえないのか。これに対して、激戦下のベトナムでの取材経験をもつ作家の開高健は、「わが国は風土も政治的闘争もそれほど酷烈じゃないので、したがってセックス小説は無限に生まれるけれども、政治小説は読まれることが少なくて、それで『一九八四年』がほとんど無視されているということになるのかもしれない」（一二）と考える。あるいはまた、一九七〇年に『カタロニア賛歌』を翻訳した橋口稔は、戦後の雰囲気の残る五〇年代に読んだ頃は切実に思われたものが、「今は『カタロニア賛歌』を初め一九三〇年代そのものが、いわば歴史の枠のなかに押しこめられてしまっているような気がする」とあとがきで感慨を述べている。開高も橋口もともに一九三〇年生まれで、多感な青春時代を戦時下で送った世代である。彼らにとって戦後二〇年、三〇年がすぎ去って、過去の歴史を忘却しつつある微温的な空気に覆われた日本の姿は危機感をおぼえさせるものだった。やがてホロコーストを産みだすことになる全体主義を胚胎していた一九三〇年代の毒こそ、オーウェルが『動物農場』『一九八四年』において結晶化させたものであり、あの時代を知らない現在の読者にとって、歴史の忘却は乗りこえなくてはならない課題なのである。

今日オーウェルを読むことの難しさと可能性

オーウェル受容の変遷を追うアフターライフ研究で知られるアメリカ人研究者ジョン・ロデンはいわば「遅れてきた世代」であり、あの時代の空気を知るオーウェル世代への羨望を隠さないのだが、そのロデンがオーウェル作品を理解するうえで不可欠と考えるのはコンテクストである。時代は大きく変わった。冷戦の終結とソヴィエト連邦の崩壊という歴史的変化によって、今日では「反共」という用語それ自体が説明を要するものになっている。現在の読者にとって、オーウェルの世界は枠組そのものを理解することから始めることが求められる時代なのである。

『動物農場』は「おとぎばなし」の副題を持ちながら、そこにはロシア革命の勃発から一九三九年の独ソ不可侵条約の締結と破棄、そして連合軍が戦後のドイツ分割統治を協議した一九四三年のテヘラン会議に至るまでのロシアの歴史が書き込まれているのだ。動物農場の革命を指揮したナポレオンとスノーボールの対立がスターリンと政敵トロツキーの権力闘争を表し、ナポレオンを絶対的な指導者として農場でくり広げられる恐怖政治のあらましがスターリン体制を諷刺したものであることは知っておくべきことだろう。なぜなら「諷刺」という技法を取り入れることによって、オーウェルが「政治的著作をひとつの芸術にする」(「なぜ私は書くか」『評論集』1：一一七)という最大の目標を達成したのが『動物農場』だったからである。

『一九八四年』はどうだろうか。時代は執筆時から三六年後の近未来に設定されているが、背景に描かれているのは第二次大戦直後の荒廃し生活物資にも事欠くロンドンの陰鬱な日常である。このことをもってオーウェルは想像力に欠けるという見当ちがいの批判も見られたが、[3] 当時の読者は小説に散りばめられた諷刺に気づいたにちがいない。黒い口髭の Big Brother に読者はスターリンを連想し、Big Brother is Watching You. というスローガンに第一次世界大戦でのキッチナー元帥による Your Country Needs You! の徴兵ポスターを思い出したことだろう。ヴィクトリー広場がトラファルガー広場であり、ビッグ・ブラザーの立つ高い塔がネルソン提督像であることは説明の必要もなかった。主人公の勤務する真理省は第二次大戦中に情報省の本部がおかれたロンドン大学本館であり、オーウェルが勤務していたBBC東洋部の編集会議はポートランド・プレイスの本部の一〇一号室で行われていた。未来の世界が三つの大国に分かれて永遠の戦争状態によって力の均衡を保つという構想はアメリカの政治学者ジェイムズ・バーナムの著作が土台になっていること、主人公ウィンストン・スミスの暮らすオセアニア国がスターリン体制下の恐怖社会であること、そこで行われる思想統制、粛清、監視などがけっして空想の産物などではなく、現実世界で行われていることを題材に描かれているのである。

ロンドン大学本部（セネット・ハウス）、主人公ウィンストン・スミスが勤務する真理省ビルのモデルとされる。
J・W・ウェスト『戦争とラジオ　BBC時代』、晶文社

　こうした時代背景や政治史の知識をもたなくとも『一九八四年』を読むことはもちろんできる。ただそれでは、当時の情勢を体験として知っている読者なら感じることのできた諷刺の辛辣さを体感しえないのだろうか。後世の読者は歴史を学び知識を蓄えていなければ『動物農場』や『一九八四年』に向かいあうこともできないし、二つの作品が与えた原爆あるいは水爆にも喩えられる衝撃（Rodden 2020: 102）を受け止めることはできないのだろうか。たとえ知識を蓄えたところで、開高健のいうように

るのだろうか。

「〝想像〟の質と〝現実〟の質には、ついにどうあがいてみても超えられぬギャップ」（一〇五）が広がってい

戯曲『１９８４』

現在における『一九八四年』の受容を考えるうえで一つの示唆を与えてくれるのが、先ごろ話題になった舞台化作品である。ロバート・アイクとダンカン・マクミランによる戯曲が二〇一四年にロンドンで初演され、その後、トランプ政権発足後の二〇一七年にニューヨークのブロードウェイで上演された。その際には、ショッキングな拷問場面に観客が失神したり嘔吐するなど話題になったという。日本でも二〇一八年に新国立劇場で上演され衝撃を与えた。

戯曲『１９８４』は二〇五〇年の時点から、原作の主人公ウィンストン・スミスの日記を読書会のメンバーが読み一九八四年をふり返るという設定になっている。これは原作の附録として付けられた「ニュースピークの諸原理」が過去形で書かれており、しかもニュースピークではなくオールドスピークすなわち従来の英語が用いられていることから、あの完璧に思われたオセアニア国の管理体制も滅びたという解釈に基づいているものと思われる。オーウェルは附録を付けることによって絶望的で殺伐とした世界に対してわずかな希望の光を見ようとしたと考えたいところだが、この戯曲の世界はさらなる恐怖空間を演出している。二〇五〇年に『一九八四年』を読んでいる彼らには、党もスミスも本のなかに登場するだけの存在に過ぎず、かれらが実在したことを示す証拠を持たないのである。それではこの本の著者は誰なんだという問いかけに、読書会の主催者はこう答える。「だれにもわからない。これまでにもいろいろな作家が取りざたされてきたけれども、誰ひとり記録がないんだ。出生記録も、それから死亡届けもね。さまざまな作家たちの合作ということもありうるかもしれない。おそらく本当の作者は消された（unpersoned）という公算が強いね。」（*1984*, 88-89）つまり二〇

五〇年の未来社会では歴史は完全に失われ、時間のなかに位置づけられることのない人間存在が虚構の彼方に消えていくという世界が出現しているのである。

そして戯曲のクライマックスとなっているのが、『一九八四年』のもう一人の主人公といってもよいオブライエンがスミスを追い詰めていく拷問の場面である。それは肉体的な苦痛を与えて服従を強要するといったわかりやすい拷問などではなく、2＋2＝5を自然に受け入れることに象徴されるような、絶対的な服従を求める反射神経の訓練なのである。それは言いかえれば正気と狂気を入れ替えることであり、スミスはみずからの正気を手放さないかぎり許されない。全体主義が残虐な抑圧手段を用いて国民を恐怖で支配するという前時代的な方法ではなく、人間の脳の内側に入り込み現実感覚を奪い去り、党の作りあげた虚構の世界で満たすことによって完全な支配を達成するのである。戯曲『1984』は原作『一九八四年』のもつ古びることのない恐怖をえぐり出してみせ、観客は歴史的コンテクストから解き放たれ、その恐怖を現在自分の生きている世界や社会のなかにだぶらせて見ることになるのである。

二　『一九八四年』の世界

狂った世界を見つめる

『一九八四年』は時計が一三時を打つところから始まる。狂った時代を描くには狂った世界を描くしかないと考えたオーウェルは、狂った時間からこの悪夢のような世界をスタートさせる。(4) オセアニア社会では二四時間制が敷かれ、人々は数字で表記されるデジタル時間に従って規則正しい生活を送っている。スミスたち党外郭（Outer Party）のメンバーが起床するのは nought seven fifteen (07:15) であり、消灯時間は twenty-three thirty (23:30) と定められている。食べる・仕事をする・眠るとき以外は、ひとりの時間をもつことは ownlife という犯罪になる。そうした生活のなかでスミスはプロール地区に見つけた骨董品店の二階の部屋で、一二時間の文字盤をもつ旧式の置き時計に出会う。その部屋には一〇〇年以上も昔の珊瑚を埋め込んだガラスの文鎮も飾られている。全体を支配する数字だけの機械的な時間から解き放たれ、アナログの個別的な時間が流れるこの部屋で恋人ジュリアと過ごす時間は、スミスにとっては何にもかえがたい時間となる。

だが、その個別的時間は珊瑚の文鎮とともに無慚に砕け散る。逮捕の夜、まどろみから目覚めたスミスは枕元の時計を見て二〇時三〇分であることを確認する。そして窓の下から聞こえるプロールの女の歌声に未来の世界への希望を確信したとき、思考警察に踏み込まれるのだ。あらためて時計を見ると文字盤は九時を指している。しかし表は変に明るい。スミスはひょっとしてジュリアとぐっすりと眠り込んでいる間に時計が一回りして朝になっていたのではないかと考える。党の監視が及ばないと思われていた小部屋で満ち足りたアナログ時間を過ごしていたのは錯覚に過ぎず、外では昼も夜もない数字だけの時間が進んでいたのである。スミスはブラザー同盟のオブライエンと次に会うのは「闇の存在しないところでですか」(二七五) とたずねていたとおり、党のナンバー2の顔を現したオブライエンから、窓もなく人工の光が溢れるだけの時間のない一室で拷問を受けることになる。

この逮捕の場面ではスミスが昔の時代を引き寄せる手がかりとして追い求めていたマザー・グースの「オレンジとレモン」の歌詞の続きが明かされる。川端康雄が読み解いたように、この伝承童謡は、「ウィンストンの「過去への憧憬の念」を呼びさますものとしてあるのと同時に、はじめから、ウィンストンの破局を暗示するものとして」(三六) プロットに組み込まれていたのである。陰鬱極まりない作品の世界に童歌を配するというオーウェルの遊び心は、オセアニア社会の三つのスローガン (「戦争は平和である (War is Peace.)」「自由は隷従である (Freedom is Slavery.)」「無知は力である (Ignorance is Strength.)」にもうかがうことができる。すべてがあべこべに映る『鏡の国のアリス』のように、対立するはずの概念が同等の意味を持つものとして提示されているのである。『鏡の国のアリス』とのさらなるアナロジーは、「このわしがある言葉を使うときには、それはわしがこうと選んだことだけを意味するのじゃ」（第六章）というハンプティ・ダンプティのセリフにも見いだせる。言葉の意味を決めるのは主人であるという発想はニュースピークの基本的な概念なのである。こうした逆さまの世界が『一九八四年』では逆説として、つまり一見するとまちがっていると見えるものが実は真理として通用し、狂った世界が正気の世界として存在しているところにこそ、オセアニアの恐怖の根源があるのだ。

スミスがもっとも不安に感じていることは、自分は狂っているのではないかということである。記録局で働く彼は、一片の古い新聞記事を見つけたことから党による過去の改ざんの事実を確信する。指令に従って過去の統計資料や新聞記事などを「修正」する自分の仕事は、たんに「一片のナンセンスを別のナンセンスと差し替えるだけのこと」（六五）ということに気づいてしまう。そして、歴史が書きかえられることを「まちがい」と感じる自分が「まちがっている」のかと、自分の正しさへの確信が揺らぎ、ひとり自分だけが狂っているのではないかという不安と孤独感に襲われるのである。この孤独感が彼をブラザー同盟に走らせることになるのだが、入会にあたって手渡された冊子から歴史の改ざんが国家管理の重要な手段であることを知る。それを読み終えたとき、スミスは「少数派であっても、いや、たった一人の少数派であっても、そのことで狂人ということにはならない。一方に真実があり、他方に嘘がある、たとえ全世界を敵に回しても真実を手放さないのなら、その人間は狂ってなどいないのだ」（三三三、一部変更）との信念をもつにいたる。truth や fact はひとつであって、そこに形容詞が付けられるとき、それは絶対的なものから相対的なものへと格下げとなる。つまりそれは truth でも fact でもなくなるのだ。スミスはここで党が修正して提示するのは truth の正反対の untruth すなわち嘘であると断定し、「正気かどうかは統計上の問題ではない」（三三四）とつぶやき、自分が正気であることを再確認するのである。だが第三部では、スミスの正気は「病気」として、オブライエンによって「治癒」されることになる。

ジェイムズ・バーナムに対峙する

『一九八四年』が売れ続けているアメリカで、もうひとり政治思想家ジェイムズ・バーナム（James Burnham, 1905–1987）が注目されているという。[5] この二歳年下のバーナムの著作にオーウェルは深い関心をよせ、合計三本の評論を書いている。とくに『管理革命』（*The Managerial Revolution*, 1941）については、子細に検討し批判的な考察を加えた長大な論文「ジェイムズ・バーナムと管理革命」（一九四六）を発表している。第二次大戦後の世界は三つの超大国に分割されるというバーナムの予想図をヒントに『一九八四年』の舞台を設定したことはすでに定説になっているが、重要なのはオーウェルがそれらの超大国で行われる少数エリート官僚による全体主義管理メカニズム（バーナム理論）を批判的に読むことで『一九八四年』の主題を作りあげた点である。

作中に挿入されたゴールドスタインの『寡頭《かとう》制集散主義の理論と実践』はバーナムの『管理革命』を下敷きにしたものとされる（佐藤、一四七―五三）。オセアニアはビッグ・ブラザーを頂点とし、党中枢、党外郭、そして全人口の八五パーセントを占めるプロールによって構成される階級社会で、党中枢の少数エリートが「イングソック」と呼ばれるイデオロギーに基づいて一党独裁による全体主義的統治を行なっている。党中枢の少数者とはバーナムのいう「管理者」であり、かれらが効率的で冷徹な管理理論を実践し、支配階級としての地位をかため権力を絶対化していくプロセスがゴールドスタインの冊子に要約されているのである。一般大衆のプロールは「無知は力なり」のスローガンのままに、脳みそのない家畜として搾取されるだけの奴隷社会がオセアニアである。

バーナムは「スターリニズム」が少数のエリート官僚支配に堕していることを批判したのだが、そこに暴きだされる管理理論のあまりの精緻さには戦慄させられる。オーウェルも嫌悪感と拒否感を抑えられなかったようで、バーナムは「論じられている過程の冷酷性と非情性を明らかに楽しんでいる気配が読み取れる。彼は事実を提示しているだけで自分の好みを述べているのではないとくり返すけれども、バーナムが権力の光景に魅了されており、ドイツが戦いに勝ちそうに見えた間は、ドイツに共感を寄せていたことは歴然としている」(「ジェイムズ・バーナムと管理革命」『評論集』２：二二四)と批判している。ゴールドスタインの冊子を読んだスミスは自分がこれまで薄々感じていた党の壮大な管理メカニズムについて体系的な理解をえる。だが「方法は分かっているが、理由が分かっていない」(三三三)という究極の疑問が残る。この問いはまさしくオーウェル自身の口から出たものである。「おかしなことに、バーナムは権力闘争についてあれほど語っていながら、なぜ人々が権力をほしがるかを一度も立ち止まって問おうとしない」(前出『評論集』２：二五二)と述べている。バーナムの『マキャヴェリ主義者』(*The Machiavellians*, 1943)における「あらゆる革命は大衆にとっては裏切りとなる」という見方が『動物農場』のテーマになった(佐藤二二一―二三)とすれば、「権力とは何か」を追求することが『一九八四年』のテーマであり、それが作品の第三部におけるスミスとオブライエンの問答において展開されるのである。

オセアニアの管理メカニズム――虚構の構築

オセアニア社会のピラミッド状の組織を支えるのは二層からなる党員の意識である。スミスのような一般党員は党のイデオロギーを未だ正確には理解していない潜在的な敵として監視される一方、オブライエンのような幹部党員はイデオロギーの奥義を知る存在として、「監視」「歴史の書きかえ」「言語操作」などあらゆる手段を用いて全体主義運動を推し進める。オセアニア社会は全体主義イデオロギーによって構築された虚構の世界であり、人々は現実の日常世界を離れて党が管理する虚構の世界で生きるように訓練される。偏在しながらもその存在をだれも見たことのないビッグ・ブラザーを指導者とし、テレスクリーンに映し出される〈人民の敵〉ゴールドスタインに激しい憎悪と罵倒を浴びせ、ときおり街なかに落とされる爆弾や捕虜たちの公開処刑によって、たえず入れ替わる敵国との戦争を体感するという創りあげられた世界を、人々は現実世界として受け入れ生きることを求められるのである。

その虚構性に疑義をもつ人間を発見するのがテレスクリーンと呼ばれる二四時間作動する双方向監視カメラである。フーコーの全方位監視システム（パノプティコン）を思わせるこの監視装置の究極の目的は、個人の意識の内側にまで入り込み内なる世界を奪うことである。フーコーが取りあげたのはジェレミー・ベンサムによって設計された監獄で、建物の中心にある監視塔からは囚人を監視することができるが、囚人からは自分たちが監視されていることは確認できない仕掛けになっている。それによって囚人たちは見られていないときにも監視の目を意識し、自己規制するようになるというものである。Big Brother is Watching You. というスローガンはまさに〈まなざし〉の権力を表わしたものといえる。ビッグ・ブラザーの眼が党員のなかに植えつけられ、〈二重思考〉、〈思考停止〉、〈黒白〉といった思考訓練によって、党員は自分の眼ではなく党の眼によって世界を見るようになるのである。

人間の意識の世界までも掌握する力をもつ指導者は全知全能の神として君臨する。指導者に誤謬はありえず、したがって論理的な整合性をとるために事実が修正されることになる。書きかえは日々刻々と行われ、過去はたえず更新される。古い不都合な文書は〈記憶穴〉に投げ込まれ巨大な炉で燃やされる。記憶穴に消えていくのは書類だけではない。人間も消されて〈非在人間〉として、その人間の記録も記憶も一切が消されて「存在しなかった」ことになるのである。[6]

イデオロギーによっていかに事実が歪められるかをスペイン内戦に従軍して身をもって体験したオーウェル

は、後に「スペイン内戦回顧」(一九四二)において、事実の中立性が失われ過去までが支配される未来社会を予測している。『一九八四年』に先立つこと六年の時点で、オーウェルの眼には悪夢の世界が明確な像を結んでいたことが次の一節に明らかである。

ナチスの理論はとりわけ「真実」のようなものが存在するのを否定する。たとえば、「科学」というものは存在しない。あるのは「ドイツ科学」「ユダヤ科学」等々だけである。この手の考えが暗黙裡に目指しているのは、指導者またはなんらかの支配者的集団が、未来だけでなく過去までもコントロールするという悪夢的な世界である。もし指導者が云々《しかじか》の出来事について、「そんなことは起こらなかった」と発言すれば、そう、それは起こらなかったことになる。もし2たす2は5である、と言えば、そう、2たす2は5になるのだ。(秋元訳　一二七)(7)

オセアニアでは「過去を支配するものは未来を支配し、現在を支配するものは過去を支配する」というスローガンの下に、事実は消され、消されたことすら忘れられ、新たに書きかえられた事実が歴史として残る。「現在真実であるものは永遠の昔から永遠に真実である」(五六)として、党の作りあげた歴史だけが事実として残るのである。こうして作りあげられた虚構の世界が現実の世界に取って代わり、人々はその疑似現実の世界をたった一つの世界として生きることになる。

言語操作

管理の究極の手段は言語操作である。すでに『動物農場』の七戒の文言を改ざんすることで革命の理念がなし崩しにされる過程を描いてみせたオーウェルだったが、『一九八四年』ではさらに言葉が破壊され無意味な騒音へと帰せられる世界を生みだしている。ニュースピークの目的は言語の語彙を減らし、意味そのものを制限することによって、思考の範囲を狭めることにある。たとえばgoodを基幹語として、反意語のbadをungoodに、excellentやsplendidはplusgoodやdoublegoodに代用させることで語数の削減をはかったり、freeの「自由な／～を免れている」の意味について、政治的・知的自由の意味を廃し、This dog is free from lice.（この犬はシラミから自由である）といった後者の意味のみを残すことで、「自由」の概念を排除するものである。スミスの同僚でニュースピーク辞典第一一版の編集にたずさわっているサイムによれば、ニュースピークは年ごとに語彙を減らしていく唯一の言語で、語彙が減少すれば意識の範囲も狭まり、やがて二〇五〇年に完成した暁には思考そのものが停止することになる。

このニュースピークについてJ・W・ウェストは、戦前にC・K・オグデンによって創案されたベイシック・イングリッシュ[8]からオーウェルが着想をえた可能性を指摘している（七六）。また、現実にナチスが行った言語政策では組織的に開発された新語によって大衆の思考と感情を支配し、戦後の東ドイツにおいても長く人々の思考に影響をもたらしたことが言語学者ヴィクトール・クレンペラーの『第三帝国の言語――ある言語学者のノート』（一九四七）で報告されている。[9]人類の歴史文化を生みだしてきた自然言語が、政治的支配や体制維持を目的とする人造言語によって再構成されるなかで、人間のコミュニケーションもまた最小限の意味しかもたない常套語からなる類型化したやりとりに陥っていく。サイムはきわめて優秀な言語学者だが、スミスとの真のコミュニケーションは成り立たず、オールドスピークの抹殺に陶酔する狂った知識人として描かれている。また、BBCの東洋部インド課の同僚でベイシック・イングリッシュに関わっていたエンプソンを想起させる党員アンプルフォースが、キプリングの詩をニュースピークに訳すさいに、韻を踏むために「God」という禁止語を用いて思想犯罪に問われるという皮肉も見逃せない。オーウェルが一見蛇足にも思える附録を付け加えたのは、ニュースピークのメカニズムを説明するためだけではなく、この途方もない言語政策の未完、とりわけシェイクスピア、ミルトンを始めとする作家たちの翻訳の不可能性を告げることにあったと思われる。

三　最後の人間として

ウィンストン・スミスの孤独

強固な全体主義が成立した後では、個人の抵抗などありえないと考えていたオーウェルは、主人公ウィンストン・スミスの抵抗が敗北に終わることは始めから想定しており、作品のタイトルも出版まぎわまで「ヨーロッパ最後の人間」とされていた。始めから逮捕されることを知りながら突き進んだスミスが最後に経験するのが強制収容所の悪夢の世界であり、全体主義の行きつく先は人間性の破壊であることを主人公の無慚な最期によって示すことがオーウェルの狙いであった。アーサー・ケストラー[10]の『真昼の暗黒』を絶賛したオーウェルは、イギリスには「全体主義を内側から見る機会をもった作家がひとりもいない」ことから「見るべき政治小説が生まれず」、たとえその恐怖の世界について知識や情報をえても、感情的に衝撃を与えられるような作品がいまだ書かれてないと批判する（「アーサー・ケストラー」『評論集』３：二三二）。求められるのは自分が犠牲者になったところを想像できる才能であり、オーウェルは当時すでに流布しはじめていたダッハウやアウシュビッツなどの体験記やスターリン体制下の恐怖政治の実態を伝える報道などを素材として構想を練り[11]、全体主義体制下の「倒錯した邪悪な幻想の世界」を現実感をもって呼び覚ましたのである。その世界は、後にハンナ・アーレントが『全体主義の起源』で精緻に分析してみせた全体主義の本質的要素のほとんどを包含していることに驚かされる。

ウィンストン・スミスの密かな抵抗は禁じられている日記をつけることから始まる。ナチスの探索の目を逃れてつづられた『アンネの日記』と同じように、辛うじてナチ時代を生き延びたクレンペラーもまた三十数年におよぶ膨大な日記を残していた[12]。日記をつけることが彼らの過酷な日常を生き抜く力になったとすれば、スミスの場合は自分のおかれた現実世界を相対化し自己の孤独を見つめるきっかけになる。党の集会や〈二分間憎悪〉の激情に連帯できないスミスは、自分を覆っている深い孤独に気づく。彼の自己イメージは「奇怪な世界で道を見失ったまま海底の森のなかをさまよっている」（四三）怪物である。過去は死に未来も想像の外にあって、どこにもつながることのない現在が浮遊しているだけの世界で、彼は人との繋がりだけでなく時間との繋がりも断ち切られ、原子の粒のように孤立している。誰に読まれるあてもなく、また存在するかもわからない未来（過去）に向けてメッセージを書いたとき、スミスは決定的な一歩を踏み出したことを自覚する。自分の時代をビッグ・ブラザーと〈二重思考〉の支配する、画一と孤独の時代と表現したことによって、彼は〈思考犯罪〉を犯し死者になったことを認める。だが、すべてが管理され心の自由さえも奪われているオセアニア社会にあって、自分は人間としてはすでに死んでいることを認めることで、逆説的にスミスは生き始めるのである。

人との関わりを絶たれ世界からも切り離されて海底の森をさまよう怪物のイメージは、アーレントの〈見捨てられた（Verlassenheit／Loneliness）〉状態と言うことができるだろう。その状態のなかでは人は自己からも見捨てられ、真の思考能力も経験能力も失われてしまう。まさにその状態が多くの人々を全体主義運動へと向かわせ、全体主義の支配に馴れさせたものであり、個人の孤立こそが全体主義体制を支える基盤になったとアーレントは考察する（第三巻、三二〇—二三）。孤立からの脱出は、ほかの人々と出会い、彼らとの関係に組み込まれ、世界に居場所をえることによって達成される。「一者として、交換不可能なものとして、かけがえのないものとして私を認め、私に話しかけ、それを考慮してくれることで私のアイデンティティを確認してくれる他の人々」（アーレント　三二一）がいなければ、人は世界における自己の存在を確立できないとアーレントは続ける。そしてスミスの求める共感と連帯を与える他者として現れるのがオブライエンであり、恋人となるジュリアである。

鯨の腹のなかで

スミスとジュリアの反逆は愛し合うことにある。恋愛はオセアニア社会では禁じられている。恋愛ほど個人的なものはないからであり、性のもつ破壊的なエネルギーは体制への反逆の力に転化しかねないからである。政府は一方では禁欲を呼びかける運動を展開しながら、他方ではポルノセックという課で猥本を創作して流通させ、プロールたちに禁書を読むひそやかな快楽を与えることでガス抜きをはかっている。その部局で働くジュリアは党のからくりを笑い飛ばし、スミスとの奔放な交わりに性の歓びを爆発させる。革命後に生まれた若い世代の彼女は党の主義や管理体制には無関心で、監視の目をかわしながら自分の人生を楽しもうとするエネルギーと明るさがある。これはオーウェルがアーサー・ミラーのなかに見出した「現実に対して素直に従うことによって、現実の恐ろしさを奪い去る」（「鯨の腹のなかで」『評論集』３：八四）という生き方を思わせる。戦争の嵐が吹き荒れるなかでも個人的な性の世界を優先させたミラーの姿勢はジュリアのしたたかさに生かされ、スミスをして「君は腰から下だけが反逆者なんだな」（二四〇）と言わしめる。そうした彼女の自由さと奔放さは、ふたりが逢い引きする隠れ家の外で高らかに歌っているプロールの洗濯女にも通じるものがある。党が押しつける世界観などとは無縁に、ただ子どもを産み育て日常の家事に追われながら屈託なく暮らしてきたプロールたちに、スミスは「党が持ちあわせてはおらず、抹殺することも出来ない生命力」をみとめ、「プロールは不滅である」（三三九）と希望を見出すである。

ジュリアとの時間はスミスを麻薬のような勝利ジンから解放し、静脈留を癒やし、肉体を感じさせ、生きている実感を与えてくれる。そしてなによりも彼女との安らぎのなかで、彼は母と妹のいた過去の記憶を取りもどすことができるのだ。スミスのなかでいくら重ね書きされても痕跡を残すパリンプセストのように消え残る思い出があった。まだ幼かった自分のために命を投げ出した母の無償の愛と、その母を裏切ったという痛切な思いがよみがえったとき、スミスは二度と愛するものを手放さない、ジュリアをけっして裏切らないことを心に誓う。つまりジュリアという他者との出会いはスミスを孤立から救い出し、彼が探し求めていた過去との繋がりを回復させるのである。党の支配の及ばないふたりだけの小宇宙は、部屋におかれたガラスの文鎮に象徴されている。昔の調度品に囲まれたその部屋は過去の記憶の倉庫であるとともに、外の世界の脅威から守られた聖なる世界である。それは分厚い脂肪の壁に囲まれた鯨の腹のなかの世界である。柔らかな暗い空間のなかで、外の嵐の音も届かずぬくぬくと包みこまれる安らぎが、大きな子宮を思わせる。

だが、その比喩は暗転する。ふたりが共に身を投じるブラザー同盟は家族の比喩を持ちながらも、メンバーはたがいを知ることもなく、人間的な関係は皆無であり、かれらを結ぶのは同志愛でも励まし合いでもなく、情熱や熱狂とは無縁の冷徹なイデオロギーへの帰依と絶対服従である。入会の誓いはあらゆる人間的な感情を抹殺することを求め、We are the dead. を合い言葉としている。ブラザー同盟は一つの形をもつものではなく、イデオロギーが構築する観念的な組織であり、メンバーはみずからの命を含めて自分のもてるあらゆるものを主義に捧げる。つまりブラザー同盟はそれが打倒を企てるとされている巨大な党組織の小さなレプリカに過ぎないのだが、党支配に反発するスミスは、敗北など無縁に思えるオブライエンのカリスマ性に魅了され崇拝の念すら抱くのである。

オブライエンに対してスミスは始めからまったく警戒感をいだいていない。二分間憎悪のさなかにオブライエンと目があった瞬間に、なぜかスミスは彼が味方であると直感する。正確には七年前にみた夢のなかでスミスはすでに彼に出会い、「闇の存在しないところで出会うだろう」ことを予感している。視線が合ったとき「二人の心が扉を開き、双方の考えが目を通して互いのなかに流れ込んでいるみたいだった」（二九）というのは、スミスが期待した共感どころか、「頭蓋の内側」にまで及ぶ党の支配の始まりだったのである。つまり鯨の腹のなかは、グレコの絵を見てハックスリーが抱いた「内臓の牢獄」に閉じこめられるという恐ろしいイメージのように（「鯨の腹のなかで」『評論集』３：七二）、それは出口のない閉鎖空間でもあるのだ。

オブライエン――権力の司祭

スミスとジュリアの出会いとその後の展開は、ザミャーチン『われら』(Yevgey *Zamyatin*, *We*, 1923) における主人公D-五〇三とI-三三〇との出会いを思わせる。ほかにも「恩人」と呼ばれる偏在する指導者、反体制派を一瞬にして「蒸発させる」処刑法、性の管理など、『われら』がヒントになったと思われるものは多いが、『一九八四年』を覆っている暗さはまぎれもなくケストラーの『真昼の暗黒』(Arthur Koestrer, *Darkness at Noon*, 1940) に横溢する共産主義世界の底知れない暗さである。オーウェルは『一九八四年』の第三部の設定では、スターリン体制下で行われた「モスクワ裁判」を題材とするこの小説を想起させることを意図していたようにさえ感じられる。暗黒に対して影のない部屋、歯痛に苦しむルバショフに対して静脈瘤を抱えたスミス、夢のなかに広がる私的な世界、失われた過去への憧れ、家族（友人）への裏切りの悔恨、取り調べを受ける恐怖の部屋、首の後ろから銃弾を撃ち込まれる処刑法など、いくつも指摘できる。だが、ボルシェヴィキの古参であったブハーリンをモデルとしたルバショフの荒涼とした内面世界はスミスよりも、むしろイデオロギーの無謬性を確信し人間性を欠落させたオブライエンの造形に生かされているように思われる。

ルバショフの冷徹な論理性をもつが、彼の懐疑をもたないのがオブライエンである。異端審問官に喩えられ「われわれは私的領域というものを認めなかった――たとえ、人の頭蓋骨の中にでさえ」（『真昼の暗黒』一五五）と回想するルバショフは、「現実とは人間の精神のなかだけに存在するもの」（二六一）と言明するオブライエンその人と言える。ルバショフにとっては死もまた「肉体的清算」と表現される抽象的なものであり、たんに政治活動の停止という観念を呼び起こすものに過ぎない（二〇八）。党の理論的指導者で論理的一貫性だけを指導原理として行動してきたオブライエンは、党員にイデオロギーをたたき込み絶対服従を強いる一方、党員が真実と嘘、リアリティと虚構を見分ける能力を根絶することを自らの使命としている。オブライエンによれば、スミスは正しい過去ではなく誤った過去を記憶しているという点で「記憶の欠陥」という病を患っているのであり、治療を必要とするものなのだ。『われら』の主人公の自由を求める衝動が「想像力」という病によるもので、治療を施されることで解決されるように、スミスに対しても認識の矯正のための訓練が行われる。だがそれは二六世紀に設定された『われら』における苦痛のないクリーンな方法ではなく、ナチスやスターリン体制下の強制収容所で行われてきた暴力、恐怖、飢餓を含むあらゆる肉体的・精神的拷問によって極限状態に追い込み意識を支配するものである。スミスに加えられる洗脳は彼の内なる世界を破壊し、その空っぽになった頭脳に党の作りあげた虚構の世界を注ぎ込み、それを唯一の現実世界として受け入れさせることで完了する。

全体主義イデオロギーの権化のようなオブライエンが無謬と信じるのはビッグ・ブラザーではなく、オセアニアの統治機構である。このシステムに従って命令をくだす者なら誰でも無謬となりうるのであり、たとえリーダーが代わっても党の支配は永遠に続く。党員は自分のアイデンティティを離れ党と一体化するならば、ともに不滅の存在となりうるのだ。オブライエンは権力を有限な個人を超える不滅の存在すなわち神として、みずからを権力の司祭と呼ぶ。彼が仕えるのは存在の不確かなビッグ・ブラザーなど

1945年秋頃のオーウェル。ロンドンのキャノンベリー・スクウェアの自宅で。
出典：Rodden, *Becoming George Orwell* (2020)

ではなく、権力という抽象観念なのである。権力の目的は何かというスミスの最後の問いに対して、かつてのナチスやロシア共産主義が装ったように人々の自由や平等ではなく、権力それ自身であるとオブライエンが答えるとき、オセアニアの恐怖社会の真の相貌が露わになる。

感情以外はすべての能力をもつ人工知能のようなオブライエンを前に、スミスは無力感に打ちひしがれる。彼の最終的な敗北は、ネズミへの恐怖から堅く心に誓ったジュリアへの愛を裏切るというきわめて人間的な形をとる。スミスは自分の愛するものを見捨て、それゆえにみずからも見捨てられ人間存在の意味を喪失するのだ。人間であることの意味を喪失したことのもつ重さは、人間性を欠落させたオブライエンには伝わらない。他者との人間的な繋がりがなく、現実世界と向き合うことなく抽象観念の世界に立てこもり、権力そのものに魅了された狂気に対して立ち向かう術はないのである。

結び

『一九八四年』は読むのが辛い小説である。人間性の脆さを露呈し抜け殻となってビッグ・ブラザーへの愛を叫びながら死んでいくオブライエンの姿には涙が出そうになる。一部の隙もない国家管理システムの前に個人の力はあまりにも無力で、スミスが守ろうとした心の自由、人間としての尊厳は跡形もなく消し去られてしまう。この救いのない結末は死期の迫るオーウェルからのわれわれへの最後のメッセージとして受け止めるべきものだろう。

オーウェルが見つめた歴史の最悪の時代が、二一世紀のいま再び甦ろうとしていると考えるのはペシミスティックに過ぎるだろうか。ソ連の崩壊と冷戦の終結によって共産主義や全体主義への警戒心が緩む一方で、多大な犠牲を払って獲得された民主主義は疲弊しているように見える。世界の先進国はいま濃淡の差こそあるものの、民主主義がいとも簡単に転覆する危機に瀕している。自国での体制維持を目的とした外交政策は国際協調から大きく外れ、経済のグローバル化は世界を弱肉強食の修羅場に変え、そこではヒューマニズムを基礎とした議論などほとんど無効になってしまった感がある。そしていま新型コロナ・ウィルス感染症が世界を覆い尽くしている一方で、二大強国のアメリカと中国が政治、経済、軍事、サイバー空間から宇宙開発に至るまであらゆる分野で対立を深めるなかで、「新冷戦」という言葉が浮上し、ふたたび世界を二極化する緊張状態が亡霊のように甦ろうとしている。

もしオーウェルが生きていたなら、現在の混迷する世界をみて何と言うだろうか。政治の言葉は劣化し、客観的な事実よりも感情的な訴えによって国民の目を欺く「ポスト・トゥルース」がはびこる現在にあって、人々はいらだちを募らせ、いたずらに熱狂の渦に身を投じているかに見える。そんな今こそ、オーウェルがだいじなのである。狂った時代を理性をもって見つめ続け、人間を襲う不条理な暴力と戦い、虚を実に変えようとするイデオロギーに依存することを拒否し、あくまでも人間の地平に留まって生の意味を探しもとめたことの誠実さをこそ思うべきである。不都合な真実が隠蔽され、異なる意見が圧殺され、自分にかわって人が物事を決定することの異常さに気づかせてくれたオーウェルの声に聴きいる時なのである。

注

原文からの引用の訳文は高橋和久氏の翻訳を使わせていただいた。なお、前後の関係などから変更した部分にはその旨、記載した。

（1）*The Guardian* (https://www.theguardian.com/books/2009/mar/05/uk-reading-habits-1984. (15/1/2020)

（2）オーウェル自身がスペイン内戦で出会った一人の無名のイタリア人民兵に捧げた詩の一節からとったもの。（「スペイン戦争回顧」『オーウェル評論集』1：九四）

（3）たとえば早い時期にトム・ホプキンソンによる次のような批判がある。『一九八四年』の世界は一九四四年の戦時中の世界をより醜く残酷に示したにすぎず、その世界の戦争は四四年現在の武器で戦われ、かれらの感じている恐怖も今日の我々の恐怖を移しかえたものに過ぎない。スミスはあまりに惰弱な人間で、人格や信条を擁護し憎悪に対して人間的な愛情をかざすという、全体主義への挑戦をなしえていない (Hopkinson 35)。

（4）一三時に始まる物語といえばフィリッパ・ピアスの『トムは真夜中の庭で』(Philippa Pearce, *Tom's Midnight Garden*, 1958) がある。BBCラジオの学校教育放送番組の製作にも携わっていたピアスはオーウェルと同じ時代の空気を吸い、『一九八四年』のBBCテレビ版も見ただろうし原作も読んだにちがいない。The Clock strikes Thirteen という第二章のタイトルはそんな可能性を想像させてやまないが、ピアスはこの児童文学の傑作で『一九八四年』の暗黒の世界とは正反対の、子ども時代のファンタジーの世界を作りあげている。

（5）バーナムはアメリカのトロッキストの中核で、スターリニズムに反発し反共産主義に傾き右旋回したという経歴の持ち主で、冷戦時代には保守派や反共主義者にとって伝説的な存在であった。トランプ大統領の誕生は、大衆と少数エリート層が分断するアメリカ社会で不満を蓄積させていた民衆（特に白人労働者階級）における支持の拡大によるもので、この選挙戦略の思想的背景になったのがバーナムの managerial revolution（テクノクラート支配批判）だとする見方がある。会田はバーナムとトランプを結んだのが保守論客のサミュエル・フランシスで、超大国の社会は「生産手段を管理する」少数エリート層（テクノクラート）と、搾取されるだけの大多数の大衆に二分割されるというバーナム理論を推し進め、「大衆の反乱」を起こすスローガンとして「アメリカ・ファースト」や移民排撃を提案し、それをトランプ陣営が取り込んで勝利を収めたと分析している。会田弘継「ジェームズ・バーナム思想とトランプ現象――エリートと民衆の反動的交叉」（『アメリカ研究』五二号（二〇一八）：四一―六二）および「トランプ時代に甦ったバーナムの官僚主義批判」（『週刊東洋経済』二〇一七年一二月二日号：七八―七九）参照。

（6）ハンナ・アーレントは名著『全体主義の起源』（第三巻）一二章で、ナチスの秘密警察が行った個人の抹消を「忘却の穴」と名付けている。対象者の人間関係をすべて可視化・地図化し、犠牲者とその存在を記憶しているあらゆる者たちを抹殺し、社会に「忘却の穴」を生じさせ、イデオロギー的に存在してはならない者たちを跡形もなく消し去る全体主義社会の恐怖を、オーウェルはアーレントのおよそ二〇年前に描き出していたのである。

（7）ロデンによれば、2＋2＝5はソヴィエトの五カ年計画を四年で仕上げようと労働者を鼓舞するポスターに書かれた標語で、一九三〇年代のソヴィエトの主要都市の掲示板に貼られていたという（Rodden 2020: 120）。

（8）八五〇語の基本語彙と一六の動詞を中心に最小の文法事項から成り、そのわずかな語彙で二万語分に匹敵されるとされたこの簡素化英語は、第二次世界大戦中の戦時内閣でふたたび注目され、BBCは政府の要請によってとくに海外放送においてその普及に務めた。一九四一年から四三年にかけてBBC東洋部インド課に勤務していたオーウェルは、インド向けの戦況ニュース解説、文学案内、ラジオ・ドラマ、連載小説などの創作に従事しており、そこでの体験（身上調査、検閲、文書の書きかえ、ベイシック・イングリッシュ推進など）は『一九八四年』の素材になったことは明らかである（Hitchens 22–26）。

（9）ヴィクトール・クレンペラー（Victor Klemperer, 1881–1960）はユダヤ系ドイツ人。仏文学者・言語学者。ナチズムの政治と言語形式の関係を分析した『第三帝国の言語――ある言語学者のノート』（一九四七）で注目された。オーウェルが直接クレンペラーを読んだことを示すものはないが、晩年の友人でユダヤ人ジャーナリストのT・R・ファイヴェルは、病床のオーウェルが「人造言語によって思想を統一する可能性について自分の考えが確認できたことを喜んだ」（ファイヴェル 三）というエピソードを伝えている。

（10）アーサー・ケストラー（Arthur Koestler, 1905–1983）はハンガリー生まれのユダヤ人ジャーナリスト。ケストラーもスペイン内戦に参加し九死に一生を得た作家であり、オーウェルが死去するまで交流があった。オーウェルはケストラーの『真昼の暗黒』を書評で絶賛したほか、スペイン戦争での捕虜体験をつづった『スペインの遺書』を高く評価した。ケストラーもオーウェルの『カタロニア賛歌』に賛辞を惜しまなかった。オーウェルの死に際し『オブザーバー』紙（一九五〇年一月二九日付け）に掲載した追悼文において、言行一致の誠実な rebel であったと称えている（Meyers 296–97）。

（11）ツヴァードリングは、オーウェルがドラッカーの『経済人の終わり――新全体主義の研究』（1939）にしばしば言及していることや、David Roussei による強制収容所に関する最初の研究書（1946）を参考にしたことを指摘している。（Bloom. ed., 'Alex Zwerdling on the Isolation of the Individual,' 2004: 67–68）

（12）クレンペラー（注9参照）はユダヤ人としてナチ時代に経験したことのすべてを日記に記していた。その存在が明らかになったのはベルリンの壁の崩壊後で、『私は証言する、最後まで　日記一九三三―一九四五年』として出版されたのは、死後三五年が過ぎた一九九五年であった。

参考文献

Arendt, Hannah, *The Origins of Totalitarianism*. 1951.（『全体主義の起源』３、大久保和郎・大島かおり訳、みすず書房、二〇一七年）

Bloom, Harold. ed., *Bloom's Guides: George Orwell's 1984*. Philadelphia: Chelsea House Publishers, 2004.

Click, Bernard, *George Orwell: A Life*.（『ジョージ・オーウェル　ひとつの生き方』河合秀和訳、岩波書店、一九八三年）

Fyvel, T. R., *George Orwell*, George Weidenfeld & Nicolson, London, 1982.（『ジョージ・オーウェル』佐藤義夫訳、八潮出版社、一九九二年）

Hitchens, Christopher, *Why Orwell Matters*. New York: Basic Books, 2002.

Hopkinson, Tom, *George Orwell*, London: Longmans, Green & Co., 1953.

Icke, Robert, and Duncan Macmillan, *1984*. London: Oberon, 2013.

開高健『今日は昨日の明日　ジョージ・オーウェルをめぐって』筑摩書房、一九八四年。

川端康雄『オーウェルのマザー・グース　歌の力、語りの力』平凡社選書、一九九八年。

――、『ジョージ・オーウェル――「人間らしさ」への讃歌』岩波新書、二〇二〇年。

Koestrer, Arthur, *Darkness at Noon*. Jonathan Cape, 1940.（『真昼の暗黒』中島賢二、岩波文庫、二〇〇九年）

Meyers, Jeffrey. ed., *George Orwell: The Critical Heritage*. Routledge, 1975.

奥山康治『オーウェル　時代を超える精神』早稲田大学出版部、一九九四年。

Orwell, George, *Nineteen Eighty-Four*. Penguin Books, 2000.（『１９８４』文藝春秋新社、一九五〇年、『１９８４年』新庄哲夫訳、早川書房、昭和四七（1972）年、『一九八四年』［新訳版］高橋和久、早川書房、二〇〇九年）

――, *Homage to Catalonia*.（『カタロニア賛歌』橋口稔訳、筑摩書房、一九七〇年）

――, *The Collected Essays, Journalism and Letters of George Orwell*. ed., Sonia Orwell and Ian Angus, Now York: St. Martin's Press, 1999.（『オーウェル著作集』Ⅰ～Ⅳ、翻訳代表・小池滋、平凡社、一九七〇～一九七一年）

――,『オーウェル評論集』１～４、川端康雄編、平凡社ライブラリー、二〇〇九年。（『評論集』と略記）

――,『あなたと原爆――オーウェル評論集』秋元孝文訳、光文社文庫、二〇一九年。

Rodden, John, *The Politics of Literary Reputation: The Making and Claiming of 'St George' Orwell*. New York/Oxford: Oxford University Press, 1989.

——, *Scenes from an Afterlife: The Legacy of George Orwell*. Wilmington, Delaware: ISI Books, 2003.

——, ed., *The Cambridge Companion to George Orwell*. Cambridge/New York: Cambridge University Press, 2007.

——, *Becoming George Orwell*. Princeton University Press, 2020.

佐藤義夫『オーウェル研究：ディーセンシィを求めて』彩流社、二〇〇三年。

清水幾太郎『ジョージ・オーウェル「一九八四年」への旅』文藝春秋、昭和五九（1984）年。

Sheldon, Michael, *Orwell: The Authorized Biography*. London: Heinemann,1991.（『人間ジョージ・オーウェル』新庄哲夫訳、河出書房新社、一九九七年）

Stewart, Anthony, *George Orwell, Doubleness, and the Value of Decency*. Routledge, Major Literary Authors, vol. 32, 2010.

Trilling, Lionel, Introduction to *Homage to Catalonia*. Boston: The Beacon Press, 1952.

West, W. J. ed., *George Orwell: The War Broadcasts*. Penguin Books, 1987 (first published by Duckworth & Co., 1985)（『戦争とラジオ　BBC時代』甲斐弦・三澤佳子・奥山康治訳、晶文社、一九九四年）

Woodcock, George, *The Crystal Spirit*. London: Jonathan Cape, 1967.（『オーウェルの全体像：水晶の精神』奥山康治訳、晶文社、一九七二年）

Zamyatin, Yevgey, *We*.（『われら』川端香男里訳、岩波文庫、一九九二年）。

Zwerdling, Alex, *Orwell and the Left*. New Haven: Yale University Press, 1974.（『オーウェルと社会主義』都留信夫・岡本昌雄訳、ありえす書房、一九八一年）

——, 'Alex Zwerdling on the Isolation of the Individual.' Bloom. ed., *Bloom's Guides: George Orwell's 1984*. pp. 67–75.

9章　芸術的可能性としての「神話」

矢原　繁長

――　ワタシハ　コトバヲ　シンジナイ　――

これは、他界した母の日記にあった言葉である。少なくとも生前において、彼女の言葉は音としてのみ存在していた。

そして、この文章を書いているぼくも、言葉が一定の理念や観念を表現するのに十分な力をもっているとは思っていない。かつて母が聴いていた言葉「お国のために」はもちろんのこと、「絆」とか「愛と平和」とか、何か悲惨な出来事があるたびに現代社会に飛び交う言葉を聞く度に、それらの言葉が放つ不誠実さにうんざりさせられてきた。言葉を発する側も受け取る側も、その意味を深く考えているとは思えないのである。高尚な理念は現実化されることはなく、恒久平和もやってはこない。そんな諦めの境地が蔓延した世界において、言葉は音として社会の表層をその傾斜に沿って流れ落ちていくだけなのである。ぼくたちは、美辞麗句や美談を「虚構」と知りながらも、それらをぼんやりと眺め、コミュニティーにおける安心感を再確認しようとしているに過ぎない。そのような時代の空気感を察知している為政者やメディアは、多くの場合「保身」を至上命題として言葉を発することとなるのではないか。時折報道される善良な「真実らしき言葉」は常に人々を不安と恐怖に突き落とすものであり、それは意味としても音としても不快な言葉となる。ぼくたちは、治癒可能な病名とその治療方法の告知には興味があっても、手の施しようのない末期がん告知を正面から受け止められる勇気と強さを持ち合わせてはいないのだ。

読書人口が減り、テレビを見る若者がいなくなったのも、このことが大いに関連していると思う。言葉に従来の力がないのであれば、そして世界が崩壊への予定調和の中にあるのだとすれば、今さら難解な哲学書や評論集を読むことは単なる苦行にすぎないし、小さな希望が鏤められたドラマや小説に興味を抱くことの方が不自然である。もちろん、インターネットを介して流れる情報は、従来から存在するメディアが流す情報以上に信憑性はない。ただ、その信憑性のなさは程度の問題である。「どこにも真実がないのであれば、多少のリスクは承知の上で、手軽で分かりやすいスマホを触っておこう」ということになるのだろう。人は、どこに行って何を食べたのか、自分がいかに仲間と上手くやり、充実しているのかをアピールするのに躍起となる。現代においては、書物・新聞・テレビよりも、アプリで加工された陳腐な写真や短い文章を発表するインスタグラムの方が、コミュニケーションツールとしてはよほど優れているのである。それは、変化の期待できない大きな外部社会とは無関係に自己承認欲求を満足させてくれるし、「いいね」の数が各人に安心感を与え、精神安定剤の役割を果たしてくれる。もはや、ぼくたちの期待はそれ以上でもそれ以下でもないのだ。

政治家が発する言葉は常に嘘であり、「平和」も「平等・公正」な社会も成立し得ないということは、事実としての「大きな歴史」が証明している。個人は諦めの気持ちをもって社会の一員として他者と接する方が賢明である。そのことを多くの若者、否、大多数の人は、感覚として知っている。かつて「自然に帰れ」と警告を発したルソーは「絶対に」社会は逆戻りなどしないと分かっていたはずである。きっと彼は一種の自己顕示としてその言葉を残して逝ったのだ。

鯨

止まない空爆の中
思考は排水溝に渦を巻く
鯨は整数の只中に居る

弛緩した水平線の先端
衝動は　孤独な粒子

裾礁が消滅する時刻
初夏の散乱

止まない空爆の中
早朝は　不機嫌に変換されて
鯨は　微かな潮流を感じる

ぼくは昨年、二冊目の詩集を刊行した。もう詩を書き始めて１０年近くになるだろうか。なぜ散文ではなく詩なのか。もちろん散文を書く能力の不足が大きな理由なのではあるが、散文よりも詩という形態をとった方が、僅かに残った言葉の可能性を引き出せると考えているからでもある。

とはいうものの、「詩」とは一体何であろうか。詩作をしながらも、自問自答する日々が続いている。辞書には「一定の韻律などを有し、美的感動を凝縮して表現したもの」（三省堂　スーパー大辞林）とある。が、評価の高い現代詩といわれるものを読むとき、ほとんどの場合、言語の慣習的な「意味」が消えている。というよりも、詩人たちが意図的に慣習的言語の在り方に疑問を呈し、敢えてそれを破壊しているように見える。方法論として、文頭を一段ずつずらしてみたり、符牒を連打してみたり。それは非力な言葉を徹底破壊し、再構築しようという試みなのかもしれない。しかし、それが試みに留まる以上、詩を読んだ他者（現実には詩集などは全くと言ってよいほど売れもしないし、読まれもしない。その意味において詩人は自己満足の中に生きているといえる）は、「美的」であるとか「一定の韻律があって音楽的だ」とかという感想を抱くはずはない。周知の言語ルールの無効化。そのことは、もはやコミュニケーション機能を欠いた詩の在り様を意味しているのかもしれない。では、その文字や記号の羅列は何なのか。

現代における「詩」とは、言語が想起させる概念的ニュアンス（それは本来の言語の残滓として存在する）と、ある音律を微量に有する物質（モノ）である。少なくともぼくは、そう思っている。強固な観念を表現するなら哲学的思考に裏付けられ、それを伝達する精緻な情報としての言語ルールに従う必要があるだろうし、音律を追求するなら音楽家になる必要がある。

ぼくの長年の友人である国語の教員が「情景描写でもなければ心象風景でもない。思想でもなければ美しい音楽でもない。それが詩なのであるとするならば、なんだかとても中途半端ですよね。とにかく、詩なんてものに意義というか有用性はないですよね」と言う。それに対し、反論することは難しい。

――マトモナ　ニンゲンノ　スルコト――

確かに、美術家というのはまともな人間ではないのかも知れない。おそらく19世紀くらいまでの画家はまともな人間だったのだろう。神に捧げるために作品を創る、あるいは画家を抱えている貴族やパトロンの気に入るような作品を創っていたのであるから、そこには確固たる目的があった。誰かの明確なニーズに従って製品を作り貨幣に換えるという一連の工程は、農産物や工業製品を生産し流通させるのと何ら変わるところはない。ところが、20世紀に入ると美術は純然たる「仕事」とはいえないものとなった。科学技術の発展と合理的思考の拡大により「神」の地位は相対的なものとなり、貴族もブルジョワジーも消失、もしくはその在り様を変えてしまったからだ。芸術家にとっての明確な目的がなくなったのである。そこで新たに登場してきたのは「芸術のための芸術」という概念である。そこで芸術家はかつてないほどの「自由」を手に入れた。ただ、その一方で自身の制作した絵画を不特定多数の消費者を対象とする「商品」に仕立て上げるという難問が浮上してきたのである。「自由な芸術家」は資本主義とどのように折り合いをつければよいのだろうか。

ぼくは、一昨年、いくつかのアートフェアに参加した。アートフェアというのは美術家がギャラリーと契約を結び、そのようなギャラリーがいくつか集まり（小規模なアートフェアであれば数十のギャラリー、大規模なものであれば数百のギャラリーが参加する。したがって大規模なものは数か国からの出展ギャラリーにより構成される）、一定の会場で催されるものである。そして、それは美術館での展覧会とは違って「作品を鑑賞する」のではなく、「作品を販売する」ということに主眼が置かれている。その商取引の場に作家が顔を出す必要はないし、ギャラリーからの要請もないのではあるが、気の向くまま台北のアートフェアに行ってみた。（今、この原稿を執筆しながら、ふと思う。「この文章が掲載される学術書が刊行されて、その売れ行きを、ぼくは心配するだろうか」）。

会場となった台北の世界貿易センターは、連日多くの人が訪れ、熱気にあふれていた。それは、現代美術の展覧会が開催されている公立の美術館の閑散としたイメージとはかけ離れたものであった。ここでの観者の主たる関心事は「投機あるいは投資」にある。それは、長年に渡って美術家という立場にいるぼくの想定通りのものであったし、こういうことを繰り返していくうちに、幸運な美術家の作品はオークションで信じられないような高値で落札され、そのことが大きなニュースになる、ということも想像に難くない。

鍵

特定された午後にだけ
花弁は豪雨のように落下する

攪乱の書類が添付されたメール
と胸部の傷跡が水面をすり抜け

過去と未来は限りなく近づく

それでも　ポケットの中　鍵が見つからない
否　あるのかもしれない　が
とにかく　掴み取れないでいる

再び視線を上げる
きっと　桜は咲かないのだろう

今、ぼくは四国の仕事場でこの原稿を書いている。周りを見渡すと、鉄・鉛・段ボール紙・キャンバス・ペインティングナイフ・溶接機・ドリルなどの材料や工具が、寒々としたコンクリートの床に転がっている。二つの石油ストーブに載せたヤカンから出る白い湯気。小さなスピーカーからの旋律は木枯らしの中にある。アートフェアの熱気とは真逆の空気感の中で、ひたすらに「何か」を待っている。制作は何かを待つことからはじまる。キース・ジャレットが、大仰に鍵盤の前でうなだれたり、何かを確かめるかのようにゆっくりと上半身をくねらせたりする。あれは、観客向けのパフォーマンスとしての動作ではなく、「ほんとうに何か（啓示のようなもの）を待っているのだ」。ぼくは今、そう思っている。

――　ワタシニ　デキルコト　――

１９１７年、マルセル・デュシャンが既成の男性用便器を展覧会に出品した。それは主催者から「美術品」とは認められず、展示はされなかったのであるが、この出来事が現代美術の源流になったことは間違いない。このことを契機として、美術はあらゆる束縛（描くこと・形作ること）から解放され、その射程範囲は無限に拡大していくこととなった。

そこで美術家は何をすればよいのか。それは具体美術協会の創始者である吉原治良の言葉に凝縮されている。

……「人の真似をするな。今までにないものを作れ」……考えてみればこれほどに難しい要求はない。長い人類史の中で、「誰もやったことがない」ことなどほとんどない。あらゆることは、やり尽くされている。それでも何とかアイデアをひねり出した作家たちは、足で絵を描いてみたり、絵具の詰まった瓶を床に叩きつけたり、あらん限りのアイデアを実行に移したのである。その滑稽さをともなう行為は既成の美術を愚弄する行為でもあった。パロディーや真剣な愚弄行為は既成の価値観を揺さぶることにおいて最大の効果を発揮する。そういう意味においては、デュシャンの便器も既成の価値観を愚弄し、大きな揺さぶりをかけることであったといえる。

ともかく、彼らの行為により現代美術は、近代以前の美術を骨董品の位置にまで追いやるというミッションを遂行したのである。

ただ、既成の価値観を破壊するという痛快（あるいはヒロイック）な行為の後に待ち受けるのは、「新しい価値観を創造する」という苦悩である。それは人間の精神の根底にある「破壊と創造」あるいは「死と生」という相反する二つの衝動に呼応するものでもある。

ぼくの眼と脳は、いつの間にか「快楽・破壊系アート」と「苦悩・崇高系アート」という二つのカテゴリー（これらのカテゴリーは、ぼくの感覚であり個人的な造語である）で美術品を捉えるようになった。そして、ぼくの関心事は常に後者の芸術にある。なぜそうなったのか。それに論理的理由はなく、美についての「好み」の問題という以外に言葉が見つからないでいる。「好み」の問題を一般化することは不可能である。それどころか、自分自身の中でも明確に言語化することができないでいる。ただ、どういったものに惹かれているのか、その一定の傾向については漠然とではあるが分かっている。……例えば、「人間の限界を見据えているもの」「装飾的要素の少ないもの」「哀しみを想起させるもの」「緊張感を孕んだもの」等々……そして、そこにある共通項は存在としての「モノ」である。ぼくにとっての魅力ある美術作品とは、精神が欲する「絶対性」という観念の比喩としての「存在」あるいは「モノ」なのである。

20世紀という時代は、人間の理性についての誤謬を露呈させた。二度に渡る世界大戦、核兵器の出現。それらは間違いなく人間がもたらしたのであるが、そこで歴史上の犯人探しをすることは、空虚な作業ではないのかと思う。「詳細な歴史」とは常に捏造されるものなのだから。……いわゆる「救済」の可能性が極めて低い世界（時代）の中、ぼくは、自己の信じる「絶対性を孕んだ美」を創造し続けるしかないと思っている。

――　ハジメニ　コトバ　アリキ　――

自分の詩集を針金で縛り、鉄板に挟み込む。さらにそれを鉛板で包装し、その矩形の金属塊の四方に直径4ミリのボルトを打ち込んで、ワッシャーを入れてナットで締め付ける。そしてそれを「封印」と題したオブジェとして美術館やギャラリーで発表している。この作品（読めない、読ませない詩集）を制作した動機は以下の通りである。

①　実質的に物質が勝利したこの世界において、哲学や文学の根幹をなす精神性の復活は、言語以前の「無」から再スタートする以外には有り得ない。言い換えれば、物質の力を借りなければ言語は無力のままである。

②　ぼく自身、物質の存在感に圧倒されていること、さらには、ある意味で屈服している存在であること

を認めよう。（人為は物質の圧倒的存在感の前になす術なく佇むしかない）

③　時間と観念を内包した重厚な物質（美術作品）は崇高である。

ぼくたちは半世紀以上にわたる核の抑止力のもと、脆弱な平和を享受する以外に何もできないでいる。常に臆病であり続けるか、諦めの境地で目の前の些細な出来事にのみ神経をすり減らし、小さなコミュニティーの中での勝者という虚栄の中に幸福を見出すか、ぼくたちの選択肢はそれ以外にはないようにも思えてくる。

思考

窓辺からは
矩形の空が見える
青の中を鳥の影が横切る
世界はただそれだけで完成している
現象だとか観念だとか
蔓草にはガーゼのような花弁が在る
風は花弁を揺らすだけ
費用対効果だとか剰余価値だとか
思考のためにどれほどの不幸があっただろう
窓辺からは矩形の空が見える

空の青さを説明する必要もない
ただ窓辺にぼくが居て
あらゆる思考を回避して
空と鳥と花弁の間に世界が完成する
ただ矩形が木端微塵になる時刻を
ぼんやりと想像している

※

今、ぼくたちに必要なもの。
それは時空の彼方に浮かぶ
新たな可能性としての「神話」なのかもしれない。

封印：2020

巻末エッセイ

人間の時間を取り戻す試み
——自伝／伝記文学の可能性

早川　敦子

序　じぶんの「時間」

ミヒャエル・エンデの『モモ』（Michael Ende, *MOMO*, 1973）は、人間の幸福を脅かす見えない力に対して、一人の少女が立ち向かう、近代の「時間」をめぐるファンタジーだ。人間に時間の節約を吹き込み、その時間を奪い去る「灰色の男たち」は、近代化が人間をのみこみ、個の尊厳と生きる喜びを奪い去っていった負の存在を可視化して、じわじわと進行する歴史に隠蔽された、不透明な力を象徴的に描き出した。対してモモは、どこにも属さない自由な精神の申し子、そして「こども」という、大人の社会規範にはとらわれない存在として新しい「ものがたり」を創出する役割を負っている。アウトサイダーの面目躍如で作品世界がダイナミックに動き、新たな秩序が生まれる。ユニークな傑作でありながら、英文学におけるファンタジーの金字塔、C・S・ルイスの『ナルニア国年代記』（C. S. Lewis, *The Chronicles of Narnia*, Complete 7 Vols., 1950–56）や、J・R・R・トールキンの『指輪物語』（J. R. R. Tolkien, *The Lord of the Rings*, 1954）など古典的名作や、ビスクーピンの遺跡発掘現場から突然ホロコーストを生き延びた少年が現れて、時間が無化されたギリシャの島からカナダへの彷徨まで、戦争の歴史を一人の詩人の人生と重ねて語るアン・マイケルズの『儚さのかけら』(Anne Michaels, *Fugitive Pieces*, 1996) にも繋がる水脈が見えてくる。

文学が歴史に挑み、そこから人間の愚かな戦争や価値観の変位に立ち向かって、ふたたび人間性をとりもどす有効な方法であることを実証しているすぐれた例は、戦争の世紀への作家たちの応答でもあるだろう。『モモ』の中で、そもそも時間とは何かという謎を読者にも投げかけながら、導き手のマイスター・ホラはモモにこう語る。

> 人間というものは、ひとりひとりがそれぞれのじぶんの時間を持っている。そしてこの時間は、ほんとうにじぶんのものであるあいだだけ、生きた時間でいられるのだよ。
>
> (『モモ』大島かおり訳、二〇一頁)

「じぶんの時間」、まさにこの時間こそ、近代において、そして戦争の中で奪われてきたものではないだろうか。それは個人の死が示唆する「生きられたはずの時間」であると同時に国家権力や抑圧によって奪いとられた「時間」でもある。このように考えてみると、「じぶんの時間」の回復は、モモだけでなく、現代社会に生きる人間すべてが抱える課題だということに気づかされる。とくに世界の歴史の激動の中で生き抜くことを余儀なくされた人間にとって、過去を取り戻す不可能性に敢えて挑戦するかのように、失われた時間を「書く」行為を通して回復することは、自身の再生への必要な過程だったと言える。たとえば、このシリーズでもかつて取り上げたエヴァ・ホフマン (Eva Hoffman) は、ホロコーストを生き延びた両親とともにポーランドからカナダへと移住することで母語と祖国を失い、ホロコーストの第二世代として間接的に歴史の悲劇のトラウマから解放されるのに長い時間を要した。幼少期からずっと翳のようにつきまとう両親のホロコーストの秘められた物語をまず認識することから始まり、それを個人の物語として理解するだけでなく――あるいは個人の物語として理解するにはあまりにも重く大きかったこともあると推測されるが――、戦後のホロコーストの検証を迂回して大きな文脈で受容することを通して、やっと、現在の表現者としての自分の居場所を見つけることができた。その道程は、自伝的な家族の伝記『アメリカに生きる私――二つの言語、二つの文化の間で』（*Lost in Translation: A Life in a New Language*, 1989）に詳しいが、さらにその思索は歴史を個人の目で再考する論考『記憶を和解のために――第二世代に託されたホロコーストの遺産』（*After Such Knowledge: A Meditation on the Aftermath of the Holocaust*, 2004）へと展開され、過去から現在を経て未来へと世界の動向を透視する文学へと道を拓いている。

Lyndall Gordon
（写真：本人よりの提供）

彼女の例がつぶさに示すように、「伝記」あるいは「自伝」は、まさしく「じぶんの時間」を取り戻す一つの重要なジャンルであると言えよう。こと英語文学批評において、近年自伝／伝記文学研究（auto/biographical studies）が注視され、活性化していることは大変興味深い。さらに「じぶんの時間」を取り戻すことは、ひいては歴史の中で語られなかった「人間の時間」の回復をもたらすことにもなるのではないだろうか。

本稿では、こういった背景に焦点を当て、「じぶんの時間」を言説化する試みとしての伝記／自伝文学について、伝記作家としても著名なリンドール・ゴードン（Lyndall

Gordon, 1941–）を例に考察する。彼女は、ユダヤ系白人の家族のもとに南アフリカに生まれ、歴史としてのアパルトヘイトをどこか自分の外の世界のことのように感じながら育ち、物心ついて渡米することで自分の中の「地図」を塗り替える経験をした。その経験の背後にあったのが、文学だった。自身の人生とそこに繋がる者たちの生の軌跡を、文学の徒として捉えなおし、世界に横たわる大きな歴史の間隙をどう認識していくのか、ゴードンは多くの作家たちの生き方に焦点を当てた伝記文学の射程から考えてきた。作家たち自身が、ひとりの人間として社会とその時代の現実に直面しながら、そこに歴然とある不条理と静かに闘ってきた。その過程を、ゴードンは掬い上げようとしているのだと思う。彼女の仕事を辿ってみることは、「戦争」や負の歴史の中に沈む沈黙から言葉が誕生していく道程に光を当てることにもなるだろう。

一　女性たちの「伝記」

ゴードンは、「女性の生涯は、伝統的な伝記の轍からは外れている。……その生涯を何よりも特別なものにしているものは、隠されていることにこそある」と記す。[1]「隠されている」とは、すなわち「自分の中にある『爆弾』に向き合うことから自身を守るために、光が当たらぬ場所に隠されている」領域である。[2]彼女はそこから、五人の女性作家たちが内面に隠し持っていた「爆弾」を探し当てるべく、『アウトサイダーたち――世界を変えた五人の女性作家』（*Outsiders: Five Women Writers Who Changed the World*, 2017）で、ジョージ・エリオット（George Eliot）、メアリー・シェリー（Mary Shelley）、エミリー・ブロンテ（Emily Brontë）、オリーブ・シュライナー（Olive Schreiner）、ヴァージニア・ウルフ（Virginia Woolf）の伝記を纏め、「自己発見と轍を外れた道を通って、歴史の石の下からひそかに姿を現す未だ未承認の存在、新たな人格をそこに立ち現[3]

わせる」ことに成功した。そこに現れてきた女性作家たちの生涯は、体制の轍から敢えて逸脱して果敢な生のありようを後世に繋げる領域を開拓していると言える。隠された領域にあったものに注視し、沈黙から聴こえてくる声を現代に伝える伝記作家のありようが、そこに透視されてくる。

このような意味で、彼女がいわば「隠されている」存在に目をとめ、偉大な人間の視点ではなく、「私たち」に繋がる小さき者たちの人生から物語を立ち上らせる方法に挑戦していることはきわめて興味深い。故郷南アフリカの三人の少女たちとの友情とその短い生涯を描いた『わたしたちの物語――一九五〇年代ケープタウンの日々』(*Shared Lives: Growing up in 50s Cape Town*, 1992)は、「過去のいわゆる標準とされる歴史、伝記、回想記の背後にある、目もとめられぬまま隠されている名もなき女性たちの沈黙に、どのような可能性が未完のまま横たわっているのか?」[4]と鋭く問いかける。彼女はそこで従来の伝記では描けない「隠された女性の人生の領域」を「手紙、日記、個人が語る歴史と公共の歴史、夢などを織り交ぜた新しい形式を編み出して、最大限の緊張と創意で以て、一九五〇年代から六〇年代の南アフリカ社会で生きた女性たちの限られた人生に表現を与えようと試みた」[5]。その試みは、新たな伝記の手法的実験のみならず、伝記という言説がもたらしうる文学としての可能性を示唆するものではないだろうか。ポストコロニアル批評を迂回して、抑圧されていた側の小さき者たちの声が言説化され、隠されていたものの存在に光が当たっていった道程と同様の過程を、そこに重ねることができる。実際、「『権力の外に置かれた』女性について書く女性として、ゴードンは伝記と自伝という『言語』を駆使して、複層的な関係性から見えてくる［既存の］伝記の権威主義を突き崩した」[6]と評価されてきた。

アパルトヘイト下の南アフリカで少女時代を過ごした経験は、母親を回想する『分かたれた人生——母と娘の夢』(*Divided Lives: Dreams of a Mother and Daughter*, 2014)にも紡ぎだされる。母親の人生を追う「伝記」を書く営みは、同時に娘自身の「自伝」に重なっている。人知れず南アフリカの地で詩を書きながら、それを幼い娘にのみ読んで聞かせた母の「隠された領域」を辿りつつ、まさに「分かたれた人生」を歩んでいった娘は、自らの「隠された領域」に踏み込んで過去の自分と老境に至った現在の自分を繋いでいるように思える。それは、或る種過去の自己翻訳の試みに他ならない。他者を語りつつ自己を語り、他方で自己を他者として語る、それは自身の時間を、他者を基軸にした遠景から捉えなおすことでもある。女性たちの伝記は、まさしく歴史における女たちの時間の翻訳ともいえる。

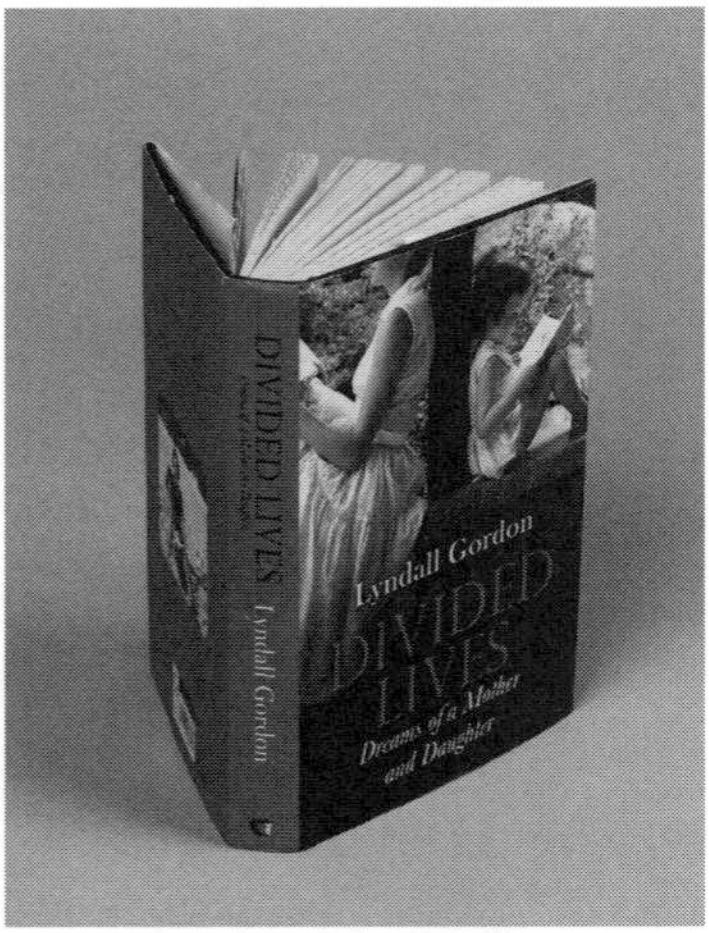

Divided Lives: Dreams of a Mother and Daughter（撮影：落合淳一）

二 「伝記・自伝」をめぐる転回

「伝記・自伝」(auto/biography) の多様な定義に立ち返るとき、通底する基本的な概念は、それが「人生の物語」(Life Narrative) として捉えられるということである。自身も伝記作家であるハーマイオニー・リー (Hermione Lee) によると、「伝記とは、他者によって語られた、或る人間の物語である、なぜ、説明ではなく、物語なのか？ それは、伝記は事実の羅列ではなく、ものがたる形態をとるからである」(Lee, 2009, p. 5)。つまり、他者の人生を対象に自分の言葉で「ものがたる」物語ということになる。そして「自伝」についていえば、対象が他者の人生ではなく、自身の人生になり、自身を他者として語る物語、ということになるだろうか。さらに言えば、「人生の物語」として自分の人生を語る「わたし」は、「語りの行為を通して主体として語ると同時に、自身を客体として精査し、記憶し、思考している」(Sidonie Smith and Julia Watson eds., 2010, p.1)。語源からみると「*autos* はギリシャ語で self を指し、*bios* は life、*graphe* は writing を意味している」(同)とされ、啓蒙主義の称揚と読者層の拡大を背景とする一八世紀までに、きわめて西洋的なジャンルとして確立された。そこで「歴史」が語られ、思想が語られ、時代が語られることで、自ずと「人生の物語」は個人の領域から西洋の近代を形成する意味を付与されたジャンルに拡張していった。

ところが、ポストコロニアル批評を通して西洋中心主義そのものが問い直され、ポストモダンの「ナラティブの展開」(早川敦子、『翻訳論とは何か』第三章参照)から「大きな歴史」が解体されて「小さな物語」が照射されるに至って、従来の「伝記・自伝」(auto/biography)の意味への疑義が呈示されていく。たとえばマイノリティの言説、奴隷文学、女性の日常生活の記録や手紙、手記、ホロコースト生還者の回想など、「人生の物語」の領域は言語文化的にも一気に拡大する。「伝記」では、例えばオランダ出身でポストコロニアル文学をさらに世界文学へと繋ぐ理論に展開してオックスフォード大学の初の「世界文学」の教授となったエリカ・ブーマー(Elleke Bhoemer)がネルソン・マンデラ(Nelson Mandela)の伝記『ネルソン・マンデラ』(*Nelson Mandela*, 2008)を著し、西洋の価値観と闘う人間の姿としての生涯を描く「人生の物語」が「他者」の存在領域を広げた。

「自伝」には多様な例が挙げられるが、顕著なのはやはりエリ・ヴィーゼル(Elie Wiesel)をはじめとするホロコースト生還者が、沈黙のなかから語り始めたことは非常に重要である(早川敦子、『翻訳論とは何か』一五〇―一頁参照)。沈黙から語り始める多くの者たちがそれに続くことになっただけでなく、フィクションを含む新しい文学の展開を促すことになったからである。前出のカナダの作家アン・マイケルズの『儚さのかけら』では、登場人物たちが「ものがたる」他者の記憶の「回想記」が手法として使われ、フィクションの領域でホロコーストの歴史を描くモチーフとして「自伝」が複層的な言語空間を構築している(早川敦子、『世界文学を継ぐ者たち』第二章参照)。ここで重要なことは、世界文学の地図が書き換えられていく過程で、「伝記・自伝」文学がそこに参画して、新しい領野が拓かれたということである。

三　ヴァージニア・ウルフの実験——伝記かフィクションか

文学形式としての伝記・自伝が、時代の社会観や世界観と連動して変化を遂げていく過程で、モダニズムの旗手として、また女性の言説において先駆者となったヴァージニア・ウルフ(1882–1941)は、時代の境界線に立つ興味深い存在だと言えるだろう。従来の伝記のありようを批判したエッセー「新しい伝記」("The New Biography," 1927, *Collected Essays*. Vol. Ⅳ. 所収)では、自己を物語ることの困難さへの自覚が、伝記作家をして「伝記」を通して自身の自己探求へと舵をきりはじめた変化を鋭くとらえている。「ヴィクトリア朝の伝記の時代は終わった」(Woolf, p. 233)と述べ、事実よりも個人の人格への心理学的解釈に重心をおくリットン・ストレーチー(Lytton Strachey)を評価する。この変化は、「伝記の芸術的次元を重視してそこに小説と伝記の共通性を見出す」方向に向かい、二〇世紀において「文学」としての伝記の可能性を拓いた(Marcus, pp.91-2)。ウルフ自身の実験の画期的作品の一つが、「伝記」という副題を冠して実在の人物ヴィタ・サックヴィル-ウエスト(Vita Sackville-West)をモデルとした「小説」、『オーランドー』(*Orlando: A Biography*, 1928)であった。

『オーランドー:ある伝記』の逆説

すでに作家としての名声を博していたウルフが、幼くして死別した母の回想を『灯台へ』(*To the*

Lighthouse, 1927）の登場人物ラムゼィ夫人に託した「伝記的」試みに取り組みながら、他方で一時同性愛関係にあったヴィタを異色のファンタジーとして——しかも「伝記」と題して——描き出したことは、形式としての「伝記」への彼女の関心を物語っている。同時期の「新しい伝記」で彼女が問題として挙げていることの一つに、「事実の真実」（truth of fact）と「フィクションの真実」（truth of fiction）という相矛盾する二つの要素を繋ぐことが伝記作家の仕事であり、それを「花崗岩と虹の融合」と呼んでいることがある（一五五頁）。先述の「芸術としての伝記」は、まさに「フィクションの真実」を重視する姿勢の反映だろう。伝記の創作は、実人生すなわち事実という実像を、フィクションという虚像を通していかに真実に昇華させるかという芸術上の問題であったに違いない。実に四百年を生き、性も男性から女性へと転換する主人公オーランドーという虚像を、敢えてファンタジーという枠組を与えることで逆説的に「フィクションの真実」に導こうとした試みは、まちがいなく大胆な実験であった。ヒューム（Kathryn Hume）の言葉を借りれば、「ファンタジーは現実から脱却しようとする文学の根本的な衝動」（Hume, p. 21）であり、モダニスト作家としても、ヴィクトリア朝的な家父長制の伝統から踏み出そうとする「新しい女」としても、ウルフには実に有効な変換ツールであったことは想像に難くない。

語り手である「伝記作家」は、この変換ツールを自由に操り、時代の変遷をパロディとして映し出す文体の変化が、その時代に翻弄されるかのように生きるオーランドーの意識を彼／女の体験として浮上させる。メランコリックな文体で展開されるエリザベス朝では女王の寵愛を受けた美少年オーランドーが詩を吟じ、時代変わって散文的なヴィクトリア朝では女性となって、相続権をもたない性の呪縛のもとでその不条理を嘆く。やがて二〇世紀を迎え、「彼女」はずっと書き続けながら未完でしかなかった詩「樫の木」を完成させる。奇しくも「彼」から「彼女」への変身は、英文学において「書く女」の登場を象徴的に予言したと読み解くことができるだろう。実にその誕生までの苦難の道のりは、時代の現実と、個人の人格として描き出されるオーランドーの内面世界との衝突と軋轢に重ね合わされる。緊張を孕む「ものがたり」は、伝記作家がオーランドーの伝記を書き進めながら、時空のみならず性の境界を超える両性具有的な人間存在を浮かび上がらせた。女性に変わったオーランドーを、伝記作家はこう語る。

The difference between the sexes is, happily, one of great profundity. Clothes are but a symbol of something hid deep beneath. It was a change in Orlando herself that dictated her choice of a woman's dress and of a woman's sex. And perhaps in this she was only expressing rather more openly than usual —openness indeed was the soul of her nature — something that happens to most people without being thus plainly expressed. For here again, we come to a dilemma. Different though the sexes are, they intermix. In every human being a vacillation from one sex to the other takes place, and often it is only the clothes that keep the male or female.
(pp. 171–2)

伝記作家は、ここでオーランドーの変化を性をめぐる深遠な「真実」として語っている。一人の人間像についての「語り」の領域を踏み越えて、人生について、人間について語ることで、従来の性の規範に対して新たな視点を投げかけているのである。ファンタジーの枠組を使うことで、男性／女性、事実／想像、実像／虚像というような二元論の境界を無化している。

伝記作家の対象に対する「自由」を「新しい伝記」で重視したウルフの視点は、伝記作家の「ものがたる」行為の領域を押し広げて、対象を語る主体の声を作品に介入させている。これは、翻訳論的にみると、翻訳者の存在が黒子から可視化されてきた変遷を想起させる。翻訳されたテキストが独立した作品世界として独自の意味を構築する「自由」を獲得したことに鑑みれば、伝記もまた「事実」から「芸術」へと基軸を変位させることでもたらされた新たな意味が示唆されてくるように思われる。既存の意味に異なる光を当てることで問い直し、異なる文脈で再創造する自由が翻訳者にも伝記作者にも与えられたとき、そこに別の可能性が拓かれる。ウルフがこだわった「フィクションの真実」とは、このような可能性を示唆するものであったと言えるだろう。伝記の対象そのものを越えて、現在の視点から過去を検証し、そこに「変化」の兆しを顕現させていく方向が見えてくる。それは刻々と変化を遂げる時間の経過に意味を見出し、「過去」へと向けられた目は、翻ってそこから「未来」へと伝記・自伝のテキストの読みを導いていくことになる。

「フィクションの真実」から女たちの領域へ

『オーランドー』の執筆の前後に、先述のようにウルフは自伝的要素を色濃く反映させた『灯台へ』と、両性具有の理念にも踏み込むフェミニズム論『わたしだけの部屋』(*A Room of One's Own*, 1929) に取り組み、時代の中で日陰の領域におかれてきた「女性」の存在と表現に光を当てている。「表現者」としてのオーランドーの背後に、作家の成功を夢見たヴィタの姿があったことも偶然ではないだろう。『灯台へ』ではラムゼィ夫人の存在をキャンバスに表現しようと苦闘する女性画家リリー・ブリスコウが登場し、『わたしだけの部屋』には、女性が社会の中で居場所を与えられぬ時代ゆえに才能を開花できずに悲劇的運命を辿らねばならないシェイクスピアの妹が姿を現す。歴史の中で消去されたに違いない無名の女性たちの群像が、ウルフのペンによって描き出されたフィクションの真実を通して、歴史の陰から導き出されてくるのだ。

男性によって構築されてきた歴史を基盤に日が当たる人間に焦点を当てて展開されてきた伝記の伝統に、ウルフは異議申し立てをしたのだ。「陰」の伝記ものがたりとでも言えばよいのだろうか、従来の伝記が描きだす人間像の背後に、「フィクションの真実」を通して異なる人間の側面と内面のものがたりを立ち現わせた。オーランドーの謎めいた人間像は、彼／女の詩人の誕生のものがたりであり、時代との軋轢は歴史のパロディとなって英国史を再読する。その後も、飼い犬の視点からエリザベス・ブラウニング（Elizabeth Barrett Browning）を「ものがたる」『フラッシュ』（*Flush*, 1933）で伝記の形式を試み、「新しい伝記」に続いて「伝記の手法」（"The Art of Biography," *The Death of the Moth* 所収）では「伝記は芸術か否か」（一二一頁）という議論を展開している。また、「無名の人生」（"The Lives of the Obscure," 1938, *The Common Reader* 所収）に至っては、「名前なき墓石」からその下に眠る忘れ去られた亡霊を呼び覚まし、例えば「書く女」の先駆となったレティシア・ピルキントン（Laetitia Pilkington）が自作の詩を織り込みながら記した自伝に光を当てている。

女たちの存在は、まさしく伝記的な注視を通して可視化され、そこで描かれる生のありようは、ウルフの、労働者階級の女性たちの自伝への関心――「婦人労働組合の思い出」[8]（"Memories of a Working Women's Guild," 1930, *The Captain's Death Bed* 所収）――と繋がってくる。一八八三年に創設された婦人労働組合の女性たちが記した自伝的手記の序論として寄稿されたこのエッセーで、大学創設に向けて動き始めていた中産階級の女性たちとは異なる階級の働く女性たちの連帯が、「ずっと続く願望と夢の磁場となり、結節点となった」とウルフは評価する（二二一―二頁）。「書く女」の存在に目を注ぐ一方で、日陰の女性の生が厳然と存在する「事実」とどう向き合っていったのか、時代の変遷の渦中にあってフィクションと現実を繋ごうとするウルフの意識が、作品の随所に読み取れる。

時代が大戦へと突入していく「現実」と直面しつつ、自ずと「歴史」にも鋭い眼を向ける。従来の伝記への疑義は、個人の歴史を語る言説から映し出される社会の規範や時代精神への批判とあいまって、人間の歴史とは何かを問いただす。最後の小説となった『幕間』（*Between the Acts*, 1941）では、英国の歴史を村人たちが演じるパジェントで描き出す試みに挑戦した。ここでも、有史前の太古の時間に思いを馳せるスウィジン夫人や、「現在」を鏡の破片で表象しようとする演出家ラ・トローブなど、男性原理には不在であった視座を女性たちが招き入れる。ウルフが描く女たちは、フィクションを通して居場所を獲得し、女たちの領域が可視化されていった。

四　ゴードンのウルフ伝

「ある作家の人生」（“A Writer's Life”）という副題を冠してゴードンが上梓したウルフの伝記『ヴァージニア・ウルフ―ある作家の人生』（*Virginia Woolf: A Writer's Life*, 1984）は、T・S・エリオット（T. S. Eliot）の優れた伝記作家としてすでに名声を博していた彼女の新たな試みでもあった。文学としての伝記に関心を持ち続けていたウルフを対象にして、その生涯を辿る方法ではなく、作品世界の解読を基軸にして、その源流に関わる「記憶」に彼女がどのように応えているのかに焦点を当てている。[9] ウルフが一貫して人生の不可知性を照射したように、ゴードンもまた、遺されたおびただしい手紙や日記から事実を掘り起こすことよりもむしろ、「自身の体験が最も忠実に表わされているのが小説である」（六頁）とするウルフ自身の見解に立って、まさに「フィクションの真実」に迫ることからその像を描き出す。ゴードンは、「日記や回想と照らし合わせてみると、小説のなかには、まさにウルフ自身の人生において決定的となった瞬間が記されている」（同）と指摘し、作品の優位性から「こうであるかもしれない」可能性を導き出す「伝記」を意図していることがう

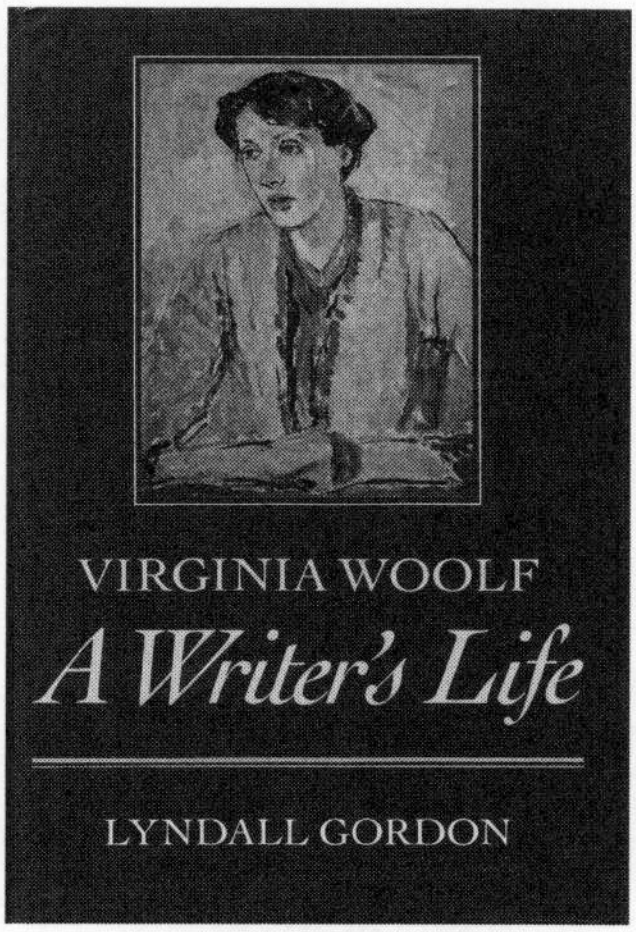

Virginia Woolf: A Writer's Life

かがわれる。続けて、「その瞬間を追うために、他者の目に映るウルフではなく、彼女自身に認識された自己像を追うことを試みる」（同）と宣言し、他の伝記とは異なる独自性を明確にしている。

果たして、『ヴァージニア・ウルフ』は、作家の人生の軌跡を辿る構成をとらず、作品も時系列で登場してはいない。伝記作家の自由を十全に発揮して、ウルフの記憶の原点にある「ヴィクトリア朝の人々」から書き起こし、その記憶に彼女がどう抗い、そこから自己翻訳を経て表現者として応答していったのかを「狂気」も含む彼女の内的世界を読み解くことに展開させた。そして、作品世界に描かれた人生を「自由」や「歴史」、「芸術家の誕生」や「声なき者たちの声」というようなテーマで読み解いていく。

「歴史」への異議申し立て

ゴードンは、上記のような方法論に沿ってウルフの作品と思索を往復しながら、彼女の人生のテーマを引き出してゆく。例えば前節でも触れた『幕間』の現実の戦争への突入に直面した喫緊の「歴史」への異議申し立ては、すでに前期の小説『ジェイコブの部屋』（*Jacob's Room*, 1922）に「将来を嘱望された若者の未来が戦争によって潰える小説形式の伝記」（『ヴァージニア・ウルフ』一六八頁）に掬い取られている。一九〇六年に早世した兄トビーの影を「実体のある、自室で本を読む若者に変換することで、記憶を芸術に変える」試みに、「想像の伝記」の形式で取り組んだのだとゴードンは読み解く（同）。「ジェイコブの死の場面は不在なのに、作品全体が死を予言している」（同）。息子の死のあとに彼の学寮の部屋を訪れて、もはや主のいない靴を手に途方に暮れる母親の姿は、残された者の悲嘆をより鮮明に意識化させることで「死」をものがたる。あるいは、彼女の記憶に残る少年時代の息子が、スカーバラの海辺で見つけた、白骨化した動物の頭蓋骨のイメージ。伝記作者は、ジェイコブの実像よりもむしろ虚像を描き出すことで、人生の不可知性と謎を前景化し、「挽歌というジャンルに新しい表現形式を与えた」（同、一六九頁）ウルフの意図の背後に、戦死した多くの若者たちの死を重ねて、輝かしい戦勝の歴史の虚無が示唆される。

ゴードンは、『灯台へ』の過ぎ行く時間にも人為的な歴史への異議申し立てが「戦争という闇の比喩」（同、一六一頁）に包み込まれていると言う。「奇妙にも人間が登場せず」、無秩序に人間の空間に侵食してきた自然の沈黙に、「歴史や新聞で記念すべきこととして取り上げられてきた物事への批判」（同）を込め、「『時は過ぎゆく』の章で、ウルフは歴史を書き直した」（同、一六二頁）と解読する。当時の日記の記述を引きながら、ゴードンはウルフの一貫した歴史への視座を作品に読み解き、『灯台へ』についてはこう結論づける。

> 戦争が終わり、打ち捨てられて崩れかけたヴィクトリア朝文化の砦のようなラムゼィ一家の家を、老女たちが片づけている。そこに画家リリー・ブリスコウが、心にありながら未完のまま時を経た絵を完成させようと訪れる。老女と芸術家の行為は、過去を保存することにおいて補完し合う。ヴィクトリア朝の残滓を老女たちがより分けるように、芸術家もまた忘却されるべき過去の信条と、保存すべき時代特有のものをより分ける。戦争を経験したヴァージニア・ウルフは、まさしくこの役割を果たしたのだ。（同、一六頁、傍点筆者）

伝記の最終章「公の声」（“A Public Voice”）で、ゴードンはウルフの最後の作品となった『幕間』と未完の評論『アノン』（*Anon*）を取り上げ、「『幕間』も『アノン』も、過去の堆積物から保存すべき英国をより分けて、未来に手渡そうとしたものだった」（同、二七一頁）と記している。彼女の「役割」が自死によって最後まで遂行されえなかったとしても、激動の時代の狭間に未来に繋がる一筋の領域を「作品」から切り拓こうとしたのは、まちがいないだろう。

五　「自己」の変容がもたらしたもの

ウルフの「陰」の領域に注視したゴードンの視点は、深層心理学的アプローチによる「無意識」の存在を想起させる。自己とは、意識によって明確に捉えられるものではなく、むしろ「意識の領域の外から引き起こされる『自己』の攪乱と再編」によって「アイデンティティや経験を意識的に統御するという幻想は絶えず脅かされ」、それが伝統的な伝記の前提にある「普遍的な『自己』という概念――自己発見や自己実現、自己認識」を崩すことになった（Smith and Watson, p. 201）。すなわち、啓蒙主義を背景にした人間観の信ぴょう性が失われることによって、伝記・自伝の前提も修正を余儀なくされたのだ。揺るぎない自己などは存在せず、自伝で探究される自己認識の「真実」も保証されてはいない。この認識の変化は、書き手の意識に修正を迫るのみならず、読者の「読み」にも影響を及ぼし、ひいてはジャンルとしての伝記・自伝に変革をもたらすことになったのは理解の及ぶところだ。伝記・自伝研究も、畢竟活性化する。

そのような変化に加えて、「ポスト構造主義とポストモダンの理論が一九七〇年代から八〇年代にかけて「主体とは何か」を議論することで、主体の認識とともに自伝的な行為も再定義される」ことになる（Smith and Watson, p. 204）。そこで「伝記・自伝」研究に介入してきたのは、「自己の分裂」や「マスター」ナラティブの解体に連動して暴かれた大文字の「真実」（Truth）の幻想、事実とフィクションの境界の揺らぎ、独立した単独の自己ではなく複層的に語られる「私」の多重性、フェミニズム理論、異種混淆性を前提とする文化批評やクィア理論など（Smith and Watson, pp. 204–5）、多様な領域にわたる学際的な批評理論である。このような議論の介入によって、伝記・自伝研究にも「『主体』をめぐる大きなパラダイム・シフトが起きた」（同）のだが、少なくともこの変化がもたらした重要な伝記・自伝の可能性は、それが独立した文学作品としてのテキスト性を付与されたことではないだろうか。

すでにウルフが認識していた「芸術」としての伝記・自伝の要素は、対象を「語る」伝記作家の「自由」を必然として捉えることの上に成り立っている。語られた「ものがたり」は所与の事実ではなく、想像力によってテキストの中で構築されてくる「読み」によって初めて意味をもつ。テキストの自律性は、書き手の自由が認められると同時に読み手の自由によって一元的な意味から解放され、伝記・自伝に期待される「ものがたり」は、すでに多様な読みを許容するテキストであるという認識に至っている。加えて、ゴードンが深い関心を寄せる「女性の言説」、すなわち女性が女性を語り、自身を語る言説が、伝記・自伝というジャンルを通して文学の領域で注目を集めたことも興味深い。一九八〇年代から九〇年代の初頭にかけてフェミニズム批評は「女性たちが何世紀にもわたって綴ってきた女性の人生の言説に着眼し」、例えばシドニー・スミス（Sidonie Smith）は、「女性たちがどのように自伝的言説を自分たちの文化的周縁の存在を変えていく手段とし、文学史に参画していくかを模索していくことを通してジェンダーとジャンルの関係性を理論化した」（*A Poetics of Women's Autobiography: Marginality and the Fictions of Self-Representation*, 1978 in Smith and Watson, p. 210）。自身を語る主体としての女性が、「個人の『わたし』と女性のポリティックスの間にある社会的な空間で動き始めた」（同）のだ。テキストの中に「主体としての女性」が顕現化され、彼女たちの視点が、社会や歴史を検証し、捉えなおす契機を与えた。

六　「女性と表現」を追って――ゴードンの「女性たちの伝記」

伝記・自伝を文学研究で論じる土壌から、ゴードンも「伝記作品」について語る機会を通して、とくに歴史

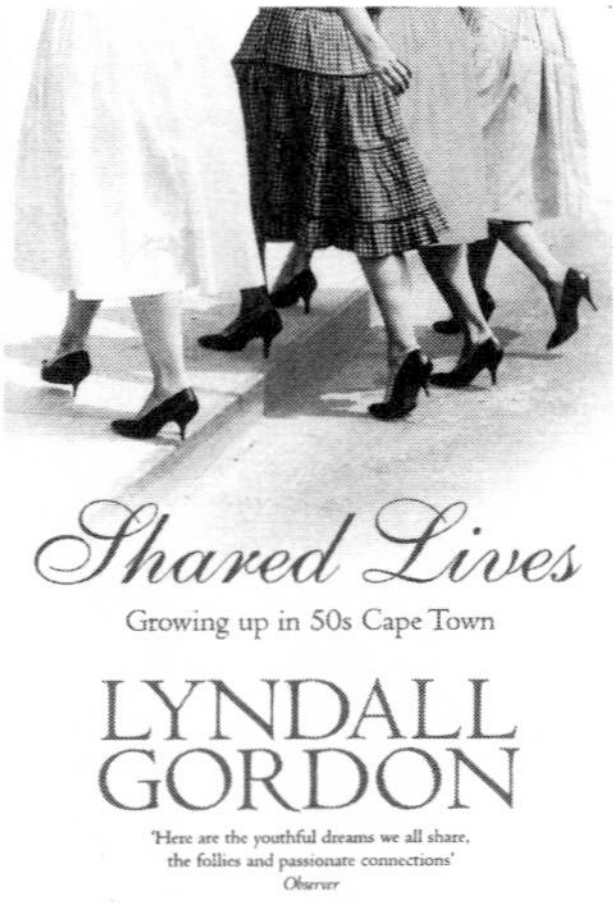

Shared Lives: Growing up in 50s Cape Town

を通底する「女性と表現」への関心を明らかにしている。「過去の女性たちが遺してきた陰の領域にあるものに、私たちはどのような形を与えることができるのだろうか?」(Gordon, 1995, p. 96) と彼女は問う。

アパルトヘイト下の南アフリカでユダヤ系家族のもとに生まれた出自は、彼女が他者に目を向けるときに絶えず「陰」の領域を意識し続けてきた原点にある。入植者の側でのケープタウンでの生活は、「生まれてすぐ死んでしまう命や飢餓、非衛生きわまりない闇に包まれた街で起こる殺人などからは隔絶されていた」(Gordon, 2005, p. 16) が、少女時代にはその現実認識さえも遠いものであったことに、過去を回想することを通して直面したからである。その少女時代を、人生半ばで生を終えてしまった三人の友人の姿を通して描いたのが『わたしたちの物語――一九五〇年代ケープタウンの日々』である。二十二歳で南アフリカをあとにアメリカへと旅立ち、二度と戻らなかった彼女にとって、それは時間と場所の「距離」を以て可能になった自己像でもあり、他者との関係性のなかでこそ導かれる人生のものがたりだった。

『わたしたちの物語――一九五〇年代ケープタウンの日々』――自伝を伝記で語る試み

アパルトヘイト下の南アフリカで共に過ごした白人の三人の幼馴染の女性たち、フローラ、エリー、ローズ。人生半ばで生を終えてしまった彼女たちの「人生」は何だったのか? まったく異なる人生を選んで南アフリカを去ったゴードンにとって、彼女たちの人生をものがたることは、自ずと自身を語ることになる。すでに伝記作家として他者を語る言説に取り組み、独自の対象と向き合う方法を見出して確固とした評価を獲得していたゴードンは、ここでもう一つの課題であった「女性たちの陰の人生」を顕在化させる伝記、しかも自身をその中で語るという意味では、自伝でもある伝記に着手する。

None left any record apart from letters. What, we might ask, shaped these lives in the shadow of possibility that lurked between the certitudes of conformity and those of liberation? Were there forms of sharing as yet unrecorded in the years before women emerged as political 'sisters'? What unrealized possibilities lie unnoticed behind the silence of women's lives in the outback of history, biography, and memoir, the standard records of the past? I shall approach this through my own past in South Africa, through diaries, letters, and memories, my own and those of my contemporaries who were, most of them, forced into exile and scattered widely in England, America, Israel, Canada and Australia. (p. 7)

ここに明らかに見てとれるのは、残された手紙や日記の断片から、歴史の波の中にたしかに存在していた女性たちの人生――潰えた可能性もふくめて――をどう映し出すことができるかという問いである。その問いを、上記の引用のように、現在進行形で「私」が語る。その「私」の立ち位置は、すでにアパルトヘイトが撤廃された歴史を知る外からの「私」の視点であり、同時に社会の中で限られた居場所しか与えられない女性の現実を経験した内側にいる「私」にもある。この二つの領域をどうすれば繋ぐことができるのか?『わたしたちの物語』が伝記と自伝の両方の領域の言説である所以はここにあるのではないだろうか。

語り手は、したがってものがたりの「外」と、語られる物語の「内」側を行き来して二つの領域を同じテキストに共存させる。そして「私」は、自分の人生を「語り」の行為を通して発見していく主体として、「陰」の領域にいる女性たちとの「共有された人生」の中に自身の声を記す。

Since I am writing mainly about friends, I shall not dwell on solitude except in so far as it bears on the context of their lives – their too short lives, that drove too keenly to a self-definition that, to the end, would elude us all. If Flora's end was to become a *Parisienne*, Ellie a therapist, and Rosie a Woman of Today, these labels tell too little. What they leave out, as scientists do in their linear stories of driving discovery, are those experiments that have come to appear irrelevant, and – less distinct – unnoted observations, and – fainter yet – observations not made at all. For Flora, Ellie, and Rosie, were there pauses, like my diary? Or did they feel more insistently than most, a pressure to be mature, to be loved, to be women? (p. 57)

「共有された人生」をいっときでも経験したゴードンだからこそ、あまりにもわずかの手がかりしか残さずに人生を終えてしまった女性たちの姿を描きだすことができたのだ。手紙や会話を「現在」に引き出してくることで、彼女たちの「声」を伝えているのだ。

たとえば心理学者のキャリア半ばで癌で世を去ったエリーの他者への共感や孤独、いくたびも名前を変えることで自分を変えようとしたフローラの自己表現の希求は、手紙の中から拾い上げられた「声」であり、「女優」として演じる人生を選んだローズが自身の病いのなかで娘たちに遺した遺言もまた、かつて学生時代に彼女が書いた詩の記憶とともに刻印される。時代的歴史的枠組の中で「無名」の人生を終えた女性たちの存在が、「何をなしたか」ではなく、「いかに現実を経験したのか」という視点で描かれた意義は大きい。

ゴードンは、自身の人生の展開を一九五四年から九〇年まで辿りながら、かつての友がそれぞれの人生とどう向き合っていたのかを「ポスト・アパルトヘイト」の視点から、そして「文学を講じることで自由と人権について行動できる」（二五三頁）という信念をもった人生を選びとった帰結として記録したのだ。この伝記・

自伝の試みは、脱西洋を自明の理として再編されてきた「世界文学」の領域にも連動して、他者を意識化していくことを加速する文学に貢献していると言えるだろう。

南アフリカに生きた母の肖像

南アフリカでの少女期を起点に始まった人生の展開を、複層的な伝記と自伝を織り込んで作品化した『わたしたちの物語』から十年近い歳月を経て、ゴードンは、南アフリカで生涯を終えた母の回想記『分かたれた人生――母と娘の夢』（*Divided Lives: Dreams of Mother and Daughter*, 2014）に取り組み、「女性と表現」というテーマを、今度は娘の視点から母を語る伝記・自伝で追究した。『わたしたちの物語』では「家族」として語られた母が、自身も南アフリカの西海岸、人もまばらなクレーヴァー（Klaver）の入植者の娘として生まれ育ったローダ・プレス（Rhoda Press）という一人の女性として描かれる。娘の記憶の中の母はしかし、冒頭から「姉妹」――"I'm to be my mother's sister because she wants one so." (p. 1)――と記されるように、母と娘の意外な関係を暗示して語られ始める。

伝記的な「事実」よりもむしろ内的なリアリティに迫ろうとする意思が明確に表れた構成が見てとれる。ゴードンが四歳の頃、母はしばしば発作に襲われ（おそらく癲癇ではなかったかとゴードンは個人的な会話で仄めかしていたが、伝記では明確に示されていない）、そのたびに幼い娘はコップの水を母の顔にかけ、それでも功を奏しないときには「急いで母のかばんの中から青い大きなヘアブラシを取り出してきて、彼女の手首をブラシの針でこするのだった」（二頁）。いつ起こるともわからぬ母のこの発作に懸命に付き添った彼女は、娘ではなく、病いの不安を抱えるローダの面倒をみる「姉妹」としての役割を負い、その関係はやがて"sisterhood of poems and stories"、すなわち「詩や物語を共有する姉妹、同志のような関係」（同）へと変化する。母は娘に何度もエミリー・ディキンソン（Emily Dickinson）の詩を読んで聞かせたと記されるのだが、

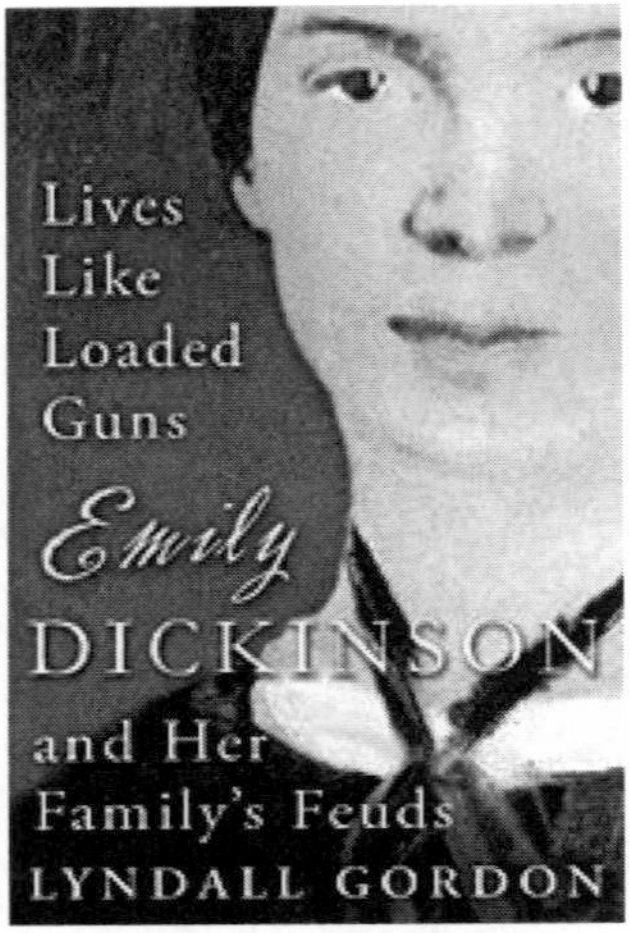

Lives Like Loaded Guns: Emily Dickinson and Her Family's Feuds

奇しくもゴードンは、『分かたれた人生』の出版直前にディキンソンの伝記（*Lives Like Loaded Guns: Emily Dickinson and Her Family's Feuds*, 2010）を著し、さらに興味深いことにこの女性詩人の詩作の背景に、何かしらの激しい発作や閃光のような強い閃きがあったことに触れている。彼女の関心が、この少女期の母の影響のもとに育まれたと考えるのは、決して的外れではないように思われる。母のもう一人の「お気に入り」がシャーロット・ブロンテ（*Charlotte Brontë*）で、果たしてゴードンは彼女の伝記（*Charlotte Brontë: A Passionate Life*）も一九九四年に出版している。

ゴードンは、「私は、母の人生と表現をつなぐ水路のような役割を果たすように運命づけられていた」（四頁）と回顧するが、「母はどのようにして彼女の取るに足りない閉ざされた存在と、その後訪れることになる、自身の声が現れる遠い未来がつながることになるのか、一言たりとも語ることはない」（五頁）と記す。それは、ゴードン自身が、伝記を書くことを通して見出す「自伝」の中に見えてくる答えなのだ。

ゴードンは、文学研究者として接することになる多くの文学や作家を往復しながら書き進めていくのだが、リンドール（Lyndall）という名前の由来にも、オリーブ・シュライナーの『アフリカ農場物語』（*The Story of an African Farm*）が呼び起こされる。

My name comes from Rhoda's other life, called up more fully in the memory-dream she inhabits. The Lyndall of the novel is a curiosity of the veld: a woman shaped by unstoried spaces where the curve of the earth can be seen on the encircling horizon. I pull the book from the shelf and glance at its opening line: 'The full African moon poured down its light from the blue sky into the wide, lonely plain.' Vaguely I take in an embrace of nature and solitude. Rhoda is not particularly drawn to the politics of her heroine's turn to the feminist cause. What matters is her authentic nature: a woman without a mask, rising from a bedrock of stone and bush. (p. 6)

ここで立ち現れてくるアフリカの大地の風景は、ローダの詩に掬いとられていくのだが、ゴードンは、この心象風景、「普遍の風景」こそ、「発作の恐怖の中を突き進んでゆく勇気」を充たすものであって、「彼女は夢想のうちに、『空洞のなかに／風が吹き込む祝福／その宇宙の永遠の海原』に怖れを溶解させ、その音を聴くことができる」（七頁）と理解する。ローダは自身の少女の頃に、「蝋燭が灯る子供部屋やそこで語られる父祖の物語、イディッシュ語の子守唄が、子どもたちに荒野をヘブライ語の聖書の神がともに歩いてくれていると教えこむように、自身の命を導く普遍的な力の源を自然の風景のなかに見出していた」（八頁）。六歳のときにその「普遍的なもの」が訪れた瞬間のことを、ローダは娘に語った。それは「独り言のように」語られた。

'I looked across flocks of bushes to where, in the far distance, sun-shafts, like pillars of gold-smoke, moved on the face of the veld. The light and its smoky breath flooded my being.' For all Rhoda's readiness to share these memories, she shuts the door on others. (p. 9)

この内的経験は、娘にだけひそやかに語られ、「姉妹のような関係」を通して記憶として刻印された。母の「伝記」はこうして彼女の内的世界の記憶から書き起こされ、そこから「母の母たち」、すなわち家族の歴史へと時代をさかのぼる「語り」で記される。東ヨーロッパから南アフリカへの入植者となったルーツ、結婚、それぞれの家族、生活、そして時代……。その時間軸の中で、ローダは詩を書き、娘にそれを読んで聞かせた。それは「陰」の領域にとどめられた表現であり、人生であった。

そこに、彼女の「詩」に光が当てられる大きな転機が到来する。一九五二年、ローダ三十五歳して、一〇歳と八歳の子どもたちの母であった。突然、BBCの取材のためにオリンピックの水泳競技を取材する夫の仕事に同行して、（子どもたちを置いて）フィンランドに旅立つのだ。それは彼女にとって未知の場所への旅立ちであると同時に、女性たちが自らの領域から「表現」を発していく時代に踏み出す経験でもあった。

偶然にも彼女が向かったのはオリンピックの競技会場ではなく、七月の或る日の国立美術館だった。偶然芸術批評家のシルッカ・アンティラ（Sirkka Anttila）がガイドを務めていた。ローダは、フィンランドでは当時の有名な女性画家であったヘレン・シャルフベック（Helene Schjerfbeck）の自画像の前で足を止める。

Her self-portrait of 1915 bares a face pared down to intense inwardness. She has the unwavering gaze of an observer, similar to the gaze of Katherine Mansfield when she's fine-drawn and alone, arms folded over her tubercular chest, in a photograph my mother has on her desk .(p. 127)

現在形で語られるこの瞬間は、ローダの視点で捉えられた瞬間であるようでいて、実は伝記作家であり、語り手であるゴードンが描き出した光景に他ならない。想像力によって創出された内面は、そこで起きる一瞬あとのドラマツルギーの見事な助走となっていることに気づかされる。

A viewer amongst the visiting party asks why a sculptor has made a woman's legs absurdly thick. Sirkka hears behind her 'a small, small voice' explaining—'so marvelous, intelligent', she records that night in her diary—the deliberate disproportions of modernist art.

Slowly, she turns a hundred and eighty degrees to see who this is.（同）

ゴードンの筆は女たちの邂逅を静かに、しかし力強く描き出す。美術館で目にしたティコ・サッリネン（Tyko Sallinen）の絵「四月の夕べ」"April Evening" の印象を冒頭においた自作の詩を、ローダはシルッカに手渡す。

Patient under the wind lies land
Stripped to the rocks.
One bony tree spreads a jointed hand.
Since Creation this sky knows this land,
This land this sky.
Loose clouds above, knit rocks below,
Only the blizzard between.（pp. 127–8. 斜体は原文ママ）

この人類未踏の大地が、観る者を「創造」の原点へと近づけるとゴードンは中立の視点での評価を記したうえで、二日後にローダが感動の手紙を受け取った「事実」を明らかにする。深く心を揺さぶられたシルッカは、詩をフィンランド語に翻訳し、「ケープタウンからの来訪者ローダ・ステラ・プレス」が、フィンランドの芸術に触れ、「詩のリズムと言葉のなかに、北国の寂寥とした森の神秘的な魂をとらえた」作品を誕生させたことを記事にして紹介した（一二八頁）。

母の日記の記述や手紙、歴史考証された事実、記事、そして「作家の想像力」で語られる「それから」は、シルッカに勧められてそのまま旅を続けたラップランドの旅を皮切りに、彼女の「解放のものがたり」へと急展開してゆく。「三〇年後に、ローダはこう言うだろう。『フィンランドは、私の魂の窓となり、そこから私の上に特別な祝福が降ってきた』と」（一三二頁）。その証人が、伝記作家ゴードンだったのだ。

しかし、『分かたれた人生』は、ローダの成功を追う物語ではない。タイトルが示唆するように、母と娘の人生は分かたれ、母の夢と娘の夢はもはや姉妹の物語として同じ音色を奏でてはいかない。夫の許しを得てロンドンに赴いたローダは、シルッカの紹介で詩のサークルに参加、作品を発表する機会を与えられ、それなりの評価も得る。詩人としての、そして何よりも自由な表現者としての自己実現の道がそこで拓かれたかに見えたが、南アフリカで二人の子どもたちと暮らす夫は約束より早く帰国を乞う。時代の、そして南アフリカという場所の制約のもとで、ローダは帰国を余儀なくされ、その後、詩作を続けることはなかった。「母の『至福の時代』は、三十六歳から三十九歳までの間、一九五三年から一九五六年にかけてだった」（一七〇頁）と、ゴードンは表現者としてのローダの人生を冷静に記す。一〇代半ばの娘であった当時のゴードンは、母の共感者であるよりもむしろ自身の人生を模索し、やがてケープタウンを去る。それは自然な母と娘の自立の「分離」である一方で、終生解けぬ糸のもつぼれのように、彼女の意識に影を落としたのではないか。

ローダはきっぱりと詩人としての可能性と決別し、南アフリカでヘブライ語教育の普及活動に賛同して関わっていった。ときにイスラエル建国から七年、迫害の歴史を負って世界中に離散したユダヤ人たちが、注目を浴びる歴史の幕開けを迎えていたのだ。ゴードンは、ユダヤ人としてのルーツをどう考えるのか、やがて深く沈思する時間を経て、母の選択には或る種の違和感を感じないではいられなかった。アパルトヘイトの非人道性、ホロコーストという歴史の負の遺産、自由の国といわれるアメリカで、他者として自らの歴史に関わる問題を客観的に学んだ彼女の目には、歴史の転換点で起こる複雑な変化やイデオロギーの問題が自ずと見えてきたのだ。母との別離は、単なる母と娘の人生の岐路としてだけではなく、女性であるがゆえに、そして南アフリカで生きた母ゆえに、重く苦しいものとしてゴードンの伝記と「自伝」に陰を落とした。"In the mid-to-fifties my mother changed, changed permanently, and with it, our tie" (p. 177) と彼女は語る。

結婚後子育てをしながら学問を続け、執筆に邁進するゴードンのその後の「夢」の道程も決して平坦なものではなかったが、他方でローダは個人で聖書の読書会を女性たち相手に開催したり、シェイクスピアの作品を通して「女性」について議論することを南アフリカで始めていた。そして六十二歳にして、「人間の定義は『多くの家族のなかにいる一つの家族』だと信じるローダは、反アパルトヘイト活動に参加していた」（二六九頁）。女性の目を通して生き場のない女性たちの生活を見てきた彼女は、まず女性たちの居場所を作ろうとしたのだった。それから参政権運動へ、と女性の連帯を広げていったという。彼女のペンの力は、土曜日の朝に開かれる子どもたちのためのクラスに使う物語を書くことに向かい、社会活動のリーフレットや手紙にも発揮されていった。

実に、「女性と表現」というテーマは、かたちを変えながら、ずっとこの母と娘に人生の指針を与えていたのだ。オックスフォード大学の女子大の英文学の講師として職を得たゴードンは、ヴァージニア・ウルフを学生たちに講じながら、「『書物が等しくすべての人間たちにとって平等な創造であるように』と語りかけるウルフのあたたかな声」を聴く（二五四頁）。そして彼女の優れたウルフの伝記は James Tait Black Memorial Prize に輝いたのだ。

そして一九八七年、二十三年の別離ののちに異なる轍を歩んだ母と娘は再会を果たし、それからいくどか老境の時間を共有した。そして人生の終焉に向かう母のそばでかつての詩を再読したゴードンは、「ローダの詩は、幻と、試練と、詩篇のような祈りである」（三〇六頁）と確信する。同じ年十一月二日、ローダは帰らぬ人となった。そこから、新たな伝記・自伝が創造されたと言えるだろう。

結び　現代文学に新たな領域を拓く

「伝記・自伝」に注目して現代文学の可能性を“autobiografiction”という概念で提起するマックス・ソーンダース（Max Saunders）は、「一九七〇年代以降、文学研究において大きな展開を見せた」伝記・自伝（life-writing）は、「回想記や自伝、伝記、日記、手紙、そして自伝的な小説」が意識的に作品の中で複層的に取り込まれた結果、「伝記と自伝の間の境界があいまいになってきた」（Saunders, p. 4）と指摘する。「自伝」そのものではなく、「自伝的な」言説が「語り」に有効に使われることで、作品世界の主人公の「伝記」がフィクションの中で紡ぎ出される。すでにその源流が、たとえば『トリストラム・シャンディ』（*Tistram Shandy*）や『ロビンソン・クルーソー』（*Robinson Crusoe*）、『ジェイン・エア』（*Jane Eyre*）にも見出すことができる（同、八頁）とするなら、文学の「形式」として、それを“autobiografiction”という概念で捉えうるという発想である。そもそもドイツ文学に端を発する「ビルディングスロマン」も、主人公の葛藤と成長がテーマであることに鑑みれば、文学そのものが人間の人生を語る言説である以上、そこで「伝記・自伝」の語りの視点が核になることは自明のことであろう。重要なのは、文学作品の分析において、「伝記・自伝」的言説の機能を考察することで、個々の作品の独自性を照射していくことにあると言えるだろう。

そこから文学史の再読へ、さらに歴史の再読へと道が拓かれた。まさに、ウルフが「伝記」への関心を起点に、そこから『オーランドー』のようなautobiografictionを創造し、また「フィクションの真実」に基軸をおいた作品の中に、自身の自伝的要素を織り込んでいったように。ウルフの実験からさらに「モダニズム」後の領野において、ゴードンは女性たちの足跡を「伝記」を通して辿る新しい展開を見せた。現代批評の文脈においてモダニズムの転回がもたらした変化が、人間の人生の軌跡を追う「伝記・自伝」の転回に引き継がれながら、現在にその水脈が繋がれている。その関係性が、ウルフとゴードンを繋ぐことでおぼろげながらではあるかもしれないが、輪郭を現してきたように思われる。ゴードンの同世代の女性たちの「伝記・自伝」研究が、現代文学の可能性に貢献していることはたしかだ。

「じぶん」の時間が、その過程で取り戻されているのかもしれない。それは、書き手の営みだけではなく、読み手の行為に繋がって、混迷の時代に居場所を探す人間の道標になるにちがいない。

本稿は、二〇二〇年三月発行の『津田塾大学紀要』第五二号に掲載された論文「わたしの所在：Lyndall Gordon の auto/biography の試み」をもとに、本論文集の主旨に沿って一部加筆改訂したものである。

注（本論では割注を原則として引用を明記、序文で説明が必要なものを下記の脚注に含める。）

（1）Gordon, "Woman's Lives," ed., John Batchelor, *The Art of Literary Biography*, p. 96.
（2）同、九六―七頁ゴードンはここで、ディキンソンの詩、"I tie my Hat" から "Bomb" という言葉で彼女が内面に秘めていた情熱に言及している。
（3）同、九六頁。
（4）同。

（5）同。

（6）Judith Lutge Coullie, "Engendering a Little More Truth: Gender and Genre in *Shared Lives*," p. 217.

（7）Sidonie Smith and Julia Watson eds., *Reading Autobiography*. "Autobiography [...] became the term for a particular generic practice that emerged in the Enlightenment and subsequently became definitive for life writing in the West" (p. 2).

また、Laura Marcus も *Auto/biographical Discourse: Theory, Criticism, Practice* (1994) で、"autobiographical tradition" について以下のように述べ、西洋のキリスト教的な影響を指摘している。

"[T]he positing of Augustine's Confessions as the first 'true' autobiography has become firmly linked with the view that autobiography is both introspective and centrally concerned with the problematics of time and memory. Moreover, the view that Augustine is the founding father of the autobiographical form becomes synonymous with the claim that autobiography is in essence an aspect of Christian Western civilization, could only take shape and develop within this context" (p. 2).

（8）川本静子は、ウルフの「書く女性」をめぐるエッセーの日本語翻訳編集を『女性にとっての職業』（監訳：川本静子・出淵敬子、みすず書房、一九九四）に纏め、そのあとがきに「ものを書く女の列」が時代の変遷とともに無名から職業作家へ、そして中産階級から労働者階級へと連なっていったことを記している。

「ヴァージニア・ウルフほど、ものを書く女の歴史に一貫して強い関心を寄せつづけた作家はいない。イギリスの場合、女がペンを手にしたのは男よりもずっと遅かった。…中略…だが、女たちの沈黙はいつまでも続かなかった。〈語るべき自己〉をもった人間は、いつかは自己を語りだすのである。一七世紀になると、女たちのなかに芽生えた〈語るべき自己〉はやがて少しずつ沈黙の殻を破りはじめ、と同時に、女たちはものを書くことを通して〈語るべき自己〉を構築していった。…中略…ついで、一七世紀後半アフラ・ベインの登場を皮切りに、ものを書くことによって金を得る道が女たちの前に切りひらかれると、ペンをもつ女の数はさらに増えつづける。そして一八世紀末にはついに中産階級の女たちがものを書きはじめるのだ。ジェイン・オースティン、ブロンテ姉妹、ジョージ・エリオットなど一九世紀の代表的な女性作家たちは、ものを書く女たちのこうした厚い層から咲き出た大輪の花々である。その後、女のペンは主として中産階級の女たちによって世代から世代へとバトン・タッチされていくが、二〇世紀も三〇年代になると、労働者階級の無名の女たちがペンを通しての自己表現を求め、ものを書く女の列に加わっていくのだ。」（三二四—五頁）

（9）ゴードンは、巻頭でウルフの人生の源流は「記憶」であると述べ、幼少期に夏を過ごした St. Ives の波の音や心象風景、そして人生に影を落とした「死者」たちの記憶が作品に織りなされていると指摘する。

As a writer, Virginia Woolf took hold of the past, of ghostly voices speaking with increasing clarity, perhaps more real for her than were the people who lived by her side. When the voices of the dead urged her to impossible things they drove her mad but, controlled, they became the material of fiction. With each death, her sense of the past grew. Her novels were responses to these disappearances…. This biography will follow her creative response to such memories. (*Virginia Woolf: A Writer's Life*, p. 4. 下線筆者)

引用・参考文献

I. Primary Sources.

Gordon, Lydall. *Charlotte Brontë: A Passionate Life*. London: Chatto & Windus, 1994.

———. *Divided Lives: Dreams of a Mother and Daughter*. London: Virago, 2014.

———. *Eliot's Early Years*. Oxford: Oxford U. P., 1977.

———. *Lives Like Loaded Guns: Emily Dickinson and Her Family's Feuds*. New York: Penguin, 2010.

———. *Outsiders: Five Women Writers Who Changed the World*. London: Virago, 2017.

———. *Shared Lives: Growing up in 50s Cape Town*. London: Virago, 2005.

———. *Virginia Woolf: A Writer's Life*. Oxford: Oxford U. P., 1994.

Woolf, Virginia. *A Room of One's Own*. London: The Hogarth Press, 1929.

———. *Between the Acts*. London: The Hogarth Press, 1941.

———. *Flush: A Biography*. London: The Hogarth Press, 1933.

———. *Jacob's Room*. London: The Hogarth Press, 1922.

———. "Memories of a Working Women's Guild." In *The Captain's Death Bed* (1950). London: The Hogarth Press, 1981.

———. *Orlando*: *A Biography*. London: The Hogarth Press, 1928.

———. "The Art of Biography" (1939). In *The Death of the Moth* (1942). London: The Hogarth Press, 1981.

———. "The Lives of the Obscure." In *The Common Reader*. Harmondsworth: Penguin, 1938.

———. "The New Biography" (1927). In *Collected Essays*. Vol. IV. London: The Hogarth Press, 1966–67.

———. *To the Lighthouse*. London: The Hogarth Press, 1927.

———.『女性にとっての職業　エッセイ集』出淵敬子・川本静子監訳（日本語訳のエッセー集として編訳されたもの。）東京：みすず書房、一九九四。

II. Secondary Sources.

Books:

Batchelor, John. Ed. *The Art of Literary Biography*. Oxford: Oxford U. P., 1995.

Boehmer, Elleke. *Nelson Mandela: A Very Short Introduction*. Oxford: Oxford U. P., 2008.

Bradford, Richard. Ed. *Life Writing: Essays on Autobiography, Biography and Literature*. London: Palgrave Macmillan, 2010.

Ende, Michael. *Momo*. Stuttgart: Thienemanns Verlag, 1973. 大島かおり訳。東京：岩波書店、一九七六。

Gordon, Olivia. *The First Breath: How Modern Medicine Saves the Most Fragile Lives*. London: Bluebird, 2019.

早川敦子『翻訳論とは何か：翻訳が拓く新たな世紀』東京：彩流社、二〇一三。

——『世界文学を継ぐ者たち：翻訳家の窓辺から』東京：集英社、二〇一二。

Hume, Kathryn. *Fantasy And Mimesis*. London: Methuen, 1984.

Lee, Hermione. *Biography: A Very Short Introduction*. Oxford: Oxford U. P., 2009.

——. *Body Parts: Essays on Life-Writing*. London: Chatto & Windus, 2005.

Marcus, Laura. *Auto/Biographical Discourses: Theory, Criticism, Practice*. Manchester: Manchester U.P., 1994.

Michaels, Anne. *Fugitive Pieces*. New York: Vintage, 1996.

Saunders, Max. *Self Impression: Life-Writing, Autobiografiction, & the Forms of Modern Literature*. Oxford: Oxford U. P., 2010.

Schreiner, Olive. *The Story of an African Farm*. London: Chapman and Hall, 1883.

Smith, Sidonie and Julia Watson. *Reading Autobiography*. Minneapolis: U. of Minnesota Press, 2010.

Articles:

Coullie, Judith Lutge. "Engendering a Little More Truth: Gender and Genre in *Shared Lives*." In *Life Writing*, Vol.11, No.2,

Routledge, pp.217-30. https://dx.doi.org/10.1080/14484528.2014.888608 (09 July, 2019)

Rossi, Cecilia. "Translation as a Creative Force." In Harding, Sue-Ann and Ovidi Carbonell Cortes eds., *The Routledge Handbook of Translation and Culture*, Routledge, 2018, pp. 381–97.

Schinto, Jeans. "*Fugitive Spring: A Memoir* by Deborah Digges; *Shared Lives: A Memoir* by Lyndall Gordon." In *The Women's Review of Books*, Vol. 9, No. 10/11 (Jul., 1992), Old City Publishing, Inc., pp. 23–4. https://www.jstor.org/stable/4021329 (09 July, 2019)

あとがき

「イギリス小説における戦争／平和」というテーマに沿った研究書をシリーズで刊行しよう、という途方もないことを思いついたのは二〇〇七年頃のことである。以後、第一集が出るまでにはおよそ七年の歳月が必要だったが、こうして何とか第三集までたどり着いた。一応は当初の目的を達成できたように思うがどうだろうか。

途方もない企画にもかかわらず、多くの方々にご寄稿いただいた。心から感謝申し上げたい。特に昨年は新型コロナの影響で落ち着いた時間がなかなか得られない状況であっただけに、感慨はひとしおである。

全三集を通して、巽孝之氏には巻頭を飾っていただき、早川敦子氏には巻末を締め括っていただいた。おふたりにはご多忙にもかかわらず本シリーズに多大なるお力添えを頂戴し、なんと御礼を申し上げてよいかわからないほどである。

本シリーズでは取り上げる作品については基本的に執筆者の方々にお任せし、分量についても「存分に」筆を揮うことができるように二万字をひとつの目安にした。その結果、SFから児童文学にいたるまで多様なジャンルの作品を収めることができ、それによって文学作品における「戦争／平和」について、様々な取り上げ方、観点や論点を示すことができたように思う。このような編集方針については、当然、賛否両論があるだろうが、編者としては「戦争／平和」というテーマの偏在性や潜在性を浮かび上がらせるための方策として採用したものであることをあえて述べておきたい。

これまでと同じように本書も津久井良充氏と企画・編集を行う予定でいたが、思いがけず途中で津久井氏が体調を崩してしまい、ひとりでの編集作業となってしまった。そのため執筆者の皆様にはご迷惑をおかけしてしまったかもしれないが、本書の刊行をもって水に流していただければ幸である。

表紙の装丁と扉のデザインは今回も現代美術家の矢原繁長氏にお願いした。矢原氏には他にエッセイ、そして詩作品もご寄稿いただいた。深く感謝申し上げたい。

急なリモート授業への変更は出版社にも大きな負担となったはずだが、開文社出版の丸小雅臣社長にはご多忙にもかかわらずいつもいつも懇切丁寧に対応していただいた。ここに記して心より御礼申し上げる次第である。

市川　薫

二〇二一年二月

頁	出典
281	Rodden, *Becoming George Orwell*（2020）
299	筆者（矢原繁長）撮影
303	Lyndall Gordon（本人より提供）
306	*Divided Lives: Dreams of a Mother and Daughter*（撮影：落合淳一）
313	*Virginia Woolf: A Writer's Life* (1984)
318	*Shared Lives: Growing up in 50s Cape Town*
322	*Lives Like Loaded Guns: Emily Dickinson and Her Family's Feuds*

頁	出典
144	© IWM Art. IWM PST 0696（上左）
144	Garden visitors inspect the vegetables in a demonstration plot at Kew Gardens during World War II, © RBG Kew（下）
150	© IWM D 1494
162	チャールズ・J・シールズ『「チョコレート工場」からの招待状』水谷阿紀子訳、文溪堂、2007 年
163	同上
168	同上
184	Roald Dahl and Illustrated by Quentin Blake, *ROALD DAHL MATILDA*. New York : PUFFIN Books,1990.
191	Mosman Library. <https://creativecommons.org/licenses/by-sa/2.0>
195	ジャック・チョーカー著、根本尚美訳『歴史和解と泰緬鉄道——英国人捕虜が描いた収容所の真実』（朝日新聞出版、2008 年）p.105
196	National Army Museum, London 所蔵
199	Australian War Memorial 所蔵
229	https://upload.wikimedia.org/wikipedia/commons/thumb/d/d1/H._G._Wells_Daily_Mirror.jpg/1024px-H._G._Wells_Daily_Mirror.jpg
235	https://upload.wikimedia.org/wikipedia/commons/5/56/Easton_Lodge_and_sunken_garden_between_1905_and_1918.jpg
244	https://upload.wikimedia.org/wikipedia/commons/thumb/d/df/Bravo%2C_Belgium%21_-_Punch_%2812_August_1914%29%2C_page_143_-_BL.jpg/880px-Bravo%2C_Belgium%21_-_Punch_%2812_August_1914%29%2C_page_143_-_BL.jpg
249	https://commons.wikimedia.org/wiki/Category:Illustrations_from_%27The_War_of_the_Worlds%27_by_Warwick_Goble#/media/File:The_War_of_the_Worlds_by_Warwick_Goble_35.jpg
251	H. G. Wells, *Mr. Britling Sees It Through* (New York: The Macmillan Company, 1916), p.441.
258	J・W・ウェスト『戦争とラジオ　BBC 時代』、晶文社
260	上右：アメリカ版（Signet Book）の表紙。 上左：同社より 1984 年に出された記念版の表紙。
262	https://gendai.ismedia.jp/articles/-/72066?page=3
264	筆者（岩上はる子）撮影
266	J・W・ウェスト『戦争とラジオ　BBC 時代』、晶文社

写真・図版出典一覧

頁	出典
14	https://silezukuk.tumblr.com/post/138660492498
16	https://worldradiohistory.com/Archive-Electrical-Experimenter/EE-1919-02.pdf
27	https://en.wikipedia.org/wiki/Douglas_Haig,_1st_Earl_Haig#/media/File:Sir_Douglas_Haig.jpg
32	https://en.wikipedia.org/wiki/Maud_Allan#/media/File:Maud_Allen_Salome_headshot_UK_issue.jpg
44	https://en.wikipedia.org/wiki/Palm_house#/media/File:Kew_Gardens_Palm_House,_London_-_July_2009.jpg
56	https://www.britannica.com/biography/Margaret-Atwood
57	http://margaretatwood.ca
69	https://rejoovenesense.wordpress.com
86	https://upload.wikimedia.org/wikipedia/commons/thumb/5/5b/The_shell_of_the_G.P.O._on_Sackville_Street_after_the_Easter_Rising_%286937669789%29.jpg/1200px-The_shell_of_the_G.P.O._on_Sackville_Street_after_the_Easter_Rising_%286937669789%29.jpg
96	https://encrypted-tbn0.gstatic.com/images?q=tbn:ANd9GcSkNTr8B_TZT3GGvY42Jg3H72NpLdtBwSKd3w&usqp=CAU
105	https://upload.wikimedia.org/wikipedia/commons/thumb/f/fc/Constance_Georgine_Gore-Booth_%28b.1926%29.jpg/637px-Constance_Georgine_Gore-Booth_%28b.1926%29.jpg
107	https://www.galwaycitymuseum.ie/wp-content/uploads/2018/04/Constance-de-Markievicz-e.jpg
109	https://upload.wikimedia.org/wikipedia/commons/5/57/Major_John_MacBride.jpg
	https://www.irishtimes.com/polopoly_fs/1.2009142.1416505240!/image/image.jpg_gen/derivatives/ratio_4x3_w1200/image.jpg
121	https://upload.wikimedia.org/wikipedia/commons/e/e7/Patrick_Pearse_cph.3b15294.jpg
	https://upload.wikimedia.org/wikipedia/commons/thumb/2/2e/Thomas_MacDonagh.png/330px-Thomas_MacDonagh.png
134	© National Portrait Gallery, London
144	© IWM Art. IWM PST 0059（上右）

執筆者・訳者紹介（企画・編著者以外は 50 音順）

市川　薫（いちかわ・かおる）／編著者
広島修道大学教授

津久井良充（つくい・よしみつ）／企画
高崎経済大学名誉教授

石塚浩之（いしづか・ひろゆき）
広島修道大学教授

一谷智子（いちたに・ともこ）
西南学院大学教授

岩井　学（いわい・がく）
甲南大学教授

岩上はる子（いわかみ・はるこ）
滋賀大学名誉教授

遠藤利昌（えんどう・としまさ）
広島国際大学准教授

武井博美（たけい・ひろみ）
横浜創英大学教授

巽　孝之（たつみ・たかゆき）
慶應義塾大学教授

伊達恵理（だて・えり）
明治大学兼任講師

早川敦子（はやかわ・あつこ）
津田塾大学教授

森田由利子（もりた・ゆりこ）
関西学院大学教授

矢原繁長（やはら・しげなが）
現代美術家・詩人

語られぬ他者の声を聴く
——イギリス小説にみる〈平和〉を探し求める言葉たち　　（検印廃止）

2021年3月31日　初版発行

編著者　市川　薫
発行者　丸小雅臣

組版所　アトリエ大角
印刷・製本　日本ハイコム

〒162-0065　東京都新宿区住吉町 8-9
発行所　開文社出版株式会社
TEL 03-3358-6288　FAX 03-3358-6287
www.kaibunsha.co.jp

ISBN978-4-87571-887-1　C3098